ULRICH HEFNER

Verschollen in Ostfriesland

JAGD NACH DEM PHANTOM Der Bürgermeister von Diekenhörn, Enno Ollmert, ist spurlos verschwunden. Bis weit über die Grenzen der Stadt hinaus, war er vor allem für seine Unersättlichkeit und seinen unstillbaren Hunger nach Macht und Einfluss bekannt. Dabei missachtete er alle Regeln und machte sich so tagtäglich neue Feinde. Als seine Jacht führerlos vor Baltrum aufgebracht wird – eine Blutlache an Bord – sieht es zunächst so aus, als wäre er auf seinem Segeltörn einem Unfall zum Opfer gefallen. Doch Hauptkommissar Trevisan ist skeptisch. Zu viele Ungereimtheiten, zu viele offene Fragen und dazu ein Opfer, dem alles zuzutrauen ist –sogar das Arrangement des eigenen Todes.

Trevisan muss all sein Können und sein ermittlerisches Gespür aufbieten, um Licht ins Dunkel zu bringen. Doch wird es ihm gelingen Enno Ollmert noch lebend aufzufinden oder ist er schon längst tot? Die Zeit drängt, denn mit jedem Tag, der vergeht, verblasst der Schatten des Mannes immer mehr, bis am Ende nichts mehr von ihm übrig bleibt.

Ulrich Hefner wurde 1961 in Bad Mergentheim geboren. Er lebt in Lauda-Königshofen, im beschaulichen Taubertal, ist verheiratet und Vater zweier Kinder. Hefner arbeitet als Polizeibeamter und ist freier Autor sowie Journalist. Der Autor ist Mitglied bei den Polizei-Poeten und im Deutschen Presseverband. Ulrich Hefners Begeisterung für die Nordsee stammt noch aus Kindheitstagen, als er Geschichten um die Hanse und Störtebeker verschlungen hat. Heute zieht es ihn immer wieder selbst an die Küste, wo nun auch seine eigenen Helden wirken. »Verschollen in Ostfriesland« ist der achte Band seiner Krimiserie um den Wilhelmshavener Ermittler Martin Trevisan.

Mehr über den Autor finden Sie unter: www.ulrichhefner.de und www.autorengilde.de

ULRICH HEFNER

Verschollen in Ostfriesland

Kriminalroman

GMEINER

Personen und Handlung sind frei erfunden.
Ähnlichkeiten mit lebenden oder toten Personen
sind rein zufällig und nicht beabsichtigt.

Immer informiert

Spannung pur – mit unserem Newsletter informieren wir Sie
regelmäßig über Wissenswertes aus unserer Bücherwelt.

Gefällt mir!

Facebook: @Gmeiner.Verlag
Instagram: @gmeinerverlag
Twitter: @GmeinerVerlag

FSC www.fsc.org MIX Papier aus verantwortungsvollen Quellen FSC® C083411

Besuchen Sie uns im Internet:
www.gmeiner-verlag.de

Im Ehnried 5, 88605 Meßkirch
Telefon 07575/2095-0
info@gmeiner-verlag.de

1. Auflage 2021

Lektorat: Claudia Senghaas, Kirchardt
Herstellung: Mirjam Hecht
Umschlaggestaltung: U.O.R.G. Lutz Eberle, Stuttgart
unter Verwendung eines Fotos von: © xenias / photocase.de
Druck: CPI books GmbH, Leck
Printed in Germany
ISBN 978-3-8392-0090-2

In den Tiefen des Ozeans,
verschollen,
doch eines Tages kommt das dunkle Geheimnis
aus der Tiefe wieder empor,
und aus
Vermutung wird Gewissheit,
aus
Lüge wird Wahrheit,
und plötzlich scheint die gesamte Welt
Kopf zu stehen.

PROLOG

Cuxhavener Küstenheiden, Mai 2019

Er lief wie ein Uhrwerk, präzise, gleichmäßig und genau im richtigen Tempo. Wenn man einmal über den Punkt hinaus war, wenn man das Gehirn und all seine Gedanken ausschalten konnte und die gleichförmige Bewegung die Herrschaft über Geist und Körper übernommen hatte, dann war alles ganz einfach. Der Fuß folgte dem Fuß, die Arme schwangen im Gleichklang, und die Kraft und die Energie befeuerten die Sehnen, Gelenke und die Muskulatur – und das Dasein folgte einem einzigen Sinn, der Bewegung. Er kannte diesen Zustand, er trainierte ihn, so oft er konnte, denn Marathon laufen war seine Leidenschaft. Jeden Samstag folgte er dem gleichen Weg. Von Altenwalde hinüber nach Arensch, hinunter nach Oxstedt und dann querfeldein zurück, um noch einmal die gleiche Strecke zu bewältigen. Zwei Mal folgte er den Wegen durch die Wiesen und Wälder, bevor er sein geplantes Pensum hinter sich gebracht hatte. 42 Kilometer und knapp 200 Meter bis zum Ziel. Die Strecke war genau abgemessen, er wusste nicht mehr, wie oft er sie schon hinter sich gebracht hatte, bei Sonnenschein, bei Regen, im Wind und selbst bei Schnee. Heute war gutes Wetter, ideales Wetter sogar, ein leichter, kühler Wind, die Temperaturen nicht zu hoch, beinahe ideale Wettkampfbedingungen. Auf so einen Tag hoffte er auch, wenn in zwei Wochen, an einem Samstag, der Wangerlandmarathon bevorstand, von Wilhelmshaven an die Küste und über Jever zurück. Schließlich hatte er einen Titel zu verteidigen. In der Altersklasse über 50 war er vor zwei Jahren als Sieger durch das Ziel gelaufen. Mit einer Zeit von drei Stunden und 22 Minuten hatte er alle hinter sich gelassen und mit einem Vorsprung von über vier Minuten auf den Zweitplatzierten gewonnen. Er war bekannt im Umland in den Kreisen der Läufergemeinde. Der Wangerlandmarathon war nicht der einzige Event, an dem er in den letzten Jahren teilgenommen hatte. Sogar in München, Paris und New York war er schon gelaufen.

Seit nunmehr 20 Jahren widmete er sich diesem Sport, nachdem er dem Tennis den Rücken gekehrt hatte.

Laufen war gut, Laufen war gesund und hielt ihn in Form. Bei einer Größe von beinahe 1,80 Meter und einem Gewicht von 60 Kilo mochte er wohl ein wenig unterernährt wirken, doch das täuschte, denn sein Körper bestand neben den üblichen Zutaten aus reiner Muskulatur, Fett suchte man vergebens.

Mathias Wegener war ein Läufer aus Leidenschaft. Das Laufen war ein ausgezeichneter Gegenpol zu seiner Arbeit, die er vorwiegend im Büro und im Labor verrichtete. Nur hin und wieder war er draußen im Außendienst, und dann meist nur kurz, um ein paar Proben zu entnehmen oder einer Bohrung beizuwohnen. Mathias Wegener arbeitete beim Institut »Flachser und Kollegen« in Cuxhaven und war Geologe. An seiner Tätigkeit war nichts Abenteuerliches, denn er arbeitete im Bereich der Bodenanalysen für die Baubranche und erstellte vorwiegend Gutachten für Großbaustellen und Bauprojekte. Das Laufen hielt ihn fit.

Er war wie jeden Samstag gegen 9 Uhr an seinem Haus im Meisenweg in Altenwalde gestartet und am Ende der Siedlung nach rechts in den Wald abgebogen. Wie immer waren ihm auf dem ersten Teil der Strecke etliche Jogger begegnet. Erst, als er nach dem Wald die kleine Schonung hinter sich gelassen und die Cuxhavener Küstenweide durchquert hatte, nahm die Zahl an Joggern und Spaziergängern ab. Schließlich trabte er ganz alleine über Wald und Flur, und seine Gedanken verschwammen, bis sie sich schließlich im Nichts auflösten. Am Waldparkplatz überquerte er die Landstraße K7, die wie jeden Samstag um diese Zeit nur wenig befahren war. In Arensch bog er links ab und folgte dem Feldweg, der hinter dem Ferienhotel »Dünenhof« nach Süden bis Oxstedt führte. Die Zahl der Spaziergänger und Jogger nahm zu. Er durchquerte den Ort und lief ein kurzes Stück auf Asphalt am Möhlendiek entlang, bevor ein Waldweg nach links abzweigte, der wieder nach Norden in Richtung Altenwalde führte. Er befand sich auf der zweiten Runde und fühlte sich noch immer kräftig. Ab und zu warf er einen Blick auf seine Armbanduhr, mit der er seine Laufzeit überwachte und lächelte. Für die letzten acht Kilometer lag er gut in der

Zeit und würde wieder einmal unter drei Stunden und 30 Minuten das Ziel in Altenwalde erreichen.

Er hatte den Nordholzer Weg hinter sich gelassen und befand sich auf dem Möhlendiek. Sein gelbes T-Shirt war von Schweiß durchnässt, und die zweite Flasche Wasser, die er am Gürtel bei sich trug, war zur Hälfte geleert, doch hoffte er, dass die verbliebene Menge für die letzten Kilometer ausreichen würde. Als der Gehweg endete und er den Ort verließ, lief er am rechten Straßenrand. Es herrschte nur wenig Verkehr, und der Waldweg, dem er im Anschluss folgen musste, lag gerade mal 300 Meter entfernt. Den Wagen hinter sich hörte er erst, als der Motor laut aufheulte. Seine Konzentration ruhte fest in seinem Körper. Die Straße war breit genug, deshalb hielt er die Augen nach vorne gerichtet. Erst im letzten Moment, als er spürte, dass etwas nicht stimmte, wandte er den Kopf. Er nahm etwas Rotes wahr, doch bevor er registrierte, dass der Wagen direkt auf ihn zuschoss, wurde er hoch in die Luft geschleudert. Alles in ihm war ein einziger Schmerz. Er wirbelte durch die Luft. Als er hart auf dem Boden landete, schwanden ihm die Sinne. Am Straßenrand blieb er liegen, während der rote Wagen im hohen Tempo in Richtung der Bundesstraße davonraste.

*

47 Minuten, nachdem Mathias Wegener angefahren worden war, wurde er mit einem Rettungshubschrau-

ber nach Cuxhaven in die Klinik gebracht. Er lebte, doch befand er sich in akuter Lebensgefahr. Niemand wusste, ob er die Nacht durchstehen würde.

Die Polizei fahndete mit Hochdruck nach dem Unfallwagen, einem roten Nissan Juke, von dem allerlei Teile an der Unfallstelle zurückgeblieben waren und von dem es eine Beschreibung einer Zeugin gab, die mit ihrem Kind vom Spielplatz im Nordholzer Weg gekommen war.

Eine Streife fand den Wagen am späten Nachmittag in einem Waldstück bei Sievern, und auch den Fahrer fand sie vor, der volltrunken hinter dem Steuer kauerte und seinen Rausch ausschlief. Zwei Flaschen Wodka lagen im Fond. Sie nahmen den Fahrer namens Anatol Rogoff fest und sperrten ihn nach einer Blutprobe in Cuxhaven in eine Zelle, denn der Wagen war am frühen Morgen vom Parkplatz einer Baufirma gestohlen worden.

Der Richter ordnete Untersuchungshaft an. Anatol Rogoff war nicht das erste Mal betrunken und ohne Führerschein mit einem gestohlenen Wagen unterwegs gewesen. Und auch, wenn er sich mit seinen 2,89 Promille, wie sich später herausstellte, an nichts mehr erinnern konnte, so sprach alles gegen ihn. Anatol Rogoff war der Täter und, sollte Mathias Wegener, der im Koma lag, an den Folgen des Unfalls sterben, so würde den polizeibekannten Russen eine lange Haftstrafe erwarten.

NORDERLAND

1

Kriminalkommissariat Wilhelmshaven, Mozartstraße

Trevisan hob sein Glas in die Höhe und prostete Eike zu. »Auf deinen Hauptkommissar«, sagte er und trank einen kleinen Schluck.

Anlässlich der Beförderung von Eike Brun zum Hauptkommissar hatten sich Trevisan und seine Crew im Soko-Raum der Dienststelle zu einer kleinen Feierstunde versammelt. Es gab Sekt und Häppchen. Als Eike mit einem Löffel gegen das Glas schlug, verstummte das Lachen und alle Augen richteten sich auf den jungen Mann, der sichtlich gerührt war.

»Ich danke euch, liebe Kolleginnen und Kollegen«, sagte er mit hölzerner Stimme. »Ich bin nicht besonders gut im Redenhalten, aber ich bin stolz darauf, dieser Crew anzugehören. Mit Trevisan als unseren Kapitän und Monika, quasi als Steuerfrau, im Rücken und mit euch an der Seite sind wir unschlagbar. Ich hoffe, dass wir auch weiterhin so gut zusammenarbeiten, und möchte an dieser Stelle sagen, dass es Lentje oder Lisa ebenso verdient gehabt hätten wie ich. Ich hoffe, dass sich an unserer Zusammenarbeit nichts ändert, nur weil es zufällig mich getroffen hat.«

Lentje Kaplani winkte ab. »Mir kommen gleich die

Tränen«, scherzte sie. »Die paar Kröten, die du jetzt mehr kriegst als wir, machen den Kohl nicht fett. Ist noch Sekt da?«

Alle lachten und prosteten sich zu.

Draußen schien die Julisonne, keine Wolke trübte den Himmel. Es war warm geworden im Norden, und Trevisan schaute auf seine Uhr. Es war kurz nach 16 Uhr am späten Nachmittag. In 20 Minuten war Feierabend, und er musste noch einen Blumenstrauß besorgen, einen großen Blumenstrauß, denn Paula hatte in der Nacht entbunden und einen strammen Sohn zur Welt gebracht.

Während die anderen miteinander scherzten, gesellte sich Monika an Trevisans Seite. »Wie geht es der jungen Mutter und dem neuen Erdenbürger?«, fragte sie.

»Bei meinem Anruf heute Mittag ging es beiden gut«, entgegnete Trevisan. »Der Kleine schläft und Peer ist bei ihr. Ich fahre später zu ihnen.«

»Wie fühlt es sich an, Opa zu sein?«

Trevisan lächelte. »Ich weiß es nicht, ist wohl noch zu früh, um was zu sagen. Zuerst will ich ihn mal in den Armen halten.«

Monika Sander nickte. »Es ist schon komisch: An den Kindern merkt man, dass man alt wird. Es ist, als hätte ich meine Kinder vor Kurzem in meinen Armen gehalten – und jetzt ist das Haus leer. Du wirst Opa, und ich bin schon Oma, nur bekomme ich davon nichts mit. Meine Enkel wohnen 400 Kilometer weit entfernt, und die Besuche halten sich in Grenzen. Ostern vielleicht, an Weihnachten, und das war es auch schon. Da hast du Glück, du siehst deinen Enkelsohn vor deiner Nase aufwachsen. Hat der Kleine schon einen Namen?«

Trevisan wiegte mit dem Kopf hin und her. »Er soll Ayk heißen.«

»Mike?«

»Nein, Ayk, A, Y, K«, buchstabierte Trevisan.

»Ist das dänisch?«

Trevisan schüttelte den Kopf. »Ayk ist ein alter friesischer Name, Paula hat ihn ausgegraben.«

»Das ist toll, Ayk Trevisan, ein Stammhalter.«

Trevisan lächelte. »Ja, ich bin nicht unglücklich darüber, dass Paula bei ihrer Trauung den Mädchennamen beibehalten hat. Obwohl Stenmark auch nicht schlecht klingt. Ich hoffe nur, dass sie glücklich wird, nach allem, was sie durchmachen musste.«

»Hey, ihr dort drüben!«, rief Eike. »Steht in der Ecke und blast Trübsal, und das bei meiner Beförderung.«

Trevisan und Monika nickten entschuldigend. »Keine Angst, wir freuen uns mit dir, wir schwelgen nur ein klein wenig in Erinnerungen.«

»Wann willst du es ihnen sagen?«, flüsterte Monika, denn außer ihr wusste niemand darüber Bescheid, dass Trevisan Opa geworden war.

»Ich möchte ihn erst einmal in den Händen halten«, entgegnete Trevisan, bevor sie ihre Ecke verließen und sich zu den anderen gesellten. Eike schenkte Trevisans Glas erneut voll. Plötzlich wurde die Tür geöffnet und Thorke Oselich betrat den Raum.

»Schön, es sind ja noch alle da«, sagte sie.

»Kommt wohl auch zum Gratulieren«, bemerkte Lentje leise. Eike schüttelte den Kopf. »Hat sie doch heute früh schon, als ich die Urkunde bekam.«

»Ich muss einen Augenblick um Ruhe bitten«, ergriff Thorke Oselich erneut das Wort. Sie wartete, bis im Raum Ruhe eingekehrt war.

»Mich hat soeben der Polizeipräsident angerufen«, fuhr sie fort. »Bürgermeister Enno Ollmert aus Diekenhörn wird seit drei Tagen vermisst. Der Präsident will, dass wir den Fall übernehmen.«

Trevisan runzelte die Stirn. »Wieso wir? Dafür ist doch die Vermisstenstelle zuständig.«

»Jetzt nicht mehr«, entgegnete Thorke Oselich. »Die Küstenwache hat heute vor Baltrum seine Jacht aufgebracht. Führerlos ist sie dort herumgetrieben. Es ist eine Menge Blut an Bord.«

2

Polizeikommissariat Wittmund, Kriminalermittlungsdienst

Trevisan hatte den Besuch bei seiner Tochter verschieben müssen. Zusammen mit Monika Sander war er nach Wittmund zum Polizeikommissariat gefahren, um sich mit Hauptkommissar Janson zu treffen, bei dem die bisherige Leitung der Fahndung nach dem verschollenen Bürgermeister von Diekenhörn gelegen hatte.

Unterwegs unterhielten sie sich über den verschwundenen Bürgermeister namens Enno Ollmert. Trevisan war der Mann gänzlich unbekannt, doch Monika hatte bereits von ihm gehört. Sie wusste, dass er vor seinem Amtsantritt in Diekenhörn beim NDR gearbeitet und einige Jahre lang eine Nachtsendung im Dritten Programm zusammen mit einer Kollegin moderiert hatte, die später Nachrichtensprecherin bei »NDR-Aktuell« geworden war. Ansonsten, so hieß es, wäre er als Tausendsassa und Frauenheld bekannt, der selbst vor Affären mit verheirateten Frauen nicht zurückschreckte.

»Dann kennen wir vielleicht den Grund seines Verschwindens und müssen nur noch den gehörnten Ehemann finden«, scherzte Trevisan, als sie den Dienstwagen auf dem Parkplatz der Wittmunder Polizeidienststelle parkten.

Hauptkommissar Janson war klein, neigte zu Übergewicht und trug ein weißes Hemd mit Schweißrändern am Kragen. Er wischte sich mit einem Taschentuch über die Stirn, als er die Ermittler aus Wilhelmshaven in sein Büro führte.

»Haben Sie schon eine Idee, weswegen er verschwunden ist?«, fragte Trevisan, nachdem ihnen Janson Platz angeboten hatte.

Janson zuckte mit der Schulter. »Er hatte eine Woche Urlaub genommen und sollte am Montag wieder seinen Dienst antreten«, berichtete Janson. »Er hatte ein paar wichtige Termine an diesem Tag. Seine Sekretärin rief mehrfach bei ihm an, Festnetz und Handy, aber kein Erfolg. Am Mittag schickte sie den Büroboten zum Wohnhaus des Bürgermeisters, doch der stand vor verschlossener Tür. Am Abend erstatteten sie Anzeige bei den Kollegen der Streife. Bis heute Mittag gingen wir davon aus, dass er womöglich seinen Urlaub etwas ausgedehnt hat, sein Handy ist seit Sonntag vor einer Woche vom Netz. Er geht gerne zum Windsurfen an den Gardasee. Wir dachten, dass er dort möglicherweise einen Unfall hatte und im Krankenhaus liegt, aber sein Boot treibt vor Baltrum, und darauf gibt es eine Menge Blut. Wir müssen wohl davon ausgehen, dass er vor Baltrum über Bord gegangen ist.«

»Unfall?«

»Zumindest war niemand an Bord, als man die Jacht in der Nähe des Bergumer Wracks in der Nordsee treibend fand.«

Trevisan warf Monika einen kurzen Blick zu.

»Ehrlich, Trevisan«, fuhr Janson fort, »Ich bin froh, dass ihr aus Wilhelmshaven die Sache übernehmt, mein Telefon stand den ganzen Tag nicht still. Ollmert ist in der Gegend eine bekannte Persönlichkeit. Noch dazu stehen bald Wahlen an, ihr könnt euch sicher vorstellen, dass die Presse neugierig ist.«

Trevisan nickte. »Was war oder was ist er denn für ein Typ?«

Janson erhob sich, ging zum Regalschrank und zog einen Ordner aus dem Fach. Er schlug ihn auf und reichte ihn Trevisan. Auf der ersten Seite prangte ein großformatiges Pressefoto des Bürgermeisters. »Auf den ersten Blick könnte man meinen, das ist Johnny Depp, dieser Schauspieler aus diesen Piratenfilmen. Er ist ledig, lebt alleine in einem angemieteten Haus in Basdorf, fährt einen Porsche, hat eine Jacht in Neßmersiel und offenbar jede Menge Frauengeschichten am Laufen. Er war Fernsehmoderator, bevor er im ersten Wahlgang Bürgermeister wurde. Das ist seine erste Amtszeit, und es ist nicht sicher, ob es eine zweite geben wird.«

»Kam er damals bei den Leuten so gut an, dass er seine Gegenkandidaten gleich im ersten Wahlgang ausstach?«, fragte Monika.

Janson zuckte mit der Schulter und nahm an seinem Schreibtisch Platz. »Sein Vorgänger war alt und trat nicht mehr an. Der andere Kandidat war eher unbekannt, Ollmert kam vom Fernsehen, und reden kann er, so wie alle Politiker. Große Versprechen und am Ende, nach der Wahl, nur heiße Luft.«

»Dann war er wohl nicht sehr beliebt?«, mutmaßte Trevisan.

Janson lächelte. »In der Damenwelt und bei Empfängen schon, aber wer gute Politik von ihm erwartete, der wurde wohl enttäuscht. Gerüchten nach wäre er wohl nicht mehr wiedergewählt worden, aber wie gesagt, die Wahlen sind erst im nächsten Jahr.«

Trevisan blätterte den Ordner durch. »Ah, im Haus ward ihr schon«, stellte er anhand der Fotos auf den weiteren Seiten fest.

»Ja, zur Nachschau«, bestätigte Janson. »Richtig durchsucht haben wir es nicht, gab ja keinen Grund dafür. Er war nicht da und hing auch nicht irgendwo im Gebälk. Einbruchspuren gab es nicht, in der Wohnung war alles in Ordnung. Nur im Kleiderschrank waren ein paar leere Fächer, was dafür sprach, dass er tatsächlich im Urlaub ist. Sein Porsche steht verschlossen in der Garage.«

Trevisan räusperte sich. »Okay, das Boot wird von der Wasserschutzpolizei nach Wilhelmshaven geschleppt. Die Spurensicherung aus Oldenburg ist auf der Anfahrt, die sollen sich danach das Haus vornehmen. Gibt es denn jemanden in seinem Bekanntenkreis, der mehr weiß, mit dem er vielleicht darüber gesprochen hat, was er in seinem Urlaub unternimmt?«

Janson zuckte mit der Schulter. »Seine Sekretärin, Frau Haferkamp, mit der haben wir gesprochen, ansonsten scheint er keine engeren Freunde zu haben. Die Nachbarn konnten auch nicht viel sagen.«

»Was heißt nicht viel?«

»Eine Nachbarin hat ihn am Samstag vor einer Woche das letzte Mal in seinem Garten gesehen. Er winkte ihr zu, ehe er ins Haus ging. Seither ist er verschwunden.«

»Da war er alleine?«

»Ja.«

Monika kratzte sich an der Stirn. »Man ging davon aus, dass er in den Urlaub gefahren ist, an den Gardasee oder wohin auch immer, aber sein Wagen steht verschlossen in der Garage. Und heute findet man seine Jacht, ich meine, habt ihr die Jacht nicht überprüft?«

Janson zuckte mit der Schulter. »Wir wussten nichts von einer Jacht«, sagte er zu seiner Entschuldigung.

Trevisan runzelte die Stirn. »Wie ist er nach Neßmersiel gekommen, wie viele Kilometer sind das von seinem Wohnhaus?«

Janson zuckte mit der Schulter. »Drei, vier vielleicht.«

»Die ist er wohl kaum zu Fuß gegangen«, erwiderte Monika Sander. »Dazu noch mit Koffern im Schlepptau.«

Janson faltete die Hände vor seiner Brust. »Vielleicht mit dem Rad oder mit dem Taxi.«

»Wurde das überprüft?«

»Die Taxis ja, ob er ein Fahrrad besaß, wissen wir nicht. Eine Taxifahrt gab es aber nicht. Zumindest nicht von seiner Adresse aus.«

Trevisan blätterte weiter im Ordner und stieß auf einen Brief, der in einer Klarsichthülle steckte.

Wenn du deine Finger nicht bei dir halten kannst,
dann wirst
du bald merken, wie gefährlich es sein kann, sich
an fremden
Früchten zu vergreifen.

»Was ist das?«, fragte Trevisan und zeigte auf das Blatt, das aus einem Drucker stammte.

»Ein Drohbrief, da sind noch zwei weitere. Das sind die Kopien, die Originale sind auf dem Weg zur Spurensicherung nach Oldenburg.«

Trevisan blätterte weiter.

Ich habe dich gewarnt, das nächste Mal bist du
tot!

Der zweite Brief glich dem ersten und stammte augenscheinlich aus demselben Drucker.

Du hast deine Lektion nicht gelernt, jetzt reicht
es, sieh dich
besser um, wenn du in der Nacht nach Hause
gehst.

Auch dieses Schriftbild stimmte mit den anderen überein.

»Woher habt ihr die?«, fragte Trevisan.

»Frau Haferkamp gab sie uns, sie kamen in den letzten drei Wochen und waren in einem neutralen Kuvert ohne Briefmarke. Leider wurden die Umschläge bereits weggeworfen, es sind nur noch die Briefe da.«

Trevisan schüttelte den Kopf. »Hier stimmt etwas nicht, das passt alles nicht zusammen. Drohbriefe, Urlaub am Gardasee, fehlende Klamotten aus dem Kleiderschrank und die Jacht vor Baltrum. Ich habe kein gutes Gefühl bei der Sache.«

Janson lächelte. »So ging es mir auch, deshalb bin ich auch nicht beleidigt, dass ich den Fall vom Tisch habe und ihr euch damit herumschlagen müsst.«

»Können wir den Ordner mitnehmen?«

Janson nickte. »Meinen Bericht mit den bisherigen Erkenntnissen schicke ich euch zu, aber das ist auch nicht mehr, als wir gerade besprochen haben. Ich kann nur sagen, an Feinden, die ihm an den Kragen wollten, mangelt es nicht. Und er hat offenbar jeden Tag fleißig daran gearbeitet, dass die Anzahl der Leute, die ihm die Pest an den Hals wünschen, größer wurde. Auch im Rathaus lief nicht alles rund. Am besten wird es sein, ihr macht euch selbst ein Bild. Redet doch mal mit der Sekretärin, sie weiß eine ganze Menge über Enno Ollmert.«

Trevisan schlug mit der flachen Hand auf den Tisch, ehe er sich erhob. »Gut, dann machen wir uns an die Arbeit. Vielen Dank, Kollege.«

Als Trevisan neben Monika im Wagen auf dem Beifahrersitz Platz nahm, war seine Miene eher finster.

»Was grübelst du?«, fragte sie.

Trevisan zeigte auf den Ordner, den er im Fußraum abgelegt hatte. »Dieser Fall gefällt mir nicht. Janson ist gottfroh, dass er die Sache vom Tisch hat. Viel hat er nicht herausgefunden. Ich fürchte, wir müssen ganz von vorne beginnen.«

»Okay, wo fangen wir an?«

»Mit der Sekretärin.«

»Dann gib mir die Adresse, damit ich weiß, wohin ich fahren muss.«

3

Rathaus Diekenhörn, Störtebeker-Platz

Das Rathaus von Diekenhörn verbarg sich hinter zwei großen Platanen, die auf einem begrünten Vorplatz standen. Nur der hohe Turm inmitten des roten, modernen und dreistöckigen Backsteinbaus mit den großflächigen Glasfronten und der weit sichtbaren Turmuhr lugte zwischen den Bäumen hervor. Auf dem Vorplatz flatterten die Fahnen von Europa und Deutschland, gegenüber die Fahne Niedersachsens und die Fahne der Stadt, zwei gekreuzte Schwerter und darunter der friesische Adler. Die Fahne war in Schwarz und Weiß gehalten.

Das Rathaus stand in Deichhagen, dem größten Teilort der Samtgemeinde. Diekenhörn selbst gab es als einzelnen Ort nicht. So etwas kam hier oben im Norden öfter vor.

Rund um den Platz lagen die Geschäfte, darunter ein kleiner Einkaufsmarkt, eine Apotheke, zwei Modegeschäfte und ein Schuhladen, daneben gab es zwei Cafés, deren Außenbestuhlung nur durch die unterschiedlichen Farben der Sonnenschirme zu unterscheiden war. Die Cafés waren im Begriff zu schließen, und der Parkplatz war nahezu leer. Die Sonne stand bereits tief im Westen, dennoch war es recht warm.

Monika und Trevisan betraten das Rathaus über die grauen Gehwegpflastersteine und das große Portal mit der Drehtür. Im Foyer war es überraschenderweise angenehm kühl. Hinter einem Empfangspult, an dem allerlei Prospekte und Kartenmaterial aus der Umgebung auslagen, saß ein älterer Herr im schwarzen Sakko und mit ergrauten Haaren.

»Zu Frau Haferkamp«, sagte Trevisan zu dem Mann und nickte ihm freundlich zu.

Der Mann zeigte hinter sich zur Wand, an der eine große weiße Uhr mit dem Emblem der Seenotrettung aufgehängt war. »Wir schließen in fünf Minuten.«

Trevisan fasste in die Hosentasche und zog seine Kripomarke hervor. »Ich denke, Frau Haferkamp hat sicherlich noch für uns Zeit.«

Der bärbeißige Pförtner griff zum Telefon.

»Da sind ein Herr und eine Dame von der Polizei«, sagte er.

Es dauerte ein klein wenig, bis er nickte. »Ja, zu Ihnen.«

Nachdem der Pförtner aufgelegt hatte, wies er zur Treppe. »Dritter Stock, Zimmer 303, nach der Treppe rechts. Sie können aber auch den Fahrstuhl nehmen.«

Trevisan bedankte sich bei dem Mann. Sie nahmen die Treppe, denn Bewegung tat gut. Vor dem Zimmer 303 blieben sie stehen.

»Vorzimmer – Bürgermeister«, stand auf dem Türschild und darunter der Name der Sekretärin. Der Bürgermeister residierte im Raum 301, das Zimmer mit der Nummer 302 lag dazwischen. Trevisan klopfte.

Frau Haferkamp öffnete mit gespannter Miene die Tür. Trevisan schätzte die Frau auf Mitte 60. Ihr ergrautes, zum Zopf gebundenes Haar lag eng am Kopf an. Mit dem dunklen Rock, der hochgeschlossenen weißen Bluse und der schwarzen Strickjacke darüber wirkte sie wie eine Nonne aus einem Kloster. Ihre Züge waren hart und streng.

»Guten Tag, gibt es etwas Neues von Herrn Ollmert?«, fragte sie und ging einen Schritt zur Seite.

Trevisan zeigte seine Dienstmarke. »Martin Trevisan und meine Kollegin Monika Sander. Wir sind vom 1. Fachkommissariat in Wilhelmshaven und haben den Fall übernommen.«

Die Frau wies auf die Stuhlreihe an der Wand, an dem wohl normalerweise die Bittsteller Platz nahmen, die einen Termin mit dem Bürgermeister hatten oder anstrebten. Wie eine Sünderbank, dachte sich Trevisan, als er sich setzte. Monika nahm daneben Platz, während sich die Sekretärin hinter ihren Schreibtisch zurückzog.

»Sie sind von der Mordkommission, richtig«, feuerte sie ihre erste Feststellung ab.

Trevisan nickte. »Unter anderem bearbeiten wir Mordfälle.«

»Ich kenne Sie aus dem Fernsehen, damals, vor einem Jahr, als dieser Fernfahrer ermordet wurde, da gab es eine Pressekonferenz.«

»Kann sein«, bestätigte Trevisan. »Aber heute sind wir wegen Enno Ollmert hier. Er gilt noch immer als vermisst.«

»Ja, der Arme, wer weiß, was da passiert ist.«

»Wie lange arbeiten Sie schon im Rathaus?«, fragte Monika.

Die Frau lächelte. »Schon mein ganzes Leben«, entgegnete sie. »Ich fing ganz unten an der Pforte an. Damals gab es das neue Rathaus noch nicht, da waren wir in Basdorf. Später dann beim Einwohnermeldeamt, und dann fragte mich Ollmerts Vorgänger, Bürgermeister Heese, ob ich mir vorstellen könnte, das Vorzimmer zu machen. Das mache ich nun seit elf Jahren.«

»Wie war Ihr Verhältnis zu Herrn Ollmert?«

Die Frau wackelte mit dem Kopf hin und her und blies die Wangen auf. »Na, was soll ich sagen. Er war immer korrekt zu mir, und er konnte sich auf mich verlassen.«

Trevisan richtete sich auf. »Er soll manchmal ein klein wenig sorglos gewesen sein, hört man.«

Wiederum plusterte sich die Frau auf. »Sorglos, na ja, er hatte manchmal nicht den richtigen Draht, mit den Dingen umzugehen. Hin und wieder verbummelte er einen Termin, aber sonst war alles in Ordnung.«

»Und Herr Heese, sein Vorgänger?«, fragte Trevisan, der aus der Wortwahl der Frau erkannte, dass sich Ollmert wohl nicht immer so verhalten hatte, wie es sich Frau Haferkamp wünschte.

Diesmal wuchs sie in ihrem Stuhl. »Gut, Herr Bürgermeister Heese war natürlich von ganz anderer Natur. Er kam ja aus der Verwaltung und kannte sich aus. Als er damals verkündete, dass er nicht mehr zu Wahl antreten wird, da dachten alle, eine Welt bricht zusammen. Aber gut, irgendwie musste es ja weitergehen.«

»Ollmert wurde gewählt«, vervollständigte Monika den Gedanken der Frau.

Sie wiegte den Kopf hin und her. »Sogar im ersten Wahlgang.«

»Wer war der Konkurrent?«

Frau Haferkamp winkte ab. »Ach so ein Rechtsanwalt aus dem Ruhrpott, da war es schon besser, dass ein Friese das Rennen macht. Schließlich gehören wir zu einer großen Gemeinschaft und haben gute Verbindungen untereinander. Nach Dornum oder Norden oder auch nach Westerholt. Hier hilft man sich. Wenn mal ein Baum auf der Straße liegt und wir sind in der Nähe, dann räumen wir ihn weg, auch wenn er bei denen aus

Dornum liegt. Und die von Dornum sehen es genauso. Nein, war schon besser so.«

»Ich verstehe«, entgegnete Monika. »Also ist er beliebt bei den Leuten.«

Die Sekretärin griff zu einem Kugelschreiber, der auf dem Schreibtisch lag, und ließ ihn durch die Finger gleiten. »Zu Anfang schon, ich meine, er kam vom Fernsehen, ist sogar prominent, sieht gut aus, stellt etwas dar und kann sehr gut reden, aber er hätte sich manchmal auch an seine Worte halten sollen. Die Leute merken sehr schnell, wenn da nichts vorwärtsgeht.«

»Das heißt, er redet viel und tut wenig?«

»Manchmal ist eben Schweigen Gold«, entgegnete die Frau geheimnisvoll.

»Ist deswegen seine Wiederwahl nicht sicher?«

Wiederum wiegte Frau Haferkamp abschätzend den Kopf hin und her. »Na, sagen wir, es könnte knapp werden, denn es gibt einige aus dem Stadtrat, die meinen, wir wären besser ohne ihn dran.«

»Und was meinen Sie?«

Sie schüttelte den Kopf. »Ich weiß es nicht, ich halte mich da raus.«

Trevisan räusperte sich. »Noch einmal die Frage: Wie ist Ihr Verhältnis zu ihm? Würden Sie sagen, es ist freundschaftlich?«

Sie legte den Kugelschreiber wieder aus der Hand. »Ich arbeite für ihn, und er war stets korrekt. Überhaupt meine ich, dass eine Freundschaft mit der Arbeit nicht gut zusammenpasst. Wir gehen höflich und korrekt miteinander um. Wenn es zu freundschaftlich wird, dann hat man am Ende schnell eine Klüngelei – und das will ich nicht. Ich arbeite hier und erfülle meine Pflicht, alles andere hat nichts am Arbeitsplatz verloren.«

Trevisan war mit dieser Antwort zufrieden. Damit war ihm klar, dass das Band der Sympathie zwischen Ollmert und der Sekretärin offenbar nicht besonders stark verknüpft war. Es machte keinen Sinn, diesen Punkt zu vertiefen. Er wechselte das Thema. »Hatte er denn Feinde?«

»Das will ich wohl meinen, es gab sogar Drohbriefe, aber das wissen Sie bestimmt. Da gab es schon welche, denen ich durchaus zutraue, dass sie ihm schaden wollten.«

»Und umbringen?«

Die Frau zuckte mit der Schulter. »Das weiß man heutzutage ja nie.«

»Können Sie konkrete Namen nennen?«, fragte Monika.

Die Frau hob abwehrend die Hand. »Ich will niemanden beschuldigen.«

Monika nickte verständig. »Das ist uns klar, aber wir versuchen herauszufinden, ob jemand hinter seinem Verschwinden stecken könnte, und dazu sollten wir ein paar Details kennen.«

Sie zögerte.

»Es ist sehr wichtig«, fügte Trevisan hinzu.

»Den ein oder anderen genarrten Ehemann gibt es schon. Hoferland zum Beispiel, der hat ihn vor einem halben Jahr sogar geschlagen, sodass er ein blaues Auge hatte.«

»Wo war das?«

Frau Haferkamp zeigte auf die Tür zum anderen Zimmer, in der Bürgermeister Ollmert normalerweise residierte.

»Das haben Sie gesehen?«

»Gehört, habe ich das, gehört. Und als Hoferland aus dem Zimmer stürmte, hatte der Bürgermeister ein blaues Auge und einen blutigen Kratzer auf der Wange.«

»Hat er Anzeige erstattet?«, fragte Monika.

Frau Haferkamp lächelte spöttisch. »Nein, nein, wo denken Sie hin. Sogar zu mir sagte er, dass er ausgerutscht und gegen den Schrank gefallen sei. Aber ich sage, gehört ist gehört, und ich weiß, was ich sage.«

»Hoferland?«

»Der Bierkönig aus Hage«, erklärte die Sekretärin. »Hagermarscher Pils, Sie kennen das sicher, das mit dem blauen Pferd.«

»Wissen Sie, weshalb Hoferland mit dem Bürgermeister gestritten hat?«

»Na, weswegen schon, wegen Bente, der Frau von Hoferland. Die ist 20 Jahre jünger und war mal Model.«

»In der Modebranche?«, fragte Monika.

Die Frau schüttelte den Kopf. »Nein, wenn die Weilandt ihre Kollektion auf dem Platz draußen vorführt, beim Sommerfest.«

»›Weilandt‹?«

»Das Modehaus gegenüber dem Café ›Ehrlich‹.«

Trevisan runzelte die Stirn. »Sonst noch jemand?«

»Da gibt es schon noch einige«, erklärte Frau Haferkamp. »Man kann es eben nicht jedem recht machen, wenn man Bürgermeister ist.«

»Das glaube ich, aber wie wäre es mit Namen?«

Die Frau wiegte den Kopf hin und her. Dies war wohl ihre Geste, um zu signalisieren, dass sie eigentlich nicht darüber reden wollte, es andererseits aber durchaus gerne tat.

»Ich habe mir da meine Gedanken gemacht, als ich hörte, dass da Blut auf dem Boot war«, holte sie aus. »Aber ich will wie gesagt niemanden beschuldigen.«

»Die Namen«, forderte Trevisan.

»Na ja, da gibt es den Wilko Klaasen, der ist Großbauer in Jakobsiel. Der wollte eine Genehmigung für so eine Stinkeranlage auf seinem Grund, so eine, die Strom produziert, und das hat ihm Ollmert ganz schön versaut. Dann ist da noch der Thees, der heißt Geritt mit Nachnamen und ist der zweite Vorsitzende des Bürgerparkvereins Salzwiesen. Der läuft unserem Bürgermeister seit Wochen hinterher und will Klarheit über ein paar Details zur Planung der Windkraftanlagen. Der Bürgermeister ist Geschäftsführer, aber er weicht ihm ständig aus. Ein paar Mal ließ er sich sogar verleugnen.«

»Das müssen Sie mir näher erklären«, hakte Trevisan nach.

Die Frau wies aus dem Fenster in Richtung Westen. »Draußen, hinter Jakobsiel, da sind die Salzwiesen. Ein großes Gebiet, etliche Hektar groß. Dort war früher der Deichhof von Bauer Harms. Als der starb, alleine und ohne Verwandte, wie er war, vererbte er das Land der Stadt. Und da sollen in den nächsten Monaten Windräder gebaut werden. Da gibt es einen Verein zur Finanzierung, auch eine Bank ist dabei. Der Strom wird dann verkauft und alle profitieren davon, auch die Gemeinde.«

»Und da stimmte was nicht?«

Die Frau schüttelte den Kopf. »Quatsch, das macht doch alles das Planungsbüro aus Bremerhaven, die haben schon mehrere solcher Parks gebaut. Der Thees ist nur nervös, weil sich das mit dem Bau verzögert, und da macht er sich eben in die Hosen.«

»Woher stammt dieser Thees Geritt?«

»Der wohnt in Deichhagen.«

Draußen tauchte die untergehende Sonne die Landschaft in ein rötliches Licht, und im Büro wurde es langsam düster.

»Sie sagten, es gäbe eine ganze Menge Leute, die nicht gut auf den Bürgermeister zu sprechen sind. Das waren schon alle?«

Frau Haferkamp schüttelte den Kopf. »Die Rose, Rose Sielmann aus Wiesenstede, würde ihm Gift geben, wenn sie könnte.«

»Und weshalb?«

»Die waren kurz zusammen, direkt nach seiner Wahl. Die wollte ihm einen Teil ihrer Ferienhäuser überschreiben, aber dann hat er sie einfach sitzen lassen und sich was Jüngeres gesucht. Dann noch die Bäuerin von

Davidshörn, Hanna Schmidt, die ist so eine Grüne. Die meint, der Bürgermeister tut nichts für den Umweltschutz, und die Salzwiesen sollten eher Biotope werden, anstatt sie mit Windkraftanlagen vollzustellen. Da ist die ganz eigen, wissen Sie.«

Monika Sander schrieb alle Namen und stichpunktartig die Gründe für die Verstimmung zwischen den Genannten und dem Bürgermeister in ihren kleinen Notizblock.

»Dieser Schneider, der Rechtsanwalt der ›Nordostbank‹, ist auch hinter dem Bürgermeister her, aber da glaube ich, der bringt niemanden um. Und da ist noch der Johann Beeke, ebenfalls aus Davidshörn, der ist im Stadtrat sein größter Widersacher. Die konnten sich von Anfang an nicht ausstehen. Wollte damals selbst Bürgermeister werden, bekam aber im Vorfeld keine Unterstützung aus der Gemeinde und trat erst gar nicht an.«

»Sonst noch jemand?«

»Jesko Holders fällt mir noch ein«, fuhr die Sekretärin fort. »Ein junger Kerl. Vorsitzender vom Motorsportklub. Die hatten ein Klubheim, eine Scheune auf einem alten Hof bei Wiesenstede, da hat sie Ollmert rausgeschmissen, jetzt sind die ohne Vereinsheim. Dem würde ich es zuallererst zutrauen, dass er dem Bürgermeister was antut, der hat ihm auch gedroht, da draußen im Flur, als die das Klubheim räumen mussten.«

Trevisan wurde hellhörig. »Gedroht, sagen Sie. Was hat er denn gesagt?«

Frau Haferkamp kratzte sich am Kinn. »Der sagte so was wie, wenn ich dir draußen begegne, dann hau ich dich zu Brei, oder so ähnlich.«

»Wissen Sie auch, warum der Klub an die Luft gesetzt wurde?«

Sie zuckte mit der Schulter. »Die haben da draußen alles dreckig gemacht und an ihren Karren herumgeschraubt, sogar Ölwechsel haben die auf der Wiese gemacht, und Rennen sind die gefahren, sagte Ollmert. Da hat er sie rausgeworfen.«

»Und was ist jetzt dort im Schuppen?«, fragte Monika.

Erneut zuckte sie mit der Schulter. »Da sind Sachen und Gerätschaften vom Bürgerverein drinnen. Später, wenn gebaut wird, sollen da die Leute von der Baustelle in Containern wohnen. Deshalb behauptet Holders ja auch, dass das Ganze ein abgekartetes Spiel war, damit man sie an die Luft setzen konnte, um diese Container dort aufzustellen.«

Trevisan warf Monika Sander einen kurzen Blick zu. »Danke für Ihre Offenheit, Frau Haferkamp. Wenn es noch Fragen gibt, kommen wir noch einmal auf Sie zu.«

»Dann rufen Sie aber bitte vorher an. Es ist bald 19 Uhr, und diese Zeit bekomme ich nicht bezahlt.«

Trevisan nickte, ehe er sich erhob. Er verabschiedete sich von der Frau und ging zur Tür. Monika folgte ihm. »Ach ja, da wäre noch eine Frage«, wandte sich Trevisan zu ihr um. »Hatte er Verwandtschaft in der Gegend oder Bekannte, jemanden, mit dem er sehr gut befreundet ist, oder eine Beziehung?«

Frau Haferkamp schüttelte den Kopf. »Nein, soviel ich weiß, gibt es eine Tante in Amerika, seine Eltern sind bereits verstorben. Und Freunde oder enge Bekannte, da wüsste ich niemanden. Sein Privatleben geht mich ja auch nichts an. Er ist allerdings öfter rüber nach Bremerhaven gefahren, hörte ich. Was er dort tat, kann ich nicht sagen. Ich bin seine Sekretärin und nicht seine Gouvernante, verstehen Sie?«

Trevisan verstand. »Noch eines«, sagte er. »Besaß Ollmert ein Fahrrad?«

Die Frau blies die Wangen auf. »Da fragen Sie mich was. Gesehen habe ich keines, er kam immer mit seinem Wagen. Aber möglich wäre es schon.«

»Wie geht es eigentlich weiter?«, fragte Monika. »Ich meine, wer führt die Amtsgeschäfte, solange der Bürgermeister nicht hier ist?«

»Erste Stellvertreterin ist Frau Gutjahn«, antwortete die Sekretärin.

Trevisan wurde hellhörig. »Hatten Sie auch Probleme mit …«

Frau Haferkamp winkte ab. »Nein, wo denken Sie hin. Das meiste bleibt sowieso an mir hängen. Frau Gutjahn ist über 70. Sie war einmal Gemeindereferentin bei der evangelisch-lutherischen Kirchgemeinde und hält sich gerne aus allem heraus. Sie hat das Amt damals nur übernommen, weil es eben im Stadtrat nicht ganz so gut lief nach Ollmerts Wahl. Da hat man sich auf sie geeinigt, das wurde von allen Seiten akzeptiert. Mit dem Verschwinden des Bürgermeisters hat sie sicher nichts zu tun.«

Als Trevisan neben Monika im Wagen saß und sie nach Wilhelmshaven zurückfuhren, versteckte sich die Sonne hinter dichten Wolken.

4

Kriminalkommissariat Wilhelmshaven, Mozartstraße

Als Monika und Trevisan die Dienststelle erreichten, war es bereits dunkel. Es war kurz nach 21 Uhr.

»Heute werde ich den kleinen Ayk wohl nicht mehr zu Gesicht bekommen«, seufzte Trevisan, als sie über den Parkplatz zum Hintereingang der Dienststelle liefen. Fünf Autos standen noch auf den markierten Parkreihen des 1. Fachkommissariats, eines davon gehörte Trevisan, eines Monika und die anderen gehörten zu Lentje, Lisa und Eike.

»Die sind alle noch oben«, bemerkte Monika.

Über das Treppenhaus gingen sie nach oben in den Soko-Raum. Eike und Lisa saßen am großen Besprechungstisch. An der Pinnwand auf der einen Seite des Raumes prangte das Bild von Enno Ollmert. Es war eine Aufnahme, auf der er einen sportlichen, blauen Einreiher trug und das weiße Hemd am Kragen locker geöffnet hatte. Auf eine Krawatte hatte er verzichtet. Ollmert lächelte verschmitzt. Ein Hochglanzfoto, das von seiner Wahlwerbekampagne stammte und vier Jahre alt war.

»Wird ja Zeit, dass ihr endlich kommt«, grüßte Eike die beiden.

»Seid ihr weitergekommen?«

Lisa lümmelte am Tisch und hatte ihren Kopf auf den Armen aufgestützt, sie räkelte und streckte sich. »Dank Google und Co kennen wir beinahe seinen gesamten Lebenslauf«, sagte sie.

Trevisan zog sich einen Stuhl heran und setzte sich. Monika tat es ihm nach.

»Also«, eröffnete Lisa den Monolog. »Er wurde am 7.12.1978 in Emden geboren. Sein Vater war ein angesehener Anwalt, seine Mutter arbeitete in der Kanzlei des Vaters. Er wuchs in Emden auf, besuchte das Max-Windmüller-Gymnasium und machte im zweiten Versuch sein Abi. Anschließend studierte er wohl auf Geheiß seines Vaters Jura an der Uni in Hamburg und brach nach einem Jahr ab. Anschließend war er zehn Monate im Ausland unterwegs. Als er zurückkam, schrieb er sich erneut an der Uni ein, diesmal für Medienwissenschaften. Da machte er einen Abschluss in Medieninformatik.«

»Deshalb wohl der Weg zum Fernsehen«, bemerkte Monika.

Lisa schüttelte den Kopf. »Offenbar war der Vater mit dem neuen Studiengang nicht so ganz einverstanden und kappte die Versorgungsleitung.«

»Der Vater war wohl ein strenger Herr«, unkte Trevisan.

»Ollmert hat es trotzdem durchgezogen mit Hilfe einer Freundin, die zwei Boutiquen in Hamburg besaß und 15 Jahre älter war als er.«

»Die hat ihn ausgehalten?«, fragte Trevisan.

Lisa winkte ab. »So kann man sagen, er sah gut aus und startete eine Modelkarriere. Irgendwie hatte er schon immer einen Schlag bei Frauen. So kam es, dass er bei dem Privatsender 1-2-3-TV landete und dort über den Bildschirm Modeschmuck verkaufte. Beim NDR landete er erst ein paar Jahre später. Aber auch da schien er gut anzukommen und moderierte die Nachtausgabe von ›NDR-Heute Nacht‹.«

»Wie kam es dann, dass er sich als Bürgermeister bewarb?«, wandte Trevisan ein.

Lisa lächelte. »Die Frauen geben es, und die Frauen nehmen es«, scherzte sie. »Wir sind im Internet auf einen kleinen Skandal gestoßen, er hatte wohl was mit der Tochter des Programmdirektors, und der fand es gar nicht spaßig. Um seiner Kündigung zuvorzukommen, suchte er den Ausweg in die Politik.«

Monika Sander schüttelte den Kopf. »War er eigentlich jemals länger mit einer Frau zusammen?«

»Ja, fünf Jahre sogar. Er lebte mit einer Nachrichtensprecherin zusammen. Doreen Pleitgen, die macht inzwischen Nachrichten bei der ARD.«

»Seine Eltern?«, fragte Monika.

»Der Vater starb 2010, seine Mutter vor vier Jahren, Brüder und Schwestern gibt es nicht, er war ein Einzelkind. Die einzige Verwandte, die wir ausgemacht haben, ist eine Tante, die Schwester seiner Mutter, aber die lebt seit 30 Jahren in Washington. Ansonsten sind keine weiteren Verwandten bekannt.«

»Wer weiß, wozu das gut ist«, murmelte Trevisan. »Sonst noch was?«

Lisa schüttelte den Kopf. »Mehr konnten wir auf die Schnelle nicht herausfinden. Die Bankenanfrage läuft, der Rest folgt morgen, wenn die Behörden wieder besetzt sind.«

Trevisan nickte und blickte sich um. »Wo ist eigentlich Lentje?«

»Die ist mit Krog am Hafen«, erklärte Eike. »Die Spurensuche auf dem Boot nimmt mehr Zeit in Anspruch als gedacht. Krog sagt, die Wohnung und das Büro nehmen sie sich morgen vor.«

Trevisan klatschte in die Hände. »Alles klar, dann machen wir Feierabend. Morgen früh um 9 Uhr treffen wir uns hier im Raum, pünktlich, wenn es geht. Gebt bitte Krog und Lentje Bescheid.«

*

Wilhelmshaven, Großer Hafen

»Und das könnte tatsächlich der Baum gewesen sein?«, fragte Lentje und folgte Krogs Fingerzeig an den Schiffsmasten der kleinen Segeljacht vom Typ Bavaria.

»Wenn der Lümmelbeschlag schnell dreht, dann schlägt der Baum in alle Richtungen. Normalerweise macht man ihn fest. Vielleicht hat er es ja vergessen. Manchmal reißt die Leine im Sturm, aber das können wir ausschließen, in den letzten Tagen herrschte gutes Wetter.«

»Dann also ein Fehler des Skippers«, folgerte Lentje.

Krog zuckte mit der Schulter. »Dazu hätte er das Ruder freigeben müssen, sodass sich abrupt die Fahrtrichtung ändert, dann kann es schon sein, dass der Baum umschlägt. Wenn er gebückt stand, trifft er ihn genau am Kopf, und das mit großer Wucht.«

»Doch ein Unfall?«

Krog runzelte die Stirn. »Kann man nicht ausschließen, aber welcher Skipper, der alleine segelt, gibt sein Ruder frei?«

Lentje hob ihr Handy in die Höhe und fotografierte die Blutlache, die sich an Deck unmittelbar neben dem Mast befand.

»Wir haben schon Bilder gemacht«, sagte Krog.

Lentje nickte.

»Das ist mindestens ein halber Liter Blut«, bemerkte Krog.

Lentje hielt sich an der Reling fest und stellte den Fuß auf den oberen Rand des Kabinendachs. »Er könnte hier gestanden haben, als der Baum umschlug. Er stürzt auf die Planken …«

»… und bleibt am Relingdurchstieg liegen. Das Boot ist führerlos und neigt sich, weil es quer zum Wind kommt, dann rutscht er ins Wasser – und aus die Maus.«

Lentje fuhr sich über das Kinn. »So könnte es gewesen sein.«

»Ja, so könnte es gewesen sein«, bestätigte Krog. »Mich wundert nur, dass wir am Baum keine Spuren finden. Außerdem hatte er kaum Sprit für den Motor im Tank, und Vorräte sind auch keine an Bord. Wenn er tatsächlich vor drei Tagen gestartet ist, dann hätte man das Boot früher aufbringen müssen, denn dort draußen ist die Fahrrinne, und da fahren jeden Tag 30 bis 40 Schiffe lang.«

»Er muss vor drei Tagen gestartet sein«, stellte Lentje klar. »Die Jacht lag am Sonntag noch am Pier, und am Montag war sie weg, sagt der Hafenmeister von Neßmersiel. Niemand hat ihn gesehen, als er auslief, aber er hatte einen Schlüssel zum Jachthafen und hätte auch mitten in der Nacht aufbrechen können.«

Krog schüttelte den Kopf. »Frühestens um 4 Uhr mit der Flut, zuvor hätte er das Boot durchs Watt tragen müssen.«

»Um 4 Uhr, da ist es ja noch stockdunkel«, entgegnete Lentje.

»Die Fischer mit ihren Kuttern stört das nicht.«

»Er war kein Fischer. Er war Hobbysegler.«

Krog tauchte den Pinsel in das Fläschchen mit Spurensicherungsmittel.

Lentje wiegte den Kopf hin und her. »Sonst noch was?«

»Ja, jede Menge Fingerabdrücke. Teils überlagert. Hier an Bord wurde nur selten gewischt.«

Lentje atmete tief ein. »Dann fasse ich mal zusammen: Für einen großen Törn war das Boot nicht ausgestattet, und es könnte auch jemand mit an Bord gewesen sein. Er hat sich möglicherweise den Kopf aufgeschlagen und eine ganze Menge Blut verloren, ein Unfall vielleicht oder jemand hat ihm eine verpasst und ihn über Bord geworfen, bevor er das Boot verließ.«

»Klamotten oder Koffer gibt es keine an Bord«, fuhr Krog fort. »Trevisan fragte danach.«

»Dann haben wir also gar nichts, das wird dem Boss überhaupt nicht gefallen.«

Sanfte Wellen liefen auf der Bootsrampe aus, das Wasser gluckste und plätscherte.

»Das glaube ich auch, so wie ich ihn kenne«, bestätigte Krog.

Einer der großen und starken Scheinwerfer, die das Schiff in helles Licht tauchten, begann zu flackern.

Lentjes Handy piepste. Sie fischte es aus ihrer Hosentasche und warf einen Blick auf das Display.

»Trevisan erwartet uns morgen früh um 9 Uhr«, sagte sie.

»Okay, machen wir Schluss«, seufzte Krog und warf einen Blick auf seine Armbanduhr. »Wir wissen mehr, wenn wir einen DNA-Abgleich haben.«

Lentje nickte. »Dann bis morgen«, sagte sie, bevor sie sich umwandte und über die Planken die Jacht verließ.

5

Basdorf, Accumer Weg

Sie hatten sich wie vereinbart pünktlich um 9 Uhr auf der Dienststelle getroffen und ausgetauscht. Nach der kurzen Besprechung waren sie nach Basdorf gefahren, um das Haus des Bürgermeisters zu durchsuchen. Drei Kollegen der Spurensicherung widmeten sich unterdessen dem Büro im Rathaus von Deichhagen.

Janson von der Vermisstenstelle in Aurich war vor Tagen bereits dort gewesen, doch seine Nachschau war oberflächlich und hatte dem Bürgermeister selbst gegolten. Seit dessen Boot führerlos vor Baltrum aufgetaucht war, musste Trevisan von anderen Voraussetzungen ausgehen. Von einem geplanten Verschwinden, einem Unfall oder gar Mord an Enno Ollmert, alles war möglich. Trevisan und seine Crew mussten gründlich vorgehen und nach Hinweisen suchen, die eine der Thesen untermauerte oder zumindest dazu führte, eine Möglichkeit sicher auszuschließen.

Janson hatte damals das Türschloss aufbrechen müssen und es anschließend durch ein anderes ersetzt. Die dazugehörigen Schlüssel hatte er an Trevisan übergeben.

Das Haus lag am Ende des Dorfes in einem Neubaugebiet unmittelbar vor den weitläufigen Wiesen und Feldern. Es war ein modernes Dreigiebelhaus mit üppigen Glasfronten und sah neu aus. Die weiß getünchte Fassade war durch blaue Umrahmungen der Fenster aufgelockert und das Grundstück um das Haus mit Rasen und jungen Büschen und Sträuchern bepflanzt. Eine Mauer oder einen Zaun gab es nicht. Schmale, graue Rabatten grenzten das Grundstück zur Straße und zur Nachbarschaft ab.

Die Innenjalousien waren herabgelassen, so wie es auch in Jansons Akte beschrieben war, was dafür sprach, dass Ollmert das Haus vor seinem Verlassen entsprechend gesichert hatte. Ein kontrollierter und geplanter Aufbruch, dachte Trevisan, als er vor der blauen Eingangstür mit den beiden Dreiecksfenstern stand und das Schloss öffnete. Im Haus selbst war alles ordentlich und sauber hinterlassen worden. Trevisan blickte sich um. So ähnlich sieht es aus, wenn jemand für ein paar Tage wegfährt. Allerdings hatte er erwartet, dass ein Bürgermeister innerhalb einer Woche mehr Post erhielt, doch auch so etwas ließ sich heutzutage steuern.

Monika, Lentje und Lisa sowie Krog und drei seiner Spurensicherungsexperten folgten ihm ins Haus. Eike war auf der Dienststelle geblieben, um weitere Details über Enno Ollmert herauszufinden und noch einmal mit dem Provider von Ollmerts Handy zu sprechen. Aber auch, um die Liste der Namen zu überprüfen, die Monika und Trevisan von der Chefsekretärin erhalten hatten. Möglicherweise ergab sich daraus ein konkreter Ermittlungsansatz.

Trevisan ging über den Flur, der mit grauen Marmorplatten ausgelegt war, und betrat das Wohnzimmer. Ollmert bevorzugte eindeutig die nüchterne Moderne. Abstrakte Gemälde verzierten die weißen Wände, und eine Designer-Sitzkombination, in schwarzem Leder gehalten, stand inmitten des Raumes, davor ein niedriger Glastisch. An einer Wand stand eine Vitrine, an der Stirnseite prangte ein riesiger Fernseher an der Wand. Darunter stand ein Lowboard in weißem Lack gehalten. Ein Highboard in der Ecke vervollständigte das Mobiliar im geräumigen, mit hellem Parkett ausgelegten Wohnzimmer. Die Stereoanlage von Bang und Olufson nebst den teuren Lautsprechern, die in den Ecken standen, waren sicherlich nicht billig gewesen. Auch das Mobiliar erschien hochwertig und teuer.

»Was verdient so ein Bürgermeister?«, fragte Lisa, als sie neben Trevisan stehen blieb und das Fernsehgerät bewunderte.

»Der ist in der Gehaltsklasse B eingestuft, soweit ich weiß«, antwortete Trevisan. »Also mehr als ein Polizeidirektor.«

Lisa nickte überrascht und verschwand im Flur. Trevisan schaute sich die Fotos auf dem Highboard genauer an. Drei Bilder gab es dort zu sehen: Ollmert neben seinem Porsche, Ollmert am Ruder seines Bootes und Ollmert vor dem Eiffelturm. Weitere Fotos gab es nicht, offenbar hielt sich der Kreis seiner Freunde und Bekannten in Grenzen.

Trevisan öffnete die Schränke. Dort fand er vorwiegend Bedienungsanleitungen für die technischen Geräte, außerdem ein hochwertiges »Bresser«-Fernglas und in einem Fach im Highboard mehrere Armbanduhren und Herrenschmuck.

»Ausgeraubt hat ihn niemand«, murmelte Trevisan.

»Was hast du gesagt?«, fragte Monika, die das Zimmer betreten hatte, ohne dass es Trevisan bemerkt hatte.

»Ach nichts. Habt ihr was gefunden?«

Monika schüttelte den Kopf. »Krog ist in seinem Arbeitszimmer, da gibt es einige persönliche Unterlagen. Post liegt auf dem Schreibtisch. Ich habe seinen Pass im Schlafzimmer gefunden, ansonsten nur ein paar Tabletten und Medikamente. Einige Schrankfächer sind leer, bei den Anzügen ist noch viel Luft, da könnte einiges fehlen, außerdem fand ich zwei Kofferschutzhüllen, die in den Kleiderschrank geworfen waren. Es müssen ein großer und ein kleiner Koffer gewesen sein.«

»Alles klar. Wenn du fertig bist, nimm Lisa mit und frag in der Nachbarschaft. Vielleicht hat da einer was gesehen.«

Monika nickte und wandte sich um.

»Fangt am besten mit Frau Anderson gegenüber an, sie ist die Letzte, die Ollmert im Garten gesehen hat, er hat ihr noch gewunken«, rief ihr Trevisan nach.

Noch bevor Monika die Tür erreicht hatte, war der melodische Dreiklang der Türglocke zu hören. Monika öffnete. Eine kleine, schmächtige Frau in einem dunklen, hochgeschlossenen, gestreiften Kleid und einem beigefarbenen Kopftuch stand vor der Tür und schaute Monika mit großen Augen an. In der Hand hielt sie einen Schlüsselbund.

»Wo Herr Ollmert?«, fragte sie in gebrochenem Deutsch.

»Wer sind Sie?«, fragte Monika.

Die Frau hob den Schlüsselbund in die Höhe. »Nicht mehr passen, Schlüssel, wo Herr Ollmert, ich muss sprechen.«

Monika fasste in ihre Hosentasche und zog ihren Dienstausweis hervor. »Wir sind hier, weil Herr Ollmert verschwunden ist. Und Sie sagen mir bitte, was Sie hier wollen!«

Die Frau stemmte ihre Arme in die Hüfte. »Ich putzen, Herr Ollmert, schon lange, drei Jahre putzen hier, wo Herr Ollmert?«

»Martin, kommst du mal!«, rief Monika in den Flur. Trevisan kam aus dem Wohnzimmer. Monika wies mit dem Kopf in Richtung der Frau. »Sie sagt, sie putzt hier.«

Trevisan zuckte mit der Schulter. »Von einer Putzfrau weiß ich nichts.«

»Jetzt weißt du es, ich geh rüber zu Frau Anderson«, entgegnete Monika und ging an der Frau vorbei.

Trevisan zeigte seinen Dienstausweis. »Sie putzen hier?«

»Ja, putzen, wo Herr Ollmert?«

»Herr Ollmert ist verschwunden«, entgegnete Trevisan. »Wir sind von der Polizei und suchen nach ihm.«

Die Frau schüttelte den Kopf. »Nix verschwunden, machen Urlaub.«

Trevisan bat die Frau ins Haus. Er führte sie ins Wohnzimmer und bot ihr Platz an. Sie hieß Enisa Yilmaz, wohnte am anderen Ende von Basdorf und putzte seit drei Jahren für den Bürgermeister. Sie wusste, dass Ollmert vor einer Woche in Urlaub gefahren war, und hatte ihm sogar beim Kofferpacken geholfen. Er hatte ihr erzählt, dass er in den Süden nach Italien fahren und ausspannen wolle.

»Wie groß waren die Koffer?«, fragte Trevisan, um abschätzen zu können, wie viel Kleidung Ollmert auf seine Reise mitgenommen hatte.

Sie zeichnete ein großes Quadrat in die Luft und anschließend ein um die Hälfte kleineres.

»Was nahm er mit auf seine Reise?«

Die Frau zuckte mit der Schulter. »War Anzug, ganz feine, drei oder vier, war kurze Hosen, Shirt und Unterwäsche, was man braucht bei baden gehen in warme Tage.«

»Hat er auch gesagt, wann er zurückkommt?«, fragte Trevisan.

»Er gesagt, eine Woche bleiben, dann wiederkommen. Müssen da sein jetzt heute.«

»Wie oft putzen Sie bei ihm?«

Die Frau wiegte den Kopf hin und her. »Ich putzen einmal Woche immer Donnerstag, dann manchmal er anrufen und fragen putzen. Ich kommen, wenn ist Zeit.«

»Haben Sie am letzten Donnerstag geputzt?«

»Ich putzen und legen Post in Zimmer oben.«

Trevisan warf einen Blick durch die offene Wohnungstür in den Flur. »Moment«, sagte er, ehe er zum Briefkasten ging, an dem der Schlüssel steckte, und ihn öffnete. Es waren mehrere Briefe darin, aber keine Werbung und keine Zeitung. Bevor er zurück ins Wohnzimmer ging, warf er einen Blick nach draußen. Auf dem Briefkasten klebte ein weißer Aufkleber mit roter Schrift. »Keine Werbung einwerfen!«, stand darauf geschrieben. Wahrscheinlich war das der Grund, dass es keine Werbeprospekte gab. Als er zurück ins Wohnzimmer ging, schaute er die Briefe durch. Zwei Postwurfsendungen von Firmen aus der Umgebung und drei Briefe, die frankiert worden waren. Sie stammten von einer Bank, dem Pfarramt und vom örtlichen Fußballverein. Er setzte sich zur Putzfrau an den Tisch und zeigte ihr die Briefe. »Ist es normal, dass Herr Ollmert innerhalb einer Woche so wenig Post bekommt?«

»Nicht viel Post, nicht Woche, Briefkasten geleert Sonntag, habe gelegt Briefe in Zimmer oben.«

»Sie waren am Sonntag hier?«, fragte Trevisan überrascht.

Die Frau nickte. »War in Gegend, war früh am Morgen, vielleicht 10 Uhr, habe geleert Postkasten.«

»Und Ollmert war nicht hier und seine Koffer auch nicht?«

Sie schüttelte den Kopf. »Nicht hier.«

»War sonst etwas ungewöhnlich im Haus?«, fragte Trevisan.

Die Frau warf Trevisan einen fragenden Blick zu.

»Sah es aus, als ob jemand drinnen war, Herr Ollmert vielleicht oder jemand anderes?«

Sie lächelte. »Nix drinnen, alles sauber und gut, wie Donnerstag.«

Trevisan überlegte. »Ach ja, eine Frage noch: Las Herr Ollmert Zeitung, wir haben keine Zeitungen gefunden.«

»Er immer lesen Büro, keine Zeitung in Haus.«

Bevor Trevisan die Putzfrau gehen ließ, führte er sie ins Schlafzimmer und zeigte ihr im Schrank die leeren Fächer.

Sie nickte. »Gepackt in Koffer, Shirts und Hemd und Anzüge, drei und kurze Hose für Süden, so viel gebraucht dort für Urlaub.«

»Hatte Herr Ollmert ein Fahrrad?«

Die Frau nickte. »Ja, haben Rad, schwarz und rot, alte Fahrrad, für Mann. Stehen Garage.«

Trevisan notierte sich die Adresse und die Telefonnummer der Frau, ehe er sie gehen ließ. Eine Stunde später verließen sie mit mehreren gepackten Kisten das Haus. In der Garage stand nur der Porsche des Bürgermeisters, ein Fahrrad war dort nicht zu finden.

»Weder Geldbörse, Ausweis oder Führerschein haben wir gefunden«, berichtete Krog. »Oben im Schreibtisch war eine Geldkassette mit rund 400 Euro. Außerdem fanden wir Kontoauszüge, ein Sparbuch mit 4.288,12 Euro Guthaben und Unterlagen eines Fondsparvertrages im Wert von knapp 13.000 Euro.«

»Von wann stammt der letzte Kontoauszug?«, fragte Trevisan.

»Anfang des Monats.«

»Sonst nichts?«

Krog wies auf die Kartons. »Das Material müssen wir erst sondieren, und für die verschlossene Post benötigen wir einen richterlichen Beschluss.«

Trevisan nickte. »Ich dachte, ein Bürgermeister hat mehr auf der hohen Kante. Er verdient doch bestimmt 6.000 Euro im Monat.«

»Laut Kontoauszug genau 5.612,21 sowie eine Aufwandspauschale von 422 Euro von einem Bürgerverein, um genau zu sein«, stellte Krog klar.

»Habt ihr einen Computer gefunden?«

Krog schüttelte den Kopf.

Trevisan runzelte die Stirn. »Das ist ungewöhnlich«, sagte er.

»Mit seinem Büro sind wir durch, da gibt es einen Computer der Stadtverwaltung, aber da sind keine persönlichen Dateien darauf«, berichtete Krog.

»Ein Mann wie Ollmert und keinen persönlichen Computer?«, murmelte Trevisan nachdenklich. »Das kann ich kaum glauben.«

»Vielleicht hat er einen Laptop und hat ihn bei sich.«

Trevisan nickte. »Könnt ihr das herausfinden?«

Krog atmete tief ein. »Mal sehen, was sich machen lässt.«

*

Er hieß Valentin Jokisch, war Rentner und wohnte am Ende der Accumer Straße. Er kannte den Bürgermeister flüchtig. Manchmal unterhielten sie sich sogar, wenn Jokisch seinen dreijährigen Labrador ausführte und sie sich begegneten. Frau Anderson aus dem Haus gegenüber hatte bestätigt, dass sie den Bürgermeister am Samstag vor einer Woche, so gegen 14 Uhr nachmittags, im Garten gesehen und er ihr zugewunken hatte. Er war alleine gewesen, mehr konnte sie nicht sagen. Die weitere Nachbarschaft konnte keine ergänzenden Angaben machen. Herr Jokisch hingegen hatte am Samstag vor zwei Wochen eine durchaus interessante Beobachtung gemacht. Er hatte Monika auf seine Terrasse gebeten und ihr ein Glas Wasser eingeschenkt, ehe er sich zu ihr an den Tisch setzte.

»Normalerweise gehe ich früher mit Sami raus, aber er hatte Probleme mit der Verdauung«, holte der Rentner aus. »Ich laufe meist über die Accumer Straße hinaus in die Felder und dann zurück. Weil ich aber den Weg schon gelaufen bin, ging ich diesmal runter in die Hager Straße und von dort aus über den Westermarscher Damm, da kommt man auch über die Felder hinten herum in die Accumer Straße und zu mir nach Hause.«

Monika nippte am Glas.

»Es war schon dunkel, und ich war gerade im Westermarscher Damm, dort am Hofladen, da konnte es Sami nicht mehr halten.«

»Was geschah dann?«, fragte Monika, bevor der

Rentner ihr weiter von den Verdauungsproblemen seines Hundes erzählte.

»Da fuhr dieser Sportflitzer an mir vorbei«, fuhr der Rentner fort.

»Sportflitzer?«

»Ja, so ein kleiner roter Zweisitzer mit offenem Verdeck. Drinnen saß eine Frau, die hatte ein buntes Kopftuch auf.«

»Weiter?«

Der alte Mann wiegte den Kopf hin und her. »Der Flitzer hielt an der Ecke zur Hager Straße und stand dort beinahe zwei Minuten. Dann kam ein Mann angelaufen, der hatte zwei Koffer bei sich, einen großen und einen kleinen Koffer. Die hob er in den Wagen und stieg auf der Beifahrerseite ein. Dann sind die über die Hager Straße in Richtung Dorfstraße weggefahren. Das ging ganz schnell, und ich hatte das Gefühl, das sollte auch so schnell gehen, damit niemand was mitbekommt. Die sahen mich gar nicht, weil ich ein bisschen ins Gelände gegangen bin und hinter einem Busch stand. Bei Sami ist manchmal der Stuhl sehr weich, wenn er Probleme hat, Sie wissen, was ich meine.«

Monika runzelte die Stirn. »Und dieser Mann hatte zwei Koffer …«

»Der Bürgermeister war das, und der hatte zwei Koffer, die er in den Fond gehoben hat. Die waren wohl zu groß für den Kofferraum, oder der war schon voll. Man hört so einiges über den Ollmert. Der soll es mit den Damen nicht so genau nehmen, und die hatten wohl ihre Gründe, dass niemand was sehen sollte.«

Jokisch zwinkerte.

»Sie sind sich sicher, dass es der Bürgermeister war? Es war doch schon dunkel.«

Jokisch nickte. »Da oben, wo sie standen, ist eine schöne helle Laterne über die Straße gespannt, und ich kenne ihn, wie gesagt.«

»Was für ein Auto war das?«

»Ein roter Sportwagen, ohne Dach, so ein kleiner Zweisitzer.«

»Marke?«

Jokisch zuckte mit der Schulter. »Da kenne ich mich nicht so gut aus, aber das Kennzeichen war aus Bremen, mehr konnte ich mir nicht merken, nur HB, aber da bin ich sicher.«

Monika hatte ihr Notizbuch gezückt und notierte die Daten. »Wissen Sie noch, wann das genau war?«

Der Rentner überlegte. »Ich bin raus, da war es 22 Uhr, ich schätze gegen 22.30 Uhr. Als ich zurückkam, lief schon die Sportschau im Zweiten.«

»Zu der Dame können Sie nichts weiter sagen?«

Jokisch schüttelte den Kopf. »Alt war sie nicht, sie trug ein Kopftuch, ihr Gesicht sah ich nicht.«

Monika trank ihr Glas leer und bedankte sich bei dem alten Mann. Vielleicht war damit zumindest geklärt, wie Ollmert von hier weggekommen war. Nun galt es herauszufinden, welche Beziehung er zu einer Dame aus

Bremen unterhielt, die einen roten Sportflitzer fährt. Leicht war dies sicherlich nicht.

6

Kriminalpolizei Wilhelmshaven, Mozartstraße

An der Pinnwand im Soko-Raum waren weitere Fotos hinzugekommen. Bilder des Wohnhauses, Fotos vom Boot und von der Blutlache auf Deck nahe der Reling sowie eine Karte mit gelben Fähnchen. Sie zeigten, wo sich der Bürgermeister vor seinem Verschwinden aufgehalten hatte und den Ort, an dem das Boot vor der Küste aufgebracht worden war.

Neben Trevisan und seiner Crew hatte sich auch Krog von der Spurensicherung am langen Tisch eingefunden. An der Stirnseite neben Trevisan saß Thorke Oselich, die Chefin. Es war Spätnachmittag, und es galt, die bisherigen Ermittlungsergebnisse zusammenzuführen. Seit dem Verschwinden von Enno Ollmert waren inzwischen 14 Tage vergangen, und noch immer stand nicht fest, was dem Bürgermeister widerfahren war. Trevisan räusperte sich, als er das Meeting eröffnete. »Seit zwei Tagen haben wir den Fall auf dem Tisch, und so wie es aussieht, hat sich Janson von der Vermisstenstelle nicht unbedingt ein Bein ausgerissen und die Ermittlungen vorangetrieben. Zumindest ist eine europaweite Ausschreibung des Mannes im Fahndungssystem erfolgt, Wohnung und Büro wurden durchsucht. Dennoch stehen wir mit leeren Händen da.«

»So langsam wird die Presse ungeduldig«, verkündete Thorke Oselich. »Ein verschwundener Bürgermeister ist eine Schlagzeile wert, vor allem, wenn der verschwundene Bürgermeister eine schillernde Persönlichkeit ist wie Ollmert, der genügend Raum für Spekulationen offen lässt. Wir sollten bald etwas vorweisen können, bevor die Hypothesen ins Uferlose ausarten.«

»Richtig«, stimmte Trevisan zu. »Wir tragen alle Fakten zusammen und versuchen nach und nach die Lücken zu füllen. Fakt ist, dass Enno Ollmert von seiner Nachbarin am 15. Juni in seinem Garten letztmalig gesehen wurde. Er hatte vor, eine Woche Urlaub in Italien zu machen, und sollte am Montag, dem 24. Juni wieder sein Amt antreten, was er nicht tat. Am Abend meldete ihn seine Sekretärin vermisst.«

»Es gibt die Zeugenaussage eines Nachbarn, dass der Bürgermeister am Tag seines Verschwindens gegen 22.30 Uhr an der Ecke Hager Straße, Westermarscher Damm in einen roten Sportwagen, einen Zweisitzer-Cabrio mit Bremer Kennzeichen stieg, der von einer

Frau gelenkt wurde«, fügte Monika hinzu. »Er hatte zwei Koffer bei sich. Genau diese Koffer und die entsprechende Kleidung fehlen im Haus. Der Wagen fuhr dann über die Dorfstraße davon.«

»Das deckt sich mit der Aussage der Reinemachefrau, die ebenfalls von zwei Koffern unterschiedlicher Größe sprach und von dem Urlaub wusste«, bestätigte Trevisan. »Es sollte in den Süden nach Italien gehen.«

Eike nickte. »Ich habe das Handy des Bürgermeisters überprüft. Es wurde um Mitternacht abgeschaltet und hat sich seither nicht mehr ins Netz eingeloggt. Der letzte Sendemast, bei dem der Log-Out erfolgte, steht in der Nähe der A1 bei Vechta.«

Trevisan blickte Eike fragend an. »Und wenn es sich irgendwo im Ausland wieder eingebucht hat, weil er es vielleicht laden musste?«

»Dann müssten wir wissen, wo das war, und benötigten einen erweiterten Beschluss, damit die ausländischen Behörden eine Ortung durchführen.«

Trevisan schrieb das Wort »Ortungsbeschluss« auf den Notizblock, der vor ihm lag, und wandte sich Krog zu. »Habt ihr was gefunden, das uns weiterbringt?«

»Wir haben das Haus und sein Büro in der Stadtverwaltung durchsucht«, sagte er. »Im Haus gibt es keine Spuren eines Einbruchs oder einer Auseinandersetzung. Es wirkte tatsächlich so, als ob der Mann in den Urlaub gefahren ist. Und die Sache mit der Post hat sich dann ja auch durch die Putzfrau aufgeklärt. Die ungeöffneten Briefe waren von der letzten

Woche, der älteste Poststempel stammte vom Montag, dem 17. Juni, der jüngste Brief trug den Poststempel vom 26. Juni. Da Koffer und Kleidung fehlen, dürfte er zwischendurch nicht zu Hause gewesen sein. Wir haben weder Geldbörse noch Ausweis oder Führerschein gefunden, auch ein Schlüsselbund lag da nicht. Vom Boot ...«

Trevisan hob abwehrend die Hand. »Dazu kommen wir noch, lasst uns chronologisch vorgehen.«

Krog meldete sich wie ein Schüler im Unterricht. »Sollten wir die Post auswerten müssen, dann benötigen wir einen richterlichen Beschluss«, sagte er.

Erneut notierte Trevisan die Info.

»Und im Büro?«

»Nichts von Bedeutung für unseren Fall.«

»Gut, machen wir also weiter«, seufzte Trevisan. »Wir wissen nicht, wo und mit wem Ollmert die vergangene Woche verbrachte, wir wissen nur, dass die Küstenwache am gestrigen Tag gegen Mittag die Segeljacht von Enno Ollmert vor Baltrum führerlos aufbrachte. An Deck befand sich eine große Menge Blut.«

Krog räusperte sich. »Die Blutgruppe stimmt mit der von Ollmert überein, wir fanden einen Blutspenderausweis in seinem Schreibtisch. Die DNA-Erhebung dauert an, das Ergebnis erwarte ich frühestens Mitte nächster Woche.«

Thorke Oselich wies auf das Foto mit der Blutlache. »Das ist eine Menge Blut. Überlebt ein Mensch, der solch eine Menge Blut verliert?«

Krog nickte. »Ein halber bis ein Liter, die Lache wirkt deshalb so groß, weil sie mit Wasser durchsetzt ist. Ich denke nicht, dass ein solcher Blutverlust lebensbedrohlich ist.«

»Wie kann das passiert sein?«, fragte Eike.

Krog erhob sich und ging zur Pinnwand. Er zeigte auf den Bootsmast und den daran befindlichen Großbaum, an dem die Unterkante des Segels befestigt war. »Der Großbaum ist nach oben und nach jeder Seite hin beweglich, dafür sorgt das Lümmellager. Das Unterliek des Segels ist daran befestigt. Bei plötzlichen Richtungsänderungen oder drehendem Sturmwind kann es durchaus sein, dass dieser Baum mit Schwung von backbord nach steuerbord schlägt, wenn er nicht richtig festgemacht ist. Ein erfahrener Skipper weiß das und hält den Kopf unten. Es wäre aber nicht das erste Mal, dass ein schwingender Baum auf einen Kopf trifft – und das kann böse enden. Allerdings war in den vergangenen Tagen weder Sturm, noch haben wir am Baum selbst irgendwelche Spuren gefunden. Das könnte aber auch daran liegen, dass Spritzwasser alles abgewaschen hat. Wer weiß, welche Kapriolen das Boot mitgemacht hat, nachdem es führerlos im Teich trieb.«

Lentje richtete sich auf ihrem Stuhl auf. »Ollmert war nach Auskunft des Hafenmeisters von Neßmersiel ein ausgezeichneter Skipper. Außerdem sagt der Hafenmeister, dass das Boot am Sonntag, dem 23. Juni noch am Anleger lag und am Montag gegen 10 Uhr morgens weg war. Der Jachthafen ist eingezäunt. Ollmert hat einen Schlüssel für die Zugangstür.«

»Flut war an diesem Tag zwischen 4 Uhr und 10 Uhr, da muss er irgendwann ausgelaufen sein«, fügte Krog hinzu. »Untypisch ist allerdings, dass der Sprit des Hilfsmotors nahezu leer war und es keine Vorräte an Bord gab. Kleidung und Koffer waren nicht an Bord.«

Trevisan kratzte sich am Kinn. »Okay, das sind die harten Fakten. Um genau zu wissen, dass es tatsächlich Ollmerts Blut ist, müssen wir den DNA-Abgleich abwarten.«

»Wir brauchen auch einen Beschluss, um seine Konten zu überprüfen«, warf Eike ein. »Wer weiß? Vielleicht hat er an seinem Ferienort Geld abgebucht.«

Trevisan notierte Eikes Vorschlag auf seinem Notizzettel, ehe er fortfuhr:

»Im Rathaus haben wir erfahren, dass Ollmert Drohbriefe erhalten hat. Wir lassen sie gerade untersuchen. Außerdem ist Ollmert inzwischen sehr umstritten, und seine Wiederwahl im nächsten Jahr steht auf der Kippe. Es gibt einige, die nicht gut auf ihn zu sprechen sind. Unter anderem, weil er keinen Halt vor verheirateten Frauen macht und weil er einige, nicht mit dem Gemeinderat abgesprochene Entscheidungen gefällt hat. Diesen Behauptungen müssen wir nachgehen, überhaupt müssen wir seinen Lebenswandel näher betrachten.«

Thorke Oselich blickte ihre Tischnachbarn fragend an. »Und was sind die bisherigen Theorien? Was soll ich der Presse sagen oder dem Landrat, der mich heute Morgen mehrmals angerufen hat?«

Eike meldete sich zu Wort. »Also wenn ihr mich fragt, dann ist ein Unfall die wahrscheinlichste Theorie«, sagte er. »Es mag sein, dass er mit einer Frau, wahrscheinlich einer verheirateten Frau, in den Süden gefahren ist. Aber am letzten Montag war er hier und hat mit seinem Boot eine Ausfahrt gemacht und dabei nicht aufgepasst – und bumms, schlug ihm der Mast gegen den Kopf und er fiel über Bord. Ich glaube kaum, dass wir ihn noch lebend finden.«

»Und die Koffer mit der Kleidung?«, fragte Monika.

»Montag sollte er wieder arbeiten«, schob Lisa nach. »Da fährt man doch nicht raus auf die Nordsee.«

Eike zuckte mit der Schulter. »Vielleicht sind die Koffer noch bei seiner Ferienbekanntschaft oder in irgendeinem Bahnhofsschließfach.«

Trevisan rieb sich mit beiden Händen über die Wangen. »Ja, das ist eben das Problem. Jede Theorie wirft eine Menge weiterer Fragen auf, und es bleiben Ungereimtheiten. Deshalb wird uns nichts anderes übrig bleiben, als die vergangenen 14 Tage im Leben des Bürgermeisters so gut es geht zu rekonstruieren. Dabei müssen wir ins Detail gehen. Vom freiwilligen Untertauchen, von einem Unfall bis hin zu einem Mord ist für mich derzeit alles möglich.«

Monika nickte zustimmend. »Wenn er den Montag noch frei haben wollte, hätte er auf dem Rathaus anrufen können, und wir hätten einen neuen Logfile vom

Provider gemeldet bekommen. Ich sehe es wie Martin, jede Theorie ist möglich, solange wir nicht mehr wissen.«

Trevisan schob seinen Notizblock der Chefin zu. »Ich gehe davon aus, dass wir bis morgen die Beschlüsse haben«, sagte er. Thorke Oselich nickte.

»Machen wir uns an die Arbeit. Eike, du übernimmst die Computerrecherche, Bankkonto, Handyortung und Recherchen nach dem Auto, mit dem er wegfuhr. So viele rote Zweisitzer wird es in Bremen nicht geben. Lisa, Lentje, Monika und ich kümmern uns um die Namen, die auf der Liste von Frau Haferkamp stehen, und du, Paul, hast eine Menge Kartons aus dem Haus des Bürgermeisters getragen. Vielleicht finden wir in den Unterlagen etwas, das uns weiterhilft. Hast du inzwischen herausgefunden, ob er einen Computer hat?«

Krog schüttelte den Kopf.

»Dann müssen wir im Rathaus nachfragen, vielleicht weiß seine Sekretärin, ob er einen Laptop hatte«, beschloss Trevisan und schaute auf seine Armbanduhr. »Aber jetzt machen wir erst einmal Feierabend. Wir treffen uns morgen gegen 8 Uhr.«

7

Hage, Berumer Allee, Privatbrauerei Hage

Trevisan war glücklich, er fühlte sich wie ein neuer Mensch. Am gestrigen Abend war er endlich dazu gekommen, Paula und den kleinen Ayk im Klinikum zu besuchen. Beinahe 20 Minuten hielt er das kleine strampelnde Bündel auf dem Arm, bis sich der Kleine lautstark zu Wort meldete und erst ruhig wurde, nachdem er seine verdiente Mahlzeit erhielt. Trevisan war seltsam berührt, als er Paula beim Stillen zusah. Für ihn war sie noch immer sein kleines Mädchen, aber von diesem Gedanken musste er sich langsam verabschieden. Er ging, als es draußen dämmerte und der stolze Vater im Zimmer auftauchte.

Es war Samstag, er war früh aufgestanden, denn trotz Wochenende wartete viel Arbeit auf ihn. Paco, Trevisans Setter blickte ihm mit traurigen Augen nach, als er das Haus verließ, um nach Wilhelmshaven auf die Dienststelle zu fahren.

Es galt, keine Zeit zu verlieren, denn die Presse hatte inzwischen erfahren, dass die Mordkommission die Ermittlungen im Fall Ollmert übernommen hatte, und so titelte das »Wilhelmshavener Tageblatt« auf seiner ersten Seite mit der Schlagzeile: »*Wo ist Enno Ollmert, der Bürgermeister von Diekenhörn? Fiel er einem Unfall beim*

Segeln zum Opfer oder steckt etwas anderes hinter dem Verschwinden dieser schillernden Persönlichkeit?«

Trevisan machte sich keine Illusionen. Bestimmt hatten auch die anderen Blätter wie der »Bote«, die »Friesischen Nachrichten« oder das »Küstenblatt« mit ähnlichen Schlagzeilen aufzuwarten. Der Druck der Presse wuchs, schließlich war das Verschwinden eines Bürgermeisters ein Fall, der Aufsehen erregte und Interesse erweckte.

Im Büro traf er auf die anderen. Eike saß bereits am Computer und suchte in der Datenbank nach einem entsprechenden roten Cabrio mit Bremer Zulassung, und Krog hatte sich mit seinem Team an die Auswertung der sichergestellten Akten und Schriftstücke gemacht, nachdem am gestrigen Abend ein Amtsrichter einen entsprechenden Beschluss erlassen hatte.

»Dann teilen wir uns auf«, beschloss Trevisan, als er mit Lisa, Lentje und Monika im Soko-Raum zurückgeblieben war. »Monika und Lentje, ihr übernehmt bitte diese Ökobäuerin vom Marschlandhof, und wir fahren nach Hage und fühlen dem gehörnten Ehemann und Braumeister auf den Zahn. Mal sehen, ob wir ein paar Neuigkeiten erfahren.«

20 Minuten später erreichten sie Hage. Alrik Hoferland war in seinem Büro, hatte seine Ehefrau am Telefon erklärt.

»Noch einer, für den es kein Wochenende gibt«, seufzte Trevisan.

Die Brauerei lag am Ostrand der Stadt direkt an der Berumburer Straße. Zwischen zwei großen Backsteinhallen und einem weit sichtbaren aluminiumfarbenen Siloturm stand ein beinahe unscheinbares kleines Haus mit drei Fenstern, die zum Hof zeigten. Über dem großen Tor hing ein blaues Schild mit der Aufschrift »Privatbrauerei Hage Gbr.«, daneben das Wappen der Brauerei, ein blau-weiß geteiltes Schild mit dem Heiligen Sankt Georg auf einem blauen Pferd, der einen Drachen am Boden mit einer Lanze bearbeitet.

Lisa zeigte auf das Schild, als sie darauf warteten, dass sich das Tor öffnete. »Das oben ist wohl Hoferland und unten, das muss Ollmert sein«, scherzte Lisa angesichts der Auseinandersetzung der beiden, von der Frau Haferkamp berichtet hatte.

»Sieht wohl so aus«, entgegnete Trevisan. »Zumindest ist überliefert, dass Ollmert damals nur zweiter Sieger war. Anzeige gegen Hoferland hat er dennoch nicht erstattet.«

»Hätte ich an seiner Stelle auch nicht«, schmunzelte Lisa.

Sie parkte den Dienstwagen vor dem kleinen Gebäude, auf dem ein Schild mit der Aufschrift »Büro« prangte. Mehrere blau-weiße Bierlaster standen im Hof, ein Mann war am Ende der langen Halle damit beschäftigt, einen der Bierlaster zu waschen. Lisa und Trevisan gingen auf das Haus zu. Noch bevor sie es erreichten, trat ein groß gewachsener Mann mit dichten schwarzen Haaren und einer durchtrainierten Figur durch die Tür und winkte den beiden zu.

»Kommen Sie!«, rief er ihnen zu. »Ich habe Sie schon erwartet.«

»Ist das Hoferland?«, flüsterte Lisa Trevisan zu.

Trevisan nickte.

»Dann ist mir klar, weshalb Ollmert nur zweiter Sieger wurde.«

Hoferland führte seine Besucher in das Haus, in dem eine angenehme Kühle herrschte.

»Ich habe mir schon gedacht, dass Sie früher oder später zu mir kommen«, sagte Hoferland und geleitete Trevisan und seine Begleiterin in sein Büro. »Heute Morgen habe ich aus der Zeitung erfahren, dass Ollmert vermisst wird. Da dachte ich, die kommen auch zu dir. Frau Haferkamp wird schon dafür sorgen. Und keine Minute später klingelt das Telefon, und meine Frau sagt, dass die Polizei mit mir sprechen will.«

Trevisan zeigte seinen Ausweis und nahm nach der Geste des Mannes auf einem Stuhl vor dem Schreibtisch Platz. »Meine Kollegin, wir sind von der Kripo in Wilhelmshaven.«

»Alrik Hoferland, aber das wissen Sie sicher«, entgegnete der Hagener Bierkönig und nahm hinter seinem Schreibtisch Platz. »Meine Geschichte ist ganz schnell erzählt. Er hat meine Frau verführt, sie hatten eine Affäre, ich habe es herausbekommen, bin zu ihm gefahren und habe ihm eine aufs Maul gegeben. Er hat es kapiert, und damit war alles gut. Ein Bier?«

Trevisan schüttelte den Kopf.

»Ach so, Sie sind ja im Dienst. Ich hätte auch Limo oder Cola oder alkoholfrei. Dem neuen Trend können auch wir uns nicht verschließen, wenngleich ein alkoholfreies Bier ungefähr so ist, als wenn ein Einbeiniger versucht, Fußball zu spielen, Sie verstehen?«

Er lächelte breit.

»Wann war das mit dem Besuch bei Ollmert?«, fragte Trevisan, ohne weiter auf sein Angebot einzugehen.

Hoferland überlegte. »Das war Anfang Februar. Es ist meine dritte Frau, sie ist ein paar Jahre jünger als ich, aber sie ist die Mutter eines meiner Kinder. Er hat ihr schöne Augen gemacht, und die blöde Kuh ist darauf reingefallen. Da habe ich es geklärt, ein für alle Mal.«

»Wie lange ging diese Affäre?«, fragte Lisa.

»Drei Wochen, hat mir Bente gestanden. Sie haben sich in Hotels getroffen oder im Jachtklub rumgemacht.«

»Wie haben Sie davon erfahren?«, fragte Trevisan.

»Ollmert hat nicht viele Freunde«, entgegnete Hoferland. »Ein weitläufiger Bekannter hat es mir gesagt, er hat sie zusammen in Oldenburg in einem Hotel gesehen. An diesem Tag wollte meine Frau angeblich eine Freundin in Cuxhaven besuchen. Als sie nach Hause kam, habe ich sie zur Rede gestellt, da hat sie es zugegeben.«

»Einfach so?«

Hoferland wiegte den Kopf hin und her. »Ich sagte ihr, sie könne ihn ruhig haben, sie solle nur ihre Sachen packen, und Anja, das ist unsere gemeinsame Tochter, bleibt bei mir. Sie solle dann sehen, wovon sie lebt, von mir hätte sie keinen Pfennig gekriegt, wir haben Gütertrennung.«

»Dieser Bekannte«, fragte Trevisan. »Wer was das?«

»Das war Johann Beeke, er sitzt im Stadtrat und ist nicht besonders gut auf Ollmert zu sprechen.«

Lisa runzelte die Stirn. »Sie sprechen sehr emotionslos über diese Sache, fast ohne Gefühl. Ging es Ihnen nicht nahe, als Sie erfuhren, dass Ihre Frau Sie betrügt?«

Hoferland atmete tief ein. »Wissen Sie, das mit dem Gefühl ist so eine Sache, meist steht es im Weg oder trübt den Sinn. Ich braue und verkaufe seit über 30 Jahren Bier. Die Zeiten werden nicht besser, das können Sie mir glauben. Wenn ich mich nur an Gefühle halten würde, dann wäre diese Brauerei schon seit Jahren dicht. Nein, ich bin ein Pragmatiker. Im Geschäft sowie auch im Leben, und das hat mich vor vielen üblen Dingen bewahrt.«

»Was ist mit Liebe und Zuneigung?«

Hoferland lachte auf. »Ja, das ist alles sehr schön und passt ausgezeichnet als Gravur auf ein Bierglas. Bente hat hier gearbeitet, bevor wir heirateten. Sie hat Kisten verschnürt und registriert. Sie gefiel mir, und ihr gefiel wohl das Leben als Bierkönigin von Hage.«

Lisa nickte. »Eine Zweckgemeinschaft also.«

Hoferland schaute eine Weile auf den mit Papieren und Abrechnungen überfüllten Schreibtisch. »Wissen Sie, früher hat das alles Karla für mich gemacht. Ich kannte sie schon seit der Grundschule, das war Liebe, damals. Die Firma war marode, als ich sie übernahm, und wir haben beide geschuftet, um etwas auf die Beine zu stellen. 14, 15 Stunden und am nächsten Tag ging es gerade so weiter. Zwei Buben hat sie mir geschenkt, dann ist sie gegangen.«

»Karla?«, fragte Trevisan.

»Meine erste Frau«, erklärte Hoferland mit zitternder Stimme. Eine Träne lief über seine Wange.

»Sie ist gegangen?«

Hoferland wies mit dem Daumen nach oben. »Bei der Geburt von Jonas, unserem zweiten Sohn. Sie hat ihn nicht mal mehr gesehen.«

»Das tut mir leid«, sagte Lisa.

»Drei Jahre später heiratete ich Katharina, sie kam aus Bremen. Eigentlich wegen der Kinder, damit sie wieder eine Mutter haben. Wir waren vier Jahre zusammen, aber dann hat sie mich verlassen. Sie hat es wohl nicht mehr ausgehalten, dass ich nicht über Karla hinweggekommen bin. Sie lebt heute in Schweden und ist dort glücklich. Glücklicher, als sie mit mir werden konnte. Ab und zu telefonieren wir miteinander. Wir verstehen uns noch immer gut.«

»Und dann kam Bente?«

Hoferland nickte. »Vor drei Jahren haben wir geheiratet. Anja ist drei Jahre alt. Meine Söhne studieren. Malte in Hamburg, er will Lehrer werden, und Jonas BWL in Hannover, er soll einmal die Firma übernehmen. Mir wurde es zu still alleine im großen Haus, und Bente war lebensfroh und brachte mich wieder zum Lachen, aber …«

Er stockte in seiner Erzählung.

»… aber dann war das mit Ollmert, diesem Blödmann.«

»Erzählen Sie mir von der Schlägerei«, forderte Trevisan den Mann zum Reden auf.

»Schlägerei«, entgegnete er spöttisch. »Eine Schlägerei war das nicht. Als ich erfahren habe, dass er mit Bente was hat, bin ich aufs Geratewohl ins Rathaus gefahren, ging in sein Büro. Er saß hinter dem Schreibtisch und telefonierte. Frau Haferkamp versuchte mich noch aufzuhalten, aber ich habe sie einfach abgeschüttelt, die alte Schachtel, ich habe die Tür zugemacht und einen Stuhl davor gestellt. Er glotzte mich blöde an, da bin ich zu ihm gegangen, packte ihn am Kragen, zog ihn hoch und gab ihm zwei Ohrfeigen, sodass es klatschte. Dann habe ich ihm gesagt, dass er ein Drecksack ist und er sich von meiner Frau fernhalten soll. Ich bin dann gegangen und fühlte mich außerordentlich gut. Das war alles, seither habe ich Ollmert nicht mehr gesehen. Ich glaube auch nicht, dass er an einem Wiedersehen Interesse hat.«

»Wo waren Sie am vergangenen Wochenende?«, fragte Trevisan.

Hoferland überlegte. »Am Freitag hatten wir einen Bieranstich auf dem Leezdorfer Sommerfest, am Samstag war ich in Aurich auf dem Großen Markt und kam erst spät zurück. Den Sonntag habe ich mit meiner Frau und Anja verbracht, wir sind ein bisschen rausgefahren auf die Inseln.«

»Gibt es dafür Zeugen?«

»Sicher, der Bürgermeister von Leezdorf, der Landrat, meine Frau und einige meiner Mitarbeiter.«

Trevisan warf Lisa einen kurzen Blick zu.

»Gut, das soll es fürs Erste gewesen sein. Wir müssten noch mit Ihrer Frau sprechen.«

Hoferland nickte. »Sie ist zu Hause, im Kastanienweg.«

»Wir kennen die Adresse«, entgegnete Lisa.

Sie verabschiedeten sich von Hoferland und fuhren in den Ort. Bente Hoferland erwartete Trevisan und seine Begleiterin bereits. Im Prinzip bestätigte sie die Angaben ihres Mannes.

»Haben Sie sonst etwas Ungewöhnliches mitbekommen, als Sie mit Ollmert zusammen waren?«, fragte Trevisan.

Bente Hoferland zuckte mit der Schulter. »Über seine Arbeit haben wir nicht geredet. Wir haben uns nur viermal getroffen. Aber einmal, da stand sein Handy überhaupt nicht mehr still. Wir waren im Jachthafen auf seinem Boot. Er hat sich sehr über diese Anrufe geärgert, trotzdem hat er das Handy nicht ausgeschaltet. Es war ihm wohl wichtig, erreichbar zu bleiben.«

»Wann war das?«

»Ich glaube, das war der 10. Februar am Nachmittag, ein Sonntag, mein Mann war auf einem Bundesligaspiel in Bremen, da ist er öfter, unsere Brauerei ist Sponsor dort.«

»Wissen Sie auch, wer dieser lästige Anrufer war?«, fragte Lisa.

Bente Hoferland wiegte den Kopf hin und her. »Ich meine, er sagte einmal so etwas wie, warum nervt der

Thees schon wieder, ja Thees, genau diesen Namen sagte er. Er sagte mir nicht, worum es ging. Es interessierte mich auch nicht. Ich musste dann auch nach Hause. Anja, meine Tochter, wurde von meinen Eltern am Abend gebracht.«

»Wann haben Sie Ollmert das letzte Mal gesehen?«, fragte Trevisan zum Abschluss.

»Das war zwei Tage, bevor ihm mein Mann eine Ohrfeige verpasste, danach war Funkstille. Er rief auch nicht mehr an. Unser Kontakt war wie abgeschnitten, so als hätte es ihn nie gegeben.«

Lisa beugte sich auf ihrem Stuhl vor. »Hat Ihr Mann Sie geschlagen, als er von Ihrer Affäre erfuhr?«

Bente Hoferland schüttelte den Kopf. »Das tut er nicht, er schlägt keine Frauen, er schaut dich einfach mit diesen großen, dunklen Augen an, und du weißt genau, was er jetzt denkt. Aber schlagen, nein, das kommt für ihn nicht in Frage.«

»Lieben Sie Ihren Mann?«

Sie zuckte mit der Schulter. »Ich mag ihn, und er tut alles für Anja, sie ist sein Sonnenschein. Seine Jungs sind ja nicht so oft hier, seit er mich geheiratet hat.«

Dabei beließen es Lisa und Trevisan. Es war Mittag, als sie sich auf den Rückweg machten.

»Ich glaube nicht, dass er etwas mit dem Verschwinden von Ollmert zu tun hat«, seufzte Trevisan auf der Rückfahrt. »Wenn er ihn hätte umbringen wollen, hätte er ihn an dem Tag, an dem er ihn ohrfeigte, gleich aus dem Fenster geworfen. Was meinst du?«

Lisa wies mit dem Finger durch die Windschutzscheibe auf ein Lokal direkt an der Straße. »Ich finde, wir sollten was essen, wenn wir schon umsonst nach Hage gefahren sind, und das an einem Samstag.«

8

Kriminalpolizei Wilhelmshaven, Mozartstraße

Rote Sportwagen, Cabrios mit Kennzeichen aus der Hansestadt Bremen, Eike war der Verzweiflung nahe, denn die Suchmaske in der Datenbank des Kraftfahrtbundesamtes war nicht für eine solche Suchtiefe ausgelegt. Schon bei der Farbe gab es Probleme, denn manche dieser Fahrzeuge waren ohne Farbcode ausgewiesen. Doch das größte Problem war der Fahrzeugtyp. Mercedes, Porsche, Fiat, Alfa, Peugeot, Mazda sogar von Opel und Ford gab es Fahrzeuge, die der Beschreibung des Zeugen aus Basdorf entsprachen. Die Anzahl der angezeigten Fahrzeuge, nachdem Eike alle bekannten Parameter – und das waren nicht viele – eingegeben hatte, lag bei 4.097. Eine ungeheure Anzahl, die lediglich mit dem Hinweis, »Zu hohe Trefferzahl – Suchparameter verfeinern«, im Programm angezeigt wurde. Er überlegte, was er tun konnte, denn weitere Suchparameter waren nicht bekannt. Es half schon, wenn er wenigstens einen Teil der Fahrzeuge im Vorfeld ausgrenzen konnte, doch dazu benötigte er mehr Details.

Einen Augenblick lang dachte er darüber nach, sich anderen Dingen zuzuwenden, doch dann folgte er seiner ersten Idee. Er rief das Internet auf und ging auf das KFZ-Gebrauchtwagen-Portal Nummer eins der Republik, »Autokaufen.info«. Dort rief er alle Cabrios, egal welchen Baujahrs, auf und kopierte die Bilder, Front-, Seiten- und Heckansicht in eine Mappe. Insgesamt waren dies 76 verschiedene Firmen mit jeweils ein bis zwei Cabriomodellen. Er brauchte bis zum frühen Nachmittag, bis er alle 183 gängigen Fahrzeugtypen und Modelle in Farbe auf jeweils einem Blatt ausgedruckt hatte. Er suchte die Telefonnummer des Zeugen Jokisch heraus und rief ihn an. Der Mann war zu Hause.

Eike brauchte eine gute Stunde, bis er in Basdorf ankam und bei herrlichem Sonnenschein und warmen Temperaturen auf Jokisch' Terrasse Platz nahm.

»Wir müssen noch einmal über den Sportwagen sprechen, den Sie an diesem Abend gesehen haben«, erklärte Eike den Grund seines Erscheinens. »Wir brauchen weitere Details, sonst ist die Suche nach dem Wagen beinahe unmöglich.«

Eike legte seinen Katalog vor dem Mann auf dem Tisch ab. Der Labrador saß vor dem Stuhl des Mannes und wedelte unaufhörlich mit dem Schwanz.

»Geh!«, befahl der Rentner seinem Hund und wies auf ein Kissen im Schatten einer hohen Magnolie, die neben der Terrasse wuchs.

Der Hund trollte sich, und Jokisch griff zu Eikes Katalog.

»Das war ein kleiner Sportflitzer, so ein Cabrio, ein richtig sattes Rot, so wie rote Rosen aussehen.«

»Tut mir leid, aber das Computerprogramm kennt nur die Grundfarben«, erklärte Eike. »War er denn schon älter, der Wagen?«

Jokisch schüttelte den Kopf. »Nein, keinesfalls, der war neu und alles blitzte und funkelte an ihm. Ich würde sagen, keine drei Jahre alt. Und er war klein, gerade mal für zwei Leute. Ollmert hatte ganz schön zu tun, bis er seine Koffer im Fond verstaut hatte. Es war ein Cabrio.«

»Mit schwarzem Verdeck?«

Jokisch zuckte mit der Schulter. »Keine Ahnung, da habe ich nichts davon gesehen. Aber die Kopfstützen, die waren wie zwei Höcker und schauten oben heraus.«

Er schlug den Katalog auf. »Der war klein, es gibt größere Cabrios, so wie der Mercedes SLK, den fährt mein Sohn, aber in Weiß. Den hätte ich erkannt.«

Eike nickte und nippte an dem Glas Sprudel, das ihm Jokisch zuvor eingeschenkt hatte. Zumindest vom Baujahr konnte er Fahrzeugtypen ausschließen, die älter als fünf Jahre waren.

»Der hatte auch dieses moderne Licht, fällt mir ein«, murmelte Jokisch nach einer Weile. »Das leuchtet blau, wenn einem der Wagen entgegenkommt. Nicht gelb wie bei den älteren Autos.«

»Xenon?«

»Kann sein«, entgegnete Jokisch. »Wissen Sie, mein Wagen ist neun Jahre alt, ein Nissan-Geländewagen. Ich bin nämlich Jäger und brauche ihn, wenn ich in den Wald fahre. Der hat noch gelbes Licht, und ich hoffe, ich brauche keinen anderen mehr. Vorher gebe ich meinen Führerschein ab. Hoppla, das könnte er gewesen sein.«

Er drehte Eike die Fotos zu. »Ein Porsche Boxter«, sagte Eike und schrieb sich die Marke in sein Notizbuch. Jokisch blätterte weiter.

Der nächste Wagen, bei dem er wiederum das Bild präsentierte, war ein Honda Cabrio. So ging es beinahe eine Stunde weiter, bis sich die Zahl der möglichen Fahrzeugtypen auf 16 reduziert hatte. Weitere Details fielen dem Mann nicht mehr ein. Eike bedankte sich und fuhr zurück auf die Dienststelle. Das würde den Kreis der verdächtigen Fahrzeuge deutlich verringern.

*

Davidshörn, Landgut Marschländer Hof

Hanna Schmidt war eine starke, entschlossene und geradlinige Frau um die 50. Das stellte Monika Sander bereits auf den ersten Blick fest, nachdem sie von der

Inhaberin des Marschländer Hofes in ihrer Arbeitskluft empfangen wurden. Mit dem Traktor war sie auf den Hof gekommen, nachdem Lentje und Monika ein paar Minuten auf sie gewartet hatten. Sie empfing die beiden Kriminalbeamtinnen auf Bierbänken unter einem Sonnenschirm, direkt neben dem Hofladen.

»Sie sind wegen Enno Ollmert hier«, stellte die Frau fest, nachdem sie die bereitstehenden Gläser mit eisgekühlter Limonade gefüllt hatte. »Wissen Sie, ich weine ihm keine Träne nach, wegen mir braucht der erst gar nicht mehr zurückzukommen.«

Monika lächelte. »Ich hörte schon, dass Sie nicht gut auf ihn zu sprechen sind.«

»Ach so, deswegen sind Sie hier. Und Sie meinen, er liegt hier irgendwo unter einem Misthaufen. Na ja, verdient hätte er es, aber nur zu, Sie dürfen alles umgraben, und wenn Sie ihn finden, dann geben Sie ihm noch eine mit der Schaufel obendrauf, damit ich sicher sein kann, dass er nicht mehr zurückkommt.«

Monika runzelte die Stirn. »Er muss Sie sehr verletzt haben.«

»Was heißt verletzt, ich gebe zu, ich habe ihn damals sogar gewählt«, entgegnete die Frau. »Ich bin auf seine Wahlversprechen von wegen Ausbau der ökologischen Ressourcen und Nutzung von Brachgelände für eine ökologisch sinnvolle Landwirtschaft hereingefallen. Zu Anfang sah das auch gar nicht schlecht aus. Das Neubaugebiet in Deichshagen, das neue Industriegebiet bei Jakobssiel und der Ausbau der Rad- und Wanderwege.

Doch, man konnte schon zufrieden sein, er hat in einem Jahr mehr gemacht als sein Vorgänger über die gesamte Wahlperiode.«

»Wieso dann der Bruch?«, fragte Lentje.

»Weil alles gelogen war.«

»Das müssen Sie mir erklären«, forderte Monika.

»Wo soll ich anfangen?«, seufzte die Frau mit dem geblümten Kopftuch. »Ich würde sagen, der erste Schlag ins Kontor war der Großmarkt in Wiesenstede. Eigentlich wollte ich meinen Hofladen dort eröffnen. Kleine Geschäfte sollten da unterkommen, ein Blumenladen, ein Optiker, ein Schuhladen. Und was macht der Herr Bürgermeister über den Kopf des Gemeinderates hinweg? Er siedelt den ›Nordkauf‹ dort an. Das war vor zwei Jahren, und danach ging es gerade so weiter. Nehmen wir die Salzwiesen. Fruchtbares Land, vermacht vom alten, kinderlosen Deichhofbauern als Erbe an die Gemeinde. Mehrere Hektar, die mir für meine Rinderzucht gut geholfen hätten. Eigentlich war ich mit der Gemeinde schon ziemlich klar. Es gab einige im Gemeinderat, die mich unterstützten. Doch dann, urplötzlich, wie aus dem Nichts, der Bürgerpark. Windräder sollen dort entstehen, und der halbe Stadtrat ist dafür. Ollmert jagt dem Profit hinterher und nichts anderes. Klar, dass sich dann plötzlich keiner mehr für die Milchwirtschaft interessierte. Und da gibt es noch so ein paar Geschichten. Ich bin froh, wenn dieser Mann nächstes Jahr abgewählt wird. Ich glaube, wenn der über 20 Prozent kommt, dann hat er noch Glück gehabt.«

»Können Sie sich vorstellen, dass ihm jemand etwas angetan hat?«, fragte Lentje ins Blaue hinein.

Die Frau wirkte erschrocken. »Das ist nicht Ihr Ernst! Ihn umbringen, das glaube ich nicht. Er hatte oft Streit, und es gibt genügend, die es freuen würde, wenn er die Wahl verliert, aber Mord ist eine andere Sache. Wenn Sie mich fragen, dann liegt er mit irgendeiner fremden, aber verheirateten Frau im Bett und kommt bald wie ein geprügelter Hund zurück. Ich kann mir nicht vorstellen, dass ihn jemand aus unserer Gemeinde umgebracht haben soll.«

»Wo waren Sie letztes Wochenende?«, fragte Monika.

Die Frau breitete ihre Arme aus. »Das ist mein Reich. Hier bin ich morgens, mittags und abends und an Werktagen sowie an Sonntagen und Feiertagen. Wenn man sich für dieses Leben entschieden hat, muss man wissen, dass der Tag 24 Stunden hat. Oder glauben Sie, meine Kühe nehmen auf einen Sonntag Rücksicht? Das hat ihnen der Schöpfer nicht beigebracht, als er die Welt erschaffen hat.«

Die Frau schmunzelte.

»Zeugen?«, fragte Lentje.

Wiederum wies die Bäuerin auf ihren Hof. »Vielleicht hat mich Stanis oder Pjotr gesehen, meine Angestellten, die wohnen dort drüben. Das sind Polen, aber ganz feine Leute, und die wissen wirklich, wie man anpackt. Ansonsten müssen Sie meine Tiere fragen.«

»Entschuldigen Sie, wir müssen das fragen.«

»Dann notieren Sie: Hanna Schmidt vom Marschländer Hof – kein Alibi!«

»Können Sie Boot fahren, segeln?«

Die Frau schaute verwundert. »Ein Motorboot könnte ich über die Priele steuern, aber gesegelt bin ich noch nie, und wenn Sie weiterfragen, nein, ich habe Ollmert nicht über die Reling geschubst und bin dann nach Baltrum gesegelt.«

Lentje runzelte die Stirn. »Woher wissen Sie …?«

Hanna Schmidt wies auf die Zeitung, die zerknittert auf dem Tisch lag, und schlug die erste Seite auf. »Das ›Küstenblatt‹ spekuliert darüber.«

Sie unterhielten sich noch eine geraume Zeit, und Ollmert kam nicht gut bei diesem Gespräch weg, aber dass diese Frau eine Mörderin war, das wollten weder Monika noch Lentje glauben. Zwei Stunden später verließen sie den Marschländer Hof.

9

Kriminalpolizei Wilhelmshaven, Mozartstraße

Sonntag, eigentlich ein Tag der Erholung und der Beschaulichkeit, ein Tag für die Familie, in der die Arbeit ruhen sollte, doch nicht so, wenn man bei der Polizei arbeitet und noch dazu mitten in einem undurchsichtigen und schwierigen Fall steckt.

Trevisan war gegen 8 Uhr ins Büro gefahren. Dort traf er auf Krog, der mit seinen Leuten mitten in der Auswertung der sichergestellten Akten und Schriftstücke aus dem Hause Ollmert steckte. Es gab durchaus einige interessante Aspekte. Meist enthielten die Ordner Verträge mit Versicherungen, mit Handyprovidern oder mit Internetfirmen, doch einer der Ordner enthielt Kontoauszüge, die sehr aufschlussreich waren.

»Das ist alles aus dem letzten Jahr?«, fragte Trevisan.

»Die Aufstellung ist aktuell«, bestätigte Krog. »Nach dieser Übersicht ist Ollmert pleite. Er hat zwar eine Lebensversicherung über eine halbe Million, die er auch bedient, aber ansonsten sieht es düster aus. Seine Gesamtschulden belaufen sich auf 347.522,21 Euro. Der Porsche ist geleast, dafür zahlt er 420 Euro. Das Boot ist ebenfalls auf Pump gekauft, 200 Euro jeden Monat. Dazu die Versicherungen, die Miete für das Haus, die Abzahlung, ihm bleiben genau 433,12 Euro zum Leben.«

»Aber er hatte doch auch Guthaben?«, sagte Trevisan.

»Ja, auf dem Sparbuch, aber an die Fonds kommt er nicht ran, die laufen über einen Rentenfonds und sind gesperrt, bis er in Rente geht. Die Zahlungen hat er seit ein paar Jahren eingestellt, die Summe steht beitragsfrei, nur der Zinserlös wird gutgeschrieben, aber das ist nicht viel bei 2,75 Prozent.

Trevisan runzelte die Stirn. »Habt ihr tatsächlich an Bord der Jacht keinen Schlüssel und keine Papiere gefunden?«

Krog schüttelte den Kopf. »Wir haben das Boot gründlich durchsucht, keine Schlüssel, keine Geldbörse, keine Papiere. Weshalb fragst du?«

Trevisan zuckte mit der Schulter. »Ich weiß nicht, es ist nur so eine Idee. Wer erhält die Summe, wenn er abtritt?«

Krog suchte den entsprechenden Vertrag heraus. »Als Erbberechtigter steht hier eine Stiftung, ›Armonicas‹, Sitz in Basel, in der Schweiz, früher stand da mal Doreen Pleitgen, aber das wurde vor vier Jahren notariell geändert. Jetzt sag' schon, welche Idee treibt dich um?«

Trevisan kratzte sich an der Stirn. »Einen Augenblick lang dachte ich ..., vielleicht wollte er nicht mehr ... diese Stiftung könnte natürlich auch ... na ja, wir müssen auf alle Fälle herausfinden, wer dahintersteckt.«

»Du denkst an Selbstmord?«, fragte Krog ungläubig.

Trevisan schüttelte den Kopf. »Eher an Betrug.«

»Ach so, klar, wenn er selbst diese Stiftung betreibt«, dämmerte es Krog.

Trevisan nickte. »Es wäre eine Möglichkeit, seine Schulden mit einem Schlag loszuwerden.«

Krog winkte ab. »Dann hätte er sicherlich die Papiere irgendwo abgelegt, damit man sie findet, du weißt, ohne Totenschein kein Erbe.«

»Da hast du auch wieder recht.«

Krog wandte sich den Kisten zu.

»Macht rechtzeitig Schluss.«

»Wenn wir durch sind«, entgegnete Krog. »Und du?«

»Ich besuche meinen Enkel im Krankenhaus.«

»Ach ja, den Opa müssen wir natürlich begießen, wenn wir den Fall gelöst haben«, antwortete Krog mit einem breiten Lächeln auf den Lippen. »Noch eins: Ich habe mit dieser Frau Haferkamp gesprochen. Eine komische Nudel ist das, aber sie bestätigt unsere Annahme. Ollmert hatte einen Laptop. Keine Ahnung, wo der abgeblieben ist.«

Trevisan nickte. Bevor er die Dienststelle verließ, schaute er bei Eike im Büro vorbei. Er saß vor dem Computer und durchforstete noch immer die Dateien des Kraftfahrtbundesamtes.

»Hast du was herausgefunden?«, fragte Trevisan ohne Umschweife.

Eike blickte kurz auf, bevor er sich wieder dem Bildschirm widmete. »Zumindest sind es nur noch 164 Fahrzeuge, die in Frage kommen.«

»Wie hast du das geschafft?«

»Ich war gestern bei Jokisch und habe ihm eine Aufstellung mit Cabrios vorgelegt«, antwortete er und hob den zusammengehefteten Katalog in die Höhe. Trevisan griff danach und blätterte ihn durch.

»Woher hast du den?«

»Selbst gebastelt.«

»Gut gemacht, Eike. Und wie kommst du voran?«

»97 Fahrzeuge befinden sich in Privatbesitz«, erklärte Eike, »39 sind auf eine Firma angemeldet. Zwölf gehören zu einem Autohaus und 14 sind auf eine Autovermietung zugelassen.«

Trevisan nickte anerkennend. »Von über 4.000 auf 167, Respekt.«

»Wenn du mitgerechnet hast, fehlen zwei.«

Trevisan lächelte. »Ich gebe zu, ich habe nicht mitgezählt, was ist mit den zwei Übrigen?«

»Eines gehört einer Bank und war offenbar geleast, ein anderes, ein Honda, ist vor einem Monat als gestohlen gemeldet worden.«

Trevisan trat näher und legte Eike die Hand auf die Schulter. »Du hast dir sehr viel Mühe gemacht. Jetzt müssen wir nur noch herausfinden, welcher von diesen 167 Flitzern der Richtige ist.«

»Ich schaue mir die Halter an und vergleiche sie mit den Meldedateien«, entgegnete Eike. »Jokisch ist sich sicher, dass eine Frau am Steuer saß, und die muss ja wohl gemeldet sein. Da fällt bestimmt die Hälfte raus, und den Rest müssen wir vor Ort überprüfen. Ich hoffe nicht, dass es der gestohlene Wagen war.«

»Da werden sich die Bremer Kollegen sicherlich freuen«, antwortete Trevisan. »Ich würde Feierabend machen und Paula besuchen gehen, wenn du sonst nichts mehr für mich hast.«

Eike lächelte. »Gratulation zum Opa und Grüße an die Familie.«

»Danke, ich richte deine Grüße aus.«

»Okay, aber da ist noch was. Die Österreicher leiten eine Handyortung ein, die Italiener lehnen ab, zum einen, weil wir die Region nicht näher bestimmen können und zum anderen, weil der Vermisste erwachsen ist und es wohl so aussieht, als ob er in Deutschland verunglückte. Sie begründen die Entscheidung mit dem Schutz der Privatsphäre.«

Trevisan zuckte mit der Schulter. »Na schön, kann man nichts machen, vielleicht haben die Österreicher ihn auf dem Schirm, dann könnten wir noch einmal in Italien anfragen.«

»Alles klar.«

»Vergiss den Feierabend nicht«, mahnte Trevisan, bevor er Eike im Büro zurückließ und ging.

*

Wilhelmshavener Klinikum, Friedrich-Paffrath-Straße

Trevisan fuhr von der Dienststelle zum Krankenhaus. Er hatte Hunger und fuhr über die Werftstraße, wo er an einer Pizzeria Halt machte. Bevor er Paulas Zimmer betrat, besorgte er einen Blumenstrauß am Kiosk. Lea und Peer waren anwesend, als Trevisan zu ihnen stieß und Paula mit einem Kuss begrüßte. Suchend blickte er sich um.

»Wo ist der kleine Ayk?«, fragte er.

»Der schläft im Gemeinschaftsraum, zu viel Besuch«, sagte sie und zeigte auf das zerwühlte Bett auf der anderen Seite.

»Ich sehe niemanden?«

»Ayse ist mit ihrer Verwandtschaft ins Café gegangen, aber vorhin hättest du hier sein sollen, das Zimmer war voll.«

Er ging zu Lea und küsste sie, bevor er Peer umarmte und ihm kräftig auf die Schulter klopfte. »Gut gemacht, junger Mann.«

Peer lächelte. Bevor er antworten konnte, kam eine Schwester ins Zimmer. Sie ging auf Peer zu. »Es wäre so weit, er muss gewickelt werden.«

Peer bekam einen roten Kopf.

»Sollen wir raus?«, fragte Trevisan.

Paula schüttelte den Kopf. »Nein, ihr könnt hierbleiben, aber Peer muss mit, er wickelt ihn drüben, unter Aufsicht. Es wird Zeit, dass er es lernt.«

Peer nickte. »Ihr entschuldigt mich, die Pflicht ruft.«

Zusammen mit der Krankenschwester verließ er den Raum.

»Und ich besorge uns einen Kaffee, der nicht nach Wasser schmeckt«, sagte Lea und schloss sich Peer und der Krankenschwester an. Nachdem die Tür geschlossen war, setzte sich Trevisan zu Paula auf das Bett. »Wie geht es dir heute, mein Mädchen?«

»Am Dienstag darf ich raus.«

»Oh, toll, soll ich euch abholen?«

Paula schüttelte den Kopf. »Privileg des Vaters.«

»Klar.«

Paula betrachtete ihren Vater. »Du siehst müde aus, Paps.«

»Bin ich auch«, bestätigte Trevisan.

»Du ermittelst wegen dieses verschwundenen Bürgermeisters?«

Trevisan nickte.

»Ich habe davon in der Zeitung gelesen, sogar die ›Bild‹ schreibt schon darüber.«

Trevisan verzog sein Gesicht. »Eine harte Nuss.«

»Weißt du, was passiert ist?«

Trevisan zuckte mit der Schulter. »Ich weiß es nicht, vermutlich ein Unfall, wobei, es könnte auch Mord gewesen sein, oder Versicherungsbetrug, der Kerl hatte Schulden, möglicherweise sogar Selbstmord. Ich habe ehrlich gesagt keine Ahnung. Je mehr wir erfahren, desto größer werden die Zweifel.«

Paula schaute ihren Vater nachdenklich an. »Es beschäftigt dich.«

»Ja, weil ich gerne den Dingen auf den Grund gehe, aber in diesem Fall ist überhaupt nichts logisch. Wir laufen uns die Hacken ab und schlagen uns das Wochenende um die Ohren, aber statt, dass wir Licht ins Dunkle bringen, wird alles nur noch diffuser. Aber reden wir nicht darüber.«

»Doch, reden wir darüber, vielleicht geht es dir dann besser.«

»Ah, die Frau Kriminalpsychologin.«

»Habt ihr mit seiner Verflossenen gesprochen?«

»Wen meinst du?«

»Die Moderatorin von ›NDR-Aktuell‹.«

»Wieso sollten wir?«

Paula wies auf die Zeitung mit den vier Buchstaben. »Weil sie ein herzzerreißendes Interview gegeben hat. Selbstmord ist vielleicht gar keine blöde Idee. Sie sagt nämlich, dass er schon einmal versucht hat, aus dem Leben zu treten, nachdem sie ihn verlassen hatte.«

Trevisan griff zur Zeitung. »Tatsächlich?«

»Ja, und außerdem ging es ihm in der letzten Zeit seelisch nicht gut, sagt sie. Sie hatten nämlich noch immer Kontakt.«

Trevisan faltete die Zeitung auseinander. »*Wo ist der Bürgermeister von Diekenhörn, Mord, Selbstmord, Entführung, die Polizei tappt im Dunkeln.*«

»Entführung, daran habe ich noch gar nicht gedacht«, seufzte Trevisan.

Er überflog die Zeilen auf der ersten Seite und schüttelte den Kopf. Das Einzige, das in diesem Text der Wahrheit entsprach, war der Umstand, dass Ollmert aus seinem Urlaub nicht an den Schreibtisch im Rathaus zurückgekehrt war, der Rest des Textes bestand aus abenteuerlichen Spekulationen und Thesen, mit denen das Blatt beinahe die gesamte Seite füllte.

»*Das sagt seine langjährige Partnerin und Freundin, lesen Sie weiter auf Seite 2*«, endete der Artikel. Trevisan blätterte die Zeitung auf und las das Interview. Paula hatte recht, schenkte man diesen Zeilen Glauben, so war Doreen Pleitgen trotz der Trennung noch immer die beste Freundin von Enno Ollmert. Mit ihr zu sprechen, war mit Sicherheit kein Fehler. Trevisan faltete die Zeitung zusammen. »Brauchst du die noch?«

»Die gehört dem Krankenhaus, ich kaufe mir diesen Mist nicht.«

Trevisan zuckte mit der Schulter. »Die nehme ich mit. Aber eigentlich wäre es besser, wenn ich mich hier ins Bett lege und du meinen Job übernimmst.«

»Was soll Paula übernehmen?«, fragte Peer, der unbemerkt das Zimmer betreten hatte. In seinen Armen lag ein Bündel. Und plötzlich drehte sich alles nur noch um den kleinen Ayk, und der Rest des Lebens schien stillzustehen.

10

Norddeutscher Rundfunk, Hamburg, Hugh-Greene-Weg

Trevisan kam an diesem Morgen früh ins Büro, es war kurz nach 7 Uhr, als er die Dienststelle betrat. Er zog sich in sein Büro zurück und telefonierte beinahe eine halbe Stunde, bevor er hinüber zu Monika ging, um ihr eine Notiz zu hinterlassen. Sie war bereits anwesend.

»Ich fahre nach Hamburg«, sagte er. »Ich habe dort einen Termin um 11 Uhr mit seiner Verflossenen.«

»Okay, Lentje und ich kümmern uns um diese Stalkerin, wir haben sie auf 10 Uhr vorgeladen.«

Trevisan runzelte die Stirn. »Welche Stalkerin?«, fragte er.

»Rose Sielmann, du erinnerst dich, sie steht auf der Liste der Namen, die uns Frau Haferkamp genannt hat«, erklärte Monika Sander. »Ich habe sie überprüft, sie hat zwei Anzeigen wegen Stalking am Laufen, Ollmert hat sie angezeigt. Außerdem haben die Auricher Kollegen eine Gefährderansprache bei ihr durchgeführt, und ein Richter hat ein Annäherungsverbot erlassen. Die Frau scheint hartnäckig zu sein. 100.000 Euro, wenn sie gegen die Auflagen verstößt. Da lohnt es sich, einmal auf den Busch zu klopfen.«

Trevisan nickte. »Dann tut das. Ich bin gegen Abend wieder zurück.«

»Verfahr dich nicht«, rief ihm Monika Sander nach, als er das Büro verließ.

Die zweieinhalbstündige Fahrt im Dienstwagen nach Hamburg zum NDR war für Trevisan nervenaufreibend. Noch schlimmer war die Einlasskontrolle in das Gelände des NDR. Nicht nur, dass ihm ein Parkplatz unmittelbar nach der Zufahrt zugewiesen wurde, so brachte ihn auch noch ein Beamter vom Sicherheitsdienst zu dem mehrstöckigen Bürogebäude, in dem ihn Doreen Pleitgen erwartete. Und dies war nicht alles. Unterwegs nutzte der Sicherheitsbeamte die Zeit, um ihn auf die Sicherheitsbestimmungen auf dem Gelände hinzuweisen. Handy abschalten, keine Ton- und Bildaufnahmen, immer auf den direkten Routen bleiben und nicht in den gesperrten Bereich gehen, belehrte er ihn. Trevisan ermüdete die Prozedur. Doch damit nicht genug, im Bürotrakt musste er über eine halbe Stunde im Foyer warten, bis ihn eine junge Produktionsassistentin abholte und in den dritten Stock führte, wo er in einem gläsernen Besprechungsraum unmittelbar neben dem Fahrstuhl weitere zehn Minuten saß, bis Doreen Pleitgen Zeit für ihn hatte.

»Entschuldigen Sie«, begrüßte ihn die Nachrichtensprecherin, »wir hatten noch eine kurze Redaktionskonferenz. Eine Stunde hätte ich Zeit, dann muss ich in die Maske, wir zeichnen ein Gespräch mit Verkehrsminister Scheuer für die Sendung heute Abend auf. Es geht um die Zulassung der E-Roller, Sie haben sicherlich davon gehört.«

Trevisan nickte und reichte der Frau mit den langen, blonden Haaren und dem roten Kostüm die Hand. Er kannte die Moderatorin aus unzähligen Nachrichtensendungen. Sie bot Trevisan Platz an und fragte, ob er einen Kaffee oder ein Wasser haben wolle, doch Trevisan lehnte ab.

»Ich hörte schon, Enno ist spurlos verschwunden«, sagte die Frau, nachdem sie sich ebenfalls an den Tisch gesetzt hatte.

»Ich habe Ihr Interview in der ›Bild‹ gelesen.«

Sie lächelte. »Die haben mich kalt erwischt«, entgegnete sie, »das war nicht geplant.«

»Sie waren vier Jahre zusammen. Was für ein Mensch ist Enno Ollmert?«

»Sie haben wirklich keine Spur von ihm?«

Trevisan schüttelte den Kopf.

»Okay, das sieht ihm ähnlich. Ja, wir waren eine lange Zeit zusammen. Wir arbeiteten beide beim Sender und, was soll ich sagen? Er war ein attraktiver und lustiger Typ, jemand, der einen zum Lachen bringt, der in den Tag hineinlebt. Deswegen war ich auch sehr verwundert, als ich hörte, dass er Bürgermeister wird. Das passt so gar nicht zu ihm.«

Trevisan zuckte mit der Schulter. »Das verstehe ich nicht. Was meinen Sie mit dem Ausspruch, dass ihm das ähnlich sieht?«

»Tja, wie soll ich es ausdrücken? Verantwortung und überlegtes Handeln sind nicht so sein Ding. Er ist eben ein Bruder Leichtfuß und ein intuitiver Mensch. Es muss nicht immer alles gut gehen, was er anleiert, verstehen Sie? Und wenn ihm die Dinge über den Kopf wachsen, dann taucht er einfach ab, so wie damals.«

»Er hat sich damals von Ihnen getrennt?«

Doreen Pleitgen schüttelte den Kopf. »Nein, das nicht. Es ging einfach nicht mehr. Seine ewigen Eskapaden, sein Lebensstil, er warf das Geld mit vollen Händen hinaus, Geld, das er gar nicht hatte. Ich habe damals unser Leben finanziert und ihm sogar aus der Patsche geholfen. Irgendwann war ich sicher, er wird mich mit in die Tiefe reißen, wenn ich bei ihm bleibe. Und dabei wechselte ich gerade intern zur ARD-Nachrichtenredaktion. Wissen Sie, wenn Sie sich den ganzen Tag über abrackern und schuften und etwas erreichen wollen, zwölf, 13 Stunden im Büro verbringen und dann nach Hause kommen und da ist jemand, der ihnen dazu Prügel in den Weg wirft, da müssen Sie irgendwann die Konsequenzen ziehen. Das hab ich dann auch gemacht. Ich sagte ihm, ändere dich oder geh. Dann war er verschwunden. Er wich dem Konflikt aus, tauchte ab. Ein paar dumme Sprüche und weg war er. Ein halbes Jahr später meldete er sich wieder und pumpte mich an.«

»Er hatte Schulden?«

»Wissen Sie, er ist wie ein Känguru, er hat nichts im Beutel und macht große Sprünge. Er spekulierte, Aktien und so, aber meist ging es schief. Wir sind dennoch irgendwie im Guten auseinandergegangen. Selbst als ich erfuhr, dass er eine Affäre mit einer jungen Produktionsassistentin hatte, war ich ihm nicht böse. Man kann ihm nicht wirklich böse sein. Er nimmt das Leben einfach nicht ernst. Es ist ein Spiel für ihn. Blöd war damals nur, dass dieses Mädchen die Tochter des Programmdirektors der Kultursparte war. Lotte Heigel, unserer Programmchefin, blieb gar nichts anderes übrig, als ihm die Kündigung nahezulegen. Aber er spielte den Unschuldigen, war sich keiner Schuld bewusst. Erst als er in die Chefetage zitiert wurde, dämmerte es ihm langsam, dass es für ihn eng werden würde, und er kündigte selbst. Er wäre sicherlich noch vor dem Ende der Woche entlassen worden.«

»Sie hatten Kontakt, habe ich in der Zeitung gelesen?«, fragte Trevisan.

Doreen Pleitgen nickte. »Wir telefonierten hin und wieder.«

»Wann hatten Sie das letzte Mal Kontakt zu ihm?«

Die Nachrichtenmoderatorin zückte ihr Handy und wischte über das Display. »Moment, das kann ich Ihnen sofort sagen.«

Es dauerte einen kurzen Moment, bis sie fündig wurde. »Das war … Moment … das war am 11. Juni, kurz vor Mitternacht. Er hat mir eine SMS geschickt und gefragt, ob ich noch wach bin. Ich habe ihn dann angerufen.«

»Worüber hat er gesprochen?«

»Zuerst über Belanglosigkeiten, über seinen Job und darüber, dass er wahrscheinlich schlechte Karten bei der nächsten Wahl hätte. Er machte Scherze und sagte mir, dass er ein paar Tage ausspannen muss.«

Trevisan wurde hellhörig. »Hat er gesagt, was er vorhat?«

Die Frau zuckte mit der Schulter. »Nicht direkt, nur, dass er sich Urlaub genommen hat und ein paar Tage ausspannen will. Im Süden, Italien oder Südfrankreich. Surfen, Sonne, Strand, sagte er, mehr nicht. Ich habe auch nicht gefragt.«

»Wollte er alleine fahren?«

»Das weiß ich nicht, darüber haben wir nicht gesprochen.«

Trevisan sah einen Schatten an der Glastür zum Besprechungsraum. Jemand klopfte.

»Ja!«, rief Doreen Pleitgen.

Die junge Produktionsassistentin streckte ihren Kopf herein. »Ich soll ausrichten: in zehn Minuten in der Maske. Scheuer kommt früher und hat im Anschluss einen weiteren Termin.«

Doreen Pleitgen seufzte. »Tja, so geht es hier bei uns zu. Politiker halten sich nie an Absprachen.«

Die Tür wurde geschlossen.

»Hatte er eine feste Beziehung?«, fragte Trevisan.

Die Moderatorin schüttelte den Kopf. »Das kann ich mir nicht vorstellen, aber über sein Liebesleben haben wir nie miteinander gesprochen. Das Thema war tabu. Nur am Ende unseres Gesprächs, da wurde er seltsam ruhig. Er sagte, er habe da eine Sache am Laufen, die ihm nicht ganz geheuer ist. Ich spürte, dass er unter Druck stand. Ich sagte ihm, er soll keinen Blödsinn machen.«

Trevisan runzelte die Stirn. »Hat er gesagt, worum es geht?«

Doreen Pleitgen atmete tief ein. »Nein, das nicht, aber er sagte, vielleicht war es ein Fehler, sich mit diesen Leuten einzulassen.«

»Mit Leuten einzulassen?«, wiederholte Trevisan.

»Ja, ich fragte ihn danach, aber er lenkte ab, scherzte und sagte, dass er sich nach seinem Urlaub wieder meldet.«

»Mehr nicht?«

Sie schüttelte den Kopf.

»Hatte er Kontakte nach Bremen, möglicherweise eine Beziehung zu einer Frau?«

Doreen Pleitgen lächelte. »Er hatte schon immer

einen großen Einzugsbereich, aber davon weiß ich wirklich nichts. Falls ja, war die Frau bestimmt verheiratet.«

Trevisan schaute die Moderatorin fragend an.

»Er steht auf verheiratete Frauen, die wollen dasselbe wie er, Spaß und nicht mehr. Feste Beziehungen sind nicht sein Ding, und unverheiratete Frauen brachten ihm immer nur Ärger, sagte er einmal«, erklärte Doreen Pleitgen und schaute auf die Uhr. Sie erhob sich.

»Tut mir leid, ich muss in die Maske. Aber eines noch, der Reporter der ›Bild‹ sprach von einem Segelunfall, aber das ist kompletter Blödsinn. Als Kind war er beinahe jedes Wochenende mit seinem Vater auf dem Wasser. Ich glaube, er konnte segeln, bevor er laufen konnte.«

»Falls ich noch Fragen hätte …«

»Dann rufen Sie mein Büro an, ich melde mich dann bei Ihnen.«

»Danke.«

»Warten Sie hier, ich schicke Ramona vorbei, sonst kommen Sie nicht aus dem Gebäude«, verabschiedete sie sich.

»Eine Frage noch«, hielt Trevisan die Frau zurück. »Würden Sie ihm zutrauen, dass er seinem Leben selbst ein Ende setzt?«

Doreen Pleitgen schüttelte vehement den Kopf. »Das, Herr Kommissar, würde er sicherlich nicht tun, er hängt an seinem Leben, und bislang ist er immer irgendwie durchgekommen und auf die Füße gefallen. Auf dieses Glück vertraut er schon sein ganzes Leben.«

»Sie sprachen in dem Artikel von einem Selbstmordversuch«, hakte Trevisan nach.

»Das ist Blödsinn«, entgegnete die Moderatorin. »Glauben Sie den Journalisten nicht.«

»Wie kommt er dann darauf, so etwas zu schreiben?«

»Ich erzählte ihm von einem Streit, damals zu Anfang unserer Beziehung. Er wohnte im achten Stock eines Hochhauses in einer kleinen Wohnung in Hamburg. Er hatte wieder mal Geld ausgegeben, das wir eigentlich für einen Wagen sparen wollten. Ich war wütend und sagte ihm, dass ich ihn verlasse, da stieg er auf seinem kleinen Balkon auf die Brüstung und sagte, wenn er springt, dann habe ich meine Ruhe, mehr war da nicht. Er stand kaum eine Minute dort oben und wäre nie gesprungen, das können Sie mir glauben.«

»Eine allerletzte Frage noch: Was glauben Sie, was hinter seinem Verschwinden steckt?«, fragte Trevisan.

Doreen Pleitgen atmete tief ein. »Wenn Sie mich so fragen, dann glaube ich, ihm steht das Wasser wieder einmal bis zum Hals, und er ist einfach abgetaucht. Früher oder später taucht er irgendwo wieder auf, das ist alles. Und jetzt entschuldigen Sie mich, ich muss in die Maske.«

Trevisan verabschiedete sich von der Frau, die gleich darauf aus dem Raum stürmte. Was ist, wenn Doreen Pleitgen recht behalten sollte. Die Ermittlungen stockten und kamen keinen Schritt voran.

*

Kriminalpolizei Wilhelmshaven, Mozartstraße

Trevisan kam am frühen Abend zurück auf die Dienststelle und fand Monika Sander bei einem Kaffee in der Teeküche vor.

»Wie ist es gelaufen?«, fragte sie, als Trevisan den Raum betrat. Sie sah ihm schon an, dass er gestresst war.

»Diese Autobahnen sind ein Graus. Ich frage mich, wie das Fernfahrer machen. Die meiste Zeit steht man im Stau oder fährt Stoßstange an Stoßstange.«

»Und die Moderatorin?«

»Eigentlich eine nette Frau, sie hatte noch Kontakt zu Ollmert, obwohl er sie damals betrogen hat.«

»Hat sie was gesagt, das uns weiterbringt?«

Trevisan zuckte mit der Schulter. »Eigentlich nicht viel. Nur, dass er wohl in einer Sache steckt, die ihm nicht ganz geheuer ist. Leider weiß sie nichts Konkretes, auch über eine Beziehung weiß sie nichts, nur schließt sie einen Segelunfall kategorisch aus. Sie meinte, er konnte schon segeln, bevor er laufen konnte. Sie glaubt, er ist abgetaucht, weil es eng für ihn wird.«

»Komisch, dass sie sich noch immer mit Ollmert abgab, wenn er sie hintergangen hat.«

Trevisan ging zum Kaffeeautomaten und stellte eine Tasse unter den Ausgießer. »Ollmert hat eben irgendwie einen Draht zu Frauen. Und die nehmen es ihm offenbar nicht krumm, wenn er es nicht ganz so genau mit der Treue nimmt.«

»So wie Rose«, entgegnete Monika Sander.

»Rose?«

»Rose Sielmann aus Wiesenstede«, erklärte Monika. »Ein armes Würstchen, das sich unsterblich in Ollmert verknallt hat.«

»Die Stalkerin?«

Monika zuckte mit der Schulter. »Stalkerin trifft es wohl nicht ganz richtig, wenn man ihr glauben darf. Zuerst war es ein One-Night-Stand, dann machte ihr Ollmert Hoffnung, und nachdem sie ihm beinahe 10.000 Euro in den Rachen geworfen hatte, machte er Schluss. Ließ sich verleugnen oder wich ihr aus. Sie ließ nicht locker, folgte ihm ins Büro, kam zu ihm ans Haus und so weiter. Dann zeigte er sie an.«

»Aber wenn er ihr doch noch Geld schuldete?«

»Zum einen konnte sie es nicht beweisen, und zum anderen sagten die Kollegen, dass sie das Geld einklagen müsse, so wie man es eben macht. Zwei Monate später die zweite Anzeige, dann lief das Programm ab. Gefährderansprache und Verfügung. Aber was viel wichtiger ist, sie hat zugegeben, dass sie ihm trotz dieser Verfügung hin und wieder folgt und beobachtet.«

Trevisan spitzte die Ohren. »Meinst du, sie hat was mit dem Verschwinden …«

Monika winkte ab. »Die tut keiner Fliege was zuleide, nein, das meine ich nicht. Sie ist einfach nur ein armes Würstchen. Ein Schäfchen, das einem reißenden Wolf in die Hände fiel. Sie träumt noch immer von der großen Liebe. Aber sie hat etwas beobachtet, das für uns von Bedeutung ist.«

»Sag schon!«, forderte Trevisan seine Kollegin auf.

»Bente Hoferland und Enno Ollmert haben sich am 12. Juni gegen 19 Uhr in Wilhelmshaven im ›Fellini‹ getroffen. Dort haben sie gegessen und verschwanden zwei Stunden später im Hotel ›Banter Hof‹. Sie blieben dort über Nacht. Ollmert hat gegen 6 Uhr das Hotel verlassen und ist mit seinem Porsche weggefahren, die Hoferland folgte eine Stunde später. Sie hat uns angelogen, die haben nach wie vor etwas miteinander.«

»Wo war ihr Mann?«

»Ich habe es überprüft, er war auf Geschäftsreise. Von Montag bis Donnerstag in Prag auf einem Biersymposium. Aber ich habe noch etwas herausgefunden.«

Trevisan blickte seine Kollegin fragend an.

»Alrik Hoferland ist ebenfalls Mitglied im Jachtklub Neßmersiel«, sagte sie. »Seine Jacht heißt ›Gabi‹ und liegt nur drei Ankerplätze von Ollmerts Jacht entfernt.«

Trevisan schnalzte mit der Zunge. »Ich denke, wir sollten noch einmal eindringlich mit den Hoferlands sprechen.«

11

Hage, Kastanienweg

Sie hatten sich gegen 8 Uhr im Büro verabredet, um noch einmal eindringlich mit Bente Hoferland zu sprechen. Der Juni hatte sich mit strahlendem Sonnenschein verabschiedet, der erste Julitag stand dem vergangenen Monat in nichts nach. Anders der zweite Tag im neuen Monat. Er begann mit dichten grauen Wolken und einem Regenguss, der Monika kurz vor Eversmeer zum Anhalten zwang.

Aus diesem Grunde verzögerte sich ihre Ankunft im Kastanienweg in Hage um eine halbe Stunde. Das geräumige, gelb gestrichene Wohnhaus, in dem der Bierkönig von Hage zusammen mit seiner Frau und seiner Tochter residierte, lag im Dunst der aufsteigenden Feuchtigkeit, denn längst hatte die Sonne die Herrschaft über das Norderland angetreten und trocknete den Asphalt in Windeseile. Das Tor der Doppelgarage stand offen. Der rechte Stellplatz war leer, und auf der linken Seite stand ein roter VW-Beetle-Cabrio. Die Kennbuchstaben im Kennzeichen lauteten B und H.

»Das ist ihr Wagen«, sagte Monika, nachdem sie ihren Gurt gelöst hatte. »Ihr Angebeteter ist wohl schon auf Arbeit.«

»Das ist ein rotes Cabrio«, bemerkte Trevisan.

Monika nickte. »Ja, aber mit Kennzeichen aus Friesland und nicht aus Bremen.«

Sie stiegen aus. Die Luft war feucht und unangenehm schwül.

»Das wird ein heißer Tag«, seufzte Monika, als sie über den von Büschen gesäumten Gartenweg zum Eingang gingen.

Vor der Tür blieben sie stehen und klingelten. Einen Moment später meldete sich Bente Hoferland an der Türsprechanlage.

»Trevisan, Kripo Wilhelmshaven«, stellte sich Trevisan vor. »Wir hätten noch ein paar Fragen. Würden Sie bitte öffnen!«

Der Summer schnarrte. Trevisan schob die Tür auf und trat ein. Monika folgte.

Bente Hoferland stand im Flur. Sie trug einen rosafarbenen Sportdress, darunter eine schwarze Leggings und weiße Turnschuhe. Ihre Haare hatte sie hochgesteckt und mit einem rosafarbenen Haarband zusammengebunden.

»Was wollen Sie denn noch?«, fragte Bente Hoferland entgeistert.

»Ich hoffe, wir stören nicht«, entgegnete Trevisan. »Ihr Mann ist wohl nicht zu Hause?«

»Er ist in der Brauerei, und ich wollte gerade zum Tennis. Ich habe eine Verabredung.«

Trevisan wies den Flur entlang. »Können wir uns hier in Ruhe unterhalten?«

Bente Hoferland zuckte mit der Schulter. »Ich wollte zum Tennis.«

»Sagten Sie schon, trotzdem müssen wir uns über den 12. Juni unterhalten. Ich denke, es liegt in Ihrem Sinne, wenn wir es hier tun und nicht auf der Dienststelle.«

»Sagten Sie, der 12. Juni?«, entgegnete sie und runzelte nachdenklich die Stirn. »Was soll da gewesen sein?«

»Wilhelmshaven, ›Fellini‹ und im Anschluss eine Übernachtung im ›Banter Hof‹«, erklärte Trevisan.

Sie atmete tief ein, trat zur Seite und wies in die Stube. »Woher wissen Sie das?«

Monika und Trevisan folgten der Einladung und betraten das Wohnzimmer. Sie bot ihnen Platz auf dem Sofa an und wartete, bis sich ihre unerwarteten Besucher gesetzt hatten. Sie selbst setzte sich auf die Armlehne eines Sessels.

»Hören Sie, das ist ein Missverständnis und bestimmt nicht so, wie Sie glauben«, sagte sie.

»Was glauben wir denn?«, fragte Monika.

»Ich weiß … ich habe … ich habe gelogen, ich … aber wenn Alrik das erfährt, dann … ich will nicht, dass er … Sie wissen ja, wie er ist.«

Trevisan hob beschwichtigend die Hand. »Eben weil wir wissen, wie Ihr Ehemann ist, sind wir zuerst zu Ihnen gekommen. Erklären Sie uns, weswegen Sie Enno Ollmert in Wilhelmshaven getroffen haben?«

Sie fuhr sich nervös über ihre Stirn. »Ich wusste gar nicht, dass er dort ist. Ich war auf der Kunst- und Handwerkermesse in der Stadthalle. Ich kümmere mich um unsere Festausstattungen. Bierbänke, Tische und Tischschmuck für Veranstaltungen unserer Brauerei. Ich bin dort jedes Jahr. Am späten Nachmittag lief mir plötzlich Enno Ollmert über den Weg. Ich war zuerst ganz baff, als er auf mich zukam, und es war mir ganz und gar nicht recht. Aber ich konnte ihm nicht mehr ausweichen. Er wollte mit mir reden, und so sind wir eben am Abend zusammen essen gegangen. Ich meine, wenn Sie ihn kennen würden, dann wüssten Sie, dass er sehr überzeugend sein kann.«

»Was wollte er von Ihnen, Frau Hoferland?«, fragte Trevisan.

»Er wollte, dass ich mit Alrik spreche und ihn davon überzeuge, dass er die Kündigung für die Davidshörner Schützentage zurücknimmt. Es schien ihm sehr wichtig zu sein, aber ich sagte ihm, dass er selbst mit Alrik darüber sprechen müsse. Ich sagte ihm, dass es die Situation eher verschlimmere, wenn ich ihm erkläre, dass wir uns noch einmal getroffen haben.«

»Die Davidshörner Schützentage – worum ging es da genau?«, meldete sich Monika zu Wort.

Bente Hoferland nickte. »Das ist ein Volksfest, in Davidshörn, im Oktober. Unsere Brauerei stellte bisher immer Zelt, Garnituren, den Festwirt und sorgte für das Programm. Alrik kündigte nach … Sie wissen schon, die Zusammenarbeit auf. Enno fand wohl niemanden, der das Fest ausrichten wollte. Jever lehnte ab, das ist denen zu klein, und die vom Dornumer Edelbräu wollen zwar Bier liefern, um den Rest sollte sich Enno aber selbst kümmern.«

»Ich verstehe«, entgegnete Trevisan. »Sie haben im ›Fellini‹ zu Abend gegessen, aber anschließend gingen Sie zusammen ins Hotel?«

»Ich hatte im ›Banter Hof‹ ein Zimmer gemietet und Enno aus Zufall ebenfalls. Jeder ein Einzelzimmer. Sie können im Hotel nachfragen. Ich hatte zwei Tage für die Messe eingeplant und will bei Dunkelheit nicht mehr fahren. Ich fühle mich da ein wenig unsicher.«

»Wollte er die Beziehung wieder aufleben lassen?«, wandte Monika ein.

Bente Hoferland blickte verlegen zu Boden. »Ich glaube schon, dass er es darauf angelegt hatte, aber ich ließ ihn abblitzen. Ich habe einmal meine Ehe und meine Tochter aufs Spiel gesetzt, ein zweites Mal wird es nicht geben, das können Sie mir glauben.«

»Haben Sie mit Ihrem Mann darüber gesprochen?«, fragte Trevisan.

Bente Hoferland schüttelte den Kopf. »Ich denke nicht, dass er mir geglaubt hätte. Ich habe aber auch geschwiegen, weil ich weiß, dass mir Alrik nicht mehr vertraut. Aber wenn er von dem Treffen auf diesem Weg erfährt, dann weiß ich nicht, wie er reagiert.«

»War er denn hier, in Hage, in dieser Woche?«, fragte Monika.

Die Frau schüttelte den Kopf. »Er war in England, auf Jagdausflug. Die gesamte Woche. Er kam erst am Samstag zurück. Das können Sie gerne überprüfen. Sie waren in der Grafschaft Kent, bei Stodyard. Das Hotel hieß ›Stodyard Inn‹. Da ist er mit seinen Jagdgenossen jedes Jahr. Das sind meist gute Kunden der Brauerei, die den Ausflug natürlich bezahlt. Werbung, verstehen Sie?«

Trevisan kratzte sich am Kinn und warf Monika einen kurzen Blick zu. »Es ist Ihnen klar, Frau Hoferland, dass wir die Angaben überprüfen werden. Schließlich haben Sie uns angelogen, als wir fragten, wann Sie Enno Ollmert das letzte Mal gesehen haben.«

Sie nickte verzagt und wischte eine Träne von ihrer Wange.

»Eine Frage noch«, meldete sich Monika zu Wort. »Sie haben ebenfalls ein Boot in Neßmersiel liegen, nicht weit vom Ollmerts Liegeplatz entfernt?«

Bente Hoferland nickte. »Ja, die ›Gabi‹, aber die ist derzeit nicht seetüchtig, der Motor ist kaputt. Seit letztem Jahr schon. Sollte längst repariert werden, aber irgendwie kommen wir gar nicht mehr dazu rauszufahren. Alrik hat keine Zeit und wohl auch kein Interesse mehr daran. Und ich hab mich damit abgefunden. Ich liebe ihn, das müssen Sie mir glauben, auch wenn ich genau weiß, dass ich immer nur die zweite Geige spielen werde. Ich hätte mich nie mit Enno einlassen dürfen. Aber ich kann eben die Zeit nicht zurückdrehen.«

Trevisan erhob sich. »Gut, das war es fürs Erste. Halten Sie sich bitte zu unserer Verfügung.«

Sie verließen das Haus und wurden von einem heißen und schwülen Tag erwartet. Bereits bevor sie Wilhelmshaven erreichten, wusste sie über die Rezeption im »Banter Hof«, dass Enno Ollmert und Bente Hoferland tatsächlich zwei Einzelzimmer gemietet hatten. Sie hatte nicht gelogen, wenngleich diese Aussage den Verdacht nicht gänzlich ausräumen konnte.

*

Kriminalpolizei Wilhelmshaven, Mozartstraße

Über Wilhelmshaven tobte ein heftiges Gewitter. Der Regen prasselte gegen die Fensterscheibe. Ab und zu grummelte der laute Donner des Gewittersturms. Der Tag hatte sich verdunkelt, weshalb die Neonleuchten im Büro brannten.

Eike saß hinter seinem Computerbildschirm und blickte skeptisch zum Fenster, das zeitweilig von grellen Blitzen erhellt wurde.

»Wir sollten ein klein wenig warten«, sagte er zu Lentje, die neben ihm Platz genommen hatte. Vor ihr lag ein Schreibblock, auf dem sie die Daten und Zahlen notierte, die ihr Eike diktierte.

Der Kontozugang zu Enno Ollmerts Bankkonto bei der Frieslandbank war gerichtlich bestätigt worden, und Eike hatte sich aufgrund des Beschlusses einen Online-Zugang eingerichtet, um die Daten abzurufen.

Trevisans vage Theorie eines vorgetäuschten Selbstmordes, um seine Schulden zu tilgen, war als Erstes ausgeräumt, denn auf dem gesperrten Konto des Rentenfonds standen derzeit aktuell 17.243,88 Euro. Viel zu wenig, um die aufgelaufenen Schulden zu tilgen, denn eine Lebensversicherung war längst beitragsfrei gestellt worden und die Überschussbeteiligung damit erloschen. Viel interessanter waren die Daten seines Girokontos, das mit 1.288,21 Euro in der Kreide stand. Doch nicht die Summe war entscheidend, viel interessanter war die erste Abhebung nach seinem Verschwinden am 15. Juni, als er nach Schilderung des Zeugen Jokisch bei Nacht und Nebel in ein rotes Cabrio mit Bremer Kennzeichen gestiegen war. 300 Euro wurden am frühen Sonntag kurz nach 7 Uhr von einem Geldautomaten der Banco Nationale in Salo am Gardasee abgehoben. Die zweite Abhebung, die gleiche Summe, drei Tage später, erfolgte erneut bei diesem Institut. Diesmal in Limone, am späten Nachmittag.

»Er war am Gardasee«, stellte Eike fest.

»Salo und Limone«, bemerkte Lentje.

Eike wies auf den Computerbildschirm. »Jetzt haben wir ihn. Er hat das Hotel mit der Kreditkarte bezahlt.«

»›Villa Vista Montagna‹«, sagte Lentje. »Am 23. Juni, 08.34 Uhr. 1.948 Euro, das ist nicht billig für eine Woche. Schau mal nach, was dort ein Zimmer kostet!«

Eike legte die Maske mit den Bankdaten in der Taskleiste ab und rief das Suchprogramm auf. Zwei Minuten später gelangte er auf die Homepage des feudalen Hotels.

Eike pfiff durch die Zähne. »278 Euro, Doppelzimmer, die Premium Variante, mit Frühstück. Da hat er sich ganz schön ins Zeug gelegt und sich richtig in Schulden gestürzt.«

»Da lässt er sich nicht lumpen«, entgegnete Lentje. »An der Dame muss ihm wohl etwas gelegen haben, wenn er so viel Geld ausgibt.«

»Zumindest haben wir einen Anhaltspunkt. Er war tatsächlich am Gardasee. Aber er war nicht alleine dort. Ausgecheckt hat er am Sonntag. Selbst wenn er erst am Abend zurückgefahren ist, hätte er am Montag mit seinem Boot auslaufen können.«

Lentje klappte ihren Notizblock zu. »Ich schau mal, ob Trevisan aus Hage zurück ist. Wir sollten in dem Hotel nachfragen, ob er tatsächlich dort war und mit wem er sein Zimmer teilte. Ich denke, da sollte jemand hinfahren.«

Sie zwinkerte Eike zu, ehe sie das Büro verließ.

»Denk daran, mit wem du herausgefunden hast, in welchem Hotel er abgestiegen ist«, rief ihr Eike nach.

12

Kriminalkommissariat Wilhelmshaven, Mozartstraße

Als Trevisan am frühen Nachmittag aus Hage zurückkehrte, wurde er bereits erwartet. Thorke Oselich, die Chefin, saß im Besprechungsraum, ihre Laune schien nicht die beste. Fünf Tage waren inzwischen vergangen, seit das Boot von Enno Ollmert führerlos treibend im Fahrwasser vor den Inseln aufgebracht worden war. Die Presse berichtete jeden Tag über den Fall. Am heutigen Vormittag war unangemeldet ein Kamerateam von RTL in Oldenburg bei der Direktion aufgetaucht und hatte sich nicht abwimmeln lassen. Der Polizeipräsident hatte Rede und Antwort stehen müssen, obwohl ihm keine neuen Erkenntnisse bekannt waren. Entsprechend ungehalten hatte er sich schließlich bei Thorke Oselich über den schleppenden Fortschritt der Ermittlungen beschwert.

Thorke Oselich war völlig aufgelöst, als Trevisan den Soko-Raum betrat. Sie erhob sich und ging auf ihn zu. »Mensch, Martin, wo treibst du dich denn herum? Hier stehen die Telefone nicht mehr still, und ich habe keine Ahnung, wo mein Chefermittler ist.«

»Moin«, entgegnete Trevisan emotionslos. »Wir machen nur unsere Arbeit.«

Er ging an ihr vorüber und ließ sie einfach stehen. Lentje saß auf einem Stuhl an der Fensterreihe.

»Ich hörte, ihr seid mit dem Gardasee weitergekommen«, fragte er.

Lentje nickte und erzählte ihm, was Eike anhand der Kontobewegungen festgestellt hatte.

Paul Krog, der an der Stirnseite Platz genommen hatte, hob die Hand und meldete sich zu Wort. »Wir haben auch etwas herausgefunden«, sagte er. »Wir wissen jetzt, was es mit dieser Schweizer Stiftung auf sich hat. Die ›Armonicas‹ sammelt Gelder für die MDS-Forschung der Universität in Basel. Myelodysplasie ist eine Bluterkrankung, besser gesagt, eine Erkrankung des Knochenmarks. Patienten, die darunter leiden, können keine Blutzellen mehr bilden. Es ist eine Form der Leukämie und kann vererbt werden. Wir haben herausgefunden, dass Ollmerts Mutter daran litt und daran verstarb. Möglicherweise hat er deswegen diese Stiftung als Erbe eingetragen.«

»Oder weil er selbst daran erkrankte«, fügte Lisa hinzu, die neben Krog Platz genommen hatte.

Monika Sander zog sich einen Stuhl an der Stirnseite heran und nahm Platz. »Das könnte ein Grund für sein Verschwinden sein. Können wir das Blut auf eine solche Erkrankung untersuchen lassen?«

Krog zuckte mit der Schulter. »Das müssen wir einen Pathologen fragen.«

»Dann mach das«, sagte Trevisan und schaute sich um. »Wo ist Eike?«

»Am Computer«, erklärte Lisa. »Er überprüft weiterhin die Besitzer von roten Cabrios aus Bremen.«

»Kommt er voran?«

»Bislang leider nur schleppend. Eine Spur haben wir noch nicht.«

Thorke Oselich hatte sich inzwischen neben Monika an den Tisch gesetzt. »Wie machen wir weiter?«, fragte sie in die Runde.

Trevisan räusperte sich. »Mit Italien, jemand muss da hinfahren, jemand, der Italienisch spricht.«

Thorke Oselich hob abwehrend die Hand. »Wir müssen über das BKA ...«

Trevisan schüttelte den Kopf. »Das ist Blödsinn«, fiel er ihr ins Wort. »Über das BKA dauert es viel zu lange. Wir müssen wissen, ob Ollmert tatsächlich in diesem Hotel am Gardasee logierte und wer seine Begleiterin war. Das will ich nicht dem BKA oder den Italienern überlassen.«

»Wir könnten doch ein Bild von Ollmert faxen«, schlug Thorke Oselich vor.

»Könnten wir«, antwortete Trevisan trocken. »Wir könnten ein Ersuchen über das BKA veranlassen und hoffen, dass es schnell geht. Dann hätten wir mit viel Glück in acht Wochen Antwort. In der Zwischenzeit könnte der Polizeipräsident weitere Interviews mit der ARD, dem ZDF und SAT1 führen. Wenn wir es selbst machen, wissen wir in drei Tagen, was Sache ist, und kriegen vielleicht sogar den Namen der Frau oder das Kennzeichen ihres Wagens heraus. Aber auf alle Fälle haben wir ein Phantombild, wenn wir im Hotel die richtigen Leute fragen.«

Thorke Oselich blies ihre Backen auf. »Das kriege ich nie bei der Verwaltung durch.«

»Ruf den Polizeipräsidenten an und frage ihn, wie wir das handhaben sollen«, schlug Trevisan vor. »Zwei Leute, ein Tag, eine Übernachtung und ein Dienstwagen, das ist doch nicht zu viel verlangt.«

Die Polizeidirektorin fuhr sich über die Haare. »Also gut, ich werde es versuchen.«

Trevisan nickte. »Wir brauchen eine Kollegin oder einen Kollegen, der gut Italienisch spricht.«

»Emilia, Emilia Giordano«, schlug Lentje vor. »Sie arbeitet unten beim Streifendienst, sie ist Italienerin, zumindest zur Hälfte.«

»Dann hol sie bitte her. Wir brauchen sie, dringend.«

Lentje nickte, ehe sie sich erhob.

»Ach ja«, fuhr Trevisan fort. »Habt ihr das mit Hoferland und der Jagdgesellschaft überprüft?«

Lisa meldete sich. »Ja, er war in England, die ganze Woche. Die Reise wurde über ein Reisebüro gebucht. Sie waren zu acht. Einer aus der Jagdgesellschaft ist Amtsrichter Heinken vom Amtsgericht in Jever. Ich habe ihn angerufen, und er hat bestätigt, dass Alrik Hoferland die ganze Zeit in Stodyard war.«

»Gut gemacht«, sagte Trevisan.

»Glaubst du, Hoferland hat etwas mit dem Verschwinden von Ollmert zu tun?«, fragte Thorke Oselich.

Trevisan zuckte mit der Schulter. »Er hat zumindest ein Motiv, und seine Frau hat uns angelogen. Zwar waren im ›Banter Hof‹ zwei Einzelzimmer gebucht, und sie erklärte uns, dass nichts zwischen ihnen gelaufen ist und Ollmert sie in Wilhelmshaven überrascht hat, aber das muss ja nicht stimmen. Zudem ist es egal. Wenn Alrik Hoferland davon erfahren hat, dann hätte er sich seine eigenen Gedanken gemacht.«

Die Chefin nickte. »Gut, behalten wir das im Auge.«

Sie erhob sich und ging zur Tür.

»Er ist nicht der Einzige, der Probleme mit Ollmert hatte«, rief ihr Trevisan nach.

»Schon gut, ich rede mit dem Polizeipräsidenten, bevor er nach Hause geht.«

Trevisan wartete, bis Thorke Oselich die Tür geschlossen hatte.

»Wie machen wir weiter?«, fragte Monika.

Trevisan warf einen Blick auf die Uhr mit dem grünen Polizeistern über der Tür. »Lisa und du, nehmt euch diesen Beeke vor, der Hoferland von der Beziehung seiner Frau mit Ollmert erzählt hat. Mal sehen, was er uns zu sagen hat.«

»Was machst du?«

»Ich kläre die Sache mit den Italienern.«

»Und wer fährt dahin?«

Trevisan überlegte kurz. »Eike und die Kollegin. Eike kann am Laptop ein Phantombild von der Frau erstellen.«

*

Diekenhörn – Davidshörn, Deichstraße

Johann Beeke wohnte in Davidshörn in der Deichstraße. Er war Stadtrat und arbeitete als Verwaltungsbeamter für die niedersächsische Deichverwaltung in Norden. Er gehörte bereits seit zwölf Jahren für die Konservativen dem Stadtrat an und galt als größter Widersacher Ollmerts. Er machte außerdem keinen Hehl daraus, dass er den amtierenden Bürgermeister für anmaßend, arrogant und unfähig hielt.

Das Haus aus rotem Klinker mit der Nummer sechs, einem Wohngebiet mit Häusern von der Stange, die alle einem einzigen Bauplan entsprungen waren, stach durch seine pragmatische Nüchternheit und Kälte hervor. Denn dort, wo auf den anderen Grundstücken Gräser, Sträucher und Bäume freundlich und im satten Grün ins Auge fielen, gab es rund um Beekes Haus eine graue Wüste aus Steinplatten und Schotter. Nur hier und da wagte ein zartes Pflänzchen, das Haupt in den Himmel zu strecken.

»Diese Steingärten sieht man immer mehr vor den Häusern«, bemerkte Monika Sander, als sie den Fußweg entlang zur Eingangstür gingen.

»Das wirkt alles tot, wie eine Wüste«, entgegnete Lisa. »Kein Wunder, dass es immer weniger Bienen gibt. Von dem wenigen mageren Kraut, das hier wächst, wird nicht mal eine Fliege satt.«

»Aber man hat seine Ruhe.«

Monika blieb vor der Tür stehen und klingelte. Kurz

darauf öffnete eine Frau um die 50 in einer weißen Schürze und blickte Monika fragend an. Johann Beeke war verheiratet und hatte eine Tochter, die an der Hochschule für Verwaltungswesen in Hannover studierte.

»Frau Beeke, nehme ich an«, grüßte Monika Sander und präsentierte ihren Dienstausweis. »Wir würden gerne mit Ihrem Mann sprechen. Es geht um das Verschwinden von Bürgermeister Ollmert, Sie haben sicherlich davon gehört?«

Die Frau nickte und warf einen langen Blick auf den Ausweis, ehe sie die beiden Ermittlerinnen in die Stube führte, wo Johann Beeke in grauer Cordhose, weißem Hemd und beigefarbener Strickjacke im Sessel vor dem Fernsehapparat saß. Es liefen die 17-Uhr-Nachrichten.

»Guten Tag, Herr Beeke«, grüßte Monika. »Wir sind von der Kripo Wilhelmshaven und würden gerne mit Ihnen über Bürgermeister Ollmert sprechen.«

Der Mann mit dem akkuraten Seitenscheitel erhob sich und reichte Monika und anschließend Lisa die Hand, ehe er mit einladender Geste auf das Sofa zeigte und den Fernsehapparat abschaltete.

»Ich habe schon damit gerechnet, dass Sie zu mir kommen«, sagte er. »Darf ich Ihnen etwas anbieten?«

Monika sowie Lisa schüttelten den Kopf. Mit einem Augenaufschlag schickte er seine Frau aus dem Zimmer. Zweifellos hatte in dieser Familie der Herr des Hauses das Sagen. Frau Beeke folgte der Aufforderung und verließ die Stube, nicht ohne die Tür hinter sich zu schließen. Johann Beeke wartete, bis die Tür geschlossen war, ehe er sich mit einem Seufzer in seinen Sessel setzte. »Irgendwann hat es ja mal so kommen müssen«, murmelte er. »Wie kann ich Ihnen helfen?«

»Wie meinen Sie das?«, fragte Monika neugierig.

Er winkte ab. »Ach, wissen Sie. Ollmert war von Anfang an eine Fehlbesetzung als Bürgermeister. Er hat keinerlei politischen Verstand, ihm fehlen der komplette verwaltungstechnische Überblick und die notwendige Kompetenz, die ein solches Amt erfordert.«

»Sie waren damals sein Gegenkandidat«, stellte Monika fest.

»Das ist richtig«, bestätigte der Mann. »Ich dachte selbst über eine Kandidatur nach. Allerdings waren damals die Wähler von seiner Erscheinung geblendet, schließlich kam er vom Fernsehen. Ich erkannte natürlich sofort, dass dieser Mann nicht gut für unsere Gemeinde ist. Er ist eine klare Fehlbesetzung, wenn Sie mich fragen.«

»Können Sie sich vorstellen, was passiert ist?«, fragte Lisa.

Beeke wiegte den Kopf hin und her. »Nun, man nimmt an, dass er einem Segelunfall zum Opfer gefallen ist, wie man so hört. Ich könnte mir allerdings vorstellen, dass er einfach verschwunden ist, weil ihm das Amt langsam über den Kopf wuchs.«

»Das verstehe ich nicht«, wandte Monika ein.

Beeke richtete sich auf. »Wissen Sie, auch wenn Diekenhörn nur eine kleine Gemeinde ist und die Welt kaum Notiz von diesem Ort nimmt, so ist das Amt eines Bürgermeisters dennoch eine herausragende Tätigkeit. Und Ollmert war dieser Herausforderung zu keiner Zeit gewachsen.«

Monika lächelte. »Das haben Sie bereits erwähnt. Wie soll ich mir das vorstellen? Gibt es irgendwelche konkreten Sachverhalte, an denen Sie uns Ihre Meinung erläutern können?«

Beeke schaute kurz zur Decke, so als wolle er dadurch seine Gedanken ordnen. »Ja, womit fange ich an? Nehmen wir zum Beispiel den Bebauungsplan für die Marktansiedlung in Wiesenstede. Ollmert hat klar gegen Auflagen verstoßen, als er über den Gemeinderat hinweg die Entscheidung traf, den ›Nordkauf‹ dort anzusiedeln. Wir haben dazu eine Beschwerde beim Landrat in Wittmund eingereicht, außerdem hatte meine Fraktion beschlossen, sollte der Landkreis untätig bleiben, eine Verwaltungsklage diesbezüglich einzureichen. Die Abweichung vom Bebauungsplan stellt eindeutig einen Verstoß gegen die Bauordnung dar. Außerdem ist nach Gemeindeverordnung ein Mehrheitsbeschluss des Gemeinderates notwendig. Diesen hatte er aber nicht. Unsere Eingabe hätte zumindest eine schriftliche Missbilligung, vielleicht sogar die Amtsenthebung zur Folge gehabt. Oder nehmen wir den Windpark. Da fehlen seit Monaten die letzten Genehmigungen, obwohl die Investoren ihre Einlagen längst hinterlegt haben. Man hätte nie diese zwielichtige Firma mit der Ausführung beauftragen dürfen. Aber durch den damaligen Stichentscheid bei Stimmengleichheit hat uns Ollmert über den Tisch gezogen. Nichts geht voran. Und es geht noch weiter. Da wäre noch die fragwürdige, ja meiner Auffassung nach sogar rechtswidrige Beauftragung einer Firma aus Ostdeutschland für die Ausbesserungsarbeiten der Radwege entlang der Salzwiesen, vollkommen ohne Absprache mit dem Gemeinderat und unter dem Vorwand der Herstellung der Verkehrssicherheit quasi an der Verwaltung vorbei. Auch das ist ein Verstoß gegen die Gemeindeverordnung, den wir an den Landkreis herantragen werden. Mich würde es nicht wundern, wenn er vorzeitig seinen Hut nehmen müsste, sollte er tatsächlich wieder auftauchen. Auf alle Fälle zeichnet sich ab, dass er nicht mehr wiedergewählt wird. Das ist auch gut so. Dazu kommt sein Verhalten. Seine arrogante Art, die Skandale, die es um ihn gab und noch immer gibt.«

»Haben Sie deshalb Herrn Hoferland von Ollmert und Hoferlands Frau erzählt?«, unterbrach Lisa Beekes Monolog.

Er atmete tief ein. »Wissen Sie, ich bin ein korrekter Mensch, der aufrichtig durch das Leben geht. Ich sehe es als meine Pflicht an einzuschreiten, wenn da etwas aus dem Ruder läuft. Genau das tat ich, als ich mit Alrik darüber gesprochen habe.«

»Gut, Herr Beeke, ich verstehe, was Sie meinen. Was glauben Sie, ist Ollmert zugestoßen? Mal abgesehen davon, was die Zeitungen berichten?«

Er zuckte mit der Schulter. »Was soll ich sagen? Ich kann nur das wiedergeben, was ich bislang gehört habe.

Und da heißt es, er sei beim Segeln über Bord gegangen.«

»Wäre es möglich, dass jemand nachgeholfen hat?«, fragte Lisa.

Beeke verzog seine Mundwinkel. »Sie meinen, dass ihn jemand über Bord geworfen hat?«

Lisa nickte.

»Das, das kann ich mir nicht vorstellen, da würden wir ja über Mord sprechen. Nein, ausgeschlossen, das traue ich niemandem aus unserer Gemeinde zu.«

»Eine Frage noch, Herr Beeke«, warf Monika ein. »Wo waren Sie am Montag, dem 24. Juni in den frühen Morgenstunden?«

Beeke überlegte. »Wieso fragen Sie das?«

»Reine Routine«, beruhigte ihn Lisa.

»Wo war ich da, wo war ich da?«, murmelte er. »Ach ja, am 24. Juni, da hatte ich gegen 8 Uhr einen Ortstermin bei Greetsiel. Da traf ich mich mit dem Hafenmeister, es ging um die Schleusenzufahrt. Ja, da musste ich nämlich schon um 7 Uhr meinen Dienst antreten. Ich fuhr um 6 Uhr los, meine Frau hat mir noch die Brote eingepackt und Kaffee gekocht.«

Lisa und Monika verzichteten darauf, Beekes Ehefrau zu befragen, und verließen kurz vor 18 Uhr das Haus.

»Bevor der jemanden von Bord schubst, verklagt er ihn«, scherzte Lisa, als sie im Wagen saßen und das Ortsschild von Diekenhörn hinter sich ließen.

Monika lächelte. »Da stimme ich dir absolut zu, ein

Verwaltungsbeamter durch und durch. Den können wir von unserer Liste streichen.«

»Das glaube ich auch.«

13

Kriminalpolizei Wilhelmshaven, Mozartstraße

Alle waren sie gegangen, nur Trevisan saß einsam und verlassen in seinem Büro. Monika hatte ihm von Beekes Vernehmung erzählt, ein weiterer Haken, den er unter einem Namen setzen konnte, der ihn aber wie die anderen nicht voranbrachte. Seit sechs Tagen wurde Enno Ollmert vermisst, die Ermittlungen traten auf der Stelle. Am heutigen Dienstag hatte die örtliche Presse erneut einen Suchaufruf nach dem Bürgermeister von Diekenhörn veröffentlicht. Die Resonanz hielt sich in Grenzen. Seit dem ersten Fahndungsaufruf waren insgesamt sieben Anrufe aus der Bevölkerung eingegangen, darunter eine Hellseherin, die Ollmerts Leichnam vor Baltrum auf dem Meeresgrund gesehen haben wollte, ein etwas verwirrter älterer Mann, der sich sicher war, dass Ollmert vom Teufel geholt wurde, und ein Hundeführer aus Neßmersiel, der einen ausgebildeten Leichenspürhund zur Verfügung stellen wollte, der auch auf der Nordsee einsetzbar war. Die weiteren Hinweise wurden überprüft, doch ergaben sich daraus keine weiteren Anhaltspunkte. Eine Frau aus Wittmund wollte ihn am Samstag vor einer Woche in der Fußgängerzone von Jever gesehen haben, aber zu diesem Zeitpunkt hatte sich Ollmert höchstwahrscheinlich noch in Italien aufgehalten. Konnte ein Mensch tatsächlich spurlos verschwinden, ganz ohne einen Hinweis auf seinen Verbleib zu hinterlassen?

Zumindest war das Gespräch mit Capitano Salvatore Renzi von der Polizeistation in Limone erfreulich verlaufen, der Trevisan volle Unterstützung bei den Ermittlungen zugesichert hatte. Eike und die Kollegin vom Streifendienst würden gegen 16 Uhr aufbrechen. Möglicherweise brachten diese Nachforschungen neue Ansatzpunkte.

Trevisan brütete über dem Bericht der Küstenwache, die Ollmerts Segeljacht vor Baltrum aufgebracht hatten. Im Bericht wurde von einem führerlosen Seefahrzeug mit einem Tiefgang von 1,90 Meter gesprochen, das knapp 2,5 Seemeilen nordwestlich von Baltrum im Fahrwasser lag und aufgrund des mäßigen Windes in östliche Richtung trieb. An diesem Tag lief die Flut etwa gegen 4 Uhr in der Früh an. Ollmert musste somit zwischen 5 und 9 Uhr das Watt und die

Inseln passiert haben. Aufgrund der Strömung, der Windgeschwindigkeit und des Tidefensters brauchte er etwa eine halbe Stunde, um das Watt hinter sich zu lassen. Nach festgestellter Geoposition der treibenden Jacht, so ließ sich der Sachbearbeiter der Küstenwache in seinem Bericht aus, kann davon ausgegangen werden, dass der direkte Weg vom Hafen in Neßmersiel bis zum Fundort der Jacht etwa eineinhalb Stunden in Anspruch genommen hat. Natürlich war nicht auszuschließen, dass Ollmert seewärts vor den Inseln kreuzte, bevor er ins Wasser stürzte. Dennoch hätte er genug Zeit gehabt, nach einer kurzen Ausfahrt in den Hafen zurückzukehren, um gegen 10 Uhr an seinem Schreibtisch zu sitzen. Wie war er überhaupt zum Hafen gekommen? Mit dem Fahrrad? Aber wo war es nur abgeblieben? Weder in der Garage noch am Hafen von Neßmersiel war es bislang aufgefunden worden.

Trevisan kratzte sich an der Stirn. Unfall, Selbstmord, Mord, Verschwinden, Untertauchen, alles hinter sich lassen – alles war möglich. Nur eine Entführung war auszuschließen, denn bislang hatte sich weder bei der Polizei noch im Rathaus jemand gemeldet und eine Forderung gestellt.

Er legte den Bericht zur Seite. Der Sachbearbeiter der Küstenwache hatte sorgfältige Arbeit geleistet, weiterbringen würde ihn dieser Bericht jedoch nicht. Auch die Aussage von Johann Beeke brachte keine neue Wendung. Zwar sprachen die Umstände, dass einige Beschwerden und Klagen gegen den Bürgermeister von

Diekenhörn am Laufen waren, eher dafür, dass Ollmert die Nase voll hatte und – wie es seine ehemalige Lebensgefährtin formulierte – untergetaucht war, um den Problemen aus dem Weg zu gehen. Doch sicher war dies nicht.

Trevisan warf einen Blick auf die Uhr. Es war kurz vor 19 Uhr, und die Sonne stand bereits tief im Westen. Der Tag hatte mit tiefen Wolken und Regen begonnen und endete mit strahlendem Sonnenschein. Er dachte an Ayk, an das kleine strampelnde Bündel, das er in der Hand gehalten hatte. Morgen durften Paula und der kleine Erdenbürger die Klinik verlassen. Er hatte sie gefragt, ob er sie abholen solle, doch Paula hatte abgelehnt. Dieses Privileg stand natürlich dem Kindsvater zu. Zudem hatte sich Paula Zeit zur Eingewöhnung erbeten. Erst am Sonntag würde er den Kleinen wiedersehen.

Trevisan erschrak, als plötzlich die Tür geöffnet wurde. Krog betrat das Büro und blieb wie angewurzelt stehen. »Oh, entschuldige, ich wusste nicht, dass du noch hier bist«, sagte er. »Ich wollte dir nur eine Notiz auf den Schreibtisch legen.«

»Was machst du noch so spät hier?«

»Wir werten die Papiere aus, die wir bei Ollmert in der Wohnung und im Büro gefunden haben. Das wird noch einige Zeit in Anspruch nehmen. Dabei haben wir das gefunden.«

Krog hielt einen Notizzettel in die Höhe.

»Was ist das?«

»Du erinnerst dich doch an diese Stiftung«, erklärte er. »In Ollmerts Unterlagen haben wir tatsächlich einen Arztbrief gefunden. Er hat sich vor drei Jahren auf das mögliche Risiko untersuchen lassen und gilt aufgrund seiner genetischen Struktur als Risikopatient. Zwar ist die Krankheit nicht ausgebrochen, aber er trägt ein um den Faktor zwölf erhöhtes Risiko. Ihm wurde geraten, für den Fall der Fälle vorzubeugen.«

»Und das heißt?«, fragte Trevisan.

»Eine der vorgeschlagenen Möglichkeiten ist eine Eigenbluttherapie.«

»Eigenbluttherapie, was versteht man darunter?«

»Ganz einfach«, erklärte Krog. »Solange man gesund ist, sollte man einen gewissen Vorrat an gesundem eigenem Blut konservieren, um es im Falle einer Erkrankung zu nutzen. Eine Autotransfusion, verstehst du?«

Trevisan schüttelte den Kopf.

»Banal gesagt, friert man Blut ein und injiziert es, wenn die Krankheit ausgebrochen ist. Damit kann man den Krankheitsverlauf zumindest verzögern, manche sagen sogar, es könnte sein, dass die Krankheit damit sogar aufgehalten werden kann.«

»Wie lange hält so eine Blutkonserve?«

»Im Normalverfahren sechs Wochen, aber im Tiefkühlbereich kann man sogar Blut ohne Verfallsdatum in flüssigem Stickstoff einlagern, aber daran wird noch geforscht. Da gibt es nur wenige Institute, die den Cryo-Bereich abdecken.«

»Das heißt, er könnte an Blutkonserven für sich herankommen?«, fragte Trevisan direkt.

»Es ist zwar nicht üblich bei uns in Deutschland, aber es gibt sogar Besteck, um zu Hause, ganz ohne Zutun eines Arztes Blut abzunehmen. Davon wird hierzulande natürlich abgeraten, da es immer mal zu Komplikationen kommen kann, aber wenn man sich das Wissen aneignet, wäre es durchaus möglich, selbst Hand anzulegen.«

Trevisan kratzte sich an der Stirn. »Das Rad, wir müssen dieses verdammte Rad finden.«

Krog runzelte die Stirn. »Ich verstehe nicht, was das Rad mit dem Blut zu tun haben soll?«

»Ollmert ist an diesem Montag irgendwie zum Hafen gekommen«, dachte Trevisan laut nach. »Der Porsche stand in der Garage, aber das Rad fehlt, von dem mir die Putzfrau erzählt hat. Ich glaube kaum, dass er gelaufen ist.«

»Du meinst, er hat seinen Unfall vorgetäuscht?«

Trevisan atmete tief ein. »Er kommt direkt aus dem Urlaub und hat nicht zu Hause geschlafen. Dann macht er am frühen Morgen einen Segeltörn und verunglückt dabei, obwohl er ein erfahrener Segler ist. Es herrschte an diesem Tag nur mäßiger Wind und leichter Wellengang. Weshalb sollte er bei dieser Witterung ein solch waghalsiges Manöver ausführen, bei dem der Baum am Mast überschlägt. Dann noch das Blut an Bord, so als ob er mit Wucht getroffen wurde. Das alles klingt nicht logisch für mich.«

»Und was hat es mit dem Rad auf sich?«

»Ich glaube, er ist mit dem Rad gefahren und hat es irgendwo in der Nähe des Hafens abgestellt.«

»Dort wurde nichts gefunden.«

»Habt ihr richtig nachgeschaut?«

Krog schüttelte den Kopf. »Stand in Jansons Bericht.«

»Janson«, wiederholte Trevisan abfällig, »der hätte Ollmert nicht mal gefunden, wenn er auf seiner Türschwelle gestanden und bei ihm geklingelt hätte. Wir müssen noch einmal gründlich nach dem Rad suchen.«

Krog rollte mit den Augen. »Okay, gleich morgen früh. Aber ich wüsste nicht, was das an der Sache ändert. Nach wie vor ist alles nur graue Theorie. Wir haben weder Tatsachen, die für die eine oder gegen die andere Vermutung sprechen.«

Trevisan winkte ab. »Das mag schon sein. Trotzdem wissen wir dann, dass er überhaupt dort war, und zwar alleine. Das könnte am Ende noch wichtig werden. Ich habe nämlich ein ganz komisches Gefühl bei der Sache.«

»Ein komisches Gefühl habe ich auch«, entgegnete Krog. »Mir kommt es irgendwie so vor, als wenn wir mit der Suche nach ihm sehr viel Zeit investieren, ohne auch nur einen Schritt voranzukommen.«

Trevisan betrachtete nachdenklich seine Hände. »Das sehe ich ähnlich.«

*

Peerenhof bei Horumersiel

Trevisan war gegen 20 Uhr an diesem Abend zu Hause. Trotz der Wetterkapriolen am Vormittag war es noch ein lauer Abend geworden. Gemeinsam mit Lea und Paco spazierte er durch die Felder. Paco, der Irische Setter, genoss es, ohne Leine über die Wiesen zu hetzen und dem Ball nachzujagen, den Trevisan mit der Ballschleuder hoch in die Luft katapultierte.

»Du musst Paula verstehen«, sagte Lea, die ihren Arm bei Trevisan eingehakt hatte. »Sie haben ihr Nest gebaut und wollen den kleinen Ayk erst mal für sich haben. Da stört ein verrückter Opa nur. Gib ihnen Zeit. Du wirst den Kleinen noch oft genug sehen. Außerdem wäre es langsam an der Zeit, im Büro etwas kürzer zu treten. Hast du einmal darüber nachgedacht, deine Arbeitszeit zu reduzieren?«

Trevisan runzelte die Stirn. »Was, das ist nicht dein Ernst.«

»Peers Familie wohnt in Skanderborg, und Paula wird früher oder später auch wieder mit ihrer Arbeit beginnen wollen.«

»Du meinst …«

»Was, wenn sie wieder ans Nordkap fahren, um das Eis schmelzen zu sehen, oder nach Grönland, um den Permafrost beim Auftauen zu beobachten? Glaubst du, die nehmen den kleinen Ayk dann mit?«

Trevisan schüttelte den Kopf. »Du glaubst doch nicht ernsthaft, dass ich dann den Ersatzvater spiele.«

»Na ja, nicht sofort, nicht, wenn er noch klein ist. Paula wird auch erst ihre Doktorarbeit fertig machen wollen, aber in vier, fünf Jahren bestimmt, und dann braucht sie einen Opa, der sich um den kleinen Ayk kümmert. Sie hat ja nur noch dich.«

Paco sprang herbei und präsentierte stolz den roten Ball in seinem Maul. Trevisan griff danach, klemmte ihn in die Schleuder und warf ihn so fest er konnte in die Luft. Paco schaute dem Ball kurz hinterher, ehe er mit gesenktem Kopf hinterherhetzte.

»Das ist alles noch so weit weg«, entgegnete Trevisan. »Außerdem könnte ich bis dahin in Pension sein.«

Lea lachte laut auf. »Du und Pension. Das glaube ich erst, wenn du zu Hause sitzt. Du kannst doch gar nicht ohne Arbeit. Bis spät in die Nacht und am Wochenende, egal ob Samstag, Sonntag oder Feiertag.«

Trevisan zuckte mit der Schulter. »Was soll ich tun, wenn wir an einem Fall arbeiten? Da kann ich nicht einfach so nach Hause gehen. Wenn ich einen Bürojob gewollt hätte, wäre ich in Oldenburg geblieben. Aber glaub' mir, da wäre ich wohl eine ganze Spur unzufriedener.«

Lea streichelte Trevisan liebevoll über das Haar. »Das weiß ich doch, deshalb fordere ich auch nichts von dir. Ich weiß, wie sehr du an deiner Arbeit hängst und wie wichtig sie für dich ist. Was ist eigentlich mit deinem Bürgermeister los, kommt ihr voran?«

Trevisan blickte Lea überrascht an. »Du hast noch nie nach meiner Arbeit gefragt.«

Lea lächelte. »Normalerweise geht es bei dir immer nur um Leichen. Jetzt ist mal einer verschwunden und dazu eine Berühmtheit aus unserer Gegend. Darf ich nicht auch einmal neugierig sein?«

»Das ist ein sehr komplizierter Fall«, entgegnete Trevisan. »Wir wissen noch immer nicht, wo er steckt und was passiert ist.«

Sie hakte sich wieder ein und zog ihn mit sich. »Bestimmt hat er sich längst abgesetzt. Wahrscheinlich hat er in die Stadtkasse gegriffen und macht sich ein schönes Leben irgendwo auf den Bahamas oder den Seychellen.«

Trevisan blieb stehen. »Irrtum, meine Liebe. Die Stadtkasse ist gefüllt.«

Lea lächelte. »Bist du dir da sicher?«

Sie gingen bis zum »Kaiserhof«, bevor sie den Rückweg antraten und den Abend bei einem Glas Wein und Kerzenschein ausklingen ließen.

14

Kriminalpolizei Wilhelmshaven, Mozartstraße

Am Morgen kam Trevisan nur schwer aus seinem Bett. Leas Anspielungen vom gestrigen Abend wirkten nach. Was, wenn Ollmert das Amt tatsächlich über den Kopf gewachsen war und er sich mit einem Teil der Stadtkasse abgesetzt hatte? Vor allem, weil dies die typische Art für ihn war, wenn es langsam eng wurde.

Er hatte wach gelegen, darüber gegrübelt und war erst gegen Morgen eingeschlafen. Nun fehlten ihm ein paar Stunden erholsamer Schlaf. Als er seinen Privatwagen auf dem Parkplatz der Inspektion parkte, war die Müdigkeit verflogen. Sein erster Weg führte ihn zu Krog, der noch immer im Soko-Raum mit der Auswertung der sichergestellten Dokumente beschäftigt war.

»Guten Morgen«, begrüßte er seinen Kollegen von der Kriminaltechnik. »Mich lässt da die Sache mit dem Rad nicht los, wir sollten noch einmal intensiv den Hafen und den dortigen Bereich absuchen. Wenn er mit dem Rad dorthin gefahren ist, dann war er sicherlich alleine. Außerdem müssen wir sicher ausschließen, dass er sich aus irgendeiner Kasse bedient hat. Mit dem Geld auf seinem Konto kommt er sicherlich nicht weit.«

Krog blickte kurz auf. »Moin, was glaubst du, tun

wir hier gerade? Das mit dem Rad läuft bereits, so wie wir es gestern beschlossen haben«, knurrte er.

»Ich meine ja nur.«

Krog widmete sich wieder dem Ordner, der vor ihm auf dem Tisch lag.

Trevisan trat näher und zog sich einen Stuhl heran. »Ich kann es einfach nicht leiden, wenn ich nicht weiß, woran ich bin. Wir hängen komplett in der Luft. Ist er abgehauen, hatte er einen Unfall oder wurde er um die Ecke gebracht. Wir drehen uns im Kreis und kommen keinen einzigen Schritt voran. Wenn irgendwo eine Leiche liegt, dann geht alles seinen Gang, da haben wir unsere Routine, aber in diesem Fall haben wir überhaupt nichts, nur Spekulationen. Jetzt ist schon Juli, und die Zeit vergeht, ohne dass wir Ergebnisse aufweisen können.«

Krog schloss den Ordner und blickte Trevisan unverhohlen ins Gesicht. »Leider ist das so, aber da müssen wir durch. Bislang haben wir keine Hinweise darauf gefunden, dass er in die Gemeindekasse gegriffen hat, auch in den Stadtfonds und dem Sparhaushalt fehlt kein Geld. Das Einzige, das wir sicher wissen, ist Folgendes: Er ist weg, einfach nicht mehr da.«

Trevisan nickte.

»Ach ja, noch etwas wissen wir sicher«, fuhr Krog fort. »Kam heute früh aus dem Labor. Das Blut stammt von ihm, die DNA-Analyse bestätigt das. Und noch etwas hat das Labor festgestellt. Das Mischungsverhältnis in der Blutlache lag bei etwa 30 zu 70 Prozent, das ist weit weniger Blutanteil, wie zuerst angenommen.«

»Wie viel, glaubst du?«

»Wir gingen von einem halben bis zu einem Liter aus, jetzt müssen wir von etwa 200 bis 500 Millilitern ausgehen. Also keinesfalls lebensbedrohlich, wenn eine Behandlung erfolgt wäre und der Blutfluss hätte gestillt werden können.«

Trevisan schüttelte den Kopf. »Habt ihr sonst irgendwo Blut festgestellt, in der Kabine vielleicht?«

»Nein, habe ich doch im Bericht geschrieben. Das Boot war ansonsten sauber.«

Trevisan kratzte sich am Kinn. »Dann ist er wahrscheinlich doch verschwunden und täuscht einen Unfall nur vor.«

»Oder er ging nach dem Schlag über Bord«, fügte Krog hinzu.

Trevisan seufzte.

»Siehst du, egal, wie wir es drehen, bevor wir keine handfesten Fakten ermitteln, bleibt alles, wie es ist. Alles ist möglich und nichts ist auszuschließen.«

»Dann hoffe ich nur, dass Eike am Gardasee weiterkommt, es ist nämlich langsam zum Verrücktwerden.«

*

Hotel »Villa Vista Montagna«, Limone sul Garda

Capitano Salvatore Renzi vom Comando Stazione Limone freute sich über seinen morgendlichen Besuch aus Deutschland und lud seine Gäste zuerst zu einem ordentlichen Frühstück auf der Polizeistation ein. Er trug eine schwarze Uniform mit einem roten Streifen an der Hose und einem weißen Gurt, der quer über seine linke Schulter verlief. Emilia Giordano, die Kollegin vom Streifendienst, übersetzte souverän und weihte den italienischen Polizeioffizier der Carabinieri in den Fall des verschwundenen Bürgermeisters von Diekenhörn ein.

»Bedank dich bei ihm, dass wir hierherkommen durften und er unsere Arbeit unterstützt«, flüsterte ihr Eike zu, als sie am üppigen Frühstücksbuffet Platz genommen hatten.

Nachdem sie gegessen hatten, klatschte Renzi in die Hände. »Andiamo, ci mettiamo al lavoro!«, sagte er, als er sich erhob.

Bevor sie das Hotel erreichten, das in den Hügeln unweit der Residence Prelazo lag, zeigte Renzi seinen Besuchern die kleine Stadt an der Westküste des Gardasees. Es war Urlaubszeit und zahlreiche Menschen bevölkerten die Straßen, Gassen und Plätze. Der Verkehr war dicht, und mehrere Busse fuhren über die Via IV Novembre in die kleine Stadt hinein. Er fluchte wie ein Rohrspatz und hupte wild, als ein Kleinbus den Weg in die Via Benedetto Croce versperrte. Der Motor des schwarzen Fiats mit den beiden Blaulichtern und der weißen Aufschrift Carabinieri heulte auf, und Renzi bog mit quietschenden Reifen in die kleine Straße ein. Sein Ärger war innerhalb einer Sekunde verflogen, und er lachte und scherzte mit Emilia, als ob nichts gewesen wäre.

Das Hotel lag am Fuße eines steilen Berges, und der Blick über die Stadt und den See war phänomenal.

Renzi parkte seinen Dienstwagen direkt vor dem Zugang. Auch im Foyer des Hotels wimmelte es von Gästen, und der Parkplatz war überfüllt von Autos mit ausländischen Kennzeichen.

»Wir mitten in Saison«, sagte Renzi in Deutsch und betrat durch das Portal das Hotel.

Noch bevor Emilia und Eike die Rezeption erreichten, hatte Renzi bereits mit einem der beiden Hotelangestellten hinter dem Empfang gesprochen.

»Sie kommen, Andiamo!«, sagte er und wies auf einen Gang neben dem großen mit Marmor abgesetzten Empfangspult. Der Capitano stürmte voran, Emilia und Eike hatten Mühe, ihm zu folgen.

»Sieht teuer aus«, raunte Emilia, nachdem sie sich im Foyer umgesehen hatte.

»Ja, das liegt eindeutig nicht in meiner Preisklasse«, bestätigte Eike.

In dem mit rotem Teppichboden ausgelegten Flur blieb der Capitano vor einer Tür stehen, die in goldenen Lettern die Aufschrift »ufficio« trug. Er klopfte, und eine Frau mittleren Alters mit hochgesteckten, schwarzen Haaren, grell geschminkten Lippen und reichlich Rouge im Gesicht öffnete. Die Frau trug ein rotes Kostüm mit dem Emblem des Hotels auf der Brust. Sie bat die Besucher in ihr Büro, schüttelte ihnen die Hände und bot ihnen Platz an, bevor sie sich hinter ihren Schreibtisch setzte.

»Das ist Signora Cerrutti, sie ist die Managerin des Hotels«, stellte Renzi die Frau vor, nachdem sie ein paar Worte auf Italienisch gewechselt hatten.

»Ah, ich verstehe«, sagte die Managerin in akzentreichem Deutsch an Eike und Emilia gewandt, »Sie kommen wegen Signor Ollmert aus Deutschland. Er logierte in unserem Hotel, das ist korrekt.«

»Können Sie uns sagen, wann er eincheckte und wann er das Hotel verließ?«

Eike sprach langsam. Offenbar wurden Emilias Fähigkeiten als Dolmetscherin nicht benötigt, denn die Frau lächelte und nickte verständig.

»Er kam am 16. Giugno an und reiste am ... ventitreesimo ... 23. Giugno wieder ab. Er checkte gegen 8 Uhr aus.«

»War er alleine?«

Sie schüttelte den Kopf. »Oh, no ... no ... er war in Begleitung seiner Frau, Signora Sandra Ollmert.«

Eike zog die Stirne kraus. »Frau Ollmert? Haben Sie ihre Papiere gesehen?«

Die Hotelmanagerin lächelte. »Nein, er hat ... riservato, Herr Ollmert. Wir haben seine Ausweis, das genügen und hat Rechung bezahlt.«

Innerlich fluchte Eike, doch er ließ sich nichts anmerken.

»C'è un problema ... gibt Problem?«, fragte Signora Cerrutti.

»Nein, aber können Sie ... wäre es möglich, dass Sie mir die Dame beschreiben?«

»È molto meglio«, mischte sich Renzi in die Unterhaltung ein und gab der Hotelmanagerin ein Zeichen.

Die Frau drehte den Computerbildschirm zu Eike und startete eine kleine Filmsequenz. Eike erkannte Ollmert sofort, und auch die hübsche Frau mittleren Alters mit den schulterlangen, lockigen und pechschwarzen Haaren war gut zu erkennen. Eike schätzte die Frau auf Mitte 30. Signora Cerrutti wies auf den Bildschirm.

»Questa è la signora Ollmert«, sagte sie.

Eike warf Emilia einen fragenden Blick zu.

»Das ist Frau Ollmert«, beeilte sie sich zu sagen.

»Können wir die Datei haben?«, fragte Eike.

Die Managerin schaute ihn fragend an.

»Possiamo avere il file?«, übersetzte Emilia.

Signora Cerrutti nickte. »Certo … certo«, antwortete sie und zog eine DVD aus der Schublade ihres Schreibtisches, die sie an Capitano Renzi weiterreichte.

»Ich haben gehört, Signore Ollmert ist … mancante … nicht zu Hause?«, fragte sie mit betroffener Miene.

Eike nickte. »Wir suchen nach ihm.«

»Si, è scomparso«, bestätigte Emilia.

Renzi reichte Eike die DVD weiter.

»Er … nicht sposato … geheiratet?«

Eike schüttelte den Kopf. »Wissen Sie, wie er nach Limone gekommen ist?«

Die Managerin schaute ihn fragend an und blickte dann auf Renzi. Es war Emilia, die Eikes Frage übersetzte.

»Ah, ja, er haben automobile … haben Parken in parcheggio sotterraneo … ist Autokennzeichen … prego.«

Sie griff erneut in die Schublade des Schreibtisches und reichte Renzi einen Notizzettel, der ihn nach einem kurzen Blick an Eike weitergab.

»HB-AS 2836«, las Eike vor und fragte: »War das ein roter Sportwagen, ein Cabrio?«

Eike deutete mit der Hand einen flachen Bogen an.

»Scusi, Signore, ich nicht so gut Bescheid mit automobile«, entgegnete die Frau und zuckte mit der Schulter. »War kleine automobile, rot. Per duo persone.«

»Wissen Sie, ob die beiden alleine waren, oder hatten sie Kontakt zu anderen Gästen oder Paaren?«

Wiederum zuckte die Frau mit der Schulter, nachdem Emilia die Frage übersetzt hatte.

Sie lächelte verschmitzt. »Ich … glauben alleine, waren viel in appartamenti, erano innamorati, waren Pool, genießen Tage alleine, aber nicht Kontakt andere … ospiti.«

»Gäste«, fügte Emilia hinzu.

Eike verstand, was gemeint war.

»Ein richtiges Liebesnest«, flüsterte er Emilia zu.

Er überlegte, doch ihm fielen keine weiteren Fragen ein. Er hatte bereits mehr erfahren, als er erhofft hatte. Und über das Kennzeichen ließ sich sicherlich die Identität der geheimnisvollen Frau klären, die sich im Hotel als Ollmerts Ehefrau ausgegeben hatte. Als sie das Hotel verließen, nahm sie die warme Mittagssonne in Empfang.

Renzi blickte auf seine Armbanduhr. »È ora di pranzo«, sagte er mit einem Lächeln auf den Lippen. Sie stiegen in den Wagen und hielten vor einem kleinen, verträumten Lokal abseits des Trubels mitten in den Bergen. Renzi stieg aus und stürmte voran.

»Was tun wir hier?«, fragte Eike mit verständnislosem Blick.

»Wir gehen essen«, entgegnete Emilia.

»Schon wieder, ich habe das Frühstück noch gar nicht verdaut.«

Emilia lächelte. »Das Leben als Polizist in Italien ist offenbar kein Zuckerschlecken.«

15

Kriminalpolizei Wilhelmshaven, Mozartstraße

Jesko Holders stand heute auf Trevisans Programm. Was blieb ihm anderes übrig, als angesichts der Ungewissheit um das Schicksal des Bürgermeisters von Diekenhörn die Liste der Namen abzuarbeiten, die er im Gespräch mit Ollmerts Sekretärin erhalten hatte und die genügend Gründe hatten, stocksauer auf den Bürgermeister zu sein. Jesko Holders, der junge Mann aus Berumbur, den Ollmert unter fadenscheinigen Gründen kurzerhand samt seinem Motorsportklub von einem alten Gehöft in Wiesenstede vertrieben hatte, war einer von ihnen. Natürlich hatte Eike den jungen Mann polizeilich überprüft und festgestellt, dass er in seiner Jugendzeit zweimal wegen Körperverletzung anhängig gewesen war. Zu einer Verurteilung war es bislang nicht gekommen, jedoch hatte die Verkehrspolizei über Holders allerhand in den Akten stehen, gehörte er doch der Tunerszene an und nahm es mit den Vorschriften der Straßenverkehrsordnung nicht immer so genau.

»Schon was von Eike aus Italien gehört?«, fragte Monika Sander, als sie Trevisans Büro betrat. Sie hielt die Schlüssel des Dienstwagens in der Hand. Trevisan schüttelte den Kopf und erhob sich. Er griff nach seiner Jacke, da klingelte das Telefon.

»Verdammt, was ist jetzt schon wieder«, fluchte Trevisan, als er den Hörer abnahm.

»Soll ich schon runter?«, fragte Monika.

Trevisan schüttelte erneut den Kopf. Der Kollege von der Pforte war am Apparat.

»Jetzt?«, fragte Trevisan, während Monika einen Blick auf ihre Armbanduhr warf.

»Gut, wenn es denn sein muss.«

Er beendete das Gespräch und legte den Hörer auf. »Das passt jetzt gar nicht«, murmelte er.

»Was ist los?«

»Unten steht der Anwalt der ›Nordostbank‹ an der Pforte und will mit mir sprechen. Der Kollege sagt, er lässt sich nicht abwimmeln.«

Monika zuckte mit der Schulter. »Sollen wir den Termin verschieben?«

Trevisan winkte ab. »Nein, besser nicht, er ist jetzt zu Hause, sonst müssen wir ihm wieder nachtelefonieren. Kannst du Lentje mitnehmen?«

Monika nickte. »Okay, ich fahre mit Lentje, dann kannst du dich um den Anwalt kümmern.«

Sie verließ das Büro, und Trevisan gab an der Pforte Bescheid. Fünf Minuten später saß er im Vernehmungsraum Doktor Josef Schneider von der Rechtsabteilung der »Nordostbank« gegenüber. Der Mann mit der hohen Stirn trug einen grauen Anzug, ein weißes Hemd und dazu eine blau-gelb gestreifte Krawatte mit dem Emblem der »Nordostbank« als Aufdruck. Er duftete nach Veilchen und schien sehr aufgeregt.

»Endlich treffe ich Sie, Herr Trevisan«, sagte er, als er seine braune Aktentasche unter den Tisch stellte. »Ich habe es bereits mehrfach versucht, aber nie waren Sie anzutreffen. Sie wurden mir als Leiter der Ermittlungen genannt, und ich muss dringend mit Ihnen sprechen.«

»In welcher Angelegenheit?«, fragte Trevisan.

»Bezüglich unseres Windparks, ich meine natürlich, wegen Herrn Ollmerts Verschwinden.«

»Wie soll ich das verstehen, gibt es irgendwelche Unregelmäßigkeiten?«

»Unregelmäßigkeiten«, wiederholte Schneider. »Ich würde sagen, das trifft es nicht so ganz, Ollmert ist weg, und das ist eine Katastrophe.«

»Wieso, ich denke, da fehlen noch Genehmigungen, außerdem gibt es sicher einen Stellvertreter. Thees Geritt, soweit ich mich erinnere.«

Schneider winkte ab. »Die Genehmigungen sind kein Problem, die werden wir erhalten. Das Projekt läuft ja bereits, und die ersten Bauarbeiten sind erfolgt. Inzwischen wurden für den ersten Abschnitt 5,6 Millionen freigegeben und an das Planungsbüro auf ein Treuhandkonto überwiesen, aber Ollmerts Verschwinden ist ein Desaster für uns. Es müssten weitere Anträge gestellt werden. Der zweite Bauabschnitt steht in Kürze bevor.«

»Vielleicht können Sie uns ja etwas über sein Verschwinden sagen. Wie ich von Frau Haferkamp hörte, waren Sie öfter bei ihr, um mit dem Bürgermeister zu sprechen.«

»Richtig, leider war er nie zugegen«, bestätigte Schneider. »Es gab einige Dinge zu regeln bezüglich der Zuschüsse. Ich hoffe nur, dass wir die Fristen noch wahren können. Da geht es um sehr viel Geld. Glauben Sie mir, es ist wichtig, dass es endlich mit dem Bürgerpark vorangeht. Auch wenn der Geschäftsführer verhindert ist.«

Schneider beugte sich herab und griff nach seiner Aktentasche. Er legte sie auf den Tisch, öffnete sie und zog ein mehrseitiges Dokument hervor.

»Ich verstehe das Problem nicht, in jedem Verein gibt es doch eine Satzung, die Verhinderungsfälle regelt«, entgegnete Trevisan.

Schneider reichte Trevisan das Dokument. »Das ist es ja eben. Herr Geritt ist zwar zweiter Vorsitzender im Verein, aber Geschäftsführer ist Herr Ollmert, und im Falle seiner Verhinderung, wenn es sich um eine kurzfristige Verhinderung handelt, ist dessen Vertretung der stellvertretende Bürgermeister, also in diesem konkreten Fall Frau Gutjahn – und die haben Sie sicherlich bereits kennengelernt.«

Trevisan schüttelte den Kopf. »Nein, bedaure, aber warum wurde diese Regelung getroffen, weshalb gibt es dann überhaupt den Verein?«

Schneider wies auf das Dokument. »Sehen Sie, die Gemeinde ist der größte Investor, sie steuert das Grundstück bei, hat sich mit einem finanziellen Sockel beteiligt und übernimmt die Anschlüsse und die Verwaltung. Aber eine Gemeinde darf nach der geltenden Gemeindeordnung nicht als privatwirtschaftlich orientiertes Unternehmen auftreten, also wurde der Bürgerverein gegründet. Die Gemeinde sichert sich mit dieser Regelung die Handlungspriorität, was angesichts des Investitionsvolumens auch legitim ist. Aber Frau Gutjahn ist eine alte Frau und sie ist … wie soll ich sagen … nicht gerade sehr entscheidungsfreudig. Sie schiebt alles auf die lange Bank und sagt, wir sollen warten, bis Ollmert wieder da ist. Aber das geht nicht, da gibt es Formen und Fristen zu wahren, die wichtig und grundlegend sind. Kurzum, sie lähmt mit ihrem Verhalten den ganzen Verein und damit auch den Bau der Anlage.«

Trevisan zuckte mit der Schulter. »Ich wüsste nicht, wie ich Ihnen dabei helfen kann.«

Erneut wies Schneider auf das Dokument. »Lesen Sie Artikel drei!«

Trevisan nahm das Dokument zur Hand, das aus über 20 Seiten bestand. »Ich glaube, es ist besser, Sie sagen mir, was Sie wollen.«

Schneider nickte. »Nun, es ist in Artikel drei geregelt, dass bei einem langfristigen oder endgültigen Ausfall der Geschäftsführung die Neuwahl des Geschäftsführers erfolgen kann. Sollte die stellvertretende Bürgermeisterin das Amt nicht ausüben wollen, so könne alternativ ein anderer Kandidat zum Zuge kommen. Er muss nur Mitglied der Gemeindevertretung sein, und Herr Geritt wäre dazu bereit.«

Trevisan runzelte die Stirn. »Was erwarten Sie von mir?«

Schneider räusperte sich. »Nun, so wie es aussieht, fiel Herr Ollmert einem tragischen Unfall zum Opfer. Wir bräuchten dazu nur eine offizielle Bestätigung der Polizei, damit könnten wir nach Artikel drei die Neuwahlen einleiten, damit wäre uns allen geholfen.«

Trevisan winkte ab. »Wir stecken mitten in den Ermittlungen.«

Schneider machte große Augen. »Ja, glauben Sie denn, die Ermittlungen werden einen anderen Grund für das Verschwinden Ollmerts ergeben?«

»Das wissen wir derzeit nicht.«

»Aber … das Boot. Es wurde führerlos aufgebracht, ich meine, das ist doch eindeutig, oder?«

Trevisan setzte eine ernste Miene auf. »Zu den laufenden Ermittlungen darf ich zum jetzigen Zeitpunkt nichts sagen, aber Sie erwähnten, dass bereits Geld freigegeben wurde. Ist es möglich, dass sich jemand dort selbst bedienen könnte, ein Geschäftsführer zum Beispiel?«

»Sie glauben doch nicht …!«

»Wir ermitteln in alle Richtungen«, bremste Trevisan die Empörung des Mannes.

Schneider winkte ab. »Das ist ausgeschlossen, das Geld liegt auf einem Treuhandkonto. Zugriff hat nur der Geschäftsführer, wenn die Zahlung durch den Verein autorisiert wurde, dann geht es direkt an das Planungsbüro nach Bremerhaven, ebenfalls ein Treuhandkonto. Der Verein wäre in der Lage, das Geld innerhalb von drei Wochen zurückzufordern. Das ist alles abgesichert. Der Geldverkehr läuft über unser Bankhaus. Außer den üblichen Gebühren an das Planungsbüro, die bei Vertragsunterzeichnung fällig waren, wurden noch keine Zahlungen angewiesen. Das waren bisher etwa 120.000 Euro.«

Trevisan kratzte sich am Kinn. »Im Zuge der Ermittlungen müssen wir alle Optionen prüfen.«

»Wir arbeiten mit sehr kompetenten Partnern zusammen. Das Planungsbüro ›Sud-Stavanger‹ aus Bremerhaven hat schon viele Windparks auf der ganzen Welt gebaut. Auch mehrere Offshore-Anlagen sind darunter.«

»Und wie läuft dieses Geschäft ab, wer ist alles daran beteiligt?«

Schneider lächelte. »Falls Sie eine Altersvorsorge suchen, es wären noch Anteile frei. Es wäre sehr lukrativ für einen Investor. Die Sache ist eigentlich ganz einfach. Sie bräuchten noch nicht einmal Eigenkapital. Es wird sechs Anlagen geben, die zusammen ein Investitionsvolumen von 30 Millionen haben. Derzeit liegt die Deckung bei 19,4 Millionen. Sie erwerben mit Ihrer Investition Anteile. Möglich sind 25.000, 50.000 oder 100.000 Euro, die Sie über einen Kredit unserer Bank finanzieren. Gemäß dem Anteil erhalten Sie dann die Umlage, die auf ein gesperrtes Fondssparkonto fließt. Nach einer Laufzeit von acht, 14 oder 20 Jahren ist Ihre Anlage bezahlt. Natürlich zuzüglich der steuerlichen Abschreibung. Danach erhalten sie die Umlage auf Ihrem Konto gutgeschrieben. Es gibt ein paar Nebenkosten, die eben anfallen, Versicherung, Verwaltungsgebühren und ein geringer Zinssatz, aber bei der derzeitigen Finanzlage haben Sie am Ende 400 bis 1.200 Euro zusätzlich zu Ihrer Pension. Und das, ohne jemals Eigenkapital investiert zu haben. Das klingt doch gut und ist eine sehr lohnenswerte Investition, finden Sie nicht?«

Trevisan lächelte. »Das klingt wirklich gut, vorausgesetzt, der Wind bläst regelmäßig.«

»Da machen Sie sich mal keine Sorgen, hier im Norden geht uns der Wind nie aus. Sogar Piet Petersen ist an unserer Anlage beteiligt, Sie kennen ihn sicherlich.«

Trevisan zuckte mit der Schulter.

»›Nordseesymphonie‹ oder ›Watt'n Meer‹?«

Erneut schüttelte Trevisan den Kopf.

»Das waren die großen Hits unseres Schlagerstars aus Hage. Ich gebe zu, das ist ein paar Jahre her. Er hat sich mit einer größeren Summe an dem Projekt beteiligt, und wir dürfen ihn durchaus als Werbeträger nennen.«

Jetzt verstand Trevisan, was Schneider meinte. Einen kurzen Augenblick lang dachte Trevisan, einen möglichen Hintergrund für das Verschwinden Ollmerts gefunden zu haben, doch wie es schien, löste sich diese Option schneller in Wohlgefallen auf, als sie ausgesprochen worden war.

»Also, was ist mit Ollmert, können Sie uns in dieser Sache mit einer Erklärung behilflich sein?«, riss ihn Schneider aus seinen Gedanken.

»Tut mir leid, mir sind leider die Hände gebunden.«

»Wie lange werden Ihre Ermittlungen andauern?«

Trevisan atmete tief ein. »Das kann ich Ihnen leider nicht sagen, aber wir hoffen, binnen der nächsten 14 Tage zu einem Ergebnis zu kommen.«

Schneider erhob sich, griff nach dem Dokument und packte es in seine Aktentasche. »Dann werde ich in ein paar Tagen vorbeischauen und hoffe, dass Sie dann endlich zu einem Ergebnis gekommen sind.«

Er reichte Trevisan die Hand, der sich erhob. Dieser Mann hatte wohl ebenfalls nichts mit Ollmerts Verschwinden zu tun. Ganz im Gegenteil, so wie es aussah, hätte er wohl nichts dagegen, wenn Ollmert wieder auftauchen würde. Am liebsten sofort.

*

Berumbur, Holzdorfer Straße

Jesko Holders war klein, dicklich und hatte fettes, schwarzes Haar, das ihm wirr in die Stirn fiel. Er offenbarte grinsend seine Zahnlücke, als er unter einem Wagen hervorkrabbelte, nachdem Monika in der großen offen stehenden Halle am Ende des kleinen Ortes nach ihm gerufen hatte. Er streckte ihr seine ölverschmierten Hände entgegen. Nebenan stand ein grüner Pick-up, dessen Reifen so groß waren wie die eines Traktors.

Monika als auch Lentje zogen es vor, ihm lediglich zuzunicken, und verschmähten die gereichte Hand.

»Sie wirken nicht überrascht, dass die Polizei mit Ihnen sprechen will«, bemerkte Lentje lakonisch.

»Ich dachte mir schon, dass Sie zu mir kommen, nachdem ich hörte, dass dieses Arschloch verschwunden ist«, entgegnete Holders ungeschminkt.

»Wir sind hier, weil es Ärger zwischen Ihnen und Herrn Ollmert gab. Sie sollen ihn sogar bedroht haben«, sagte Monika.

»Das war klar, dass mich die alte Kuh vom Rathaus anschwärzt, aber ich dachte, der hatte einen Unfall beim Segeln.«

»Das steht noch nicht fest. Also, was gab es zwischen Ollmert und Ihnen?«, fragte Lentje.

Holders ging zu einem Werkzeugtisch, putzte sich die öligen Hände an einem Lappen ab, der fast noch schmutziger war als die Hände selbst. Dann griff er in die Tasche seiner Latzhose, zog eine Zigarette hervor und zündete sie an. »Das hat Ihnen diese alte Kuh doch sicherlich erzählt«, sagte er und blies den blauen Rauch in die Luft.

»Wir wollen es aber von Ihnen hören«, stellte Monika klar.

Er verzog die Mundwinkel und wiegte den Kopf hin und her. »Das ist einfach. Wir hatten bei Wiesenstede unser Klubheim. Gemietet auf zehn Jahre. Wir sind ein Motorsportklub und basteln gerne an Autos rum. Ollmert hat uns rausgeworfen, fristlos. Er behauptet, wir hätten die Umwelt verschmutzt, in Wirklichkeit brauchte er den Schuppen für die Baustelle in den Salzwiesen. Da lagern die Baufirmen jetzt Material. Das habe ich ihm auf den Kopf zugesagt, doch er hat alles bestritten. Da sind mir vielleicht ein paar blöde Worte rausgerutscht, aber dazu stehe ich. Ollmert ist ein Arsch, und wegen mir braucht der gar nicht mehr zu kommen, wenn er nicht längst schon in der Hölle schmort.«

»Haben Sie dafür gesorgt?«, fragte Lentje ernst.

Er schaute sie mit großen Augen an. »Quatsch!«

»Wo waren Sie am Sonntag, dem 23. und am Montag, dem 24. Juni?«

»Ist er da verschwunden?«

»Wo waren Sie?«

Holders drückte seine Zigarette im Aschenbecher aus und ging hinüber zum grünen Pick-up, dem er sanft über den Kotflügel streichelte. »Da habe ich mit meinem Baby einen Ausflug gemacht.«

»Gibt es dafür Zeugen?«, fragte Lentje.

»Dafür gibt es jede Menge Zeugen«, bestätigte er. »Meine Kumpels und natürlich das Internet.«

»Ihr Baby ist ein aufgemotzter Ford F-100 Generation fünf, ich würde sagen, Baujahr 1967, die Reifen sind natürlich nicht original.«

»Oh, sieh an, jemand, der zu schätzen weiß, was da vor ihr steht«, unkte Holders. »Ja, ein absolutes Schätzchen und inzwischen sehr selten. Dafür gibt es Fans. Ich war mit ihm in Zwodau auf dem Ford-F-Treffen, von Freitag bis Dienstag. Schaut mal ins Internet, da ist die Schöne auch darauf zu sehen.«

»Zwodau, wo liegt das?«, fragte Monika.

»Das ist am Medardsee in Tschechien. Das Treffen findet alle drei Jahre statt. Wir campen dort und feiern, diesmal spielten ›Kryptor‹ am Freitag, ›Lake Malawi‹ war der Hauptact am Samstag, und am Sonntag legte DJ ›Krystof C.‹ Platten auf. Am Dienstag sind wir zurückgefahren.«

Lentje zeigte auf den Wagen. »Mit diesen Reifen sind Sie ja wohl kaum so weit gekommen.«

Holders ging zur Beifahrerseite des Pick-ups, öffnete die Tür und stellte sich auf das Trittbrett. Mit einem Foto kam er wieder und reichte es Lentje. Auf dem Bild war ein Autotransporter abgelichtet, auf dem neben dem grünen Ford zwei weitere Autos standen. Einen Frachtbrief über den Transport hatte er ebenfalls parat. Ganz offiziell war eine Spedition aus Norden mit dem Transport beauftragt worden. Lentje notierte die Daten.

»Das geht alles über den Verein, alles offiziell und legal. Ich habe sieben Punkte in Flensburg, auf weitere kann ich gut verzichten. Wenn man mal auf dem Schirm bei den Streifen ist, hält man besser die Füße still.«

»Okay, und wie kamen Sie nach Tschechien, Sie sind wohl kaum mit dem Transporter gefahren?«

»Mit Stefan und fünf weiteren Kumpels im VW-Bus. Ich kann Ihnen gerne die Adressen geben.«

Auch diese Daten inklusive der Telefonnummern nahm Lentje auf, ehe sie die Halle verließen.

»Wir kommen wieder, wenn Ihre Angaben nicht stimmen«, rief ihm Monika zu, ehe sie neben Lentje im Dienstwagen Platz nahm.

»Ich glaube, den können wir von der Liste der Verdächtigen streichen«, bemerkte Lentje, nachdem Monika die Tür geschlossen hatte.

»Bald steht niemand mehr drauf«, entgegnete Monika und schnallte sich an.

16

Jachthafen Neßmersiel

Der Hafenmeister von Neßmersiel hatte angerufen und mitgeteilt, dass ein benachbarter Landwirt ein Fahrrad aufgefunden habe. Schon am Dienstag vor einer Woche wäre das gewesen. Da es auf einem Feldweg nach dem Deich unweit der Zufahrt zum Jachthafen lag, hatte es der Landwirt an ein unweit entferntes Verkehrsschild gelehnt. Als es zwei Tage später noch immer unbewegt dort stand, hatte er es mit nach Hause genommen, um es auf dem Fundamt der Gemeinde abzugeben. Dort hatte er inzwischen zweimal angerufen, doch von der Gemeinde habe sich bislang niemand blicken lassen.

Krog fuhr zusammen mit Lisa im VW-Bus der Spurensicherung zu dem landwirtschaftlichen Gehöft bei Hilgenriedersiel. Bauer Hinte erwartete die Polizei bereits auf seinem Hof und war damit beschäftigt, Güllefässer auszuspülen. Es stank entsetzlich.

»Ah, die Polizei«, begrüßte der Landwirt seine Besucher, stellte das Wasser ab und legte den Schlauch auf den Boden.

»Wir hörten, Sie haben ein Fahrrad gefunden?«, fragte Krog. »Unterhalb des Deichs an der Strandstraße bei Neßmersiel.«

Der Landwirt, wohl an die 60, mit dichtem grauen Haar und Vollbart, in blauer Latzhose und schwarzen Gummistiefeln nickte.

»Das habe ich«, bestätigte er. »Jonte sagte mir, dass die Polizei nach einem Rad sucht.«

Lisa lächelte. »Deswegen sind wir hier. Können wir es sehen?«

Bauer Hinte wies auf den Schuppen neben der großen Scheune. »Hab' es untergestellt, dachte, da kommt jemand von Dornum und holt es ab. Ist ein altes Ding.«

Er führte Lisa und Krog zum Schuppen. Es war ein Herrenrad der Marke Winora mit einer Kettenschaltung und einer Reifengröße von 28 Zoll. Der Rahmen war rot und schwarz, ganz so, wie es Ollmerts Reinemachefrau beschrieben hatte.

»Es lag da rum, auf dem Feldweg, nach dem Deich«, erklärte der Landwirt. »Ich bin da langgefahren. Mache Deichdienst in dem Abschnitt und habe dort Schafe stehen. Da ist ein Schild der Naturschutzbehörde, da habe ich es hingeschoben und angelehnt. Zwei Tage später stand es noch dort. Ich warf es auf den Hänger und nahm es mit, bevor es draußen in den Deichwiesen verrottet. Habe die Stadt in Dornum angerufen. Fundbüro. Die sagten, sie schicken jemanden, der es abholt. Bis heute kam keiner. Jonte sagte mir, dass die Polizei ein Rad sucht. Ich sagte Jonte, er soll euch Bescheid geben.«

Krog zog Handschuhe an und schob das Rad nach draußen.

»Ist es gestohlen?«, fragte Bauer Hinte.

Lisa zuckte mit der Schulter. »Wann haben Sie es dort gefunden?«

Bauer Hinte überlegte. »Dat … dat war … Dienstag, Dienstag vor einer Woche.«

»Am 25. Juni?«

Der Landwirt nickte. »Dat kommt hin.«

»Wann ungefähr, in der Frühe oder gegen Mittag?«

»Dat war morgens, so gegen 9 Uhr wohl.«

»Und dann?«

»Hab' ich es an den Pfosten gelehnt und bin weitergefahren.«

»War da jemand in der Nähe?«

Bauer Hinte schüttelte vehement den Kopf. »Nein, ich war mutterseelenallein.«

»Und zwei Tage später stand es noch da?«

»So, wie ich es hingestellt habe. War wohl doch nur Schrott. Hab's auf den Hänger geschmissen und mitgenommen.«

»Sie haben es angefasst?«, fragte Krog, der inzwischen mit geübtem Auge und Vergrößerungsglas mit der ersten Untersuchung des Rades fertig geworden war.

»Klar hab' ich das«, bestätigte Bauer Hinte und zeigte an, wie er es genommen und auf den Hänger gelegt hatte.

»Dann brauche ich Ihre Fingerabdrücke.«

Der Landwirt musterte Krog mit großen Augen. »Ich hab' doch nichts angestellt.«

Krog lächelte. »Reine Routine, da sind mehrere Abdrücke darauf.«

»Aber nicht, dass ich dann in den Knast komm'«, entgegnete der Landwirt. »Ich wollte doch nur nicht, dass der Schrott draußen am Deich verrostet.«

»Keine Angst«, beruhigte ihn Lisa. »Ihre Abdrücke brauchen wir nur, damit wir die Fingerspuren am Rad zuordnen können. Ihre werden gelöscht, wenn wir damit fertig sind.«

»Gut, aber dann habe ich ja schwarze Finger, und meine Frau glaubt, dass ich was angestellt habe«, bemerkte Bauer Hinte süffisant.

Krog zog sein Handy hervor und wies auf das Display. »Legen Sie die Finger einfach einer nach dem anderen darauf«, sagte er. »Das geht heute vollkommen unkompliziert, und schwarz muss niemand mehr an den Händen werden. Wir fangen mit der rechten Hand an.«

»Tja, was man heute mit dem Telefon alles machen kann«, bemerkte Bauer Hinte. »Es soll junge Bauern geben, die melken ihre Kühe über das Handy, aber für mich ist das nichts. Ich brauch' dazu immer noch meine Hände.«

Nachdem sie auf dem Deichhof bei Bauer Hinte fertig waren, luden sie das Rad in den VW-Bus ein. Bevor sie Wilhelmshaven erreichten, stand das Ergebnis fest. Zwei der Abdrücke am Lenker stammten eindeutig von Bürgermeister Enno Ollmert, der seit gut zwei Wochen vermisst wurde.

*

Kriminalpolizei Wilhelmshaven, Mozartstraße

Trevisan saß am Konferenztisch und blickte nachdenklich auf die Tafel, an der die Bilder des Falles fein säuberlich aufgereiht hingen. Kann ein Mensch einfach so verschwinden, ohne irgendeine Spur zu hinterlassen?

»Was machst du hier?«, fragte Monika, die unbemerkt den Raum betreten hatte. Inzwischen wussten sie, dass Ollmerts Rad bei Neßmersiel aufgetaucht war. Und auch Eike hatte sich aus Italien mit aufregenden Neuigkeiten gemeldet. Draußen dämmerte es bereits. Trevisan war mit dem Tag zufrieden. Möglicherweise waren sie heute sogar ein großes Stück vorangekommen.

»Ich frage mich, ob man in der heutigen Zeit einfach so verschwinden kann?«

»Laut Statistik werden derzeit rund 11.000 Personen vermisst. 7.000 davon sind unter 18 Jahre alt. Manche tauchen innerhalb von wenigen Tagen oder Wochen wieder auf, aber knapp 20 Prozent bleiben verschollen. Darunter sind Selbstmörder, Unfallopfer, Opfer von Verbrechen oder manchmal auch nur Aussteiger, die irgendwo ein neues Leben beginnen. In Amerika sollen es über 100.000 Vermisste sein, und in manchen Staaten fragt keiner mehr nach dem, der fehlt. Also würde ich deine Frage mit einem klaren Ja beantworten.«

»Ich hoffe nicht, dass Ollmert zu diesen 20 Prozent gehört. Ich bin es eigentlich gewohnt, dass wir unsere Fälle lösen. Diesmal habe ich ein ganz schlechtes Gefühl bei der Sache.«

»Na ja, inzwischen wissen wir zumindest, dass er vor seinem Verschwinden einen schönen Urlaub am Gardasee verbracht hat.«

»Und wir wissen, dass sein Fahrrad am Tage seines Verschwindens unweit des Jachthafens von einem Bauern gefunden wurde.«

Monika stellte sich vor die Pinnwand und wies auf das Boot. »Also gut, gehen wir den Fall noch einmal durch. Er hat eine Affäre mit einer gut aussehenden Frau und verbringt einen Liebesurlaub am Gardasee. Er checkt am Sonntag gegen 8 Uhr aus und fährt zurück. Vielleicht mit einigen Zwischenstationen unterwegs, aber er hätte durchaus vor Mitternacht zu Hause sein können. Am nächsten Morgen um 9 Uhr findet ein Landwirt sein Fahrrad am Deich bei Neßmersiel. Sein Boot fehlt und wird am Donnerstag draußen vor Baltrum aufgebracht. Zwar hätte er am Montag wieder arbeiten müssen, da er aber keinen Termin am frühen Morgen hatte, kann er selbst bestimmen, wann er im Rathaus auftaucht. Vielleicht hat er nach der langen Zeit mit seiner Flamme etwas Zeit für sich gebraucht und wollte den Segeltörn nutzen, um sich über einige Dinge klar zu werden. Manche laufen, manche gehen spazieren und er geht segeln, um einen klaren Gedanken zu fassen. Und bumms, er passt nicht auf und landet im Bach, schon ist es passiert und der Bürgermeister von Diekenhörn ist Geschichte.«

Trevisan kratzte sich am Kinn. »Deine Story klingt gut, aber wo war er zwischen Mitternacht und 9 Uhr morgens?«

»Bei seiner Geliebten vielleicht«, mutmaßte Monika. »Sie könnte verheiratet sein, und ihr angetrauter Ehemann kam erst am Montag oder Dienstag zurück.«

»Und sein Gepäck«, widersprach Trevisan. »Das kann er unmöglich bei ihr gelassen haben, wenn sie verheiratet ist. Seinen Ausweis, seine Geldbörse, die Hausschlüssel, das Gepäck. Im Haus Fehlanzeige, aber das Fahrrad aus der Garage, das hat er wohl von zu Hause mitgenommen. Irgendwie klingt das alles nicht logisch.«

»Es klingt aber auch nicht logisch, wenn er sein Verschwinden vortäuschen wollte.«

Trevisan erhob sich und trat an Monikas Seite. »Tja, da haben wir wieder das Problem. Egal, wie wir es drehen und wenden, irgendetwas stimmt nicht.«

»Dann doch vielleicht Mord?«

»Da haben wir auch viele Lücken in der Geschichte«, entgegnete Trevisan. »Außerdem lösen sich unsere Mordverdächtigen langsam in Wohlgefallen auf.«

»Irrtum, zwei haben wir noch«, verbesserte Monika Trevisans Aussage. »Thees Geritt und Wilko Klaasen. Mit denen sollten wir reden, bevor wir weiterspekulieren.«

Die Tür wurde geöffnet und Lentje trat ein. »Hier seid ihr, ich habe euch schon gesucht. Eike hat mir das Kennzeichen des Wagens durchgegeben, mit dem Ollmert am Gardasee war. Es gehört zur ›AAA-Automobilvermietung‹ in Bremen. Ich habe dort angerufen. Der Wagen, ein roter Honda S 2000, wurde online angemietet und ist inzwischen zurück. Am Montag war er wieder auf dem Gelände. Gemietet hat ihn ein Geschäftskunde, der bereits mehrfach bei ›AAA‹ Autos orderte. Die Firma heißt ›RMH-Marketing‹ und hat ihren Sitz in Bremerhaven. Ich habe im Internet recherchiert und bin auf eine alte Homepage gestoßen. Die vermarkten Spielsachen aus Fernost, die Seite wurde zuletzt 2015 aktualisiert. Der Geschäftsführer heißt Hanno Gabler, die Telefonnummer scheint stillgelegt zu sein. Ich bin aber im Melderegister auf einen Hanno Gabler gestoßen. Der wohnt in Loxstedt und ist an die 70. Ich denke, das sollten wir genauer überprüfen.«

Trevisan nickte. »Ja, das sollten wir tun.«

»Soll ich die Bremer …«

»Das machen wir selbst«, entschied Trevisan. »Morgen fahren wir dort hin, und du, Monika, kümmerst dich bitte um Klaasen. Geritt übernehme ich, wenn wir Bremerhaven abgeklärt haben.«

»Sollten wir den Bremern nicht Bescheid geben?«, fragte Lentje.

Trevisan schüttelte den Kopf. »Das können wir immer noch, wenn wir auf unsere Art und Weise nicht weiterkommen.«

»Gut«, sagte Monika. »Dann mache ich jetzt Feierabend für heute, und ihr solltet das auch tun, wenn ihr morgen früh nach Bremerhaven wollt.«

Trevisan seufzte. »Ja, du hast recht. Mit Eike brauchen wir vor morgen Mittag nicht rechnen. Sagt Lisa Bescheid, bevor ihr geht. Ich mache noch einen Kurzbesuch bei Paula und dem Kleinen. Bis morgen dann.«

17

»RMH-Marketing«, Bremerhaven

»Keine Spur im Falle des
vermissten Bürgermeisters von Diekenhörn
Die Polizei tappt im Dunkeln/
Verbrechen nicht ausgeschlossen.«

So titelte das »Wilhelmshavener Tageblatt« an diesem Tage. Schulze, Trevisans altbekannter Kritiker, hatte den Bericht verfasst. Im Grunde genommen bestand der halbseitige Artikel neben all der Kritik an der schleppenden und wenig erfolgreichen Polizeiarbeit aus Spekulationen und kühnen Theorien. Neuigkeiten gab es nicht zu vermelden. Nur der Umstand, dass sich bislang keine weiteren Zeugen gemeldet hatten, die den Vermissten irgendwo auf dieser Welt gesehen haben wollten. Und das, obwohl inzwischen überregional über den Fall berichtet wurde. Lediglich nach der ersten Meldung vor nunmehr beinahe zwei Wochen, hatten sich einige vermeintliche Zeugen, darunter sogar eine Hellseherin, gemeldet, die Enno Ollmert gesehen haben wollten oder angeblich von seinem Schicksal wussten, doch all diese Meldungen lösten sich bei näherer Betrachtung in Wohlgefallen auf. In letzter Zeit war es ruhig um den Mann in der Presse geworden.

»Und, was schreibt Schulze in seinem Artikel?«, fragte Lentje, bevor sie nach rechts in die Köperstraße abbog.

»Eigentlich schreibt er nichts Neues«, entgegnete Trevisan und schlug die Zeitung zu. »Er kann es irgendwie nicht lassen, uns als Versager darzustellen. Aber eigentlich hat er recht, wir kommen nicht voran.«

»Vielleicht heute«, sagte Lentje und beschleunigte den Wagen.

Sie waren früh aufgebrochen und hatten beinahe zwei Stunden von Wilhelmshaven nach Bremerhaven gebraucht. Schuld daran war der Berufsverkehr. Trevisan hatte den Eindruck, dass immer mehr Autos auf den Straßen unterwegs waren und die Städte beinahe aus allen Nähten platzten.

»Ich glaube, wir sind richtig«, sagte Lentje und bog in die Bülowstraße ab.

»Das hoffe ich schwer, ich kann bald nicht mehr sitzen«, knurrte Trevisan.

Die Geeste und der Hafen kamen in Sicht. Ein Fährboot lag am Kai vor Anker. Sie bogen nach rechts ab und fuhren an dem Kai entlang.

»Sie haben Ihr Ziel erreicht, das Ziel liegt auf der rechten Seite«, verkündete das Navigationsgerät stolz, doch Trevisan blickte auf eine riesige Lagerhalle mit unzähligen grau getünchten Toren.

»Das soll es sein?«, fragte er, nachdem Lentje den Wagen gestoppt hatte.

»Das ist die Adresse«, bestätigte Lentje.

»Das ist eine Lagerhalle.«

»›RMH-Marketing‹«, sagte Lentje. »Das könnte eine Lagerhalle sein.«

Trevisan seufzte, als er die Tür öffnete und ausstieg. Er wartete, bis Lentje den Wagen verschlossen hatte und ihm folgte. Sie gingen zu dem weitläufigen Gebäude und blickten sich suchend um. Weit und breit war kein Hinweis auf die Firma angebracht.

»Laut Navi sind wir richtig, aber hier ist nichts«, sagte Trevisan ungläubig.

Auf dem grauen Tor, vor dem sie standen, prangte in weißer Farbe die Nummer 8.

»An der Geeste 19/8«, entgegnete Lentje. »Das muss es sein.«

Trevisan griff an die kleine Tür, die sich im großen Tor befand, und versuchte sie zu öffnen, doch sie war verschlossen. Mit der Faust klopfte er dagegen und wartete. Doch nichts geschah.

»Da stimmt doch was nicht«, murmelte er.

»Wir sind aber richtig, das Gebäude ist die Nummer 19, und dieses Tor ist die Nummer 8, 19/8, das Navi irrt sich nicht.«

Erneut pochte Trevisan mit der Faust gegen die Tür, diesmal heftiger als zuvor. Doch wiederum erfolgte keine Reaktion.

»Eine alte Homepage, kein erreichbares Telefon, verdammt noch mal, das darf doch nicht wahr sein«, fluchte Trevisan.

Vom Fährbüro am Kai fuhr ein grauer Lieferwagen langsam heran. Er trug die Aufschrift »Weserfähre

GmbH«. Trevisan ging zur Straße und winkte dem Fahrer zu. Der graue Kleintransporter verlangsamte, schließlich hielt der Fahrer an und öffnete die Scheibe der Beifahrertür.

»Moin«, grüßte Trevisan. »Wir suchen die Firma ›RMH‹, die Adresse lautet: An der Geeste 19/8.«

Der Fahrer, wohl ein Südländer mit dunklen schwarzen Haaren und einem Dreitagebart, wies auf das Tor. »Da sind Sie richtig, das ist 19/8.«

»Aber da ist niemand.«

»Das kann schon sein, da ist eigentlich nie jemand.«

»Kennen Sie die Firma ›RMH‹?«

Der Mann zuckte mit der Schulter. »Die gehörte einmal der Fährgesellschaft, aber nach dem Neubau wurden die Hallen vermietet. Früher war da mal so einer, der handelte mit Teppichen und Sitzkissen, aber den habe ich schon bestimmt ein Jahr nicht mehr gesehen.«

Trevisan kramte in seiner Jackentasche und zog das Bild von Ollmerts Begleiterin in Limone hervor. Er zeigte es dem Arbeiter, und dieser pfiff durch die Zähne. »Steiler Zahn«, murmelte er.

»Haben Sie die Frau schon einmal gesehen?«, fragte Trevisan.

»Bestimmt nicht, die wäre mir aufgefallen.«

»Wissen Sie, wo wir fragen können, ob diese Firma noch existiert?«

Der Arbeiter wies auf das Gebäude am Beginn der Straße. »Fragen Sie dort, da ist die Verwaltung. Vielleicht können die Ihnen weiterhelfen.«

Trevisan bedankte sich und ging zurück zu Lentje.

Gemeinsam begaben sie sich zum Verwaltungsgebäude der »Weserfähre GmbH«, wo sie nach einiger Zeit des Wartens von einer jungen Frau empfangen wurden, die sich mit den Liegenschaften im Hafengebiet auskannte. Sie brauchte eine Weile, bis sie die notwendigen Unterlagen herausgesucht hatte.

»Ja, richtig, die Halle ist noch immer vermietet«, bestätigte sie. »Mieter ist Herr Hanno Gabler aus Loxstedt. Ich gebe Ihnen die Adresse.«

Sie schrieb Gablers Adresse auf einen Zettel.

»Wissen Sie, ob er dort einmal ein Gewerbe betrieben hat?«, fragte Lentje.

»Ja, er handelte mit Waren aus Fernost. Soweit ich weiß, stammte seine Frau von dort. Aber ob er das noch immer macht, kann ich nicht sagen. Die Hallen sind alt und stehen zum Verkauf. Die sollen abgerissen werden. Die Miete ist billig, vielleicht hat er sie deshalb noch nicht gekündigt.«

Trevisan bedankte sich für die Auskunft.

»Aber sagen Sie, weshalb interessiert sich die Polizei dafür?«

»Oh, keine Angst, reine Routine. Ich denke, wenn wir mit Herrn Gabler reden, wird sich alles aufklären.«

Die junge Frau lächelte. »Da bin ich aber froh, nicht, dass etwas auf unsere Firma zurückfällt.«

»Sicher nicht«, entgegnete Trevisan, bevor er sich verabschiedete und zusammen mit Lentje das kleine Büro verließ.

*

Klaasens Hof, Jakobsiel

Der Hof von Wilko Klaasen lag am Ende von Jakobsiel an der Landstraße nach Hage, versteckt hinter einem kleinen Birkenwäldchen. Schon von Weitem war die grüne Kuppel einer Biogasanlage zu sehen, die direkt neben den drei Gebäuden aus rotem Sandstein stand. Schwarz-weiß gefleckte Kühe grasten in den abgezäunten Weiden und hoben kurz den Kopf, als Monika zusammen mit Lisa im Dienstwagen an ihnen vorbeifuhr. Das Kauen stellten sie allerdings nicht ein.

Wilko Klaasen erwartete seine Besucher auf dem Hof. Er stand neben einer Hundehütte, in der ein schwarzer Mischlingshund lauthals bellte und die Zähne fletschte. Erst auf das Zeichen seines Herrchens verstummte er, blickte kurz auf, bevor er sich mit eingezogenem Schwanz trollte und in der Hundehütte verschwand. Wilko Klaasen war eine imposante Erscheinung. Mitte 30, bestimmt an die zwei Meter groß, mit der Figur eines Ringers. In seinem grünen Overall, mit schwarzen Gummistiefeln an den Füßen und der braunen Mütze auf dem Kopf erwartete er seine beiden Besucherinnen von der Wilhelmshavener Kriminalpolizei.

In der Luft lag der aufdringliche Duft von gärendem Kuhmist. Monika rümpfte die Nase. Wilko Klaasen führte die beiden Kripobeamtinnen in die Stube und bot ihnen Platz an.

Er selbst setzte sich auf einen Sessel und nahm die Tageszeitung in die Hand. »Ich kann mir schon denken, weshalb Sie hier sind. Bestimmt hat Sie die olle Haferkamp über jedes Detail informiert, aber tut mir leid, ich kann leider nicht helfen. Ich hab' Ollmert das letzte Mal vor vier Wochen gesehen. Da war ich im Rathaus und hab' ihm gesagt, dass ich den Bauantrag meinem Rechtsanwalt übergeben habe und der sich um das Weitere kümmert.«

Monika warf Lisa einen kurzen Blick zu. »Könnten Sie uns bitte aufklären? Wir wissen nur, dass es Ärger zwischen Ihnen und dem Bürgermeister gab.«

Klaasen nickte. »Ja, den gab es und den gibt es immer noch. Ich will vergrößern, eine zweite Biogasanlage, aber Ollmert brachte die Ratsherren dazu, dass sie ablehnten. Angeblich aus emissionsschutzrechtlichen Gründen. Er behauptet, die zweite Anlage verpestet die Luft, aber verdammt noch mal, dafür leben wir auf dem Land, da muss man damit rechnen.«

»Sie wollen eine zweite Anlage bauen?«, hakte Lisa nach.

»Ja, genau. Aber jetzt klagen wir vor dem Verwaltungsgericht, da wird der feine Herr schon sehen, was er davon hat.«

»Und Ollmert war dagegen?«

»Sage ich doch. Dabei wollen alle Ökostrom, und mit so einer Anlage macht man aus Kuhmist Strom. Was gibt es besseres? Bloß will keiner die Folgen für den ökologischen Umbau tragen. Ein Windrad, ja sicher, aber nicht vor meiner Haustür, eine Fotovoltaikanlage, gerne, aber nicht neben meinem Grundstück. Mit der

Biogasanlage ist es noch schlimmer. Wasch mich, aber mach mich nicht nass, sage ich da nur.«

»Das heißt, Ihr Verhältnis zu Ollmert war nicht besonders gut, wenn ich Sie richtig verstehe.«

Klaasen fasste sich an den Kopf. »Ich Trottel bin ja sogar selbst schuld. Ich habe ihn damals sogar gewählt und muss sagen, anfangs machte er einen ganz guten Eindruck. Er tat sogar was, hielt seine Versprechen. Aber schon nach einem Jahr ließ es stark nach mit seinem Engagement. Und dann die Ablehnung meines Antrages. Ja, man kann sagen, mein Verhältnis zu ihm war nicht gut.«

»Gab es einen handfesten Streit?«, fragte Monika.

Klaasen schüttelte den Kopf. »Sie können in meiner Güllegrube nachschauen, da drinnen liegt er nicht.«

Monika lächelte. »Gibt es Ihrer Meinung nach jemanden, der für sein Verschwinden verantwortlich sein könnte?«

Klaasen hob entschuldigend die Hände. »Mein Gott, was bin ich für ein übler Gastgeber. Hab' ganz vergessen zu fragen, ob Sie was zu trinken wollen. Kaffee, Limonade oder selbst gemachten Apfelsaft?«

Monika als auch Lisa lehnten ab.

»Noch mal zu meiner Frage«, fuhr Monika fort. »Können Sie sich vorstellen, wer oder was hinter dem Verschwinden des Bürgermeisters steckt?«

Klaasen wies auf die Zeitung, die er auf den Tisch zurückgelegt hatte. »Mein Gott, dann stimmt es, was die Zeitung schreibt, die Polizei tappt vollkommen im Dunkeln.«

»Wir ermitteln in alle Richtungen«, entgegnete Lisa.

»Sie glauben aber doch nicht ernsthaft, dass ihn irgendjemand um die Ecke gebracht hat, hier bei uns in unserem kleinen Ort.«

»Ein Ort muss nicht groß sein, wenn man jemanden umbringen will«, antwortete Monika. »Wo waren Sie am Montag, dem 24. Juni?«

Klaasen wies mit dem Finger aus dem Fenster hinaus auf den Hof. »Wo soll ich schon gewesen sein, hier natürlich.«

»Gibt es dafür Zeugen?«

Er zuckte mit der Schulter. »Zeugen?«

»Wir müssen das fragen, das ist Routine«, nahm Lisa die Spannung aus der Situation.

»Ja, sicher müssen Sie das«, sagte er. »Zeugen gibt es, meine Frau, die Kinder, meine Arbeiter, dazu 120 Rinder, 400 Schafe, 30 Schweine, Hühner und Gänse und natürlich Fridolin, der hat Sie ja begrüßt. Hören Sie, ich bin Landwirt, das ist ein Job, der geht 24 Stunden. Das letzte Mal war ich vor sieben Jahren im Urlaub. Ich kann hier nicht weg.«

»Wir werden mit Ihrer Frau sprechen müssen und möglicherweise mit den Kindern.«

»Nur zu, aber hat die Polizei nicht Besseres zu tun? Ich meine, wenn er tatsächlich einen Unfall beim Segeln hatte, so wie die Zeitung zuerst berichtete, dann kann es sein, dass er nie mehr auftaucht. Was sich die See holt, gibt sie so leicht nicht mehr her. Da draußen auf den Friedhöfen gibt es etliche Gräber von ehrlichen Seeleuten, in denen die Särge leer sind, weil die Ertrunkenen nie mehr auftauchten.«

»Glauben Sie denn, dass er einen Unfall hatte?«, fragte Lisa.

Erneut wies Klaasen auf die Zeitung. »Ich habe alle Artikel gelesen. Ich weiß, dass viel über die Angelegenheit spekuliert wird. Es ist das Einzige, was mir logisch erscheint. Er wäre nicht der Erste, der draußen auf See bleibt. Ich mag mir gar nicht vorstellen, dass es bei uns jemanden gibt, der ihn auf dem Gewissen hat.«

Monika lächelte und erhob sich. »Ist Ihre Frau in der Nähe?«

Klaasen wies auf das Fenster. »Draußen im Stall«, erklärte Klaasen. »In der Nacht kam ein Kalb zur Welt, wir müssen es aufpäppeln, die Geburt war nicht einfach.«

»Kann ich kurz zu ihr?«

Diesmal wies Klaasen auf die Tür.

»Das war es dann schon, wir melden uns, wenn wir noch einmal mit Ihnen sprechen müssen.«

Klaasen erhob sich und reichte Monika und Lisa die Hand. »Kein Problem, aber wie gesagt: Ich kann Ihnen da nicht weiterhelfen. Und ehrlich gesagt, ich wäre nicht beleidigt, wenn er nicht mehr auftaucht, aber mit seinem Verschwinden habe ich nichts zu tun.«

»Einen schönen Tag noch, Herr Klaasen«, entgegnete Monika, ehe sie Lisa zur Tür folgte.

18

Loxstedt, Mühlenstraße

Die Gemeinde Loxstedt lag nicht weit von Bremerhaven entfernt. Wenn die Recherchen im Internet stimmten, dann wohnte in der Mühlenstraße der Betreiber der Firma, die lediglich aus einer Lagerhalle und einem Briefkasten in Bremerhaven bestand. Als Lentje den Dienstwagen vor dem Wohnhaus an der angegebenen Adresse parkte, schnallte sich Trevisan auf seinem Beifahrersitz ab und schaute sich um.

»Eine gute Wohngegend, wie es scheint«, bemerkte er angesichts der großen und geräumigen Einfamilienhäuser, die sich hinter den üppigen und meist begrünten Grundstücken verbargen.

»Mal sehen, was uns Herr Gabler zu sagen hat«, seufzte Lentje, die sich ebenfalls abgeschnallt hatte. Als sie die Tür öffnete, empfing sie die Hitze des Tages. Die Klimaanlage im Wagen hatte die Temperatur auf ein erträgliches Maß heruntergekühlt, sodass es sich zuerst anfühlte, als würde sie gegen eine Wand laufen.

Gemeinsam überquerten sie die Straße und blieben vor dem Grundstück stehen, in dem Gabler gemäß dem Melderegister wohnhaft war.

Trevisan betrachtete das geräumige Anwesen. »Das ist nicht gerade klein«, sagte er. »Wohnt er alleine?«

»Laut Registerauszug sind keine weiteren Personen gemeldet.«

Sie blieben vor dem Gartentor stehen, an dessen steinerner Einfassung unter dem Briefkasten ein Namensschild nebst Klingel prangte. Trevisan läutete. Sie blickten gespannt auf die Eingangstür, sodass sie den Mann in kurzen Hosen, mit offenem Hemd und Strohhut zwischen den Büschen erst gar nicht bemerkten.

»Ja, bitte?«, meldete sich der Mann zu Wort, der Trevisans Einschätzung nach bestimmt an die 70 war.

»Hanno Gabler?«, fragte Trevisan und trat einen Schritt näher.

»Wer will das wissen?«, konterte der Mann.

Trevisan fasste in seine Jackentasche und zog seinen Dienstausweis hervor. »Martin Trevisan, Kripo Wilhelmshaven, und das ist meine Kollegin, Lentje Kaplani.«

»Kriminalpolizei?«, entgegnete der Mann erstaunt.

»Herr Gabler?«

»Ja.«

»Können wir mit Ihnen sprechen?«

Der Mann wies auf das Gartentor. »Sicher, kommen Sie!«

Lentje und Trevisan betraten das Grundstück und folgten Gabler, der sie hinter das Haus auf eine schattige Terrasse führte. An der Terrassentreppe wurden sie von zwei hüfthohen goldenen Löwen empfangen, die Trevisan an ein Chinarestaurant erinnerten. Auch im Garten standen mehrere solcher asiatischen Figuren, nebst einem steinernen Buddha, der auf der Terrasse in einer Ecke stand. Gabler bot ihnen Platz auf seinen Gartenstühlen aus Teakholz an und fragte sie ohne Umschweife, ob sie etwas zu trinken haben wollten. Lentje als auch Trevisan nahmen dankbar an. Gabler schenkte Eiswasser in zwei Gläser und reichte sie weiter. »Was will denn die Kriminalpolizei von mir?«

Er nahm Platz, und Trevisan ergriff das Wort. »Laut unseren Unterlagen sind Sie der Betreiber der Firma ›RMH‹ in Bremerhaven. Ist das richtig?«

Gabler setzte sich und nickte. »Ja, wenn Sie so fragen, dann stimmt das wohl noch immer, doch seit zwei Jahren betreibe ich die Firma nicht mehr. Mit meiner Frau starben auch meine Kontakte nach Singapur und Hongkong. Die Firma ist eigentlich nicht mehr existent.«

»Aber Sie sind immer noch als Inhaber eingetragen und die Halle in Bremerhaven ist von Ihnen angemietet«, entgegnete Lentje.

Gabler lächelte. »Ja, das stimmt. Ich habe sie bislang nicht abgemeldet. Das Finanzamt weiß Bescheid, und die Rentenkasse auch, und das ist das Wichtigste.«

»Und die Halle?«

»Die Halle kostet 250 Euro samt Nebenkosten«, erklärte Gabler. »Ich vermiete sie, da stehen inzwischen sieben Jachten und fünf Wohnwagen drinnen. Gegen Gebühr natürlich. Das sichert mir einen kleinen Beitrag zur Rente. Alles ordnungsgemäß versteuert. Soll ich die Unterlagen …«

Trevisan hob abwehrend die Hand. »Nein, deswegen sind wir nicht hier.«

»Weswegen dann?«

»Herr Gabler, haben Sie über Ihre Firma von der ›AAA-Autovermietung‹ in Bremen am 15. Juni einen Sportwagen angemietet und am Montag, den 24. Juni zurückgegeben?«

»Ich?«, entgegnete Gabler überrascht. »Nein, weshalb sollte ich, ich habe einen Wagen.«

»Der Wagen wurde online gemietet«, fügte Lentje hinzu.

»›AAA-Autovermietung‹, sagen Sie?«

»Ja, richtig, ein roter Honda Cabrio.«

»Nein, ausgeschlossen, ganz sicher nicht.«

Gabler schien aufgebracht. Seine Aufregung nach dieser Frage war nicht gespielt. Er hob seinen Hut und kratzte sich an der Stirn.

»›AAA‹ in Bremen, ja, da haben wir früher öfter mal Fahrzeuge gemietet, wenn wir Fracht transportierten. Auch im letzten Jahr, als ich das Büro räumte und mich von allerlei nutzlosen Dingen trennte, da hatte ich einen Kleinbus von denen, die haben eine Filiale in Bremerhaven.«

»Gibt es jemanden, der das unter dem Namen Ihrer Firma getan haben könnte?«, fragte Trevisan.

Gabler schüttelte den Kopf. »Nein, ich war selbstständig. Meine Frau arbeitete noch in der Firma, aber die ist leider vor zwei Jahren verstorben.«

»Helfer, Geschäftspartner, Bekannte oder Verwandte?«, hakte Trevisan nach.

Er schüttelte den Kopf. »Meine Frau stammte von

der Insel Semskau vor Singapur. Ihre Verwandtschaft lebt allesamt dort drüben. Zeit meines Lebens war ich Kaufmann. Ich handelte mit Kaffee, mit Tee und mit Meeresfrüchten, irgendwann lohnte sich das alles nicht mehr, weil die großen Konzerne das Geschäft übernahmen. Diesen Preiskampf mit den Großen verliert man als kleiner Selbstständiger. Also suchte ich mir ein anderes Betätigungsfeld.«

Er wies auf die beiden goldenen Löwen, die am Treppenaufgang standen. »Sie sehen es ja selbst, wenn man am Abend essen gehen will. Die heimische Küche trifft man nur selten, aber Italiener, Türken und Chinesen gibt es beinahe in jedem Dorf und in den Städten an jeder Ecke. Und genau dafür importierten wir die Ausstattungen. Für chinesische, thailändische oder philippinische Restaurants. Das war ein harter Job, und wir arbeiteten am Tag manchmal 13, 14 Stunden. Wir lebten eine ganze Zeit lang gut davon, bis auch dieses Geschäft immer mieser wurde. Was soll ich sagen, meine Rente reicht mir, nur leider durfte meine Alya den Ruhestand nicht mehr erleben. Zum Schluss waren es Spielsachen aus China. Kleine Plastikfiguren, Stofftiere oder Spielzeugautos, bis auch da die Marge geringer wurde. Nach dem Tod von Alya hörte ich auf damit. Jetzt genieße ich meinen Ruhestand. Was nach mir ist, das weiß ich nicht.«

»Haben Sie Kinder?«

Gabler schüttelte den Kopf. »Das war uns leider nie vergönnt.«

Trevisan kramte in seiner Jackentasche und zog das Bild der Frau hervor, die sich mit dem verschwundenen Bürgermeister von Diekenhörn am Gardasee aufgehalten hatte. »Kennen Sie diese Frau?«, fragte er.

Gabler nahm das Bild in die Hand und betrachtete es eine Weile. »Tut mir leid, diese Frau habe ich noch nie gesehen. Aber bitte, weshalb wollen Sie das alles wissen?«

Lentje warf Trevisan einen kurzen Blick zu, ehe sie sich räusperte. »Wir sind auf der Suche nach einem Vermissten. Dem Bürgermeister von Diekenhörn, Enno Ollmert. Sie haben vielleicht in der Zeitung davon gelesen.«

Gabler runzelte die Stirn. »Nein, tut mir leid. Die Zeitung habe ich abbestellt. Zu viele schlechte Nachrichten. Aber Diekenhörn, das sagt mir was. Der Name Ollmert hingegen nicht.«

Trevisan wurde hellhörig. »Was sagt Ihnen Diekenhörn?«

»Wenn ich mich richtig erinnere, dann hat mich vor einem halben Jahr etwa eine Dame angerufen, die diesen Ort erwähnte. Ich meine, sie arbeitete bei der Gemeinde. Das liegt doch an der Küste, richtig?«

»Ja, richtig, im Norderland, zwischen Norddeich und Dornum.«

»Warten Sie, damals ging es um eine Rechnung oder um ein Angebot von der ›RMH‹«, erzählte Gabler weiter. »Es ist eine Weile her, und das mit dem Gedächtnis nimmt im Alter ab. Aber ich glaube, sie war die Gemeindesekretärin.«

»Frau Haferkamp?«, fragte Lentje.

Gabler überlegte. »Das könnte der Name gewesen sein.«

»Und wie sind Sie mit ihr verblieben?«

»Ich sagte ihr, dass es wohl ein Irrtum sein muss und ich die Firma offiziell nicht mehr betreibe. Damit war es gut.«

»Hat sie sich noch mal gemeldet?«, fragte Lentje.

Gabler schüttelte den Kopf. »Nein, daran würde ich mich sicherlich erinnern.«

»Gibt es sonst jemanden, mit dem Sie früher in Kontakt gestanden haben und der wusste, dass Sie mit der Autovermietung zusammenarbeiteten?«

Gabler zuckte mit der Schulter. »Was soll ich sagen, da waren viele Firmen nebenan, die auch Hallen angemietet hatten. Kann sein, dass ich dem einen oder anderen Betreiber mal sagte, dass die ›AAA‹ gute Konditionen hat, aber konkret könnte ich Ihnen niemanden nennen. Die alten Hallen sollen seit Jahren abgerissen werden. Ich hoffe, sie bleiben noch lange genug stehen, denn auf das Taschengeld durch die Vermietung der Stellplätze würde ich ungern verzichten.«

Trevisan nickte und warf Lentje einen kurzen Blick zu. Sie waren sich einig, mehr würden sie von dem alten Mann nicht erfahren. Allerdings, diesem Anruf von Frau Haferkamp mussten sie unbedingt nachgehen. Vielleicht wusste die Chefsekretärin des Bürgermeisters mehr, als sie bislang angegeben hatte.

*

Kriminalpolizei Wilhelmshaven, Mozartstraße

Die 15 Stunden Fahrt steckten ihm in den Knochen. Als Eike vom Gardasee auf die Dienststelle zurückkam, dämmerte es bereits. Er bedankte sich bei Emilia für die Unterstützung und verabschiedete sie auf dem Polizeihof. Er nahm seinen Laptop und ging über die Treppe hinauf in den dritten Stock. Die Büros waren verwaist. Auf seinem Schreibtisch fand er einen Notizzettel vor.

»Frühbesprechung, 8 Uhr«.

Mehr war darauf nicht vermerkt. Er schloss den Laptop am Strom und am großen Bildschirm an und ließ die Filmdateien, die er aus Italien mitgebracht hatte, ablaufen. Immer wenn er an eine Stelle kam, an der die Frau gut zu sehen war, unterbrach er den Film und gab einen Druckbefehl ein. Am Ende hatte er acht Bilder, auf denen die Frau gut zu sehen war. Manchmal nur das Gesicht, manchmal ihre Haltung und ihr Körperbau. Anschließend startete er den Film erneut.

»Das ist keine Deutsche«, nuschelte er.

Erneut startete er die Datei. Auf dem Film, der zwar ab und an ruckelte, erinnerte ihn die Frau mit den lockigen schwarzen Haaren und dem dunklen Teint an eine Tänzerin. Ihre Haltung, ihre ganzen Bewegungen, sie waren leichtfüßig und filigran. Obwohl sie nicht ahnen konnte, dass sie gefilmt wurde, so schien es dennoch, als wäre jede Bewegung, jede Geste trainiert und saß punktgenau, wie bei einer ausgezeichneten Schauspielerin.

Nachdem er den Film mehrmals angeschaut hatte, warf er einen Blick auf die Uhr. Es war kurz vor 23 Uhr und er eigentlich hundemüde, dennoch ließ ihm diese Frau keine Ruhe. Sie erinnerte ihn an seine Zeit bei der Sitte, dort war er oft solchen Frauen begegnet, die mit ihren Bewegungen die Männerwelt animieren und verzaubern sollten.

Er aktivierte das BKA-Programm und füllte die Startmaske aus. Es würde bestimmt nicht schaden, bundesweit über die Dienststellen nach der Frau zu suchen, schließlich kam ihr im Falle des verschwundenen Bürgermeisters eine Schlüsselrolle zu. Für den Suchmodus wählte er den Überbegriff »Personenfeststellung«. Sorgfältig suchte er drei aussagekräftige Bilder heraus, die das Gesicht aber auch die Körperhaltung der Frau zeigten, bevor er sie hochlud und die BKA-Anfrage abschickte. In wenigen Minuten würde jede Polizeidienststelle in Deutschland über diese Bilder verfügen, und wenn Eike mit seinem Gefühl richtig lag, würde auch von irgendwo eine Antwort erfolgen. Zufrieden schaltete er den Computer aus, bevor er sich erhob und die Dienststelle verließ.

19

Kriminalpolizei Wilhelmshaven, Mozartstraße

Alle hatten sich pünktlich um 8 Uhr zur Frühbesprechung im Soko-Raum des Dienstgebäudes eingefunden. Monika sah etwas blass aus und schniefte.

»Du hast dir doch hoffentlich keine Sommergrippe eingefangen?«, fragte Trevisan.

»Das sind diese blöden Klimaanlagen im Wagen«, entgegnete sie. »Stellt man sie zu lau ein, kocht man im Wagen, dreht man sie auf, dann zieht es fürchterlich.«

»Hoffentlich geht das schnell vorüber, wir können derzeit auf niemanden verzichten«, sagte Trevisan. »Also wo stehen wir, was gab es gestern mit Klaasen?«

»Wir waren bei ihm«, erzählte Monika, nachdem sie sich die Nase geputzt hatte. »Ehrlich gesagt, glaube ich nicht, dass er für unseren Fall relevant ist. Für das fragliche Wochenende gab ihm seine Frau ein Alibi. Er war auf seinem Hof, sagt sie. Außerdem geht es in dem Disput zwischen ihm und dem Bürgermeister um die Erweiterung der Genehmigung zum Betrieb einer zweiten Biogasanlage. Ollmert hat offenbar dafür gesorgt, dass der Stadtrat ablehnte. Denen stinkt es zu sehr. Klaasen hat die Stadt verklagt, aber mit dem Verschwinden hat er wohl nichts zu tun. Wie siehst du das, Lisa?«

Lisa stimmte zu.

»Also streichen wir ihn vorerst von der Liste«, sagte Trevisan.

»Bis auf Geritt ist die Liste abgearbeitet«, bemerkte Lentje.

»Richtig«, bestätigte Trevisan. »Dafür steht aber ein neuer Name drauf.«

Er erzählte den Anwesenden, was er bei seiner Exkursion nach Bremerhaven erfahren hatte, schließlich wandte er sich Eike zu.

»Das war gute Arbeit am Gardasee! Konntet ihr wenigstens ein klein wenig Urlaubsfeeling mitnehmen?«

»War ganz in Ordnung«, bestätigte Eike. »Falls ihr es wissen wollt, ich würde gerne auf die Polizeistation nach Limone versetzt werden. Das ist ein sehr angenehmes Arbeiten dort. Schaut mal, was wir mitgebracht haben!«

Er aktivierte seinen Laptop und den Beamer, doch bevor er den kleinen Film startete, erhob er sich und schloss die Vorhänge an den Fenstern, durch die das Licht der Morgensonne fiel.

Zweimal ließ er die knapp dreiminütige Filmsequenz laufen, auf der Ollmert in Begleitung seiner angeblichen Ehefrau an der Rezeption stand.

»Wenn ich die Frau auf dem Video sehe, wirkt sie ganz anders als auf dem Bild«, murmelte Lentje.

»Irgendwie exotisch«, bestätigte Krog.

»Ich glaube nicht, dass sie Deutsche ist«, erklärte Eike. »Sie sprach zwar Deutsch ohne Akzent, aber ihr Aussehen spricht dagegen.«

»Jetzt müssen wir sie nur noch finden«, sagte Trevisan. »Und das ist nicht so leicht, nachdem wir mit Gabler und der Autovermietung nicht weiterkommen.«

»Ich habe das Bild gestern Abend an das BKA geschickt. Ich glaube, irgendwo gibt es eine Polizeidienststelle, auf der man sie kennt.«

»Was macht dich so sicher?«

»Mein Gefühl und meine Zeit bei der Sitte.«

»Du meinst, das ist eine Prostituierte?«, fragte Lisa.

»Ich würde meine Lohnerhöhung darauf verwetten«, bestätigte Eike.

»Okay, dann warten wir ab, was dabei herauskommt«, ergriff Trevisan das Wort und wandte sich Krog zu. »Was gibt es bei dir für Neuigkeiten?«

Krog zuckte mit der Schulter. »Nicht viel, nur, dass wir vermutlich Ollmerts Rad gefunden haben.«

»Sollten wir noch einmal mit seiner Putzfrau sprechen, um sicherzugehen?«, fragte Monika.

»Ich denke, das hat keinen Sinn«, erklärte Krog. »Ich hab' mit ihr telefoniert. Sie ist sich nicht sicher, wie es aussah. Die Fingerabdrücke am Rad sprechen allerdings dafür, dass es Ollmert gehört.«

Trevisan erhob sich, trat neben die Pinnwand und rückte das Flipchart zurecht. »Heute ist der achte Tag, nachdem Ollmerts Jacht vor Baltrum aufgebracht wurde. Nach allem, was wir bislang sicher wissen, ist Ollmert am Samstag, den 15. Juni gegen 22 Uhr in der Nacht zu einer Frau in einen roten Honda gestiegen, verstaute zwei Koffer im Wagen und fuhr mit ihr nach

Italien an den Gardasee, um dort eine Woche Urlaub zu machen.«

Er griff nach einem Stift und schrieb das Datum und die Uhrzeit auf den leeren Bogen Papier.

»Eine Woche war er dort, am Sonntag gegen 8 Uhr checkte er aus. Wenn wir die Gesamtstrecke in Betracht ziehen – wie lange ist man unterwegs?«

»Ich habe gestern 15 Stunden gebraucht, man könnte es in 14 schaffen, aber ein bis zwei Pausen muss man machen, dazu die Staus eingerechnet. Ich würde sagen, zwischen 14 und 16 Stunden.«

Trevisan nickte. In seinem Innern addierte er die Stunden auf die Zeit des Auscheckens.

»Dann sind wir zwischen 22 Uhr und Mitternacht«, sagte er und schrieb den 23. Juni in die nächste Zeile.

»Das Boot fehlte am Montag um 10 Uhr, das Rad wurde schon gegen 9 gefunden.«

Erneut schrieb Trevisan die Zeiten auf.

»Wir müssen herausfinden, wo sich Ollmert in dem Zeitraum aufhielt, der offen ist. Sonntag, 22 Uhr und Montag, 9 Uhr in der Frühe.«

»Leider gibt es keine weiteren Zeugenmeldungen«, fügte Monika hinzu. »Das Interesse an unserem Bürgermeister erlahmt langsam in der Bevölkerung.«

»Und das, obwohl erst gestern ein neuer Artikel veröffentlicht wurde«, sagte Lisa.

Trevisan nickte. »Richtig, deswegen ist es sinnlos, einen neuen Aufruf an die Leser herauszugeben. Ollmert war in dieser Zeit scheinbar unsichtbar.«

»Bleibt sein Gepäck«, meldete sich Krog zu Wort. »Sollte er tatsächlich über Bord gefallen sein, so ist es durchaus möglich, dass er Schlüssel und Geldbörse bei sich trug. Seine beiden Koffer sicherlich nicht.«

»Das ist korrekt«, bestätigte Trevisan.

»Er könnte sie irgendwo hinterlegt haben«, mutmaßte Eike. »In einem Schließfach vielleicht.«

Monika zog die Stirne kraus. »Wo gibt es Schließfächer?«

»Bahnhöfe oder Fähranleger«, sagte Eike.

»Nur auf großen Bahnhöfen wie hier in Wilhelmshaven, in Norden, Aurich und Jever«, stellte Monika klar.

»Klar, aber weswegen sollte er das tun? Dann hätte er auch nach Hause fahren können. Fest steht, das Auto war am Montag bei Öffnung der Autovermietung gegen 8 Uhr auf dem Firmenhof, also hat er die Koffer in der Nacht irgendwo untergebracht.«

»Lohnt sich dort eine Spurensicherung?«, fragte Krog.

»Der Wagen wurde komplett gereinigt«, entgegnete Eike.

»Es könnte doch sein, dass seine angebliche Ehefrau am Montag wieder zu Hause sein musste und er von ihr gar nicht nach Hause gebracht wurde, sondern mit der Bahn fuhr«, spekulierte Lentje.

»Die Taxizentralen waren negativ«, wandte Krog ein.

»Wie sieht es mit der Bahn aus?«, fragte Trevisan.

Eike aktivierte seinen Laptop. »Moment, ich schau mal nach«, sagte er. Es dauerte eine Weile, bis er die Verbindungen hatte.

»Von Bremen gibt es zwei Verbindungen, die er nach Norden genutzt haben könnte, aber beide gehen in der Früh. Einer um 04.15 Uhr, da wäre er gegen 7 Uhr in Norden gewesen, und ein weiterer kurz vor 6 Uhr. Den Zug gegen 22 Uhr hätte er wohl nicht mehr erreicht. Da wäre er gegen 1 Uhr in Norden angekommen.«

»Und hätte noch immer knapp 20 Kilometer vor sich gehabt«, wandte Krog ein.

»Er könnte gelaufen sein«, meldete sich Lisa zu Wort. »Angenommen, er hat seine Koffer im Schließfach deponiert, um sie später abzuholen, dann wäre es durchaus möglich gewesen. Querfeldein gibt es bestimmt ein paar Abkürzungen.«

»Wie sieht es nach Aurich oder nach Jever aus?«, fragte Trevisan.

Eike tippte auf den Laptop. Schließlich hob er den Kopf. »Aurich können wir vergessen, und Jever gäbe es eine Verbindung um 04.57 Uhr, die kurz vor 8 Uhr in Jever ankommt.«

»Von Jever bis Basdorf ist es zu weit«, schob Lentje ein.

»Wie weit?«, fragte Trevisan.

»Das sind beinahe 40 Kilometer«, antwortete sie.

Trevisan kratzte sich am Kinn. »Also gut, wenn es tatsächlich so gewesen wäre, dann käme nur Norden als Zielbahnhof in Frage. Dort gibt es Schließfächer. Paul, darum solltest du dich kümmern, nimm Lisa mit. Es klingt zwar abenteuerlich, aber vielleicht ist ja was dran an der Sache.«

»Und was machen wir?«, fragte Monika.

»Du kümmerst dich mit Lentje bitte um die Firma ›RMH‹, wir müssen herausfinden, wer in der Nachbarschaft Gablers tätig war und möglicherweise von dessen Geschäftsbeziehung zur Autovermietung wusste.«

»Was mache ich?«, fragte Eike.

»Wir fahren zu Geritt und schauen mal, was er über das Verschwinden von Ollmert zu sagen hat. Also dann, an die Arbeit.«

Noch bevor sich der Raum geleert hatte, klingelte das Telefon. Trevisan nahm den Hörer ab. Verena Steuer, die Sekretärin, war am Apparat.

»Du sollst zu Thorke kommen, es ist wichtig. Und nimm deine Jacke mit!«

»Weswegen?«, fragte Trevisan.

»Ihr müsst nach Aurich, dort will Oberstaatsanwalt Bräuner mit euch sprechen.«

»Weißt du warum?«

»Keine Ahnung«, erhielt er zur Antwort.

*

Staatsanwaltschaft Aurich, Emdener Straße

Thorke Oselich war mit Trevisan nach Aurich gefahren, auch sie wusste nicht, was der Oberstaatsanwalt von ihr und Trevisan wollte. Oberstaatsanwalt Bräuner war erst kurz auf diesem Posten. In Sachen Zusammenarbeit hatten weder die Polizeidirektorin noch Trevisan Erfahrung. Da Diekenhörn in seinem Zuständigkeitsbereich lag, war er der Herr des Verfahrens. Bräuner wartete im Besprechungsraum. Er war nicht alleine. Doktor Josef Schneider, der Anwalt der »Nordostbank«, war ebenfalls zugegen.

Der Oberstaatsanwalt war noch jung. Trevisan schätze ihn auf Mitte 30. Mit seinem Kurzhaarschnitt, dem dunklen Anzug und dem weißen Hemd mit dem gestärkten Kragen, der weißen Krawatte und der Brille mit Goldgestell auf der Nase wirkte er wie ein Bankangestellter aus der Führungsetage.

»Guten Tag, Frau Oselich, Herr Trevisan«, begrüßte der Oberstaatsanwalt die beiden Neuankömmlinge und reichte ihnen die Hand. »Doktor Schneider von der ›Nordostbank‹ dürfte Ihnen bekannt sein.«

Doktor Schneider erhob sich und reichte zuerst Thorke und anschließend Trevisan die Hand.

Angesichts der Anwesenheit des Anwalts konnte sich Trevisan vorstellen, worum es in dieser Besprechung ging.

»Nehmen Sie bitte Platz!«, forderte der Oberstaatsanwalt seine Besucher auf. Er wartete, bis alle am Tisch saßen, und griff zur Akte, die vor ihm lag.

»Es geht, wie sich alle denken können, um den Fall Ollmert«, eröffnete der Oberstaatsanwalt die Unterhaltung. »Das mysteriöse Verschwinden des Bürgermeisters von Diekenhörn liegt etwa zwei Wochen zurück, und wir müssen uns langsam überlegen, wie wir mit diesem Fall umgehen. Gibt es entscheidende Neuigkeiten, Herr Trevisan?«

Trevisan räusperte sich. »Wir stecken noch mitten in den Ermittlungen«, antwortete er. »Nach wie vor ist alles denkbar, ein Unfall, ein Kapitalverbrechen oder einfach nur das Abtauchen des Bürgermeisters aus einem bislang unbekannten Grund.«

»Die Annahme, dass Bürgermeister Ollmert bei einem Segelunfall ums Leben kam, ist die wahrscheinlichste aller Theorien, da stimmen Sie mir doch sicherlich zu, Herr Trevisan«, ergriff der Anwalt das Wort.

»Sie ist eine der Möglichkeiten.«

Bräuner blickte Trevisan an. »Doktor Schneider vertritt die Interessen der »Nordostbank«. Er hat ja schon bei Ihnen vorgesprochen. Ich verstehe seine Motivation, und wir müssen natürlich die Interessenslagen der Betroffenen im Auge behalten. Kurzum, solange es keine überraschende Wendung gibt, müssen wir wohl von einem Unfall ausgehen.«

»Da gibt es allerdings ein paar Ungereimtheiten«, widersprach Trevisan.

»So, welche denn?«, fragte der Anwalt.

Trevisan hob die Augenbrauen. »Ich finde es nicht richtig, zum jetzigen Zeitpunkt mit Außenstehenden über den Stand der Ermittlungen zu sprechen.«

Bräuner nickte. »Ja, das ist richtig, das tun wir auch nicht«, sagte er und blätterte in den Akten. »Gibt es neues Material?«

Trevisan nickte. »Sie erhalten in Kürze den Bericht.«

Bräuner winkte ab. »Reden wir nicht um den heißen Brei herum. Ich weiß von den Umstand, dass wir das Gepäck des Bürgermeisters noch suchen, und ich habe inzwischen durch den Polizeipräsidenten erfahren, dass Sie die Frau, mit der Ollmert in Urlaub war, ausfindig machen konnten und an der Identifizierung arbeiten. Die Frage ist, ob diese Erkenntnisse wirklich entscheidend für die weiteren Ermittlungen sind und Grundlegendes am Ergebnis ändern.«

»Es ist nicht leicht, diese Frau zu identifizieren«, stellte Trevisan klar. »Wir arbeiten daran und sind uns sicher, dass wir in Kürze ihre Identität kennen werden.«

»Das habe ich zur Kenntnis genommen, aber wie ich die Sache einschätze, würde ich sagen, dass Ollmert höchstwahrscheinlich bei einem Unfall ums Leben kam. Würden Sie das ebenso sehen, Herr Trevisan?«

Diese Art der Unterhaltung gefiel Trevisan überhaupt nicht.

»Ich weiß, Herr Doktor Schneider käme es sehr gelegen, wenn wir die Ermittlungen einstellen und einen Unfalltod attestieren«, sagte Trevisan. »Ich verstehe seine Motivation, aber meine Bedenken sind einfach zu groß, beim jetzigen Stand der Ermittlungen.«

Bräuner lächelte wohlwollend. »Wir gehen einmal davon aus, dass unsere Informationen übereinstimmen«, sagte er. »Als Herr des Verfahrens teile ich derzeit Ihre Bedenken nicht. Dennoch will ich Ihnen entgegenkommen, denn Sie wurden mir als sehr erfahrener Ermittler beschrieben. Ich muss allerdings die Interessen der weiteren Beteiligten ins Auge fassen. Auch einer eventuellen Schadensersatzforderung, sollten sich unsere

Ermittlungen grundlos in die Länge ziehen, muss ich vorbeugen. Ich schlage deshalb einen Kompromiss vor.«

»Der wäre?«, fragte Trevisan.

»Wenn ich bis Ende nächster Woche, das wäre Freitag, der 12. Juli, keine entscheidenden Tatsachen erfahre, die weitere Ermittlungen rechtfertigen, dann werde ich den Fall Ollmert am darauffolgenden Montag offiziell einstellen und wir gehen von einem Unfalltod des Mannes aus.«

Trevisan runzelte die Stirn.

»Damit könnten wir gut leben«, stimmte Doktor Schneider zu.

»Herr Trevisan?«

Trevisan zuckte mit der Schulter. »Wie Sie schon sagten, Herr Oberstaatsanwalt, Sie sind der Herr des Verfahrens.«

Die Verabschiedung war wenig herzlich. Mit Lüderboom aus Wilhelmshaven hatte es nie solcherlei Gespräche gegeben. Aber was sollte er tun, Bräuner war in dieser Sache der Boss und traf die Entscheidung. Sieben Tage blieben, um herauszufinden, welches Schicksal den Bürgermeister von Diekenhörn ereilt hatte, und diese Zeit galt es zu nutzen.

20

Rathaus, Samtgemeinde Diekenhörn, Basdorf

Trevisan stand noch immer unter dem Eindruck des Gespräches mit dem Oberstaatsanwalt in Aurich. So etwas war ihm noch nie vorgekommen. Noch nie war ihm für seine Ermittlungen ein Ultimatum gesetzt worden, und noch nie hatte er bislang erlebt, dass wirtschaftliche Interessen vor der Ermittlungsarbeit Vorrang hatten. Der Oberstaatsanwalt war jung, gehörte zur neuen Garde der Ermittlungsführer. Vielleicht war dies die neue Art der Effektivität, von der die Führung im Ministerium sprach. Sei es, wie es will, Trevisan musste tun, was getan werden musste, und er war nicht gewillt, diesen Fall ungelöst zu beenden.

»Wir sind da!«, sagte Lentje, als sie den Dienstwagen vor dem Rathaus in Basdorf stoppte.

Lentjes Worte rissen Trevisan aus seinen düsteren Gedanken. Nachdenklich schnallte er sich ab.

»Woran denkst du?«, fragte Lentje, nachdem sie einen Blick in Trevisans Gesicht geworfen hatte.

»Alles gut«, entgegnete Trevisan.

»Komm, ich sehe doch, dass du grübelst. Stimmt etwas nicht?«

Trevisan lächelte. »Ich habe gerade über Effizienz,

Synergie und Optimierung innerhalb der Polizei nachgedacht.«

Lentje runzelte die Stirn. »Hab' ich was verpasst?«

»Das sind doch die Worte, die wir beinahe jeden Tag aus der Chefetage hören. Wir müssen uns stetig optimieren, effizient arbeiten und Synergien nutzen.«

Lentje schnallte sich ab. »Ich habe keine Ahnung, wovon du redest.«

Trevisan winkte ab. »Vergiss es, gehen wir, bevor sie den Laden dichtmacht, es ist schon kurz vor 15 Uhr.«

»Sie ist da und wartet auf uns«, entgegnete Lentje. »Ich habe mit ihr telefoniert.«

Lentje sollte recht behalten. Frau Haferkamp saß in ihrem Büro hinter dem Schreibtisch und tippte auf der Tastatur.

»Sie kommen spät«, sagte sie, nachdem sie Lentje und Trevisan Platz angeboten hatte.

»Wir hatten eine Besprechung bei der Staatsanwaltschaft«, erklärte Trevisan.

»Gibt es Neuigkeiten?«

Trevisan zuckte mit der Schulter. »Bislang leider nichts Konkretes.«

Er griff in seine Jackentasche und hielt der Sekretärin das Bild der Frau unter die Nase, mit der Ollmert seinen Urlaub am Gardasee verbracht hatte. »Kennen Sie diese Frau?«

Sie griff nach dem Bild, warf einen langen Blick darauf, ehe sie den Kopf schüttelte und das Bild zurückgab.

»Wohl Ollmerts neue Flamme«, bemerkte sie spitz.

»Er war mit ihr am Gardasee«, bestätigte Lentje.

»Na ja, geht mich ja nichts an. Ist sie von hier?«

»Die Ermittlungen laufen noch«, entgegnete Trevisan. »Wir sind allerdings aus einem anderen Grund hier. Sagt Ihnen die Firma ›RMH‹ aus Bremerhaven etwas? Der Inhaber heißt Hanno Gabler und wohnt in Loxstedt bei Bremen.«

Frau Haferkamp überlegte eine Weile, schließlich zuckte sie mit der Schulter. »Nicht aus dem Stegreif, wir haben mit vielen Firmen Kontakt, möglicherweise auch mit dieser.«

»Wir haben mit Herrn Gabler gesprochen«, fuhr Trevisan fort. »Er meint, Sie haben ihn vor etwa einem halben Jahr angerufen. Es ging um eine Rechnung oder um ein Angebot. Er sagte Ihnen, dass er die Firma schon seit zwei Jahren nicht mehr betreibt.«

Frau Haferkamp fuhr sich über die Stirn. »Das könnte sein, da war mal was«, sagte sie nachdenklich, ehe sie sich erhob, zu einem Regalschrank ging und nach einem dicken grauen Ordner griff.

»Vor einem halben Jahr, sagen Sie?«

»So etwa«, bestätigte Trevisan.

Sie blätterte im Ordner. »Ja, da war mal was. Ich weiß nur nicht mehr …«

Sie blätterte weiter. Schließlich fasste sie sich an den Kopf. »Ach ja, jetzt fällt es mir wieder ein. Das war eine Zahlungsaufforderung. Ich meine, es ging um einen dreistelligen Betrag auf ein Konto im Ausland. Soweit ich mich erinnere, ging es um eine Kontoeröffnung. Ich habe versucht, diese Firma zu erreichen, aber unter der angegebenen Telefonnummer meldete sich niemand. Mir kam das komisch vor, und der Bürgermeister war nicht da. Ich weiß noch, ich habe im Firmenverzeichnis nachgesehen und bin auf diesen Gabler gestoßen. Ich erreichte ihn, aber der Mann sagte mir, dass er seine Firma nicht mehr betreibt und dies sicherlich ein Irrtum wäre. Am nächsten Tag sprach ich mit Herrn Ollmert darüber, und der meinte, das wäre ein Versehen, dieser Brief wäre für ihn persönlich und irrtümlich an die Gemeinde adressiert worden. Er nahm ihn mit, deswegen finde ich ihn nicht mehr im Verzeichnis.«

»Können Sie sich erinnern, worum es genau ging?«, hakte Trevisan nach.

Sie schüttelte den Kopf. »Das ist zu lange her. Ich glaube, Herr Ollmert sagte, dass er dort aus dem Firmenfundus etwas ersteigert hat, aber genau kann ich das nicht mehr sagen.«

»Er nahm den Brief mit?«, fragte Lentje zum besseren Verständnis.

»Ja, das hat er wohl getan, wir haben nicht mehr darüber gesprochen, und es kam auch keine Anfrage seitens dieser Firma mehr.«

»Kam Ihnen das nicht sonderbar vor?«, fragte Trevisan.

Sie zuckte mit der Schulter. »Nein, heutzutage versteigert im Internet doch jeden Tag irgendjemand irgendetwas.«

Draußen auf dem Flur waren Schritte zu hören. Lautes Schreien folgte. Lentje und Trevisan wandten sich um. Die Tür flog auf.

»Wo ist sie? Wenn man sie braucht, ist sie nicht da!«, fluchte der Mann im karierten Hemd und der blauen Arbeitshose, der in das Zimmer stürmte. Seine Stiefel strotzten vor Lehm.

»Thees, was willst du und weshalb brüllst du hier so herum!«, wies Frau Haferkamp den Mann zurecht.

»Wo ist die Gutjahn, verdammt. Zu Hause ist sie nicht, in der Kirche ist sie nicht, und im Café hockt sie auch nicht herum«, polterte Thees Geritt lauthals. »Ich muss mit ihr sprechen, es ist extrem wichtig. Sie muss unbedingt hierher, sie soll sich das selbst anschauen.«

»Sie ist nach Hamburg zu ihrer Tochter gefahren«, entgegnete Frau Haferkamp. »Was um Gottes willen ist überhaupt los?«

»Draußen auf der Baustelle«, stammelte Geritt. »Die Arbeiter sind weg und die Fundamente voller Wasser gelaufen! Verdammt, ich habe es gewusst, das Grundwasser liegt dort viel zu hoch, aber keiner hat auf mich gehört.«

Trevisan erhob sich und zückte seine Dienstmarke. Er stellte sich und Lentje vor. »Herr Geritt, gut, dass Sie hier sind. Wir müssen mit Ihnen reden.«

»Jetzt?«

»Jetzt und hier!«, bestätigte Trevisan. »Es sei denn, Sie wollen mit uns auf die Dienststelle kommen.«

Thees Geritt schluckte, schließlich nickte er.

Er wandte sich der Sekretärin zu. »Gibt es einen Raum, den wir nutzen können?«

Frau Haferkamp wies in den Flur. »Die Teeküche am Ende des Flures.«

»Es wird ein wenig dauern.«

»Bis 18 Uhr bin ich da«, entgegnete die Gemeindesekretärin.

*

Nur widerwillig folgte Geritt Trevisan und Lentje in die Teeküche am Ende des Flures. Er war noch immer aufgebracht und brabbelte vor sich hin.

»Dieser Idiot … verschwindet einfach, ausgerechnet jetzt, man sollte ihn erschlagen, dieses … ich verstehe das nicht.«

»Erschlagen, den Bürgermeister?«, fragte Trevisan, als er Geritt mit einem Fingerzeig anwies, auf dem Stuhl in der Ecke Platz zu nehmen.

»Was … was meinen Sie?«, fragte er.

»Na, Sie sagten doch, man müsste ihn erschlagen. Haben Sie das vielleicht sogar getan?«

»Was habe ich getan?«

»Den Bürgermeister erschlagen?«

Geritt plusterte sich auf. Sein Gesicht wurde puterrot. »Sind Sie verrückt geworden? Natürlich nicht, ich erschlage doch niemanden, das … das war doch nur so dahingesagt. Was wollen Sie überhaupt von mir?«

»Wo waren Sie am Sonntag, den 23. Juni und am Morgen des darauffolgenden Tages?«, fragte Trevisan.

»Ich weiß überhaupt nicht, was das soll. Weshalb halten Sie mich fest, ich ... das ist zwei Wochen her, woher soll ich das heute noch wissen?«

»Es wäre aber besser, Sie würden sich erinnern«, schob Lentje nach.

»Sonntag, Montag, da ... ich denke, da war ich zu Hause. Ich schaue gerne den ›Tatort‹ und den Krimi im Zweiten. Das werde ich da wohl auch gemacht haben. Und danach geh' ich zu Bett.«

»Gibt es Zeugen?«, hakte Trevisan nach.

»Meine Frau.«

»Und am Montag, zwischen 4 und 10 Uhr?«, fuhr Trevisan fort.

»Was soll das alles? Sie glauben doch nicht im Ernst, dass ich etwas mit dem Verschwinden von Ollmert zu tun habe? Der Idiot ist beim Segeln über Bord gegangen, und jetzt haben wir riesige Probleme.«

»Das war eine einfache Frage«, sagte Trevisan. »Außerdem steht nicht fest, dass Ollmert bei einem Segelunfall ums Leben kam. Es ist besser, Sie erinnern sich.«

»Ich ... Montag, sagen Sie, am 23. Juni. Da war noch Schule. Da stehe ich normal gegen 6 Uhr auf, gehe zur Toilette, wasche mich, während meine Frau Kaffee macht, dann frühstücke ich, und 6.50 Uhr fahre ich nach Aurich zur Schule. Um 7.30 Uhr geht der Unterricht los.«

»Sie sind Lehrer?«

»Ja, am Berufsbildungszentrum in Aurich. Sie können dort meine Kolleginnen und Kollegen fragen.«

»Das werden wir auch tun«, erwiderte Trevisan.

»Glauben Sie mir, ich habe nichts mit dem Verschwinden von Ollmert zu tun, ganz im Gegenteil, es wäre notwendiger denn je, dass er hier wäre. Frau Gutjahn ist leider eine komplette Fehlbesetzung, sie ist seine Stellvertreterin beim Bürgerparkverein, und wir müssten dringend mit dem Planungsbüro sprechen.«

»Was ist passiert?«, fragte Lentje.

»Sie kennen das Windparkprojekt?«

»Wir sind informiert«, bestätigte Trevisan.

»Ich komme gerade von der Baustelle, aber da ist niemand mehr«, berichtete Geritt. »Die Bauarbeiter sind samt ihrer Ausrüstung abgezogen. Sie wollten Zufahrtswege für die Schwertransporter anlegen und Gräben für die Kabelanbindung ziehen. In 14 Tagen wollen wir mit der Ausbaustufe zwei fortfahren und die Fundamente graben, drei Wochen später kommen die Transporter, das muss Schlag auf Schlag gehen, aber da ist niemand mehr, keine Menschenseele, und in den Gräben steht das Wasser. Wissen Sie, was das bedeutet?«

Trevisan zuckte mit der Schulter.

»Ich kann weder Kühnert noch Doktor Schneider erreichen und Frau Gutjahn ist zu ihrer Tochter gefahren, Sie haben es selbst gehört.«

»Mit Doktor Schneider saß ich heute schon zusammen. Beim Staatsanwalt in Aurich. So wie es scheint, hat er großes Interesse daran, dass man Ollmert für tot erklärt.«

»Ja, das wäre in dieser Situation auch das Beste, mit dieser alten ... Ich meine, mit Frau Gutjahn als Stellvertreterin von Ollmert ist kein großer Staat zu machen. Sie sitzt nur da und hat von allem keine Ahnung.«

»Ich dachte, Sie sind der zweite Vorsitzende im Verein?«

Geritt nickte. »Im Verein ja, aber nicht beim Projekt, das muss über die Gemeinde laufen, und da ist nun mal Frau Gutjahn die Vertreterin.«

Lentje richtete sich auf. »Weswegen wurde das so geregelt und der Bau nicht komplett durch den Bürgerverein durchgeführt?«

»Das, das hat steuerliche Gründe. Da hätte der Verein die Grundstücke kaufen müssen. Aber da die Gemeinde ebenfalls davon profitieren will, aber keine eigenen Stadtwerke unterhält und auch nicht vorhat, dies in naher Zukunft zu tun, darf die Gemeinde nicht im öffentlichen Wettbewerb stehen, quasi als Unternehmen. Das ist kompliziert, aber wir brauchen die Zuschüsse und die Fördergelder für das Projekt.«

»Ich verstehe, das heißt, es kommt nun offenbar zu Verzögerungen, und Verzögerungen kosten Geld.«

»Nicht nur das«, erklärte Geritt. »Auch das Wasser in den Gräben ist bedenklich. Dabei habe ich zu Beginn davor gewarnt, der Grundwasserspiegel ist zu hoch, aber Kühnert hat das alles nicht interessiert. Er verwies auf das Gutachten, das er durchführen ließ, und darin gab es keine Bedenken.«

»Wer ist Kühnert?«

»Kühnert ist der Leiter vom Planungsbüro. Er führt den Bau als Verantwortlicher aus.«

»Ich dachte, eine Firma aus dem hohen Norden ist damit beauftragt. Eine mit viel Erfahrung, die auch schon Offshore-Anlagen gebaut hat?«

»Ja, die ›Sud-Stavanger‹ aus Bergen, die hat ein Büro in Bremerhaven. Kühnert ist dort der Leiter, aber er ist nicht erreichbar. Ich wusste von Anfang an, dass das kein gutes Ende nimmt. Das sind die Salzwiesen, da ist es immer feucht. Ich glaube inzwischen, sein Gutachten stimmt hinten und vorne nicht. Deswegen habe ich selbst ein Büro beauftragt, aber was soll ich sagen, die schickten einen Geologen, der das Gebiet untersuchte, und ausgerechnet der lässt sich beim Joggen überfahren und liegt noch immer im Krankenhaus.«

Trevisan wurde hellhörig. »Sie haben das Gutachten dieses Kühnerts angezweifelt. Weshalb haben Sie sich denn dann überhaupt an dem Projekt beteiligt?«

Geritt fasste sich an den Kopf. »Ja, wenn ich das heute noch wüsste. Damals herrschte eine Euphorie, und die Aussicht auf ein ertragreiches Geschäft in der heutigen Zeit, in der das Geld auf den Banken jeden Tag weniger wird, war fantastisch. Aber ich hätte es besser wissen sollen. Nun ist es zu spät.«

»Wie hoch ist Ihre Beteiligung?«

»100.000«, entgegnete Thees Geritt.

»Haben Sie mit Ollmert über Ihre Bedenken gesprochen?«, fragte Lentje.

»Klar habe ich das, mit ihm und Kühnert, ich habe ihnen sogar gesagt, dass ich Wegener vom Büro aus Cuxhaven mit einem neuen Gutachten beauftragt habe, aber die verwiesen auf ihr Gutachten und sagten, ich solle mich nicht so haben, das wäre alles untersucht und es gäbe keine Bedenken.«

»Wann war das?«

»Ende März, Anfang April.«

Trevisan überlegte. Dies war eine ganz neue Entwicklung in diesem Fall. Er räusperte sich. »Was gäbe es für Konsequenzen, wenn das Grundwasser sehr hoch steht?«, fragte er interessiert.

Geritt atmete tief ein. »Das wäre eine Katastrophe. Das Fundament müsste verstärkt werden, möglicherweise müssten wir das Gebiet mit Pumpen entwässern oder sogar wie bei Offshore-Anlagen eine wasserfeste Betoneinfassung um das Fundament des Windrades bauen.«

»Und das kostet.«

»Klar, das würde das Volumen wohl verdoppeln, und damit wäre es komplett unrentabel.«

»Ich hörte von Doktor Schneider, dass bereits 5,6 Millionen Euro an das Planungsbüro gezahlt wurden, damit der erste Bauabschnitt umgesetzt werden kann. Ist das richtig?«

Geritt nickte. »Ja, das ist korrekt. Damit sollten die Zufahrtswege gebaut, die Stromleitungen verlegt und die Fundamente ausgehoben und geschalt werden. Aber da ist niemand mehr, die Firma hat ein bisschen Dreck hin und her geschoben, mehr nicht. Und jetzt ist sie verschwunden.«

»Welche Firma sollte die Arbeiten ausführen?«

»Eine Firma namens ›BH-Bau‹ aus Bremen. Ich wollte dort anrufen, aber da ist niemand mehr. Heute ist Freitag, die sind schon im Wochenende. Deshalb versuchte ich ja, Kühnert zu erreichen. Außerdem war auf der Baustelle kein einziger Arbeiter, der Deutsch verstanden hat. Die ›BH-Bau‹ hat offenbar einen ausländischen Subunternehmer mit den Arbeiten beauftragt.«

»Ich hörte von Doktor Schneider, dass es sich bei dem Konto, auf dem die erste Zahlung geleistet wurde, um ein sogenanntes Treuhandkonto handelt und der Verein sein Geld zurückfordern kann. Damit wären Sie ja zumindest, was die Bauarbeiten betrifft, auf der sicheren Seite. Sie müssten das Geld nur zurückfordern.«

Geritt wiegte den Kopf hin und her. »Ja, so wurde es geregelt, damit Sicherheit für beide Seiten besteht. Aber die Rückforderungsfrist ist heute Mittag um 12 Uhr abgelaufen. Außerdem nutzt das sowieso nichts, wenn wir tatsächlich nach einem halben Meter auf Wasser stoßen.«

Trevisan warf Lentje einen kurzen Blick zu. Schließlich erhob er sich. »Herr Geritt, danke vorerst, falls wir Sie noch einmal bräuchten, würden wir uns melden.«

Geritt runzelte die Stirn. »Brauchen Sie nicht die Handynummer meiner Frau oder die meiner Kolleginnen und Kollegen vom Bildungszentrum, wenn Sie meine Angaben überprüfen wollen?«

Trevisan winkte ab. »Das hat sich vorerst erledigt. Ich glaube Ihnen. Nur eine Frage noch: Dieser Gutachter, den Sie beauftragten, haben Sie seinen Namen und seine Adresse?«

Geritt nickte. »Der liegt im Krankenhaus. Noch immer im Koma, hörte ich. Es hat ihn offenbar schwer erwischt. Ein Betrunkener hat ihn angefahren. Er heißt Mathias Wegener und arbeitete beim Institut ›Flachser und Kollegen‹ in Cuxhaven. Die stehen im Internet, die Nummer und die Adresse habe ich gerade nicht parat.«

»Okay, wir finden die Adresse selbst heraus. Sie können gehen, Herr Geritt.«

Geritt erhob sich. Er reichte zuerst Lentje und anschließend Trevisan die Hand, bevor er das Zimmer verließ.

»Ich denke, da lohnt es sich, einen Blick darauf zu werfen«, bemerkte Lentje.

»Der Ansicht bin ich auch«, entgegnete Trevisan.

21

Bürgerpark Salzwiesen, unweit von Jakobsiel

Der Bürgerpark Salzwiesen lag an der Hagermarscher Straße zwischen Jakobsiel im Westen, Wiesenstede im Osten und Hage im Süden, noch auf der Gemarkung der Samtgemeinde Diekenhörn. Eine geschotterte Zufahrt führte knapp 200 Meter in das Wiesengelände, bevor der Weg plötzlich endete. Das hüfthohe Gras schimmerte rötlich im Licht der untergehenden Sonne. Bauarbeiter oder Baumaschinen waren nirgends zu entdecken, einzig ein grüner Bauwagen auf weiter Flur und ein paar knapp ein Meter tiefe Gräben durchzogen die üppige Wiese. Teilweise waren trotz der hohen Temperaturen die Gräben mit Wasser gefüllt. Trevisan stand nachdenklich am Ende des Schotterweges und hob die Hand schützend vor die Augen. Die Sonne stand tief im Westen. Eine angenehm frische Brise blies von landeinwärts, und die Luft schmeckte salzig.

»Schön hier«, sagte Lentje, die neben ihm stand und den Ausblick genoss.

»Ja, schön hier«, entgegnete Trevisan. »Vor allem, wenn man bedenkt, dass man in wenigen Wochen sechs Türme aufstellen will.«

Lentje bückte sich und fasste mit der flachen Hand ins Erdreich. »Ganz schön feucht.«

»Eigentlich weiß jeder, dass das Land kurz hinterm Deich Sumpfland ist«, bemerkte Trevisan. »Und das Wasser in den Gräben spricht Bände. Ich frage mich, ob zuvor niemanden in den Sinn gekommen ist, dieses Gelände näher unter die Lupe zu nehmen.«

Lentje erhob sich. »Du hast doch gehört, Geritt hat sogar einen eigenen Geologen beauftragt.«

»Aber leider hatte der einen Unfall«, ergänzte Trevisan.

»Was denkst du?«, fragte Lentje und betrachtete das nachdenkliche Gesicht ihres Vorgesetzten.

Trevisan biss sich auf die Lippen und ordnete seine Gedanken. »Ich denke, Ollmert hat uns alle getäuscht. Das hat er geschickt eingefädelt. Er hielt alles in der Schwebe und spielte damit auf Zeit.«

»Was ihm auch gelungen ist«, bemerkte Lentje.

Die Dienststelle hatte inzwischen bei Trevisan angerufen. Doktor Josef Schneider war auf der Wache erschienen und wollte unbedingt mit Trevisan sprechen. Erst als er erfuhr, dass Trevisan durch Thees Geritt bereits über die neue Entwicklung informiert worden war, hatte er sich auf den nächsten Tag vertrösten lassen. Zuvor hatte Trevisan den Kollegen an der Pforte angewiesen, die von Doktor Schneider mitgeführten Unterlagen und Verträge zur geplanten Windparkanlage entgegenzunehmen.

Noch einmal ließ Trevisan den Blick über die Wiese streifen, ehe er sich umwandte und zum Wagen ging. Lentje folgte ihm.

»Wir fahren zurück, heute können wir sowieso nichts mehr machen«, sagte er.

»Sollten wir die Fahndung nach Ollmert nicht erweitern? Jetzt, wo es so aussieht, als hätte er sein Verschwinden nur vorgetäuscht, um einen Millionenbetrug zu begehen, müssen wir von anderen Voraussetzungen ausgehen.«

Trevisan zuckte mit der Schulter. »Klar machen wir das. Wir fahnden nach ihm, seit seine Jacht vor Baltrum aufgebracht wurde. Ich glaube nur nicht, dass wir deshalb auf mehr Zeugenresonanz stoßen.«

Sie fuhren über Wittmund zurück nach Wilhelmshaven. An der Pforte nahm Trevisan die Kiste mit den Aktenordnern in Empfang, die Doktor Schneider für ihn hinterlegt hatte. An Lisa schrieb er eine Mail, dass sie die Fahndung nach Ollmert erweitern sollte. Aus der Vermisstenfahndung würde nun die Fahndung nach einem verdächtigen Straftäter werden. Das änderte allerdings nichts daran, dass es bislang keine Spur von Ollmert gab.

*

Landeskriminalamt Niedersachsen, Dezernat 36, Hannover

Noch am gestrigen Abend hatte Trevisan seinen ehemaligen Kollegen Kai Ludwig angerufen. Er leitete beim LKA das Dezernat 36, das für Betrugsfälle zuständig war. Mit Mord und Totschlag kannte Trevisan sich aus, doch Betrug war absolut nicht sein Metier.

Fest stand bislang, dass 5,6 Millionen Euro von dem Treuhandkonto der »Nordostbank« verschwunden waren und auf ein Konto der »RBS« nach Ramsgate in England transferiert worden waren. Fest stand auch, dank Doktor Schneiders Recherche, dass Ollmert selbst in Kooperation mit dem Chef des Planungsbüros, Kühnert, die Transaktion in die Wege geleitet hatte. Die Zahlung erfolgte an einen Fonds mit dem Namen Sciene Solutions. Weitere Recherchen waren am Abend nicht möglich gewesen. Und jetzt stand das Wochenende vor der Tür.

Vermutlich hatten Ollmert und Kühnert, der, wie es aussah, mit dem Bürgermeister von Diekenhörn unter einer Decke steckte, bewusst das Wochenende für den Coup ausgewählt, um die Ermittlungsarbeit der Polizei zu erschweren und um ihnen einen deutlichen Zeitvorteil zu verschaffen.

Als Trevisan den Dienstwagen auf dem Parkplatz am Waterlooplatz abstellte und ausstieg, zog er erst einmal die Luft tief in seine Lungen. In diesem beinahe unüberschaubaren Gebäudekomplex aus Glas und Stahl hatte er ein paar Jahre seiner Dienstzeit zugebracht. Damals, als es Paula schlecht ging und sie ärztliche Hilfe in Anspruch nehmen musste, nachdem sie von einem verrückten Sektenführer entführt worden war.

An der Pforte erhielt er einen Ausweis, den er sichtbar an das Revers seiner Jacke steckte, bevor er mit dem Aufzug in den vierten Stock fuhr. Ludwig erwartete ihn bereits. Trevisan hatte ihn damals kennengelernt, als er das Dezernat 32 leitete, das ungelöste Altfälle auf neue Ermittlungsansätze überprüfte. Ein paar Mal war er mit Kai Ludwig um die Häuser gezogen. Kai Ludwig galt als Koryphäe auf dem Gebiet der Wirtschaftskriminalität, und genau aus diesem Grund erhoffte sich Trevisan kompetente Hilfe von seinem ehemaligen Kollegen.

Trevisan keuchte, als er die Kiste mit den Ordnern auf Ludwigs Schreibtisch abstellte.

Ludwig erhob sich und umarmte ihn herzlich. »Vielleicht können wir heute Abend ein wenig um die Häuser ziehen. Du bleibst doch bis morgen?«

»Tut mir leid, ich muss heute zurück«, entgegnete Trevisan mit Bedauern.

»Ach was, du kannst bei mir schlafen, so wie damals, wenn es nicht mehr bis nach Hause reichte.«

Trevisan schüttelte den Kopf. »Wir stecken mitten in den Ermittlungen, ich kann nicht bleiben. Außerdem kommt Paula heute Abend zum Essen. Sie ist Mutter geworden.«

Ludwig lächelte. »Das freut mich. Ist sie ... ich meine ...«

»Alles wieder gut«, erwiderte Trevisan. »Ich habe sogar das Gefühl, die Erfahrung von damals hat sie stärker gemacht.«

Ludwig nickte. »Das ist gut, das ist wirklich gut. Ich wünsche ihr, dass es auch so bleibt.«

»Ich hoffe es.«

»Okay, dann schauen wir uns die Sache mal an«, sagte Ludwig und griff nach der Kiste. »Aber eines ist klar: Wenn die alles richtig gemacht haben, dann ist das Geld bereits dort, wo keine europäische Institution mehr Zugriff hat. England ist im Finanzwesen die europäische Drehscheibe zur Welt. Ein Finanzmarkt, der nicht zu kontrollieren ist. Dort hält man sich weder an EU-Normen noch an sonstige zwischenstaatliche Vereinbarungen, wenn es um Geld geht. Und jetzt, wo die Briten die EU verlassen, wird das wohl noch schlimmer, wenn wir nicht aufpassen.«

»Vielleicht kriegen wir wenigstens die Täter«, spekulierte Trevisan.

»Die sind erfahrungsgemäß dort, wo das Geld ist.«

»Das wäre?«

»Afrika, Asien, Karibik oder Südamerika. Die USA wäre zu heikel, da gibt es durchaus Bundesstaaten, die eine strenge Kontrolle ausüben. China und Russland sind raus, da besteht die Gefahr, dass der Staat das Geld beschlagnahmt.«

»Die Schweiz?«, fragte Trevisan.

Ludwig schüttelte den Kopf. »Schweiz und Liechtenstein waren einmal, das ist vorbei. Da gibt es inzwischen eine strenge Bankenaufsicht und auch Ermittlungsbehörden, die für ausländische Staatsanwaltschaften ermitteln. Aber jetzt erzähl erst mal, worum es denn genau geht. Die gestrigen Infos waren ein bisschen dürftig.«

Er wies auf den Stuhl vor seinem Schreibtisch, und Trevisan nahm Platz. Er berichtete vom sonderbaren Verschwinden des Bürgermeisters und den Ungereimtheiten, die mit dem Vermisstenfall einhergingen.

»Das klingt tatsächlich so, als hätte da jemand seinen Abgang von langer Hand vorbereitet«, bestätigte Ludwig.

Trevisan fuhr fort und berichtete seinem Kollegen von den Neuigkeiten, die er gestern von Geritt und Doktor Schneider erfahren hatte.

Ludwig griff zur Kiste und zog einen Ordner hervor. Er blätterte darin.

»Soweit ich sehe, sind die Verträge alle notariell beglaubigt«, brummte er. »Da muss ich genauer schauen, wo der Hase im Pfeffer liegt. Stehen denn alle Beteiligten fest?«

Trevisan zuckte mit der Schulter. »Es ist Samstag. Versuch mal, an einem Samstag eine Bank zu erreichen oder eine Baufirma.«

»Ich verstehe«, sagte Ludwig und blätterte weiter. Schließlich zog er den zweiten, den dritten und den vierten Ordner hervor und überflog die Dokumente. Trevisan sah ihm schweigend zu und warf einen Blick auf seine Armbanduhr. Zwei Stunden waren bereits vergangen.

»Wenn du keine Zeit mitgebracht hast, musst du eben noch mal kommen. Du kennst das, Betrug ist keine einfache Sache. Wir arbeiten manchmal Hunderte von Ordnern durch, bis wir überhaupt hinter das Betrugskonzept stoßen und einen Ermittlungsansatz finden. Im Grunde genommen geht es bei einem Betrug immer darum, jemanden zu täuschen, etwas zu verschleiern oder Tatsachen zu verdrehen oder zu verschweigen.

Wenn es gut gemacht wird, ist das nicht leicht zu durchschauen.«

»Ich dachte, mit dem Treuhandkonto kann eigentlich nichts schiefgehen, aber jetzt ist das Geld trotzdem weg.«

Ludwig lächelte. »Das ist richtig. So sollte es normal funktionieren. Aber nicht, wenn beide Partner falsch spielen, also quasi Auftraggeber und Beauftragter, da hilft dieses ganze Konstrukt nicht. Ah, ich sehe schon, da sind ein paar Punkte in den Akten enthalten, die auf die Vorbereitung eines betrügerischen Geschäfts hindeuten.«

»Und die wären?«

»Dieses Planungsbüro zum Beispiel«, entgegnete Ludwig. »Du hast diese renommierte Firma ›Sud-Stavanger‹ als Partner erwähnt. Das ist so nicht richtig. Der Partner ist das Planungsbüro. Es vermittelt nur zwischen dem Bürgerverein und dieser norwegischen Firma. Im Endeffekt ist Kühnert der Bauherr. Habt ihr über den schon was?«

Trevisan seufzte. »Die Erkenntnisse haben wir erst seit dem gestrigen Tag. Wir gingen davon aus, dass Ollmert beim Segeln verunglückt ist. Kühnert müssen wir noch unter die Lupe nehmen, da haben wir nicht mehr als das, was in den Akten steht.«

»Den müsst ihr euch auf alle Fälle genau anschauen. Und den Rest kläre ich ab. Aber dazu brauche ich ein paar Tage.«

»Wie lange etwa?«, fragte Trevisan.

Ludwig warf einen Blick auf seinen Schreibtischkalender. »Gib mir Zeit bis Mittwoch.«

»Mittwoch ist okay. Ich muss vorher im Büro vorbei, und bis Wilhelmshaven dauert es drei Stunden, wenn es gut läuft. Du bist nicht beleidigt, wenn ich fahre?«

»Dann geh schon und grüß Paula von mir«, entgegnete Ludwig. »Aber das nächste Mal bringst du mehr Zeit mit. Ich würde gerne mal wieder etwas mit dir trinken gehen.«

Trevisan reichte Ludwig die Hand. »Versprochen!«, sagte er, bevor er sich verabschiedete und die Rückfahrt nach Wilhelmshaven antrat.

War das Kind bereits in den Brunnen gefallen oder war das Geld noch zu retten?

22

Kriminalpolizei Wilhelmshaven, Mozartstraße

Als Trevisan an diesem Samstagnachmittag kurz nach 17 Uhr zurück auf die Dienststelle kam, herrschte betriebsame Hektik. Alle waren sie an ihrem Platz und bei der Arbeit. Krog, Monika, Lisa, Eike, Lentje und sogar Emilia vom Streifendienst, die Eike nach Limone begleitet hatte, half aus. Das dritte Wochenende in Folge, dass Trevisan und seine Crew auf der Dienststelle verbrachten. Er hatte sich geschworen, wenn der Fall abgeschlossen war, würde er erst einmal eine Woche frei machen, sich um Paula und den kleinen Ayk kümmern und seine Überstunden abbauen.

Als er an den offen stehenden Türen der Büros vorbeiging, forderte er seine Mitarbeiter auf, ihm in den Soko-Raum zu folgen. Dort saß Monika und telefonierte. Trevisan und die anderen nahmen Rücksicht und stellten ihre Gespräche ein. Geduldig warteten sie, bis Monika den Hörer auflegte. Sie blickte Trevisan erwartungsvoll an. »Wie sieht es aus, was hält dein Kollege von der Sache?«

Trevisan wartete, bis sich alle gesetzt hatten, ehe er antwortete.

»So wie es aussieht, hat Ollmert diese Sache von langer Hand vorbereitet«, berichtete Trevisan. »Kai konnte die Papiere in der Kürze der Zeit nur überfliegen, wir erhalten bis Mittwoch Genaueres. Aber mit hoher Wahrscheinlichkeit suchen wir keinen verschollenen Segler, keinen vermissten Bürgermeister, sondern einen flüchtigen Betrüger, das ändert natürlich die Lage erheblich.«

»Ich habe die Fahndung erweitert«, entgegnete Eike. »Bislang keine Resonanz.«

»Doktor Schneider war heute früh hier«, meldete sich Monika zu Wort. »Bereits vor 8 Uhr stand er auf der

Matte und war sehr enttäuscht, als ich ihm sagte, dass du nicht hier bist. Er wirkte sehr nervös.«

»Was wollte er?«, fragte Trevisan.

»Was schon? Seine verschwundenen Millionen.«

Trevisan fuhr sich über die Stirn. »Die kann er vermutlich in den Wind schreiben.«

»Trotzdem hatte er etwas für uns«, fuhr Monika fort und wies an die Pinnwand. Dort hing das Bild eines etwa 40-jährigen, bärtigen Mannes mit dunklen Haaren, der selbstbewusst in die Kamera grinste. Trevisan erhob sich und betrachtete das Foto. »Wer ist das?«

»Darf ich vorstellen, Arndt Kühnert.«

»Woher stammt das Bild?«, fragte Trevisan.

»Aus dem Internet«, erklärte Monika. »Von der Homepage des Planungsbüros, nur ist die seit Tagen abgeschaltet. Man bekommt nur noch einen Platzhalter zu Gesicht. Schneider hatte die Daten noch auf seinem Computer. Kühnerts Handy ist seit Tagen vom Netz. Wir haben eine Ortung veranlasst. Laut Provider war Kühnert vor zehn Tagen das letzte Mal eingeloggt.«

»Das klingt interessant«, knurrte Trevisan. »Und passt zu dem, was mir Kai erzählt hat.«

Monika trat an seine Seite. »Das wird noch viel interessanter«, sagte sie. »Offenbar gibt es Arndt Kühnert und das Planungsbüro zweimal.«

Trevisan warf ihr einen fragenden Blick zu.

»Du erinnerst dich an meine Anfrage an die ›Weserfähre GmbH‹«, erklärte Monika. »Sie haben geantwortet und per Mail eine Liste ihrer Mieter geschickt. Arndt

Kühnert ist einer ihrer Mieter. Er hat ein Büro an der Geeste. Lentje und du waren schon einmal dort. Er ist der direkte Nachbar der Firma ›RMH‹.«

Trevisan runzelte die Stirn.

»Es gibt ein weiteres Planungsbüro ›Kühnert‹ in der Schiffdorfer Chaussee in Bremerhaven«, fuhr Monika fort. »Die Homepage mit dieser Adresse steht noch im Internet. Eike hat sie gefunden. Sie heißt ›Planungen-Kuehnert.de‹, die andere, die inzwischen gelöscht ist, hieß übrigens ›Kuehnert-Planungsbuero.info‹. Wir haben auch ein Bild vom echten Kühnert, nur ist der etwa Mitte 50 und plant derzeit eine Windkraftanlage in Rerik an der Ostsee. Wir haben mit ihm telefoniert. Er fiel aus allen Wolken, als er hörte, dass jemand seinen Namen und den der Firma zu einem Betrug nutzte. Den Mann auf dem Bild kennt er übrigens nicht.«

Trevisan seufzte. »Das ändert die Lage, wir müssen so schnell es geht das Büro an der Geeste durchsuchen. Hast du mit dem Bereitschaftsrichter gesprochen?«

»Klar hab ich das«, bestätigte Monika. »Ich habe ihm unser bisheriges Ergebnis zugefaxt, aber er sieht derzeit keine Notwendigkeit für einen Durchsuchungsbeschluss. Wir sollen das am Montag mit dem zuständigen Ermittlungsrichter abklären.«

»Das ist doch wieder mal typisch«, ärgerte sich Trevisan. »Bloß keine Entscheidung treffen und möglichst schnell die Sache vom Tisch bekommen.«

»So ist es leider«, seufzte Monika. »Ich kümmere mich gleich am Montag darum. Zwischenzeitlich passen die Bremer Kollegen auf das Büro auf. Sie waren zwar nicht begeistert, aber was können wir anderes tun? Die Observation steht, bislang gibt es dort keine Bewegung.«

Trevisan nickte. »Habt ihr sonst etwas herausgefunden?«

Lisa räusperte sich. »Ich habe mit Birger Horn gesprochen. Er ist Inhaber der Firma ›BH-Bau‹. Es war nicht leicht, ihn zu erreichen, aber die Bremer Kollegen waren auf Zack. Kühnert, ich meine damit den falschen Kühnert, hat mit ihm einen Vertrag über die Bauarbeiten in den Salzwiesen geschlossen. Vereinbart für die Arbeiten war die Summe von 326.000 Euro, 100.000 Euro im Voraus, den Rest nach Ende der Baumaßnahmen und der Abnahme. Er stellte die Maschinen und das Bedienpersonal. Die einfacheren Arbeiten macht eine Firma mit dem Namen ›Stasic Bau‹ aus Cuxhaven. Die Arbeiten sollten am 10. Juni beginnen. Am 13. Juni gingen auf dem Konto der Baufirma 15.000 Euro von Kühnert ein, und sie begannen auf dem Gelände mit den Arbeiten. Die Baupläne waren dermaßen schlecht, nichts passte zusammen, dann stießen sie auch noch auf Wasser. Als keine weitere Zahlung kam und Kühnert nicht mehr erreicht werden konnte, zog Horn seine Arbeiter ab. Er war ganz schön ungehalten am Telefon, das kannst du mir glauben.«

Trevisan nickte. »Das passt alles zusammen. Noch etwas, das ich wissen sollte?«

Krog meldete sich zu Wort. »Leider ist heute Samstag. Die Banken sind geschlossen, auch in England und Norwegen wird nicht gearbeitet.«

»Dafür bin ich ein kleines Stück vorangekommen«, berichtete Eike. »Ich habe mit den Kollegen von der Verkehrspolizei in Cuxhaven gesprochen und mich nach dem Unfall dieses Gutachters erkundigt, den Geritt eingeschaltet hat. Der Mann heißt Mathias Wegener. Er wurde beim Joggen angefahren und liegt noch immer im Krankenhaus. Der Fall ist etwas komplex. Der Fahrer des Wagens ist nach dem Unfall geflüchtet, aber die Kollegen konnten ihn ein paar Stunden später festnehmen. Er heißt Anatol Rogoff und sitzt in Untersuchungshaft. Der Wagen stand in der Nähe der Unfallstelle in einem Wald und Rogoff schlief restlos betrunken hinter dem Steuer und erinnerte sich an nichts mehr. Der Wagen war vom Hof einer Baufirma gestohlen worden, bei der Rogoff arbeitet. Der lebte auch dort auf dem Gelände in einem Bauwagen und ist so etwas wie der Hausmeister der Firma. Mein Gefühl sagt mir, da ist etwas faul an der Sache.«

Trevisan runzelte die Stirn. »Weshalb?«, fragte er.

»Rein zufällig gehört der Unfallwagen ausgerechnet zur Firma ›Stasic‹ aus Cuxhaven. Ich finde, das zu viel des Zufalls, wenn du mich fragst.«

Trevisan nickte.

»Morgen Mittag ist der Sachbearbeiter im Dienst, der den Unfall aufgenommen hat«, fuhr Eike fort. »Ich würde gerne mit Lentje rüberfahren, mit dem Unfallsachbearbeiter reden und mir die Akte ansehen. Wenn du mich fragst, lohnt es sich, einen genauen Blick darauf zu werfen, nach allem, wie sich die Dinge gerade entwickeln.«

Trevisan stimmte zu. »Gab es sonst noch etwas?«

»Thorke möchte mit dir sprechen«, antwortete Monika. »Sie ist über die Entwicklung des Falles nicht sonderlich angetan.«

Trevisan warf einen Blick auf seine Armbanduhr. »Das hat Zeit bis Montag. Ich würde sagen, wir machen Feierabend und treffen uns am Montag wieder. Die Fahndung steht, morgen ist Sonntag, eine Pause tut uns allen gut. Mehr können wir derzeit nicht tun.«

*

Polizeiinspektion Cuxhaven, Werner-Kammann-Straße

Eike betrachtete sich lange und nachdenklich die Unfallbilder auf den letzten Seiten der Ermittlungsakte, bevor er den Aktendeckel schloss und den Unfallsachbearbeiter ansah, der ihm gegenüber saß.

»Hat sich Rogoff in der letzten Zeit noch einmal zur Sache geäußert?«, fragte er den Oberkommissar, der den Unfall aufgenommen hatte.

»Er sagt nicht mehr als das, was in der Akte steht«, entgegnete Oberkommissar Funke. »Er war betrunken und kann sich an nichts mehr erinnern.«

Eike war mit Lentje an diesem Sonntag gegen 10 Uhr nach Cuxhaven gefahren, nachdem er erfahren hatte, dass Funke heute Dienst hatte. »Rogoff sitzt in Bremervörde in Haft?«, fragte Eike.

Funke nickte. »Der Ermittlungsrichter hat Untersuchungshaft angeordnet, er ist einschlägig vorbestraft. Das war das vierte Mal, dass er sich ein Auto geschnappt hat und betrunken gefahren ist. Diesmal ging es gründlich schief.«

»Es hat ihn aber niemand fahren sehen«, mischte sich Lentje ein.

Funke schüttelte den Kopf. »Nein, das nicht. Der Wagen war nicht aufgebrochen und wurde mit dem Originalschlüssel gelenkt. Rogoff hatte Zugriff zum Schlüssel, und wir fanden ihn schlafend hinter dem Steuer. Der Schlüssel steckte. Bei seinen Vortaten ordnete der Richter sofort Untersuchungshaft an.«

»DNA, Fingerabdrücke, Faserspuren?«, schob Eike nach.

»Der Wagen gehört einer Baufirma und wird als Baustellenfahrzeug verwendet. Da gab es allerhand Fingerabdrücke und DNA. Natürlich auch von Rogoff. Die Sitzposition passte auch. Sein Chef erklärte, dass der Autoschlüssel im Büro im Schlüsselkasten hängt und Rogoff einen Schlüssel für das Büro hat.«

»Das heißt, es wurden Spuren im Wagen gesichert?«

Funke nickte. »Klar, aber sie wurden nicht alle ausgewertet. Nachdem klar war, dass er an den Schlüssel des Wagens rankommen konnte, hielt der Staatsanwalt weitere Auswertungen nicht für erforderlich. Es war ja klar, dass seine DNA und seine Fingerabdrücke im Wagen zu finden sind, er wurde ja darin festgenommen.«

»Habt ihr den Chef auch angezeigt?«, fragte Lentje.

Funke schüttelte den Kopf. »Nein, wir haben mit dem Staatsanwalt gesprochen. Normalerweise ist der Schlüsselkasten abgeschlossen, aber offenbar wurde das vergessen. Wir wissen nicht, ob Stasic, seine Frau, die dort das Büro macht, oder irgendein Angestellter vergessen hat, den Kasten abzuschließen. Wir haben keine konkreten Verdachtsmomente.«

»Gab es sonst irgendwelche Spuren?«

Funke kratzte sich am Kopf. »Nichts, außer ein paar Reifenspuren in der Nähe, wo Rogoff im Wald stand. Dazu ein paar gebrauchte Kondome. Der Platz wird manchmal von jungen Pärchen benutzt, ihr versteht, was ich meine.«

Lentje nickte.

»Wurden die Reifenspuren gesichert?«, fragte Eike.

Funke nickte. »Klar, Gipsabdruck. Sie gehören zu einem Reifen der Marke ›Dunlop‹. Müssten sich um 225er Schlappen gehandelt haben, meinen die vom Verkehrsermittlungsdienst, aber wir konnten keine Verbindung zu dem Unfall oder dem Mazda herstellen. Wie gesagt, da fahren öfter mal welche hin, die ungestört sein wollen.«

Eike griff nach der Akte und schlug sie auf. Auf einem der Bilder in der Fotomappe war auch der Schlüsselkasten abgebildet. Es war ein älteres Modell und konnte mit einem Bartschlüssel geöffnet werden.

»Den kann man auch mit einem Dietrich öffnen«, murmelte er.

»Ich glaube, ein einfacher Nagel reicht schon.«

»Wurde das überprüft?«, fragte Lentje.

»Natürlich wurde das überprüft, aber ihr könnt euch vorstellen, wie viele Kratzspuren es an einem Schloss gibt, das über 30 Jahre alt ist«, entgegnete Funke. »Außerdem lag ein Ersatzschlüssel in der Schreibtischschublade im Büro, und die Schublade war unverschlossen. Aber weshalb wollt ihr das alles so genau wissen?«

Im Telefonat am gestrigen Tag mit Funkes Kollegen hatte Eike lediglich angedeutet, dass dieser Unfall im Rahmen einer Vermisstenfahndung eine Rolle spielen würde, doch nachdem er Funke explizit erklärte, weswegen dieser Unfall für die weiteren Ermittlungen wichtig war und welche Verbindungen es zwischen dem Unfallopfer und dem vermissten Bürgermeister von Diekenhörn gab, runzelte der Oberkommissar die Stirn. »Und jetzt meint ihr, dass Wegener mit Absicht zum Schweigen gebracht werden sollte?«

»Wäre doch möglich, niemand hat diesen Russen fahrend gesehen«, entgegnete Lentje. »Es könnte jeder am Steuer gesessen haben.«

»Wir müssen mit Rogoff reden«, fügte Eike hinzu.

Oberkommissar Funke zuckte mit der Schulter. »Das muss der Staatsanwalt entscheiden.«

»Wir brauchen die Akte«, fuhr Lentje fort.

»Und Zugriff auf die gesicherten Spuren«, schob Eike nach.

Funke kratzte sich am Kopf. »Kein Problem, die Akte kann ich kopieren, und die Spuren sind im Asservatenraum. Da müsst ihr ebenfalls den Staatsanwalt fragen, der hat die Finger darauf.«

»Klar, das machen wir«, bestätigte Eike.

»Sonst noch was?«, fragte Funke.

Eike schüttelte den Kopf, jedoch wandte sich Lentje an den uniformierten Beamten. »Darf ich fragen, wie deine Einschätzung ist?«

Funke zuckte mit der Schulter. »Ich denke, der Kerl hat in seinem Bauwagen gesoffen, hat sich hinters Steuer gesetzt und ist losgefahren. Selbst im Wagen fanden wir leere Wodkaflaschen. Rogoff hatte beinahe drei Promille, als wir ihn festnahmen.«

»Und da bist du dir ganz sicher?«

Funke blickte kurz an die Decke. »Sagen wir, bevor ihr mir von Wegener und diesem Bürgermeister erzählt habt, war der Fall für mich glasklar. Ich sagte schon, er ist öfter betrunken gefahren, und alles deutet darauf hin, dass Rogoff am Steuer saß.«

»Klar«, sagte Eike. »Vorher gab es auch keinen Grund, an der Sache zu zweifeln. Ich danke dir, Kollege.«

»Dann kopiere ich die Akte, wartet kurz.«

Funke verließ den kleinen Vernehmungsraum und ließ die Tür offen.

»Was denkst du?«, fragte Eike an Lentje gewandt.

»Wenn du so fragst«, entgegnete Lentje. »Niemand hat den Russen am Steuer gesehen. Wir sollten herausfinden, ob er Ollmert oder Kühnert kannte.«

Eike grinste. »Genau der Meinung bin ich auch.«

23

Cuxhaven, Oderstraße

Sie hatten Miroslav Stasic von der Dienststelle in Cuxhaven aus angerufen. Der Bauunternehmer war zu Hause. Die Tochter feierte ihren zwölften Geburtstag, und die ganze Familie hatte sich zur Feier eingefunden. Er war nicht sehr erfreut darüber, dass ausgerechnet heute die Polizei mit ihm sprechen wollte, doch Eike hatte nicht lockergelassen. Notgedrungen hatte er zugestimmt.

Stasic bewohnte ein kleines, schmuckes Einfamilienhaus in der Oderstraße. Der groß gewachsene Mann mit den dichten schwarzen Haaren führte seine Besucher durch den Flur ins Büro und bot ihnen Platz an.

»Wilhelmshaven?«, fragte Stasic. »Weshalb interessiert sich die Polizei in Wilhelmshaven für einen Unfall bei Oxstedt?«

»Es geht nicht nur um den Unfall«, stellte Eike klar. »Unseren Unterlagen nach bauen Sie am Windpark in den Salzwiesen bei Diekenhörn mit.«

»Das ist korrekt«, bestätigte Stasic mit einem Stirnrunzeln.

»Von wem haben Sie diesen Auftrag erhalten?«

Stasic erhob sich und ging zu seinem Schreibtisch. Er fasste in den Postkorb, der vor Papieren überquoll. Schließlich kehrte er mit einem Dokument zurück und reichte es Eike. »Da ist alles in Ordnung«, sagte der Bauunternehmer. »Der Auftrag stammt vom Planungsbüro ›Kühnert‹. Kühnert persönlich hat mit mir verhandelt. Er tauchte Ende April hier auf. Ich sagte ihm, dass wir eigentlich keine Kapazitäten für eine weitere Baustelle haben und meine Maschinen für den Sommer bereits verplant sind.«

»Der Vertrag wurde am 6. Mai geschlossen«, sagte Lentje, nachdem Eike das Dokument an sie weitergereicht hatte.

Stasic nickte.

»Obwohl Sie keine Maschinen hatten?«, fragte Eike.

Stasic atmete tief ein und wies auf das Dokument. »Er sagte, das mit den Maschinen wäre kein Problem, er habe eine Firma aus Bremen, die habe zwar Maschinen, aber keine Arbeiter. Er machte ein großzügiges Angebot und stellte eine Bonuszahlung in Aussicht, wenn wir den Auftrag termingerecht erledigen würden. Das konnte ich nicht ablehnen.«

Eike nickte.

»Hier steht, es geht um den Bau von Zufahrtswegen für Schwerlastverkehr und Leitungsgräben«, las Lentje vor.

»Richtig. Wege, damit die Schwertransporter und die Kranwagen eine befestigte Zufahrt zur Anlage und einen sicheren Stand haben. Ein Routineauftrag, nichts Besonderes.«

»Sie haben mit den Arbeiten begonnen, aber dann aufgehört?«, sagte Lentje.

»Das ist korrekt«, bestätigte Stasic.

»Weshalb?«, fragte Eike.

Stasic zuckte mit der Schulter. »Anfang Juni ging bei uns die vereinbarte Anzahlung auf dem Konto ein, und wir fingen vor Ort mit dem Bau an, aber dann stimmten die Pläne nicht. Ich rief bei Kühnert an, schilderte ihm das Problem, und er sagte, dass es wohl eine Verwechslung gegeben habe. Er wolle sich darum kümmern. Es dauerte und dauerte, und dann kam die vereinbarte zweite Rate nicht. Ich rief erneut an, da erzählte er mir, dass es Probleme gäbe. Ich sagte ihm, wir bauen erst weiter, wenn wir Geld sehen, und zog meine Arbeiter ab. Die ›BH-Bau‹ aus Bremen machte das ebenso. Seit zwei Wochen versuche ich Kühnert zu erreichen, aber da meldet sich niemand. Ich hörte dann im Radio, dass der Bürgermeister von Diekenhörn einen Segelunfall hatte und verschollen ist. Da dachte ich mir, dass wohl das die Probleme sind, von denen Kühnert sprach.«

Eike zog das Bild von Kühnert aus der Jackentasche und reichte es Stasic. »Ist das Kühnert?«

Stasic nickte.

»Kannte er Rogoff, Ihren Hausmeister?«, mischte sich Lentje in die Unterhaltung ein.

Stasic runzelte die Stirn. »Er war ein paar Mal hier, möglicherweise ist er dabei auch … hm … warten Sie, ja klar, hätte ich beinahe vergessen. Da gab es einen Vorfall mit Anatol, als Kühnert hier war. Anatol baute einen Unfall auf dem Betriebsgelände. Er fuhr mit dem VW-Bus beim Ausparken gegen einen Bagger. Da habe ich ihn zusammengestaucht.«

»Und das hat Kühnert mitbekommen?«

Stasic nickte. »Der stand ja direkt daneben.«

»Wann war das?«, fragte Lentje.

»Ich glaube, das war bei seinem ersten Besuch, Ende April.«

»War Rogoff bei dem Vorfall betrunken?«, fragte Eike.

Stasic schüttelte den Kopf. »Nein, aber ich dachte es, habe ihn angeschnauzt und ihn wohl als Säufer und Taugenichts tituliert. Hinterher tat es mir leid. Er konnte nicht viel dafür, der Bagger war erst hinter ihn gefahren, als er schon im Wagen saß.«

Lentje richtete sich im Sessel auf. »Haben Sie mit Kühnert darüber gesprochen, dass Anatol Rogoff gerne trinkt?«

Stasic überlegte. »Kann schon sein, dass ich es erwähnte«, entgegnete er. »Es war mir selbst peinlich, dass ich ihn zusammengestaucht habe.«

»Weshalb beschäftigten Sie Rogoff, wenn er ein Trinker ist?«, fragte Eike.

Stasic lächelte. »Ach, wissen Sie, er arbeitete schon hier, als mein Vater die Firma führte. Damals, als er einen Führerschein hatte und mit beinahe zwei Promille einen Unfall baute, brachte ich es nicht übers Herz, ihn rauszuwerfen. Beim letzten Mal, das war vor zwei Jahren, war er in der Stadt unterwegs. Er setzte sich in ein leeres Auto, das mit laufendem Motor vor einer Bank stand, und fuhr los. 400 Meter weit kam er, bevor er gegen drei geparkte Autos stieß. Damals hatte er drei

Promille und bekam Bewährung. Das war an einem Sonntag.«

Lentje meldete sich zu Wort. »Er trinkt noch immer?«

Stasic fuhr sich mit der Hand über die Stirn. »Seit zehn Jahren wohnt er auf dem Firmengelände in einem Bauwagen. Das Trinken kann er nicht lassen, aber wir haben uns darauf geeinigt, dass er nüchtern bleibt, wenn er arbeitet. Daran hat er sich bislang gehalten. Er kümmert sich um die Maschinen, um das Material und ist so was wie das Mädchen für alles. Hin und wieder geht er raus auf die Baustellen. Er gehört zum Inventar, und das sollte auch so bleiben. Er hat ein gutes Herz und versteht sich auf die alten Maschinen. Manchmal sagen wir scherzhaft, er hat Benzin im Blut. Aber viel zu oft ist es auch Wodka, und das hat er nun davon.«

»Eine Frage noch«, sagte Lentje. »Im Polizeibericht stand, dass der Schlüsselkasten offen war und Rogoff einen Schlüssel für das Büro hatte. Können Sie uns dazu etwas sagen?«

Stasic winkte ab. »Glauben Sie mir, ich habe mehrmals mit meiner Frau darüber gesprochen. Ich selbst war an diesem Tag unterwegs. Meine Frau ist sich sicher, dass sie den Kasten verschlossen hat. Aber das Ding ist so alt, ich habe es selbst schon ein paar Mal mit einem Brieföffner geöffnet, wenn ich den Schlüssel nicht gefunden hatte und die Leute auf die Baustelle mussten. Da gab es noch nie Probleme. Ich glaube nicht, dass Anatol den Kasten aufgebrochen hat. Wahrscheinlich wurde der Autoschlüssel auf dem Schreibtisch vergessen, das passiert schon mal.«

»Wer war denn am Freitag zuletzt mit dem Wagen unterwegs?«

»Meine Frau«, entgegnete der Bauunternehmer. »Sie war am Vormittag auf dem Bauamt in Cuxhaven. Wir wissen nicht, ob danach noch jemand gefahren ist, ich habe meine Arbeiter gefragt, aber keiner konnte dazu was sagen.«

»Kennen Sie das Unfallopfer, Herrn Wegener?«, fragte Lentje. »Er arbeitete beim Ingenieurbüro ›Flachser und Kollegen‹, hier in Cuxhaven.«

Stasic schüttelte den Kopf. »Nein, tut mir leid. Das Büro kenne ich, wir hatten schon einmal miteinander zu tun, aber Wegener, nein, zumindest nicht wissentlich.«

Eike erhob sich. »Danke für Ihre Zeit. Wir wollen Ihre Feier nicht weiter stören. Falls wir noch Fragen haben sollten, würden wir uns melden.«

»Kein Problem«, entgegnete Stasic.

Auch Lentje erhob sich. »Eine letzte Frage: Glauben Sie, dass Rogoff den Wagen tatsächlich bei diesem Unfall gefahren hat?«

Stasic zögerte mit seiner Antwort, schließlich zuckte er mit der Schulter. »Wer sollte es sonst gewesen sein?«

*

Peerenhof, nahe Horumersiel

Trevisan war zufrieden. Der heutige Sonntag war Enkeltag. Der erste freie Sonntag, seitdem er nach dem verschollenen Bürgermeister von Diekenhörn fahndete. Der Fall hatte sich anders entwickelt, als zuerst angenommen, denn hinter dem ominösen Verschwinden des Mannes steckte offenbar ein Millionenbetrug. Bestimmt waren Ollmert und sein Komplize längst über alle Berge und genossen die wärmende Sonne in der Karibik.

Dies war der erste Tag, den er mit seinem Enkel verbringen durfte. Obwohl er wusste, dass Eike mit Lentje nach Cuxhaven gefahren war, hatte er es sich verkniffen, auf der Dienststelle anzurufen und anzufragen, was sie in Cuxhaven erfahren hatten. Heute stand seine Familie im Mittelpunkt.

Gegen Mittag waren Paula und Peer mit dem kleinen Ayk auf den Peerenhof gekommen. Nachdem sie ihn gestillt hatte und er satt und zufrieden in seinem Kinderwagen schlummerte, fuhren die frischgebackenen Eltern nach Schortens auf einen Vortrag, und es war an Lea und ihm, sich um den Kleinen zu kümmern. Stolz hatte er dreingeblickt, als er den blau-weiß gestreiften Kinderwagen durch den Ort schob. Paco, der Irisch Setter, lief brav nebenher. In der Wiardengroder Leide waren sie spazieren gegangen, hatten einen Kaffee im »Landhotel« getrunken, ehe sie auf den Peerenhof zurückgekehrt waren. Der kleine Ayk hatte die Ausfahrt genossen, nur einmal, als sie beim Kaffee saßen, hatte er kurz protestiert. Trevisan hatte ihn wieder in den Schlaf geschaukelt.

Peer und Paula waren pünktlich um 16 Uhr auf dem Hof, gerade rechtzeitig, denn Ayk hatte wieder Hunger.

Während ihn Paula in der Küche stillte, saßen Peer, Lea und er auf dem Hof im Schatten einer Kastanie und tranken erfrischende Limonade. Es war ein sonniger und warmer Tag, und die Temperaturen lagen bei annähernd 30 Grad. Trevisan trug T-Shirt und Shorts, dennoch war ihm heiß, und er sehnte sich den Abend herbei. Es war beinahe windstill, ungewöhnlich hier oben an der Küste.

Trevisan runzelte die Stirn, als ein dunkler Mercedes in den Hof einbog und vor der Scheune anhielt. Paco sprang auf, doch Trevisan wies den neugierigen Hund in die Schranken.

Die Türen des Wagens wurden geöffnet und Doktor Schneider von der »Nordostbank« stieg auf der Fahrerseite aus, gefolgt von Thees Geritt, der auf der Beifahrerseite gesessen hatte.

»Was wollen die denn?«, knurrte Trevisan.

»Wollen die zu dir?«, fragte Lea.

»Einen Moment«, entgegnete Trevisan, ehe er sich erhob und den beiden Männern entgegenging.

»Guten Tag, Herr Trevisan«, grüßte Doktor Schneider, der trotz der Hitze des Tages in einem dunklen Anzug steckte. »Wir müssen dringend mit Ihnen reden.«

»Ich habe heute frei«, sagte Trevisan wenig begeistert von seinen ungebetenen Gästen. »Woher wissen Sie, wo ich wohne?«

»Herr Trevisan«, überging Geritt die Frage. »Es ist überaus wichtig. Seit Freitag sitzen wir zusammen und versuchen, unser Projekt zu retten.«

»Eine Krisensitzung jagt die nächste«, fügte Doktor Schneider hinzu. »Es ist wirklich wichtig. Wir würden Sie sonst nicht behelligen.«

»Es tut mir leid, wie sich die Dinge entwickelt haben, aber ich kann Ihnen heute nicht mehr sagen als gestern. So wie es aussieht, scheint das Geld verloren zu sein.«

»Sie suchen doch noch nach ihm?«, fragte Geritt.

Trevisan nickte. »Wir haben die gesamte Zeit nach ihm gesucht, aber wir gingen von falschen Voraussetzungen aus. Wissen Sie, ein Mensch, der sich in hilfloser Lage befindet, wovon wir zu Beginn der Ermittlungen ausgehen mussten, der will, dass er gefunden wird. Ein flüchtiger Straftäter will das nicht, er wird sich in sein Versteck ducken, wenn eine Polizeistreife vorbeifährt. Und nachdem das Geld am vergangenen Freitag freigegeben wurde, gehe ich nicht mehr davon aus, dass wir Ollmert so schnell finden werden.«

»Er ist noch hier«, widersprach Doktor Schneider.

»Ist alles in Ordnung?«, rief Lea besorgt.

Trevisan nickte ihr zu, ehe er sich an seine Besucher wandte. »Hören Sie, ich habe heute frei. Treffen wir uns morgen im Büro, sagen wir gegen 10 Uhr.«

»Er ist noch hier«, wiederholte Doktor Schneider.

Trevisan zuckte mit der Schulter. »Was macht Sie so sicher?«

»Doktor Schneider ist dem Weg des Geldes gefolgt«, erklärte Geritt.

»Heute ist Sonntag, die Banken haben geschlossen«, widersprach Trevisan.

Doktor Schneider hob abwehrend die Hände. »Wir leben im 21. Jahrhundert, und die ganze Welt ist miteinander vernetzt. Auch wenn die Türen der Banken geschlossen sind und die meisten Mitarbeiter den Sonntag genießen, hinter den Kulissen wird dennoch weitergearbeitet. Die EDV läuft, ob Montag oder Sonntag ist.«

Trevisan zögerte einen Augenblick, schließlich führte er sie abseits des Kastanienbaums zu einer Sitzecke, die sich im Schatten der Scheune befand. Dort standen einfache Holzstühle um einen kleinen runden Tisch. Trevisan war dieser Besuch überhaupt nicht recht. Auf der anderen Seite wusste er natürlich, dass die beiden aufgrund der verschwundenen Millionen stark unter Druck standen. Er bot ihnen Platz an, und die beiden Männer setzten sich.

»Also gut, was haben Sie herausgefunden, Doktor Schneider?«

Der Anwalt wiegte den Kopf hin und her. »Ich muss zugeben, dass die Sache nicht ganz legal ist, aber unter diesen Umständen … Ich startete eine Anfrage auf elektronischem Weg und gab mich als Revisor aus. Die ›RBS‹ hat geantwortet.«

»Spannen Sie mich bitte nicht auf die Folter«, entgegnete Trevisan ungeduldig.

»Wissen Sie, Herr Trevisan«, fuhr Doktor Schneider fort, »angesichts der neuerlichen Regelungen zur Bankensicherheit und zur Verhinderung von Geldwäschegeschäfte ist es nicht mehr ganz so einfach, solche Beträge außer Landes zu bringen.«

»So wie es aussieht, hat er es aber irgendwie geschafft.«

»Tja, wir konnten ja nicht ahnen, dass unser Vorsitzender mit dem Betrüger gemeinsame Sache macht«, entgegnete Geritt schroff.

»Das Geld ist von unserem Konto verschwunden, das ist richtig«, stellte Doktor Schneider dar. »Allerdings befindet es sich immer noch in Europa. Dieses Konto, auf das es gebucht wurde, ist kein Konto, sondern ein Fonds, der sich Science Solutions nennt. Es ist ein c-Fond, der vorwiegend in Übersee tätig ist. Dort wurde ein Depot eröffnet, die Inhaberin ist eine gewisse Miss Donna Heath. Das Geld wurde quasi investiert. Damit unterliegt es nicht mehr dem Geldwäschegesetz, sondern gilt als Einlage. Das Geld muss mindestens eine Woche auf dem Depot liegen, dann kann es erneut investiert werden. Dabei gelten allerdings die Vorschriften der britischen Bankenaufsicht, und die britischen Geldinstitute arbeiten sehr gut mit den ehemaligen Kolonien zusammen.«

»Warum holen Sie das Geld nicht einfach zurück, wenn es sich noch in diesem Fonds befindet?«, fragte Trevisan.

»Das muss autorisiert sein, genauso wie eine weitere Investition, und zwar durch persönliche Identifikation«, erklärte Doktor Schneider.

»Das heißt, diese Miss Donna Heath muss persönlich auf der Bank erscheinen?«

»Entweder Sie oder einer der eingetragenen und autorisierten Investoren.«

Trevisan runzelte die Stirn. »Soweit ich weiß, ist die ›RBS‹ ein großes Unternehmen, die haben doch sicherlich unzählige Niederlassungen.«

»Das ist korrekt. Über 200, wenn man Großbritannien einberechnet. In Deutschland sind es aber nur sechs. Die Nächste ist in Hamburg.«

»Sehen Sie, Herr Trevisan«, ergriff Geritt das Wort. »An diesem Betrug hängen nicht nur die Banken, da sind auch unzählige Kleinanleger betroffen, die sich Hoffnung machten, ein kleines gewinnbringendes Geschäft einzugehen. Manche haben sogar ihre Altersvorsorge eingebracht. Hamburg ist eine Möglichkeit, und sie erscheint sehr realistisch. Wenn wir Ollmert und Kühnert erwischen, dann gäbe es zumindest Hoffnung, über die Revisionsabteilung der ›RBS‹ den Betrag einzufrieren und zurückzufordern. Das ist unsere einzige Chance.«

Trevisan atmete tief ein. »Ich kann Sie gut verstehen, Herr Geritt, und ich möchte auch nicht, dass Ollmert und sein Komplize mit dem Betrug durchkommen. Aber die Chancen sind gering, die beiden könnten längst in England sein.«

»Das wissen wir«, bestätigte Doktor Schneider. »Aber wie Herr Geritt schon sagte, es wäre unsere einzige Chance, den Betrug zu stoppen. Sehen Sie, die Hoffnungen unserer Sparer …«

»Das sagte Herr Geritt bereits«, schnitt ihm Trevisan das Wort ab. »Ich gehe davon aus, dass nicht nur die Sparer ein Interesse daran haben, das Geld wieder aufzutreiben. Ihre Bank trägt doch wohl den Löwenanteil des Verlustes, das ist sicherlich nicht förderlich für Ihre Karriere?«

Doktor Schneider nestelte an seine Krawatte. »Ja, da haben Sie recht, ich muss zugeben, ich habe mich damals sehr für dieses Geschäft stark gemacht. Jetzt stehe ich natürlich unter Druck.«

»Tja, wie blind man doch wird, wenn am Ende ein satter Profit lockt«, entgegnete Trevisan. »Haben Sie das, was Sie mir erzählen, auch schriftlich?«

Doktor Schneider nickte. »Ich lasse es Ihnen sofort morgen früh zukommen.«

Trevisan erhob sich. Vielleicht gab es doch noch eine Möglichkeit, Enno Ollmert und seinen Komplizen dingfest zu machen. Und offenbar war Ollmerts Begleiterin auch in diese Sache verwickelt. Wer sonst sollte in dieser Konstellation diese ominöse Fondsinhaberin sein?

24

Kriminalpolizei Wilhelmshaven, Mozartstraße

Als Trevisan das Dienstgebäude betrat, fing ihn der Kollege an der Pforte ab und überreichte ihm einen dicken Briefumschlag.

»Das wurde heute früh für dich abgegeben.«

Trevisan betrachtete den braunen Umschlag. Als Absender war Doktor Josef Schneider angegeben. Der Bankenanwalt nahm die Sache sehr ernst. Trevisan nahm das Kuvert an sich und ging über die Treppe hinauf ins zweite Stockwerk. Als er an den offenen Büros vorbeiging, wunderte er sich, dass die Zimmer verwaist waren. Nur im Geschäftszimmer saß Verena Steuer, die Sekretärin, mit dem Rücken zur Tür und trug einen Kopfhörer. Sie schrieb auf der Tastatur des Computers. Er betrat den großen Soko-Raum am Ende des Flurs, doch auch dort war gähnende Leere. Er warf zur Sicherheit einen Blick auf seine Armbanduhr. Es war 8.30 Uhr, er selbst hatte sich verspätet, weil er nach einem Unfall bei Hooksiel im Stau warten musste. Er schüttelte ratlos den Kopf und ging zurück zum Geschäftszimmer, wo er laut gegen den Türrahmen klopfte.

Verena Steuer zuckte zusammen und fuhr herum. Sie nahm den Kopfhörer ab.

»Moin, Verena, wo sind denn alle?«, fragte Trevisan.

»Du kommst spät«, entgegnete die Sekretärin mit dem Kurzhaarschnitt.

»Stand im Stau«, erklärte Trevisan. »Wo sind die anderen?«

Sie reckte die Hand in die Höhe und streckte den Daumen aus. »Nummer eins«, sagte sie, »Eike ist mit Lentje nach Bremervörde gefahren, die wollen dort in der JVA mit einem Russen sprechen.«

Der zweite Finger schoss nach oben. »Monika und Lisa sind in Bremerhaven, der Durchsuchungsbeschluss für das Büro ›Kühnert‹ ist gekommen.«

Der dritte Finger wurde ausgestreckt. »Du sollst dich bei Thorke melden.«

»Fertig?«

Verena schüttelte den Kopf und streckte den nächsten Finger aus. »Irgendjemand von euch soll den Kollegen Arslan vom 15. Revier in Hamburg anrufen, da geht es um eine Anfrage, die Eike gestartet hat. Die Telefonnummer habe ich hier.«

Sie reichte Trevisan einen Notizzettel.

»Krog?«

»Ach ja, Krog«, jetzt zeigte sie die ganze Hand. »Er ist nach Cuxhaven gefahren, da geht es um irgendeine Spurenauswertung.«

Trevisan wies auf den Computer. »Was machst du?«

»Ich schreibe für den Ermittlungsrichter den Bericht zusammen, den mir Monika diktiert hat, er soll bis heute Mittag vorliegen. Aber man kommt fast kaum zum Schreiben.«

Trevisan grinste. »Okay, ich lass dich in Ruhe. Falls Thorke anruft, sage ihr, dass ich mich bei ihr melde.«

»Sie hat schon zweimal angerufen, und es hörte sich dringend an.«

»Dann sag, ich bin noch unterwegs«, sagte er, ehe er sich umwandte und in seinem Büro verschwand. Er legte seine Jacke ab und setzte sich hinter den Schreibtisch. Nachdem er den Computer gestartet hatte, öffnete er das Kuvert und warf einen Blick in die Unterlagen. Die Bankanfragen waren komplett, und alles schien so, wie ihm Doktor Schneider am gestrigen Tag erklärt hatte. Einige Teile des Dokuments waren wohl aus datenschutzrechtlichen Gründen geschwärzt. Er schob die Unterlagen zurück in das Kuvert und nahm den Notizzettel zur Hand, den ihm Verena gereicht hatte. Nachdenklich warf er einen Blick darauf, ehe er die angegebene Nummer des Hamburger Kollegen anwählte.

Arslan meldete sich sofort.

»Trevisan, Kripo Wilhelmshaven, ich sollte zurückrufen«, sagte Trevisan.

»Richtig«, bestätigte Arslan. »Es geht um eine Anfrage des Kollegen Brun. Er sucht nach einer Frau, und ich bin sicher, ich weiß, um wen es sich handelt.«

Trevisan wurde hellhörig. »Das klingt sehr interessant, wir suchen nach dieser Frau im Zusammenhang mit einem Millionenbetrug.«

»Dann ist sie es sicher«, entgegnete Arslan. »Sie heißt Anna Flores do Salvio, ist brasilianische Staatsangehörige und schlug so etwa vor sechs Jahren bei uns in Hamburg auf.«

Trevisan runzelte die Stirn. »Was bedeutet das genau?«

»Sie war in einem Klub namens ›Barbarella‹ beschäftigt und ist zweifellos eine Frau, die Männerherzen höher schlagen lässt. Das hat einigen eine ordentliche Stange Geld gekostet.«

»Ist sie eine Prostituierte?«

Arslan verneinte. »Nicht direkt, sagen wir, sie war Animiermädchen und Tänzerin und bewegte sich im Dunstkreis des Osmani-Clans. Dabei rippte sie ein paar Kieztouristen ab. Leere Sexversprechen gegen Vorauskasse, die übliche Nummer. Das gefiel weder dem Business auf dem Kiez noch den Touristen. Sie tauchte unter und nannte sich fortan Gabriela Bonsalvi. Sie bot einen Begleitservice für gestresste Geschäftsleute im ›Park Hyatt‹ und im ›Grand Elysée‹ an. Sie war dann mit einem üblen Typen zusammen, einem Tschechen namens Jan Bodlak. Nachdem ein Hotelmanager überfallen und beraubt wurde, wahrscheinlich von Bodlak, wurde sie festgenommen und wegen Beihilfe zum Raub verurteilt. Sie saß knapp zwei Jahre im Knast, dann wurde sie nach Brasilien abgeschoben.«

»Und Bodlak?«

»Der ist untergetaucht, gegen ihn liefen damals ebenfalls mehrere Verfahren wegen Raub, Betrug und Diebstahl. Der kam wohl von Rostock nach Hamburg herüber. Wo der abgeblieben ist, das wissen die Götter.«

Trevisan nahm den Kugelschreiber zur Hand und ließ ihn durch seine Finger gleiten.

»Kann ich dir ein Bild auf deinen Computer schicken?«

»Klar«, entgegnete Arslan und nannte seine polizeiliche E-Mail-Adresse. Trevisan legte den Hörer zur Seite, stellte auf Lautsprecher und aktivierte den Computer. Es dauerte eine Weile, bis er das Bild des falschen Arndt Kühnert hochgeladen und abgeschickt hatte.

»Mich wundert es nicht, dass Anna aufgetaucht ist«, sagte Arslan, während Trevisan wartete, bis die Mail seinen Account verlassen hatte. »Sie hat zwar Aufenthaltsverbot in Deutschland, aber angesichts unserer Politik der offenen Grenzen scheint das ja niemanden mehr zu jucken, wer sich bei uns im Land herumtreibt.«

Trevisan griff zum Hörer. »Wann war die Geschichte mit dieser Anna bei euch?«, fragte er.

»Das war vor etwa sechs Jahren. Wir nahmen sie damals am Bahnhof fest, sie hatte ein Ticket nach Frankfurt in der Tasche. Sie ist 30, aber sieht noch immer verdammt gut aus.«

»Hast du das alles schriftlich, ich meine, auch den Fall Bodlak?«

»Klar, hab alles an den Kollegen Brun geschickt. Nach Bodlak wird noch immer gefahndet, aber von Anna findet man nur die Ausweisungsverfügung im Polizeicomputer.«

Trevisans Herz schlug höher. Waren das Ollmerts Komplizen?

»Sie ist eine richtige Venusfalle«, fuhr Arslan fort. »Verdammt, wie groß ist die Datei, mein Computer braucht ja … ach jetzt, ja, ich habe das Bild.«

Eine Weile herrschte Schweigen. Schließlich hüstelte Arslan künstlich. »Tja, wenn ich davon ausgehe, dass sechs Jahre ins Land gezogen sind und der Typ auf dem Foto deutlich an Haaren eingebüßt hat und wie ein Geschäftsmann angezogen ist, dann würde ich sagen, er ist es. Jan Bodlak aus Kolin in Tschechien.«

Trevisan atmete tief ein. »Das ist hervorragend, Kollege, du hast uns sehr geholfen. Danke dafür.«

»Oh, keine Ursache, wenn wir nicht zusammenarbeiten, wer soll dann das Verbrechen aufhalten?«

Sie redeten noch kurz miteinander, ehe sie das Gespräch beendeten. Trevisan aktivierte die polizeiliche Datenbank und gab Bodlaks Namen ein. Tatsächlich war die Person gespeichert und zur Festnahme ausgeschrieben. Die Einträge umfassten über 40 Betrugsanzeigen sowie mehrere Diebstähle und zwei Raubüberfälle. Das war eine interessante Wende in diesem Fall. Venusfalle, hatte Arslan gesagt. Das passte gut auf Ollmerts Begleiterin. War Ollmert tatsächlich in vollem Umfang an dem Betrug beteiligt oder wurde er nur benutzt? War er vielleicht sogar entführt worden?

Erneut kam Trevisan ins Grübeln.

*

Bremerhaven, Hafengebiet

Sie hatten gewartet, bis der große Sattelzug mit dem gelben Container an dem Areal vorbeigefahren war, ehe sich Monika zusammen mit dem Fahndungsleiter zu dem großen Tor begab. Sie klopften, doch nichts geschah.

Vier Zivilstreifen hatten sich um das Gebäude angeordnet und beobachteten jede Bewegung in der Umgebung. Sollten sich Ollmert und seine Komplizen in dem Gebäude aufhalten, so würden sie nicht entkommen. Seit dem späten Samstag stand der Observationsring im Hafenviertel, doch bislang war es ruhig geblieben. Keine Fahrzeuge, keine Personen, nichts, das darauf hindeutete, dass sich jemand in diesem Objekt aufhielt. Hatten sie längst das Weite gesucht?

Erneut klopfte Monika gegen das graue Stahltor, in dem eine kleine Tür eingelassen war. Vor Kurzem, so schien es, war ein Aufkleber an der Tür entfernt worden, klebrige Fetzen davon waren noch zu sehen.

Die Frau von der Gebäudeverwaltung hatte ebenfalls keine Beobachtungen gemacht. Vor einem Jahr und drei Monaten etwa waren die Halle und das Büro von einer Frau angemietet worden. Der Mietvertrag war weitgehend unleserlich unterschrieben, doch könnte der Name durchaus Kühnert heißen, zumindest ließen ein paar Buchstaben dies vermuten. Die Miete war regelmäßig von einem Konto überwiesen worden, aber nichts deutete darauf hin, dass hier Schindluder mit dieser Anmietung betrieben worden war. Kontoinhaber des Kontos der Bremer Sparkasse war, wie zu erwarten, ein gewisser Arndt Kühnert.

»Ich kann mich noch erinnern«, sagte die Verwaltungsleiterin. »Sie sagte damals, dass es sein kann, dass sich monatelang nichts tut, weil sie viele Projekte im Ausland betreuen würden. Ab und zu müssten sie eben vor Ort präsent sein. Zuletzt habe ich vor drei Monaten einen Wagen stehen sehen.«

Monika klopfte erneut. »Was war das für ein Wagen?«

»Ich glaube, ein silberner Mercedes, an mehr kann ich mich nicht erinnern.«

»Da ist niemand«, sagte der Kollege aus Bremen.

»Okay«, entgegnete Monika entschlossen. »Dann gehen wir rein.«

Sie nahm den Schlüssel, den sie von der Verwaltungsleiterin erhalten hatte, und öffnete damit die Tür. Die Verwaltungsleiterin bat sie, abseits zu warten, bis sie gebraucht würde. Sieben uniformierte und bewaffnete Kollegen in Schutzwesten schoben sich an Monika vorbei und zogen die Tür auf. In der Halle war es düster, durch ein paar verdreckte Oberlichter fiel gedämpftes Sonnenlicht. Die Kollegen der Einsatzgruppe rückten vor, während Monika, Lisa und der Bremer Kollege der Fahndungsabteilung mit der Verwaltungsleiterin abseits warteten.

Es dauerte eine geraume Weile, ehe das Wort »Sicherheit« aus der Halle ertönte, Monika ging voraus, die anderen folgten.

»Da ist alles leer, keine Personen », meldete der Kommandoführer der Einsatzgruppe.

Die Halle war geräumig, doch sie war leer. Das Büro, links des Zugangs, war bis auf ein paar spärliche, alte Büromöbel ebenfalls leer.

Monika sah sich um. »Es sieht so aus, als wäre hier nie jemand gewesen.«

Lisa stimmte zu. »Das ist besenrein verlassen worden.«

Nachdem Monika die Schreibtischschubladen überprüft hatte, die ebenfalls leer waren, ging sie nach draußen. Rechts neben dem Tor gab es einen massiven grauen Briefkasten. Monika nahm den kleinen Schlüssel, der sich im Schlüsselring befand, und öffnete. Auch der Briefkasten war geleert.

»Woher kriege ich meine Hallenschlüssel?«, fragte die Verwaltungsleiterin.

Im Mietvertrag war als Adresse des Mieters die Anschrift des echten Arndt Kühnert hinterlegt.

Monika zuckte mit der Schulter. »Die waren wahrscheinlich nur an diesem Briefkasten interessiert, die Halle und das Büro brauchten sie gar nicht. Wenn wir die Schlüssel finden, rufe ich an.«

Ein Lächeln huschte über das Gesicht der Angestellten des Fährbetriebs. »Das wäre nett.«

»Wann wurde die letzte Miete bezahlt?«, fragte Lisa.

»Für diesen Monat, wir ziehen zum Ersten des Monats ein, und es gab keine Rückstände.«

»Sie haben nie Kontakt mit dem Mieter aufgenommen? Ich meine, da gibt es doch Stromabrechnungen und so, da fällt doch immer mal was an?«

Die Verwaltungsleiterin zuckte mit der Schulter. »Die Forderungen wurden bezahlt, die Miete kam pünktlich, und wenn es Mitteilungen gibt, dann werfen wir sie in die Postkästen. Das spart die Briefmarke. Probleme gab es nie.«

Monika reichte ihr den Hallenschlüssel, die Dame griff danach und verschloss die Tür.

»Ich glaube zwar nicht mehr, dass jemand auftaucht, geschweige denn Miete bezahlt, aber falls doch, dann rufen Sie uns an.«

Die Verwaltungsleiterin nickte und wandte sich ab. Kurz zögerte sie. »Ach ja, da ist doch noch etwas«, sagte sie.

»Ja, bitte.«

»Vor einem halben Jahr, da kam ein Großraumtransporter mit einem Motorschiff an. So ein großes Kajütenboot, vom Typ her ein Holländer, das war abgetakelt und rostig. Nach zwei Wochen wurde es abgeholt. Ich weiß noch, das Transportunternehmen war eine Firma aus Groningen in Holland. Mit denen haben wir ein paar Mal zusammengearbeitet, um unsere Motorfähren an die Standorte zu bringen.«

»Der Name der Firma?«, fragte Monika.

»›De Gruyter‹ in Groningen, die Adresse schicke ich Ihnen zu, ich habe ja Ihre E-Mail-Adresse.«

Monika bedankte sich, und die Frau ging in Richtung des Verwaltungsgebäudes davon.

»Wir sind fertig, richtig?«, fragte der Bremer Kollege.

Monika nickte. »Ich danke euch für die Unterstützung.«

25

Kriminalpolizei Wilhelmshaven, Mozartstraße

Trevisan saß hinter seinem Schreibtisch und arbeitete am Computer. Von den Kolleginnen und Kollegen hatte er bislang nichts gehört, lediglich Thorke Oselich hatte angerufen, aber Trevisan hatte sie auf den Nachmittag vertröstet. Er stecke mitten in wichtigen Ermittlungen, die nicht warten können, hatte er ihr erklärt.

Und dabei übertrieb er nicht einmal, denn er hatte inzwischen einen ganzen Postkorb voller Papiere über Jan Bodlak und Anna Flores do Salvio ausgedruckt. Beide waren erkennungsdienstlich behandelt worden, Fingerabdrücke und DNA lagen vor. Konnte es sein, dass Ollmert von den beiden benutzt worden war? Und war er überhaupt noch am Leben?

Aus Doktor Schneiders Unterlagen ging hervor, dass die Freigabe und die Überweisung der 5,6 Millionen aus dem Vermögen des Bürgervereins Salzwiesen über die Filiale der »Nordostbank« in Hamburg erfolgten. Dazu war natürlich die Anwesenheit des Vereinsvorsitzenden dringend erforderlich. Es lohnte sich sicherlich, dort genauer nachzufragen. Erneut rief er bei Arslan an und bat um Unterstützung. Sicherlich würde man sich in der Bank an einen solchen Termin erinnern. Arslan versprach, sich am Nachmittag zu melden.

Nachdem er das Gespräch beendet hatte, warf er einen Blick auf die Uhr über der Tür. Es war kurz nach 11 Uhr. Er überlegte, ob er Monika anrufen sollte, denn die Durchsuchung war sicherlich erfolgt. Bevor er dazu kam, klingelte sein Telefon. Er nahm den Hörer ab und meldete sich. Sein alter Bekannter Kai Ludwig vom Betrugsdezernat des LKA war in der Leitung.

»Hallo, Martin«, grüßte Ludwig aus dem fernen Hannover. »Ich hab' recherchiert und herumtelefoniert.«

Trevisan war ganz Ohr, berichtete ihm aber zuvor, was er am gestrigen Sonntag von Doktor Schneider an Neuigkeiten erfahren hatte.

»Das passt ganz gut ins Bild«, bestätigte Ludwig. »Ich hörte vom echten Kühnert, dass ihr bereits mit ihm telefoniert habt. Für mich klingt das alles nach dem klassischen Dubletten-Betrug. Man betreibt eine Firma oder ein Portal, das es bereits gibt und über eine gute Reputation verfügt und nimmt kleine unscheinbare Änderungen vor. Überprüft nun der Kunde die Firma oder das Portal, findet er im Internet meist ausgezeichnete Bewertungen. Das hatten wir schon mit einem Online-Portal namens ebuy. Jeder kennt das Original, nur schreibt sich das mit einem A. Der Kunde kauft, wird betrogen und merkt es erst, wenn es zu spät ist. Das falsche Konto ist bereits geräumt, der Account aufgelöst und Rückforderungen sind nicht mehr möglich. So wie bei euch. ›Planungen-Kühnert‹ oder ›Kühnert Planungsbüro‹, wer weiß da schon, dass es ein Original und ein Falsifikat gibt. Das Internet leistet für solche Betrügereien einwandfreie Dienste. Wir dürfen nicht vergessen, dass wir uns dort in einem nahezu rechtsfreien Raum bewegen, der nur schwer zu kontrollieren ist. Ich denke, das war hier ähnlich.«

»Dieses verdammte Internet. Ich mache heute noch kein Online-Banking, weil es mir viel zu unsicher ist«, bestätigte Trevisan.

»Jetzt zum Unternehmen ›Sud-Stavanger‹«, fuhr Ludwig fort. »Ich habe in der Zentrale angerufen. Zuerst einmal arbeitet Kühnert nicht für diese Firma. Er arbeitet nur oft mit denen zusammen, weil er an die Qualität der Anlagen dieser Firma glaubt. Bezüglich dieses Bürgerparks gingen bei ›Sud-Stavanger‹ zwei unverbindliche Anfragen ein. Daraufhin wurde seitens der Firma ein Kostenplan erstellt und ein Angebot übersandt, das sehr gründlich ausgearbeitet war. Dieses Angebot hat der falsche Kühnert benutzt und als Auftrag definiert. Dazu brauchte er es nur scannen und mit Open Office bearbeiten. Das macht dir heute jeder Achtjährige am PC.«

»Was mich interessiert«, fragte Trevisan, »hat Ollmert aktiv mitgemacht oder wurde er benutzt, vielleicht sogar gezwungen?«

Ludwig atmete tief ein. »Man hätte mit ein bisschen Sachverstand durchaus hinter die Kulissen blicken können. Ich denke, Ollmert wusste nicht nur Bescheid, sondern beteiligte sich sogar aktiv. Ich konnte feststellen, dass die Sache im Oktober des letzten Jahres sogar vehement mit einem strafferen Zeitplan beschleunigt wurde. Ich denke schon, er hat auf das Datum seines Verschwindens hingearbeitet.«

Trevisan spitzte die Lippen. »Verstehe mich nicht falsch, aber eine Meinung ist eben nur eine Meinung. Ich hätte gerne Sicherheit.«

»Das verstehe ich, dazu musst du ihn aber finden.«

»Wenn er nicht längst weg ist.«

»Da gehe ich mit deinem Bankmanager d'accord, er muss den Fonds persönlich aktivieren, also muss er verfügbar sein und seinen Ausweis vorlegen. Bei 5,6 Millionen vertrauen selbst die Banken nicht mehr dem Internet.«

»Und was ist mit dieser Frau, die als Fondsinhaberin eingetragen ist?«

»Sie verwaltet den Fonds, aber Ollmert ist der Investor.«

Trevisan zuckte mit der Schulter. »Er könnte das Geschäft aber auch in England abschließen, richtig?«

»Richtig, das könnte er«, bestätigte Ludwig. »Ich denke, er wird irgendwann irgendwo in der Karibik oder in Südamerika auftauchen. Ich nehme an, dass die geschädigte Bank bei einem solchen Verlustgeschäft ein Inkassobüro beauftragt, und die haben andere Methoden als wir. Die interessieren sich nur für das Geld. Er muss schon wissen, wie man sicher untertaucht. Einem Normalbürger, der sich an solch einem Betrug versucht, gelingt das oft nicht. Der träumt davon, seine Beute an der Copacabana genießen zu können und macht sich überhaupt keine Vorstellung, wie es ist, wenn man von Privatdetektiven gejagt wird, die der Spur des Geldes folgen.«

»Sein Komplize Bodlak ist seit sechs Jahren von der Bildfläche verschwunden. Er weiß, wie man untertaucht.«

»Noch ist nicht alles verloren, es gibt eine Frist zu wahren. Du hast noch bis Freitag Zeit, dann sind das Geld und deine Verdächtigen endgültig aus Europa verschwunden. An der Copacabana interessiert sich niemand mehr für einen deutschen Haftbefehl.«

»Kannst du mir deine Beurteilung schriftlich zukommen lassen?«, fragte Trevisan. »So schnell wie möglich.«

Ludwig krächzendes Lachen ertönte. »Als ob ich dich nicht kennen würde, der Bericht ist schon auf dem Weg.«

*

Justizvollzugsanstalt Bremervörde, Bremervörde

In dem kalten, grauen Würfel, gleich nach dem fünf Meter hohen Tor, befanden sich neben den Räumen der Justizbeamten auch die Räumlichkeiten, in denen die Häftlinge vernommen werden konnten. Lentje fröstelte. Die Umgebung hinter den hohen, mit Stacheldraht bewehrten Mauern und dem schmucklosen Innenputz jagte ihr stets einen kalten Schauer über den Rücken. Auch wenn das Gefängnis relativ neu war und zum Teil von einem Privatinvestor betrieben wurde, wollte sie keine Sekunde länger als notwendig bleiben.

Anatol Rogoff wurde in Handschellen und blauer Anstaltskleidung vorgeführt. Er sah etwas verwegen aus mit seinem üppig wuchernden Zehn-Tage-Bart und wirkte niedergeschlagen. Der Aufenthalt schien ihm nicht besonders zu bekommen, zumal eine Entwöhnungskur mit der Untersuchungshaft einherging.

Der Staatsanwalt hatte dem neuerlichen Vernehmungstermin zugestimmt, aber auch gemäß dem geltenden Recht Rogoffs Anwältin informiert, die ebenfalls in dem kleinen gekachelten Raum mit dem vergitterten Fenster Platz genommen hatte. Spartanisch war die Ausstattung, aber zumindest die Stühle waren gepolstert. Eike und Lentje warteten geduldig, bis der Justizbeamte die Handschellen entfernt und Rogoff Platz genommen hatte. Die Anwältin hieß Doreen Klicks, sie hatte große dunkle Augen, die ihre Gegenüber wachsam musterten. Eine gewisse Skepsis lag in ihrem

Gesicht, und Eike hoffte, dass sie die Unterhaltung mit dem Häftling nicht nachhaltig stören würde.

»Guten Tag, Herr Rogoff, meine Name ist Eike Brun«, begrüßte er den Gefangenen. »Das ist meine Kollegin Lentje Kaplani. Wir sind von der Kriminalpolizei aus Wilhelmshaven.«

»Wilhelmshaven?«, wiederholte Rogoff mit krächzender Stimme.

»Ja, aus Wilhelmshaven, und wir würden gerne mit Ihnen über den Autounfall sprechen.«

»Sie wissen«, mischte sich die Anwältin ein. »Herr Rogoff hat bislang von seinem Aussageverweigerungsrecht Gebrauch gemacht. Dabei bleibt es, wenn Sie keine Neuigkeiten für uns haben.«

»Ich … nicht … Unfall … nicht gefahren«, stammelte Rogoff und fuhr sich mit der Hand über das Gesicht.

Eike kramte in seiner Jackentasche und zog das Bild des falschen Arndt Kühnert hervor. Er schob es über den Tisch, und Rogoff griff danach.

»Das Igor … Freund«, sagte Rogoff, nachdem er das Bild betrachtet hatte.

»Sie kennen den Mann?«, fragte Lentje.

Rogoff nickte.

»Woher?«

Die Anwältin legte ihre Hand auf Rogoffs Arm, bevor dieser antworten konnte. »Wozu ist das relevant?«, fragte sie.

»Wir wollen klären, ob Herr Rogoff den Mann kannte. Es könnte für den Unfall wichtig sein.«

»In welcher Hinsicht?«

Lentje räusperte sich. »Das Unfallopfer könnte möglicherweise nicht zufällig ausgesucht worden sein.«

»Wollen Sie unterstellen, dass mein Mandant ...«

Eike hob beschwichtigend die Hände. »Nein, keinesfalls«, unterbrach er die Anwältin. »Ihr Mandant könnte selbst Opfer geworden sein, aber dazu müssten wir ihn befragen, und zwar ohne Beeinflussung und ohne Zwischenrede.«

Die Anwältin schnitt eine Grimasse, lehnte sich aber zurück und schwieg.

»Dürfen wir weitermachen?«, schob Eike nach.

Sie nickte unmerklich.

Eike wandte sich Rogoff zu. »Woher kennen Sie diesen Mann?«

Rogoff lächelte. »Mann ist gekommen, Firma. Ist Chef von Bau. Hat gesprochen mit Chef. Ist gekommen oft, hat mir gemacht Geschenke. Hat gesprochen russische Sprache, war fast wie Heimat.«

»Sie sagten Igor zu ihm, war er Russe?«

Rogoff winkte ab und lachte. »Nein, war nicht, aber sprechen Russisch, gut sprechen Russisch. War Name deutsch, aber gesagt, heißen Igor für Freunde. Hat mir gegeben Wodka, gute Wodka. Immer gemacht Geschenke, wenn gekommen. Zigarre von Riga oder Wodka aus Heimat, nicht billig, war teuer.«

»Hat er gesagt, woher er stammt?«, fragte Lentje.

Rogoff zuckte mit der Schulter. »Nein, nicht gesagt,

hat gesagt Bremerhaven, aber war kein deutsche Mann, war Slowake oder Tscheche, ich hören in Sprache.«

»An seinem Akzent?«

»Ja, war Akzent, kenne Leute, wo kommen Slowakei. Auch arbeiten Slowake in Firma, da ich wissen, wie ist Sprache.«

Eike warf Lentje einen kurzen Blick zu. »War er auch an dem Tag da, als der Unfall passierte?«

Rogoff blickte zur Seite und fuhr sich durch die Haare. Seine Erregung war nicht zu übersehen. »Ich nicht fahren, keine Unfall. Ich nicht mehr wissen, aber keine Unfall.«

Rogoff begann zu weinen und zu schluchzen.

»Welchen Wodka hat Ihnen denn Igor immer mitgebracht?«, fragte Lentje, um die Situation zu entspannen.

»Sie sehen doch, wie mein Mandant unter der Befragung leidet. Er hat bis heute diese Sache nicht verkraftet«, mischte sich die Anwältin ein.

»Welchen Wodka?«, wiederholte Eike die Frage.

»Was ist so wichtig daran, was bezweckt Ihre Frage?«

»War Baikal, Wodka von große Baikalsee«, gab Rogoff von sich.

Eike blätterte in der Kopie der Akte und suchte den Festnahmebericht. Auch die Anwältin hatte in ihren Unterlagen den Ermittlungsbericht bei sich. »Schauen Sie mal auf Seite 26«, forderte Eike die Frau auf.

Die Anwältin schlug die Akte auf und kratzte sich am Hals. »Ich weiß nicht, wozu das führen soll.«

»Welchen Wodka trinken Sie normal, Herr Rogoff?«, fragte Lentje.

»Ich … trinken das und das, wenn trinken, aber nicht trinken Arbeit. Trinken nur wenn frei und gehen dann Bett. Nicht viel Geld, kaufe Flasche in Aldi, koste fünf Euro. Schmecken nicht so gut wie Baikal, aber auch gute Flasche, verstehen?«

Die Anwältin hatte die Seite aufgeschlagen und fuhr mit der Hand über die Seite.

»Bei Ihnen steht sicherlich das Gleiche wie bei mir«, sagte Eike und schaute die Frau erwartungsvoll an.

»Hier steht, zwei Flaschen Wodka lagen im Fond, mehr nicht«, sagte sie.

»Oh, Verzeihung«, entschuldigte sich Eike. »Schlagen Sie das Beweismittelverzeichnis auf.«

Die Anwältin tat wie ihr geheißen und bekam große Augen. »Hier steht, zwei Flaschen Baikal Ice Vodka«, las sie vor.

»Richtig«, bestätigte Eike. »Die Flasche zu 23 Euro, über einen Exporteur. Ansonsten finden sie ihn nur in Feinkostläden.«

Die Anwältin wirkte verwirrt. »Und das bedeutet?«

Lentje beugte sich vor und griff zu dem Bild, das vor Rogoff auf dem Tisch lag. »Wir glauben, dass Herr Rogoff gar nicht gefahren ist, sondern dieser Mann.«

Die Anwältin runzelte die Stirn. »Das müssen Sie mir erklären.«

»Alles zu seiner Zeit«, entgegnete Eike. »Sie hören von uns.«

26

Polizeiinspektion Cuxhaven, Werner-Kammann-Straße

Werkzeugkammer nannten sie salopp den Bereich der Dienststelle, der sich unter dem Dach der Inspektion befand. Dieser Ausdruck traf den Nagel auf den Kopf, denn hier befand sich die Spurensicherungsabteilung. Neben zwei verschlossenen und abgeschirmten Asservatenräumen, in denen allerlei Beweismittel lagerten, und den beiden Büros, der Spurensicherer und des Sekretariats, gab es das Labor, in dem Paul Krog zusammen mit seinem Cuxhavener Kollegen Ullmann saß und die gesicherten Vergleichsspuren der Mitarbeiter von »Stasic-Bau« in das Computersystem einpflegte. Den gesamten Vormittag waren sie bei der Baufirma unterwegs gewesen und hatten von allen Mitarbeitern, von der Sekretärin, Stasic selbst, der Ehefrau und seinem 14-jährigen Sohn Fingerabdrücke genommen, um diese mit den gesicherten Abdrücken aus dem Unfallfahrzeug zu vergleichen. Stasic hatte zugesichert, die Arbeit der Polizei zu unterstützen, und tatsächlich alle Mitarbeiter auf dem Betriebshof versammelt. Sogar ein erkrankter Bauarbeiter, der mit einem gebrochenen Arm zu Hause gesessen hatte, wurde von Stasic herbeigekarrt, denn es war äußerst wichtig, wirklich alle, die Zugriff zu dem Unfallfahrzeug hatten zu überprüfen.

Nachdem damals, unmittelbar nach dem Unfall, Rogoff festgenommen worden und der Wagen sichergestellt worden war, hatte sich Kollege Ullmann mit seinen Mitarbeitern an die Arbeit gemacht, Spuren gesucht, Sitze abgeklebt und Fingerabdrücke im Wagen gesichert. Klar war nur, dass sich auch Rogoffs Fingerprints darunter befunden hatten. Die Spuren, das heißt, Rogoffs Kleidung, die Wodkaflaschen, die Schuhe und natürlich die Flaschen sowie die gesicherten Fingerabdrücke waren asserviert und zum Teil untersucht worden. Als Ullmann auf den Wodkaflaschen Rogoffs Abdrücke identifiziert hatte und die Gesamtumstände klar auf ihn als Fahrer hindeuteten, hatte der zuständige Staatsanwalt auf weitere Untersuchungen verzichtet. Was sollte es schon bringen, denn der Wagen der Baufirma wurde, so hatte Stasic ausgesagt, ja von vielen Mitarbeitern sowie auch von ihm selbst und seiner Ehefrau genutzt. Sogar sein 14-jähriger Sohn rangierte hin und wieder mit dem Wagen auf dem abgeschlossenen Betriebsgelände hin und her.

Fingerabdrücke konnten sich je nach Lage und Witterung durchaus eine längere Zeit halten. Unter den damaligen Gesichtspunkten war die Aussetzung der weiteren Auswertung durchaus nachvollziehbar, doch nach jetzigen Erkenntnissen, insbesondere der Beziehung Rogoffs zu dem Mann, der sich Arndt Kühnert nannte, machte es durchaus Sinn, genauer nachzusehen. Genau aus diesem Grund saß Krog in der Inspektion und sondierte, katalogisierte und analysierte die damals gesicherten Spuren.

16 unterschiedliche Abdrücke hatte Ullmann damals im Wagen gesichert. Spurenfragmente nicht mitgerechnet.

»Nummer sieben ist zugeordnet«, knurrte Ullmann und blickte auf den Computerbildschirm. »Die gehören der Ehefrau von Stasic.«

Zum Glück musste man die Fingerabdrücke nicht mehr aufwendig auf dem Papierbogen vergleichen, inzwischen gab es hierfür ein geeignetes Computerprogramm, und die schwarze Tinte sowie die schwarzen Finger nach einer solchen Prozedur gehörten der Vergangenheit an.

Krog, der vor einem Laptop saß, knurrte unverständlich, ehe er zum Kugelschreiber griff und Stasics Ehefrau in der Liste abhakte.

Obwohl sie sich die Arbeit teilten, würde es wohl noch bis zum späten Nachmittag dauern, bis alle Spuren eingespielt und analysiert waren. »Meiner ist auch überprüft«, sagte Krog, nachdem ein weiterer Abdruck einem Mitarbeiter der Firma zugeordnet werden konnte. Um alle Abdrücke zu erfassen und zu überprüfen, brauchte das Programm bis zu zehn Minuten, denn es mussten alle zehn Finger eines Probanden abgeklärt werden. Die gesicherten Spurenfragmente bedurften größerer Aufmerksamkeit und waren möglicherweise aufgrund zu vieler fehlender Strukturen keinem der Grundmuster zuzuordnen. Das Programm würde automatisch stoppen und eine entsprechende Meldung auswerfen. Aber so weit waren Krog und Ullmann noch nicht.

»Meinst du, wir sollten die Mittagspause vorziehen?«, sagte Ullmann. »Um 12 Uhr ist beim Italiener sehr viel los, da müssen wir auf das Essen warten.«

Krog, der inzwischen einen weiteren Abdruck zur Überprüfung hochgeladen hatte, kratzte sich an der Stirn. »Hunger hätte ich schon«, entgegnete er. »Ich mach' noch den Abdruck, dann können wir gehen.«

Ullmann stimmte zu. Er war bereits fertig mit seiner Überprüfung, erhob sich und trat neben Krog. Er griff zur Liste und strich einen weiteren Namen durch. »Nummer acht«, sagte er dabei.

Krogs Computer arbeitete noch, das Symbol einer Sanduhr drehte sich auf dem Bildschirm.

»Eigentlich hätte ich Lust auf Fisch«, sagte er. »Hat der Italiener was Genießbares auf der Karte?«

Bevor Ullmann antworten konnte, meldet sich Krogs Laptop mit einem melodischen Dreiklang zu Wort und signalisierte, dass der überprüfte Fingerabdruck nicht in der Vergleichsdatei vorlag.

»Na, was soll das?«, grummelte Krog nachdenklich.

»Stasic sagt, dass er alle versammelt hat, die mit dem Wagen gefahren sind«, entgegnete Ullmann.

»So habe ich es auch verstanden, aber der Kandidat ist nicht drunter.«

»Ein Fragment?«, fragte Ullmann.

Krog schüttelte den Kopf. »Nein, ein sauberer Abdruck. Spur Nummer neun, Lage Gurtschnalle Beifahrer.«

»Probiere es noch mal!«

Erneut startete Krog das Programm, nach acht Minuten Wartezeit wiederholte sich das Ergebnis. »Nicht zuordenbar.«

»Wir sollten ihn durch das Afis jagen?«, schlug Ullmann vor.

Das Afis war das polizeiliche Fahndungssystem, in dem die Fingerabdrücke aller bekannten und unbekannten Straftäter zentral beim Bundeskriminalamt erfasst waren.

»Das dauert ein bis zwei Stunden, ich glaube, wir können uns beim Essen Zeit lassen«, stimmte Krog zu, bevor er das Afis-Programm aktivierte und den Fingerabdruck zur Überprüfung freigab.

*

Kriminalpolizei Wilhelmshaven, Mozartstraße

Beinahe gleichzeitig erhob sich Trevisan von seinem Schreibtisch in Wilhelmshaven und griff zur leichten Sommerjacke. Monika hatte sich inzwischen gemeldet und ihm berichtet, dass sie das Büro im Hafengebiet in Bremerhaven beinahe besenrein vorgefunden hatten. Allerdings stand sie nicht mit leeren Händen da, denn eine Überprüfung bei der holländischen Spedition aus Groningen konnte vielleicht einen neuen Ermittlungsansatz ergeben.

Nach dem Gespräch mit Monika hatte Trevisan versucht, Thorke Oselich zu erreichen, um die Chefin über die neue Entwicklung im Fall Ollmert zu informieren.

Doch der Versuch war vergebens. Aus dem Chefsekretariat erfuhr er, dass Thorke einen wichtigen Termin wahrnehmen musste und sehr ungehalten darüber war, dass sich Trevisan nicht bei ihr gemeldet hatte. Über eine Stunde lang hatte sie vor ihrem Aufbruch mit dem Polizeipräsidenten telefoniert. Es wäre sehr laut zugegangen, berichtete die Sekretärin.

Nachdenklich legte Trevisan den Hörer auf. Es war kurz vor 12 Uhr, Zeit für das Mittagessen. Das Knurren seines Magens wies ihn deutlich darauf hin. Er verließ die Dienststelle und ging über die Viktoriastraße in den benachbarten Bambuspalast. Das Handy steckte er ein. Im Bambuspalast herrschte nur wenig Betrieb, und Trevisan stand der Sinn nach einem scharfen Rindfleisch mit Curry, dazu trank er ein Wasser, und als Nachtisch aß er eine gebackene Ananas mit Honig. Gestärkt trat er den Rückweg an. Noch bevor er die Dienststelle erreichte, meldete sich Eike aus Bremervörde und berichtete über die neue Entwicklung des Falles.

Trevisans Laune verschlechterte sich zusehends. Jetzt ging es nicht nur um Betrug, sondern möglicherweise sogar um ein versuchtes Tötungsdelikt. Er betrat die Dienststelle und ging in sein Büro. Kaum hatte er am Schreibtisch Platz genommen, klingelte sein Dienstapparat. Arslan aus Hamburg rief an.

»Ich habe mit dem Kundenmanager für Geschäftskunden gesprochen«, berichtete Arslan. »Er heißt Schuler und betreute die Transaktion. Euer Bürgermeister und Kühnert kamen zusammen in die Bank. Sie trugen

Anzüge. Er hatte keinesfalls den Eindruck, dass Ollmert unter Druck gestanden hat oder zur Unterschrift gezwungen wurde. Im Gegenteil. Als er ihn auf sein Verschwinden ansprach, erklärte Ollmert, dass er bei einem Segeltörn einen Unfall und in einem Krankenhaus gelegen hatte. Aber jetzt sei wieder alles in Ordnung, und es wäre wichtig, dass die Überweisung zügig ausgeführt würde, damit das Projekt nicht ins Stocken geriet. Schuler hatte keinen Grund, der Sache zu misstrauen. Ollmert wies sich mit seinem Personalausweis aus, und Kühnert legte einen Reisepass vor, der vom Konsulat in Recife ausgestellt worden war. Ich habe dir Ablichtungen der Dokumente gemailt.«

»Weiß er auch, wann die beiden bei ihm aufgetaucht sind?«

»Klar, sie kamen kurz vor 12 Uhr und sagten, dass sie am Mittag einen Geschäftstermin mit ›Sud-Stavanger‹ hätten. Alles ging reibungslos über die Bühne. Ich habe Schulers Angaben gleich mitgeschickt, das Original kommt über den Postweg.«

Trevisan bedankte sich für die rasche Rückantwort und legte den Hörer auf. Nachdenklich lehnte er sich im Stuhl zurück. Ollmert war eingeweiht und an der Sache beteiligt, Arslans Angaben ließen keinen anderen Schluss zu.

»Hamburg«, murmelte Trevisan.

Das erneute Klingeln des Telefons riss ihn aus seinen Gedanken. Er nahm den Hörer ab. »Trevisan, Kripo Wilhelmshaven«, sagte er.

»Ich bin es, Paul«, meldete sich der Teilnehmer am anderen Ende. »Wir haben einen Treffer in der Afis-Datei.«

»Einen Treffer, was heißt das?«

»Einer der Fingerabdrücke in dem Wagen, mit dem dieser Geologe angefahren wurde, stammt von einem flüchtigen Straftäter.«

»Jan Bodlak«, sagte Trevisan.

»Verdammt, woher weißt du das?«, antwortete Krog nach einem kurzen Augenblick des Schweigens.

27

Kriminalpolizei Wilhelmshaven, Mozartstraße

Diesmal hatte Trevisan keine Chance, Thorke Oselich zu entkommen. Nach Krogs Anruf und dem Telefonat mit seinem Freund Kai Ludwig vom LKA war er in den Soko-Raum am Ende des Flures gegangen und ordnete die Bilder an der Pinnwand neu. Vielleicht gab es doch noch eine Möglichkeit, den Geldtransfer zu verhindern. Ganz oben in einer Reihe befestigte er die

Fotos von Enno Ollmert und Jan Bodlak alias Arndt Kühnert auf der linken Seite. Zwischen die beiden, in die Mitte, pinnte er das Bild von Anna Flores do Salvio, das aus dem Film vom Hotel in Limone stammte. Sie war die Verbindung, die Venusfalle, wie Arslan am Telefon süffisant bemerkt hatte. Jetzt galt zu klären, wann Enno Ollmert in Bezug auf den Windpark den Pfad der Tugend verlassen hatte und ob er es wirklich freiwillig getan hatte. Frau Haferkamp wusste von seinen gelegentlichen Abstechern nach Bremerhaven, wenn sie auch nicht wusste, was ihn dorthin zog. Laut Ludwigs Einschätzung hatte der Bürgermeister etwa vor einem Jahr die ersten erkennbaren Schritte zu dem Millionenbetrug eingeleitet. Dennoch ließ sich Ollmert in dieser Zeit auf eine kurze, aber offenbar heftige Affäre mit der Bierkönigin von Hage ein. Wie passte das alles zusammen? Hatte die Venusfalle bereits ihren süßlichen Duft versprüht oder gehörte es für den Bürgermeister von Diekenhörn dazu, seine Eskapaden fortzusetzen, um keine Aufmerksamkeit zu erregen.

»Da bist du ja endlich«, riss ihn die Stimme von Thorke Oselich aus seinen Gedanken. »Ich hätte mir gewünscht, du hättest mich am Samstag bereits über die neue Entwicklung des Falles informiert. Ich finde das so nicht in Ordnung, Martin. Wir müssen an unserer Kommunikation arbeiten, und das meine ich ernst. Wie stehe ich vor unserem Polizeipräsidenten da, wenn er mir erklären muss, woran meine Leute gerade arbeiten.«

Trevisan runzelte die Stirn. »Das verstehe ich nicht.«

»Es ist ganz einfach. Der Polizeipräsident kennt den Bankvorstand der ›Nordost‹, und da bleibt es nicht aus, dass über die Sache gesprochen wird. Zumal es um einen Millionenbetrug geht, in dem offensichtlich ein Bürgermeister aus unserer Region verstrickt ist. Glaubst du wirklich, so etwas lässt sich lange vor der Öffentlichkeit verbergen? Das wird bald groß in der Zeitung stehen. Bürgermeister betrügt seine Gemeinde um mehrere Millionen. Normalerweise wünsche ich niemandem etwas Schlechtes, aber in diesem Fall wäre es besser gewesen, wir hätten Ollmerts Leiche in der Nordsee treibend gefunden. So wie sich die Sache entwickelt, wird uns die Presse ordentlich einheizen, weil wir auf diese Posse hereingefallen sind.«

Trevisan zog die Luft durch seine Nase und zuckte mit der Schulter. »Die Presse müssen wir unbedingt raushalten, sonst haben wir keine Chance mehr, den Deal zu verhindern. Kollege Ludwig vom LKA arbeitet daran. Wenn wir Glück haben, ziehen die europäischen Behörden mit, aber es ist kompliziert, und wir brauchen Zeit.«

»Ich sehe keine Chance mehr, die Presse rauszuhalten.«

»Ollmert hat uns hingehalten. All diese Ungereimtheiten, das Blut auf dem Boot, die fehlenden Ausweise und Koffer, das treibende Boot, das spurlose Verschwinden, all das hat er getan, um Zeit zu gewinnen, und ich muss zugeben, wir … nein, ich bin darauf reingefallen. Seit Freitagabend wissen wir, dass Geld verschwunden ist, und wir sind alle am Wochenende unterwegs gewesen, um Licht ins Dunkel zu bringen.«

Thorke Oselich nickte und zog sich einen Stuhl heran. »Sicher, aber ein einziger Anruf bei mir hätte genügt, und ich hätte heute nicht ohne Hintergrund vor dem Polizeipräsidenten gestanden. Verstehe mich nicht falsch, mir geht es nicht darum, meine Neugierde zu befriedigen, aber über eine solche Entwicklung einer Vermisstensache muss ich Bescheid wissen.«

Trevisan seufzte. »Ja, du hast ja recht, das war mein Fehler. Ich wollte ... ich meine, es war ja zuerst nur ein Verdacht, und wir brauchten etwas mehr in der Hand. Ich hätte dich heute schon aufgesucht, aber du warst ja unterwegs.«

Sie warf Trevisan einen bösen Blick zu. »Glaub mir, diese Fahrt nach Oldenburg war nicht vergnügungssteuerpflichtig. Ich hätte gut darauf verzichten können.«

Trevisan hob entschuldigend die Hände. »Ja, klar, das verstehe ich. Ich hätte dich informieren müssen, das war mein Fehler, und es ist passiert, tut mir leid. Ich versuche es das nächste Mal besser zu machen.«

Thorke Oselich nickte. »Gut, dann wäre das geklärt. Wo stehen wir derzeit?«

Trevisan informierte Thorke über die neuen Erkenntnisse und ließ nichts unerwähnt, auch, dass sich Ollmert und seine Komplizen möglicherweise an der Küste aufhalten könnten, da ein weiterer Termin zur Bestätigung des Depots bei einer Filiale der »RBS« ausstand, bei dem Ollmert oder Kühnert persönlich erscheinen musste.

Von der Entwicklung in der angeblichen Unfallflucht bei Cuxhaven, bei der der Geologe und Bodengutachter Wegener schwer verletzt wurde und derzeit im Koma in einer Cuxhavener Klinik lag, berichtete er ebenfalls. Thorke hörte aufmerksam zu, schließlich erhob sie sich. »Der Polizeipräsident will den Fall dem LKA übertragen, und wir sind draußen. Von der Sache in Cuxhaven wusste er noch nichts, und auch von dem Umstand, dass sich die Betrüger in Deutschland aufhalten könnten, hat er keinen Schimmer. Wir sollten den Staatsanwalt informieren, vielleicht lässt sich angesichts der brisanten Lage an der Entscheidung des Präsidenten etwas ändern.«

Trevisan atmete tief ein. »Ich rufe Bräuner sofort an.«

*

Staatsanwaltschaft Aurich, Emdener Straße

Der junge Oberstaatsanwalt saß entspannt auf seinem gepolsterten Bürostuhl und hatte lässig die Beine übereinandergeschlagen.

Thorke Oselich hatte Trevisan auf der Fahrt nach Aurich begleitet. In aller Eile hatte Trevisan die Berichte und Notizen zusammengerafft und sich mit seiner Dienststellenleiterin auf den Weg gemacht. Es war kurz nach 15 Uhr, als sie Oberstaatsanwalt Bräuner im Besprechungsraum empfing und ihnen Platz anbot.

»Okay«, sagte er salopp, nachdem er seine Besucher begrüßt hatte und ihnen Platz am langen Tisch anbot.

»Was ist so wichtig, dass es nicht bis morgen warten kann?«

Trevisan breitete seine Akte aus und suchte nach dem Bankauszug der »Nordostbank«. Als er ihn fand, schob er ihn über den Tisch.

»Bislang gingen wir davon aus, dass der Bürgermeister von Diekenhörn, Enno Ollmert, möglicherweise bei einem Segelunfall ums Leben kam. Die Ungereimtheiten, die sich damals ergaben, haben wir bereits besprochen. Jetzt stellt es sich allerdings vollkommen anders dar. Es geht um einen Millionenbetrug und alles deutet darauf hin, dass Ollmert darin verwickelt ist und sein Verschwinden nur vortäuschte.«

Oberstaatsanwalt Bräuner verzog seine Mundwinkel. »Von welcher Summe sprechen wir?«

Trevisan zeigte auf den Auszug. »Von 5,6 Millionen, die vom Konto des Bürgervereins Windpark Salzwiesen verschwanden, deren Vorsitzender Ollmert ist.«

Bräuner stieß einen Pfiff aus. »Aber das Boot, das Blut an Bord, das alles war nur vorgetäuscht?«

»Fest steht, dass Enno Ollmert lebt und am vergangenen Freitag persönlich in Hamburg eine Überweisung tätigte«, erklärte Trevisan. »Er war in Begleitung eines gewissen Arndt Kühnert, der die Planungen für den Windpark leitet, aber offenbar unter falschen Personalien auftritt. Wir haben diesen Kühnert inzwischen als Betrüger identifiziert, der in Wirklichkeit Jan Bodlak heißt und bereits polizeilich wegen Raub und Betrugs gesucht wird.«

Der junge Oberstaatsanwalt wurde immer blasser.

»Weiterhin konnten wir im Rahmen der Ermittlungen feststellen, dass ein mögliches versuchtes Tötungsdelikt im Raum steht, für das ebenfalls Jan Bodlak verdächtigt wird. Hierzu dauern unsere Ermittlungen an.«

So langsam wurden die Augen des jungen Oberstaatsanwaltes immer größer. Inzwischen saß er nicht mehr entspannt auf seinem Stuhl, er hatte sich aufgerichtet und klopfte nervös mit dem Zeigefinger auf die Tischplatte. »Das müssen Sie mir genauer erklären.«

Trevisan berichtete von den Erkenntnissen, die Eike inzwischen erlangt hatte, und davon, dass sich ein Fingerabdruck von Bodlak innerhalb des Unfallwagens befunden hatte.

»Deswegen gehen wir davon aus, dass Bodlak die Situation ausnutzte, den Verdacht auf Rogoff lenkte und den Gutachter Wegener anfuhr, um zu verhindern, dass er vor Ablauf dieser besagten Frist ein negatives Gutachten über die Bodenbeschaffenheit in den Salzwiesen abgibt und damit den Betrug gefährdet. Nach meinem Rechtsverständnis muss man dies als Mordversuch werten«, endete Trevisan mit seinem Bericht.

»Und … und was wollen Sie jetzt von mir?«, fragte Bräuner unsicher.

Trevisan richtete sich in seinem Stuhl auf und verschränkte die Arme auf dem Tisch. »Wir wollen den Fall zu einem Abschluss bringen und bis zum Ende bearbeiten, außerdem drängt die Zeit. Wenn der Fall durch das LKA übernommen wird, kann es zu einem zeitlichen Verzug kommen, der den Ermittlungserfolg nachhaltig gefährdet. Bis sich die Kollegen eingearbeitet haben, sind die Verdächtigen längst über alle Berge, falls sie überhaupt noch hier sind.«

»Das heißt, ich soll Ihren Vorgesetzten davon überzeugen, dass Ihre Abteilung weiterhin die Ermittlungen führt«, resümierte der Oberstaatsanwalt.

Thorke Oselich meldete sich zu Wort. »Wie Kollege Trevisan bereits sagte, die Zeit drängt. In fünf Tagen ist es zu spät. Dann werden wir wohl kaum noch Zugriff auf die Personen und das Geld haben.«

Bräuner nickte. »Das leuchtet ein. Haben Sie sonst noch etwas?«

Trevisan nickte. »Wir brauchen Haftbefehle und eine internationale Ausschreibung nach den drei Verdächtigen. Es ist durchaus möglich, dass sie sich bereits im europäischen Ausland aufhalten, und es sollte Mordversuch in den Haftbefehlen stehen und nicht Betrug. Wir alle wissen, welche Prioritäten unsere Kollegen im Ausland setzen.«

Bräuner fuhr sich mit der Hand über die Stirn. »Ich verstehe, das ist zum jetzigen Zeitpunkt allerdings eine eher dürftige Beweislage, die nicht jedem Richter ausreicht, um Haftbefehle wegen Mordversuchs auszustellen.«

»Ich denke, wenn Sie sich persönlich darum kümmern, dürfte das kein Problem werden«, bemerkte Trevisan süffisant.

Bräuner überlegte einen Augenblick, schließlich räusperte er sich. »Gut, ich sehe, was ich tun kann. Aber wenn das schiefläuft, Herr Trevisan, dann …«

»Dann können Sie sich ruhig auf mich berufen«, vollendete Trevisan den Satz.

Bräuner erhob sich. »Alles klar, ich melde mich. Die Haftbefehle erhalten Sie noch heute Abend. Halten Sie mich auf dem Laufenden.«

Thorke Oselich lächelte und warf Trevisan einen vielsagenden Blick zu. »Keine Angst, dafür werde ich schon sorgen.«

28

Spedition »De Gruyter«, Groningen, Holland

Es war spät geworden am gestrigen Montag. Nachdem Trevisan aus Aurich auf die Dienststelle zurückgekehrt war, trudelten langsam die Kolleginnen und Kollegen ein. Gegen 19 Uhr rief Oberstaatsanwalt Bräuner auf Trevisans Apparat an und teilte mit, dass der zuständige Amtsrichter die neuen Erkenntnisse gerne schriftlich vorliegen hätte, sonst sehe er sich angesichts der Beweislage nicht imstande, entsprechende Haftbefehle auszustellen.

In aller Eile fertigte Trevisan einen umfassenden Zwischenbericht an und faxte ihn Oberstaatsanwalt Bräuner zu. Gegen 22 Uhr hielt Trevisan die Haftbefehle in der Hand. Als er an diesem Tag nach Hause kam, war es bereits kurz vor Mitternacht, und er fiel hundemüde in sein Bett.

Schon um 7 Uhr am Morgen stand er wieder im Büro. Sein Weg führte ihn in Begleitung von Lisa über die A29 und die A28 nach Bunde und weiter nach Groningen, wo Lisa den Dienstwagen gegen 10 Uhr auf dem Betriebshof der Spedition »De Gruyter« im Stadtteil Oosterpoortwijk stoppte.

Die Dame der Spedition hatte sich am Telefon nicht erweichen lassen, obwohl Trevisan seine Rückrufnummer hinterlassen hatte, damit sie sicher sein konnte, mit der deutschen Polizei zu sprechen. »Telefonisch geben wir grundsätzlich keine Auskunft«, hatte sie gesagt. Hoffentlich war sie jetzt gesprächiger.

An der Anmeldung saß ein mürrischer Pförtner, dem das Morgenmagazin im Fernseher wichtiger zu sein schien als seine Besucher, die ungeduldig vor dem Tresen standen. Wortlos wandte sich der mürrische ältere Mann seinen Besuchern zu. Allein sein fragender Blick ermunterte Trevisan, das Wort zu erheben.

»Wir wollen zu Frau van Delft«, sagte er. »Trevisan ist mein Name, sie erwartet uns.«

Der Pförtner nickte und griff zum Telefon. Das Gespräch war kurz, und als er auflegte, wies er auf eine Sitzgruppe auf der gegenüberliegenden Seite, wo mehrere schwarze Ledersessel unter riesigen Fotos von Schwertransportern der Firma standen.

»Een ogenblik geduld«, sagte er, ehe seine gesamte Aufmerksamkeit wieder dem Fernseher galt. Die Spedition hatte es wohl nicht nötig, bei möglicher Kundschaft auf Freundlichkeit zu setzen.

Lisa und Trevisan warteten beinahe eine halbe Stunde, bis eine kleine, ältere und untersetzte Frau in einem grauen Kostüm auftauchte und Trevisan und seine Begleiterin mit wenigen Worten begrüßte. Die grauen Haare hatte sie streng zurückgekämmt und zu einem Dutt gebunden.

»Frau van Delft?«, fragte Trevisan.

Die Frau nickte. »Kommen Sie«, sagte die Dame, ohne sich ein Lächeln abzuringen. Offenbar war Unfreundlichkeit tatsächlich ein Teil der Geschäftspolitik. Trevisan und Lisa folgten ihr. Ein Kajütboot der beschriebenen Größe war ein hervorragendes Versteck und möglicherweise eine Erklärung dafür, dass es bislang keine Spur – außer seinem Auftritt am letzten Freitag in Hamburg – von Enno Ollmert gab.

»Vor einem halben Jahr, sagen Sie, eine Fuhre nach Bremerhaven?«, fragte die Dame, nachdem Trevisan ihr lang und ausführlich erklärt hatte, weswegen er zu ihr gekommen war.

»Richtig, eine Motorjacht, Stahlkajütenaufbau. Alt und rostig«, bestätigte er. »Die Adresse in Bremerhaven lautet ›An der Geeste‹, zwei Wochen später wurde das Boot von euch wieder abgeholt. Der Auftraggeber könnte ein gewisser Kühnert oder ein Planungsbüro ›Kühnert‹ gewesen sein.«

Die Frau erhob sich von ihrem Schreibtischstuhl. »Da muss ich in den abgelegten Rechnungen nachsehen. Wissen Sie, Bootstransport ist unsere Hauptaufgabe. Beinahe jeden Tag sind zwei, drei unserer Schwerlastanhänger dafür gebucht. Warten Sie, das dauert ein klein wenig.«

Frau van Delft verließ das Büro, eine Antwort schien sie nicht zu erwarten.

»Die ist vielleicht unfreundlich«, bemerkte Lisa leise.

»Hoffentlich findet sie, wonach wir suchen. Zumindest hat sie nicht nach einem Beschluss eines Richters oder so etwas Ähnlichem gefragt.«

Die Frau tauchte nach knapp zehn Minuten auf. Sie trug einen Aktenordner unter dem Arm. »Ich glaube, ich habe es«, sagte sie, nachdem sie hinter ihrem Schreibtisch Platz genommen hatte. Sie schlug den Ordner auf.

»Das war am Dienstag, dem 12. Januar, zurück ging es dann am 27. Januar, das muss ein Mittwoch gewesen sein. Auftraggeber ist ein Herr Arndt Kühnert, der hatte dort ein Büro nebst einer großen Halle in der Straße. Die Motorjacht hieß ›Emma 3‹.«

»Uns interessiert vor allem, wohin sie anschließend gebracht wurde?«

Sie blätterte die Seite um. »Das Boot war eine klassische Motorjacht von ›Doeve Shipping‹, 14 Meter lang. Blau und weiß gestrichen. Ein Holland-Cruiser so wie die dort oben auf dem Bild. Nicht sehr schnell, aber dafür sehr geräumig.«

Sie zeigte auf ein großes Foto, das hinter ihr an der Wand hing und einen Schwertransporter mit aufgeladener Motorjacht zeigte. »Es sollte wohl als Hausboot umgebaut werden. Wir haben es nach einer Versteigerung am Liegeplatz in Dordrecht abgeholt, nach Bremerhaven gefahren und anschließend in den Fischereihafen gebracht, dort wurde sie wieder zu Wasser gelassen. Der Motor war defekt.«

»Wurde es repariert?«

»Ich gehe davon aus, aber das ist nicht unsere Sache. Der Auftraggeber hat bezahlt, das Boot und auch den Schaden an unserem Lastwagen.«

»Einen Schaden am Lastwagen?«, fragte Trevisan interessiert.

Die Frau nickte. »Ja, offenbar blieb die Mitarbeiterin des Auftraggebers beim Rangieren im Fischereihafen mit ihrem Wagen an unserem Sattelzug hängen. Der Schaden lag bei 3.000 Euro.«

»Wissen Sie, wer die Mitarbeiterin war?«

Frau van Delft schüttelte den Kopf. »Nein, wir haben das ohne die Versicherung geregelt, Herr Kühnert zahlte den Schaden anstandslos.«

»Und der Wagen?«

»Ein silberner Mercedes«, entgegnete die Frau. »Unser Fahrer hat alles notiert. Datum, Uhrzeit, Wagen, Kennzeichen und den Besitzer. Es muss ja alles seine Ordnung haben.«

»Wissen Sie, wie das Kennzeichen lautete?«

»HB-KH 2522«, antwortete Frau van Delft.

»Kann ich eine Kopie …«

Die Frau hob den Ordner hoch und schob Trevisan die darunterliegenden Papiere zu. »Die habe ich bereits für Sie gemacht.«

Trevisan lächelte. »Vielen Dank, Sie haben uns sehr damit geholfen.«

20 Minuten später verließen Lisa und Trevisan den Betriebshof der Spedition in Oosterpoortwijk.

»Ich denke, diese Fahrt hat sich gelohnt«, sagte Trevisan zufrieden, nachdem er sich angeschnallt hatte.

»Glaubst du, das Boot liegt noch dort?«, fragte Lisa.

Trevisan zuckte mit der Schulter. »Nein, das glaube ich eher nicht. Aber über den Kanal sind sie damit bestimmt nicht gefahren. Die treiben sich irgendwo an der Küste herum und wähnen sich in Sicherheit. Vielleicht sind sie tatsächlich in der Nähe von Hamburg.«

»Dann sollten wir schnellstmöglich eine Fahndung nach dem Schiff herausgeben.«

»Und nach dem Wagen.«

»Und nach dem Wagen«, bestätigte Lisa. »Mach ich.«

*

Kriminalpolizei Wilhelmshaven, Mozartstraße

Monika hatte alles zur Zufriedenheit erledigt. Die Falle war vorbereitet. Acht Bankfilialen der »RBS« befanden sich in Deutschland, drei in Holland, vier in Frankreich und weitere sieben in Luxemburg. Und alle waren sie inzwischen über den Betrug informiert. Die Bilder der Verdächtigen lagen dort vor. Inzwischen war über das BKA und Interpol die internationale Fahndung erfolgt, und zwar wegen Mordversuchs, was im Endeffekt bedeutete, sollten Kühnert und Ollmert oder einer von beiden in irgendeiner Filiale auftauchen, würde umgehend das nächste Polizeirevier informiert und die Verdächtigen bis zum Eintreffen der Polizei hingehalten. Trevisan wollte nichts dem Zufall überlassen, schließlich stand nicht nur viel Geld auf dem Spiel, es lag auch ein Verbrechen gegen das Leben vor, auch wenn Wegener noch am Leben war. Zusätzlich fahndeten die benachbarten Polizeibehörden in den angrenzenden Ländern nach dem flüchtigen Trio.

»Ich glaube, dass sie sich noch immer auf dem Schiff aufhalten und den Freitag abwarten, bevor sie sich endgültig aus dem Staub machen.«

»Die Küstenwache ist informiert«, entgegnete Monika. »Die Streifen durchsuchen die Häfen. In Hamburg gibt es ein paar ausgewiesene Housingareas für Hausboote, aber die Liegeplätze sind teuer.«

»Es muss ja kein Liegeplatz in einer Hausbootzone sein, sie könnten ganz normal vor Anker liegen«, hielt Trevisan dagegen. »Sie müssen auf alle Fälle am nächsten Freitag eine Filiale der ›RBS‹ aufsuchen, um das Depot freizuschalten – und das ist unsere Chance. Wenn es uns gelingt, Ollmert und Kühnert festzunehmen und die Transaktion zu verhindern, dann ist das Geld zu retten. Aber wenn wir versagen oder sie in England sind, dann haben wir verloren.«

Sie hatten das Kennzeichen überprüft. Der silberne Mercedes der C-Klasse war tatsächlich vor einem Jahr auf den falschen Kühnert zugelassen worden. Als Adresse war die Firmenanschrift in Bremerhaven hinterlegt. Der richtige Kühnert, mit dem Monika umgehend Kontakt aufgenommen hatte, wusste von einem solchen Wagen nichts. Ludwigs Einschätzung schien korrekt, vor etwa einem Jahr waren die ersten Vorbereitungen zu diesem Betrug angelaufen. Aufgeflogen war dies alles nur, weil die Baufirmen kein weiteres Geld erhalten hatten und die Arbeiten auf der Baustelle in den Salzwiesen einstellten. Zufall? War etwas in der Planung schiefgelaufen, waren die beiden knauserig geworden oder war ihnen einfach nur das Geld ausgegangen?

»Wir haben schon einmal Glück gehabt«, sagte Trevisan. »Wenn Geritt wegen der eingestellten Bauarbeiten nicht solchen Terz veranstaltet hätte, würden wir noch immer nach einem verschollenen Segler suchen.«

Das Telefon klingelte. Trevisan nahm den Hörer ab. Nach kurzem Gespräch legte er auf.

»Doktor Schneider und eine Abordnung des Bürgervereins stehen unten in der Schleuse. Sie wollen mit mir sprechen.«

Monika, die locker auf dem Tisch im Einsatzraum gesessen hatte, erhob sich. »Oh, da will ich nicht weiter stören. Ich schau mal nach, ob die Fahndung was ergeben hat.«

Trevisan lächelte. »Ja, lasst mich nur alle alleine.«

Er ging nach unten zur Schleuse und holte seine Besucher ab. Sie setzten sich in das Vernehmungszimmer. Doktor Schneider, Thees Geritt und als Verstärkung hatten sie Frau Gutjahn, die Stellvertreterin Ollmerts, im Schlepptau. Doktor Schneider war in überraschend guter Stimmung, auch Thees Geritt schien gut gelaunt. Trevisan bot ihnen Platz und einen Kaffee an. Schneider und Geritt stimmten zu, nur Helga Gutjahn hielt sich zurück. Trevisan bat Verena Steuer, einen Kaffee zu brühen, und setzte sich anschließend an den Tisch.

»Was führt Sie zu mir?«, fragte Trevisan.

»Was schon, Ollmert natürlich«, preschte Geritt vor. »Ich gehe davon aus, es gibt keine neue Spur von ihm?«

Trevisan nickte. »Tut mir leid, wenn Sie in der Hoffnung gekommen sind, dass wir Ollmert und seine Komplizen erwischt haben, dann war Ihr Weg umsonst. Wir tun, was wir können, leider sind wir noch nicht weitergekommen.«

Von den neuen Erkenntnissen, die Trevisan aus Holland mitgebracht hatte, und den inzwischen eingeleiteten Maßnahmen sagte er nichts.

Doktor Schneider legte seinem Begleiter die Hand auf den Arm und forderte mit der Geste Zurückhaltung ein. »Wir sind aus einem anderen Grund hier. Es gibt eine Möglichkeit, die Transaktion zu verhindern, aber dazu bräuchten wir Ihre Hilfe, Herr Trevisan.«

Trevisan runzelte die Stirn. »So, welche denn?«

Doktor Schneider wies auf die anwesende Frau Gutjahn, die sich zurückhielt und sogar etwas verängstigt wirkte.

»Frau Gutjahn ist Ollmerts Stellvertreterin im Verein und Ollmert offenbar in ein Verbrechen verwickelt, damit ist sie satzungsgemäß handlungsberechtigt.«

»Es ist ein Vergehen, es könnte ein Verbrechen sein, wenn das Gericht einen gewerbsmäßigen oder einen bandenmäßigen Betrug bejaht, aber das muss ich Ihnen als Rechtsanwalt wohl nicht erklären«, widersprach Trevisan.

Doktor Schneider nickte. »Das kann man so oder so sehen. Sagen wir, es ist eine illegale oder besser ausgedrückt eine unlautere Handlung. Das trifft den Kern der Sache genauer, schließlich geht es bei unserem Ansinnen um Wirtschaftsrecht, und darin kenne ich mich weit besser aus als im Strafgesetzbuch.«

»Gut«, entgegnete Trevisan. »Wie soll unsere Hilfe aussehen? Was haben Sie vor?«

Doktor Schneider spitzte die Lippen. »Wir werden im Eilverfahren nach der Verordnung der EU aus dem Jahr 2014 einen international gültigen Pfändungsbescheid bei der Europäischen Bankenaufsicht beantragen.«

Trevisan atmete tief ein. Im Bereich der Tötungsdelikte kannte er sich aus, aber was internationales Bankenrecht anging, da war er ein Waisenknabe.

»Wie könnte ich Ihnen helfen?«, fragte er vorsichtig.

»Wir benötigen lediglich die Bestätigung, dass gegen Herrn Kühnert, also ich meine natürlich gegen den falschen Herrn Kühnert, wegen Urkundenfälschung und Verwendung eines falschen Namens ermittelt wird.«

»Das ist alles?«, fragte Trevisan.

Doktor Schneider nickte. »Vorerst ja, denn damit wäre eine unlautere Handlung begründet. Wenn die Bankenaufsicht mitzieht, wird das Geld vorerst eingefroren. Im Prinzip dasselbe Verfahren wie mit Konten ausländischer Despoten oder Terrororganisationen.«

»Eingefroren würde bedeuten?«, fragte Trevisan.

»Niemand kommt bis zur Klärung des Sacherhalts an das Depot heran«, erklärte Doktor Schneider. Bis zur endgültigen Klärung wäre es quasi unantastbar. Erst wenn die Nachweise geführt werden, dass das Geld zu Recht auf dem Depot liegt oder eben auch nicht, wird Weiteres entschieden. Damit hätten wir sechs Wochen Zeit, die Herkunft des Geldes nachzuweisen und unseren Anspruch als Bürgerverein durchzusetzen.«

Trevisan kratzte sich am Kinn. »Die Fahndung nach Ollmert und seinen Komplizen läuft, und wir hoffen, dass wir sie vor Freitag aufstöbern können. Wenn zuvor bekannt werden würde, dass das Geld verloren ist, dann tauchen sie ab, und wir sehen sie nie wieder, zumindest Kühnert und seine Komplizin nicht.«

Doktor Schneider hob beschwichtigend die Hände. »Keine Angst, die würden davon erst erfahren, wenn sie zur Bank gehen. Damit wäre nichts verloren.«

Trevisan überlegte einen Augenblick. »Eine internationale Pfändung«, murmelte Trevisan.

»Ja, richtig«, bestätigte Doktor Schneider. »Das wäre für uns von äußerster Dringlichkeit. Auch wenn es fraglich ist, ob das Projekt überhaupt weiterbetrieben werden kann. Der Verlust von 5,6 Millionen würde uns den Hals brechen.«

Trevisan erhob sich. »Warten Sie hier, Sie sollen diese Bescheinigung haben, ich brauche nur ein paar Minuten.«

Doktor Schneider und Thees Geritt nickten dankbar. »Keine Ursache, wir warten.«

29

Fischereihafen in Bremerhaven

Bevor Monika Sander und Martin Trevisan aus Holland zurückgekehrt waren, hatten sich Krog und Lentje nach Bremerhaven aufgemacht, um im Fischereihafen nach dem gesuchten Schiff Ausschau zu halten. Monika hatte das Boot genau beschrieben. Knapp 14 Meter lang, blau und weiß getüncht, mit einem Kajütenaufbau und einer Fahrkabine. Ein Holland-Cruiser von der Firma »Doeve Shipping« aus den frühen 60ern.

Sie parkten den zivilen Dienstwagen im Industriegebiet in der Eisteichstraße und gingen zu Fuß zum Hafen, schließlich wollten sie kein Aufsehen erregen.

Die Gesuchten konnten sich an Bord befinden. Trevisan hatte ausdrücklich angeordnet, nur zuzugreifen, wenn alle drei Flüchtigen, Ollmert, Kühnert und Anna Flores do Salvio, zweifelsfrei vor Ort ausgemacht und identifiziert worden wären.

Ein Boot war ein ideales Versteck. Es gab keine Meldezettel wie in einem Hotel, es gab keinen Mietvertrag, und auch die Zahl der Nachbarschaft, die zufällige Beobachtungen machen konnte, hielt sich in Grenzen. Lediglich ein Liegeplatz war vonnöten, und der wurde bar beim Hafenmeister bezahlt.

Sie gingen den Fußweg entlang und blieben am Kühlhauskai stehen. Der Hafen lag vor ihnen. Gegenüber lagen die Jachten und Boote im Schatten des Brinkamahofer Leuchtturms. Kutter waren so gut wie keine zu sehen, dafür lagen auf ihrer Seite einige Frachtschiffe vor Anker. Krog hatte in weiser Voraussicht das dienstliche Fernglas eingepackt. Er hob es vor die Augen und ließ den Blick schweifen, schließlich nahm er es herab und schüttelte den Kopf. »Dort drüben liegt kein Boot, das der Beschreibung entspricht.«

»Wir sollten vor zur Schleuse«, entgegnete Lentje. »Dort liegen auch einige Boote.«

»Am Kohlenkai ebenfalls, die habe ich gesehen, als wir den Wagen parkten«, antwortete Krog.

Sie wandten sich um und gingen über die Maifischstraße vor zum Fischkai. Die einzelnen Hafenbecken lagen weit voneinander entfernt, sodass Lentje und Krog einen ordentlichen Fußmarsch vor sich hatten. Umso größer war die Enttäuschung, als sie auch dort an den Liegestellen kein Boot entdeckten, das der Beschreibung entsprach.

»Wir sollten mit dem Hafenmeister sprechen«, schlug Krog vor, nachdem er erneut das Hafengebiet mit dem Fernglas abgesucht hatte.

»Weißt du, wo das Hafenamt ist?«

Krog zog sein Handy hervor und aktivierte das Display. Es dauerte eine Weile, bis seine Suchanfrage beantwortet wurde.

»In der Deichstraße«, sagte er. »Wir müssen zurück zum Wagen.«

»Ich dachte nicht, dass der Hafen so weitläufig ist«, entgegnete Lentje.

Krog wies auf die Wasserstraßen, die den Hafen durchzogen. »Er könnte auch die Geeste durchfahren haben und weiter landeinwärts liegen. Bis wir das alles abgegrast haben, ist es Mitternacht.«

Sie gingen zurück zum Wagen und fuhren über die Columbusstraße zum Hafenamt.

»Ich hoffe nur, hier kann man uns weiterhelfen«, seufzte Lentje, nachdem sie ausgestiegen waren.

»Du kennst doch unsere Bürokratie«, entgegnete Krog mit einem Lächeln. »Wir führen über alles und jeden Buch, ganz bestimmt auch über Schiffe und ihre Liegeplätze, sonst könnte ja jeder gerade machen, was er will.«

Krog sollte recht behalten. Nachdem sie im Hafenamt an der Anmeldung ihr Anliegen vorgetragen und sich ausgewiesen hatten, wurden sie in den ersten Stock geschickt, in dem die Liegeplätze verwaltet wurden. Dort empfing sie ein junger Mann mit kurzen schwarzen Haaren in Jeans und kariertem Hemd. »Herr Jochim, Hafenamt«, stand auf einem Namensschild, das knapp über seiner Brust am Hemd angeheftet war.

»›Emma 3‹«, murmelte er, nachdem er den Namen des Schiffes in seine Computermaske eingegeben hatte.

Es dauerte eine Weile, bis der Computer die Suchanfrage beantwortete. Der junge Mann blickte verdutzt auf den Bildschirm.

»Was ist los?«, fragte Lentje.

»›Emma 3‹, das ist sicher?«

Lentje nickte.

Er zuckte mit der Schulter. »Tut mir leid, eine ›Emma 3‹ ist nicht registriert.«

Lentje atmete tief durch. »Das ist nicht möglich, sie muss hier gelegen haben.«

Der junge Mann drehte ihr den Bildschirm zu. »Hier, kein Eintrag, sehen Sie selbst. Wie heißt denn der Eigner?«

»Es kommen mehrere Eigner in Betracht, versuchen Sie es mit Kühnert.«

Lentje buchstabierte den Namen, doch der Computer meldete erneut Fehlanzeige.«

»Ollmert?«

Sie gingen alle Namen durch, auch den der Frau. Selbst die Scheinfirma, die Kühnert betrieben hatte, tauchte in der Registratur der Hafenverwaltung nicht auf.

Lentje war erschüttert. Sollte sich die einzige Spur, die sie hatten, in Luft auflösen?

»Wissen Sie, wann das Boot hier anlegte?«

»Moment!«

Lentje griff nach ihrem Handy und rief Monika Sander an. Der Empfang war schlecht, denn Monika befand sich noch auf der Autobahn kurz nach Bunde. Sie reichte das Telefon an Trevisan weiter.

»Das Boot ist in Bremerhaven nicht aufzufinden«, berichtete Lentje. »Ich stehe im Hafenamt, doch eine ›Emma 3‹ taucht in dem Verzeichnis der Liegeplätze nicht auf. Kannst du mir sagen, wann das Boot zu Wasser gelassen wurde?«

Zum Glück hatte sich genau an diesem Tag der Unfall zwischen dem Lkw der Spedition und dem Wagen des Auftraggebers Kühnert ereignet, sodass Trevisan sogar die Uhrzeit nennen konnte, an dem das Boot zu Wasser gelassen worden war.

Jochim von der Hafenverwaltung tippte das Datum ein. »Dann wollen wir mal sehen, welche Boote an diesem Tag eingelaufen sind. 14 Uhr, sagen Sie?«

»Ja, so um 14 Uhr«, bestätigte Lentje. »Es lief nicht ein, es wurde zu Wasser gelassen, mit einem Kran.«

»Das kann dann nur am Westring gewesen sein«, entgegnete Jochim.

Auf dem Bildschirm wurden die Daten der Boote angezeigt, die an diesem Tage in Bremerhaven vor Anker gegangen waren.

»Das ist ein Frachter, das war eine Segeljacht«, murmelte Jochim, der die Zeilen des Programms überflog. »Moment, hier haben wir etwas, die ›Windrose‹, um 14.22 Uhr, Liegeplatz GC 410, das ist eine Motorjacht.«

Lentje blickte den jungen Mann gespannt an.

»Schauen wir mal«, fuhr Jochim fort und tippte den Namen der Jacht in die Suchmaske.

»Ach ja, ›Windrose‹, Registriernummer 255341-T, versichert bei der Lloyd, Capetown«, sagte er. »Schiffseigner: Anna Salvio, Gebühr bar entrichtet.«

»Das ist sie, Salvio, das Boot ist auf die Frau registriert«, entgegnete Lentje.

»Liegt sie noch dort?«, mischte sich Paul Krog ein.

Der junge Mann scrollte über den Bildschirm, schließlich schüttelte er den Kopf. »Nein, sie ist ausgelaufen, zwei Tage später, Ziel unbekannt. Sie hat gegen 10 Uhr morgens die Schleuse passiert.«

»Verdammt, wir kommen zu spät«, ärgerte sich Lentje.

»Sie wurde eine Woche, bevor sie zu Wasser gebracht wurde, beim Schifffahrtsamt angemeldet. Moment, ja, hier steht auch, dass sie umbenannt wurde. Sie hieß zuvor ... hier steht es, ›Emma 3‹, das ist das Boot, das Sie suchen.«

»Kann man feststellen, wohin sie geschippert ist?«

»Leider nicht«, entgegnete Jochim, »Die ›Windrose‹ ist als Freizeitboot registriert, ich fürchte, da gibt es keine Routenplanung.«

*

Kriminalpolizei Wilhelmshaven, Mozartstraße

Doktor Schneider und die Abordnung des Bürgervereins waren gegangen, und Trevisan hatte ein gutes Gefühl. Die Falle war gestellt, die Fahndung lief auf Hochtouren. Endlich gab es einen Ansatzpunkt, um eine konkrete Suche nach den Flüchtigen zu betreiben. Trevisan war überzeugt, das Boot war der Schlüssel, dort hielten sich alle drei verborgen, bis das Geschäft endgültig abgeschlossen und das Geld ins Ausland transferiert worden war.

Eike hatte inzwischen nach Beschluss des Amtsgerichts das Geschäftskonto des falschen Planungsbüros »Kühnert« durchleuchtet. Von der Vorauszahlung in Höhe von 100.000 Euro, die Kühnert damals vom Bürgerverein vertragsgemäß erhalten hatte, waren noch 32.278,12 Euro vorhanden. Zweifellos hatte dieses Geld dazu gedient, den Betrug vorzubereiten und den Schein aufrechtzuerhalten, denn die bisherigen Ausgaben dienten ausnahmslos dazu, entsprechende Vorbereitungshandlungen zu finanzieren. Die beiden Baufirmen waren von dem Konto bezahlt worden, die Hallenmiete in Cuxhaven, sogar die Spedition »De Gruyter« tauchte auf den Belegen auf. Ein größerer Betrag war an einen holländischen Bootshändler in Leeuwarden gegangen. Die ›Emma 3‹ hatte demnach knapp 30.000 Euro gekostet. Es ging manchmal schon seltsam in dieser Welt zu, denn im Grunde genommen hatte der Bürgerverein den Betrug selbst finanziert.

»Gibt es eine Möglichkeit, das Geld sicherzustellen?«, fragte Lisa.

Trevisan nickte. »Eike arbeitet daran, wir lassen es über das Amtsgericht beschlagnahmen.«

»Dann stehen sie zumindest ohne Kapital da«, bemerkte Monika zufrieden.

»Ich habe noch was gefunden«, meldete sich Eike zu Wort, der hinter seinem Laptop saß und über den Bildschirm scrollte.

»Was?«, fragte Trevisan.

»7.000 Euro wurden vor drei Tagen online an eine Firma namens ›società di viaggi de Verona‹ überwiesen. Eine Nummer ist hinterlegt, ich gehe davon aus, das ist eine Registriernummer.«

»Vor drei Tagen, das war am Freitag«, stellte Lisa fest.

»Was ist das für eine Firma?«, fragte Trevisan.

Eike aktivierte das Suchprogramm, kurz darauf blickte er auf. »Das ist ein Reiseveranstalter mit Sitz im Flughafen bei Verona«, sagte er.

Trevisan fuhr sich über die Stirn. »Wir müssen wissen, was mit diesen 7.000 Euro bezahlt wurde.«

Eike kratzte sich am Kinn. »Ich glaube kaum, dass die uns telefonisch Auskunft geben.«

»Ein Ersuchen über das BKA kostet zu viel Zeit«, wandte Monika ein.

Trevisan seufzte. »Du hast recht.«

Eike klappte den Laptop zu. »Renzi wäre eine Möglichkeit«, sagte er. »Er könnte uns sicher helfen. Ist Emilia da?«

»Wieso Emilia?«, fragte Monika.

»Sprichst du Italienisch?«, fragte Eike. »Außerdem hat Renzi einen Narren an ihr gefressen, als wir in Limone waren. Ich glaube, wenn sie ihn anruft und nett bittet, dann tut er alles, um uns weiterzuhelfen.«

Lisa griff zum Handy. »Ich schau mal, ob sie Dienst hat.«

Emilia Giordano hatte dienstfrei, ausgerechnet heute. Lisa rief sie auf ihrer Privatnummer an. Emilia war spontan bereit zu helfen.

»Ich glaube, die Schlinge zieht sich langsam zu«, bemerkte Monika zufrieden. »Vor einer Woche saßen wir hier und hatten keinen blassen Schimmer, was hinter dem Verschwinden des Bürgermeisters steckt, und jetzt sieht es so aus, als kämen die Dinge ins Laufen.«

»Übrigens, heute Morgen war Haftprüfungstermin in Cuxhaven«, meldete sich Eike zu Wort. »Rogoff wurde auf freien Fuß gesetzt. Angesichts der neuen Erkenntnisse hält der Richter keinen dringenden Tatverdacht mehr für gegeben.«

Trevisan nickte. »Das war gute Arbeit«, lobte Trevisan seine Mitarbeiter.

Monikas Handy klingelte. Lentje war am Apparat und gab ihre neusten Erkenntnisse durch. Nachdem das Gespräch beendet war, wandte sich Monika Trevisan zu.

»Das Boot ist weg«, sagte sie. »Es liegt nicht mehr in Bremerhaven und heißt jetzt ›Windrose‹, es wurde umgetauft.«

»Was heißt weg?«, fragte Eike.

»Zwei Tage, nachdem es zu Wasser gelassen wurde, ist es mit unbekanntem Ziel ausgelaufen.«

»Wäre es möglich, dass die damit bis nach Italien schippern?«, fragte Lisa.

Trevisan trat vor die große Landkarte, die an der Stirnseite des Soko-Raumes an der Wand hing. Nachdenklich betrachtete er die Küste.

»Die könnten überall sein«, seufzte Trevisan.

»Ich glaube nicht, dass sie damit nach Italien fahren«, wandte Eike ein.

»Weshalb nicht?«, fragte Monika.

»Ich habe den Schiffstyp mal gegoogelt. Diese Motorjachten sind zwar hochseetauglich, aber meist nur schwach motorisiert. Die Doeve-Werft hat drei Kabinenboote in der Auswahl, das größte ist 14 Meter lang und hat einen 70-KW-Motor. Die laufen etwa acht Knoten auf Volllast, das sind etwa 14 Kilometer die Stunde. Die Küstenlinie entlang sind es bestimmt 3.000 Kilometer bis Italien. Das heißt, sie wären alleine ohne Tankstopp schon mehr als zehn Tage unterwegs, wenn sie Tag und Nacht durchfahren. Nach zehn bis zwölf Stunden unter Volllast ist der Tank leer.«

»Da gebe ich Eike absolut recht«, sagte Trevisan. »Mit einem normalen Boot, noch dazu unter dem Druck, dass ihr Betrug früher oder später auffliegt, ist das nicht machbar. Die sind hier noch irgendwo, wir müssen die Fahndung aktualisieren und die Holländer und die Briten informieren.«

30

Hansestadt Hamburg, Hamburger Hafengebiet

Die Fahndung war entsprechend ergänzt worden. Da Trevisan und sein Team davon ausgingen, dass die Jacht irgendwo in einem Hafen oder einer der modernen Housingareas dümpelte, waren vor allem die Randgebiete entlang der Wasseradern interessant. Abseits der großen Frachthäfen in den kleineren Becken und Kanälen der großen Städte gab es immer mehr sogenannte Housingareas, in denen Hausboote oder Jachten als Wohnungen dienten. Angesichts der Wohnungsnot und der immer teurer werdenden Baugrundstücke stellte ein Liegeplatz mit Anschluss an die Stromversorgung eine günstige Alternative zu einer teuren Stadtwohnung dar. In Hamburg gab es vieler solcher Hausbootzonen, und die Zahl der Ankerplätze nahm stetig zu. Ein ideales Versteck für Ollmert und seine Komplizen.

Vor allem in Hamburg-Mitte, rund um den Klütjenfelder Hauptdeich oder am Zollhafen gab es eine ganze Reihe solcher Hausboote zur Miete oder Liegeplätze, an denen Hausboote gegen Gebühr festgemacht werden konnten. Vermutlich würde es dem Eigner eines solchen Liegeplatzes überhaupt nicht auffallen, wenn kurzzeitig ein Schiff dort vor Anker ging, denn meist wurden solche Plätze über Maklerbüros ausgeschrieben.

Das Hilfseinsatzboot WS 43 von der Hamburger Wasserschutzpolizei war mit einem Fahndungsauftrag seit drei Stunden in den stillen Kanälen rund um diese Areas unterwegs, doch bislang gab es keine Sichtung. Bald würde es dunkel werden, und dann wurde es Zeit, zum Stützpunkt zurückzukehren. Bereits zum zweiten Mal befuhren sie im Stadtteil Veddel den Kanal bis zur Peutestraße, ehe der Skipper das Boot wenden ließ.

»Die Wilhelmshavener sind sich sicher, dass die ›Windrose‹ hier irgendwo dümpelt«, sagte der Steuermann und warf einen Blick durch das Kabinenfenster.

»Tja, wo nix is, da is nix«, entgegnete der Skipper und warf einen Blick auf seine Armbanduhr. Es war kurz nach 18 Uhr, noch zwei Stunden würde es hell bleiben.

»Fahren wir rüber zum Hauptdeich«, beschloss der Skipper.

Nicht nur die WS 43, sondern auch das Schwesternschiff, die WS 44 sowie die Kollegen der Streife waren auf der Suche nach dem Motorschiff, doch bislang war die Fahndung nicht von Erfolg gekrönt.

»Aye, Skipper«, bestätigte der Steuermann den neuen Befehl und schob den Gashebel nach vorne. Der Motor heulte auf, und die Schrauben wirbelten das Wasser auf.

»Ich wüsste nicht, wo wir in unserem Abschnitt noch suchen sollten«, rief der Skipper gegen den Lärm an, den die Motoren verursachten, als das Boot die Sachsenbrücke passierte.

Der Steuermann nahm das Gas zurück, der Lärm

ebbte ab. »Wenn wir die Nordelbe und den Billhafen überprüft haben, sind wir durch.«

Das Boot schipperte mit mäßiger Geschwindigkeit dahin, passierte den Hovekanal und den Peutehafen, ehe es in die Nordelbe einbog. Hier musste der Skipper vorsichtiger navigieren, denn auch der ein oder andere Frachter oder Schubverband befuhr diese Wasserstraße auf dem Weg in die Außenelbe und anschließend in die Nordsee. Der Steuermann peilte die Mitte des Flusses an und nahm das Gas zurück, als ein großes Containerschiff das kleine Polizeiboot passierte. Er wartete den Wellengang des Ozeanriesen ab, der unter japanischer Flagge fuhr, und bog am Lighthouse Zero in den Brooktorhafen ab. Vorbei an der Promenade und dem Störtebeker-Ufer passierte er Hafen-City und die Leonbrücke, ehe er in den Wandrahmsfleet steuerte. Auch hier lagen einige Boote und Jachten an Liegeplätzen, doch die »Windrose« war nicht darunter. Über den Binnenhafen ging es zurück in die Elbe.

»Wat nu?«, fragte der Steuermann.

Der Skipper zuckte mit der Schulter und schaute auf seine Armbanduhr.

»Dieser Trevisan aus Wilhelmshaven scheint sich zu irren, hier ist das Boot nicht, vielleicht haben die anderen mehr Glück«, sagte er. »Zurück zum Stützpunkt, das reicht für heute.«

Der Steuermann nickte und gab Gas.

*

Kriminalpolizei Wilhelmshaven, Mozartstraße

Emilia hatte Wort gehalten. Obwohl sie heute frei hatte, traf sie nach 27 Minuten im Soko-Raum ein. Trevisan erklärte ihr, worum es ging, und sie setzte sich ans Telefon und rief die Polizeistation in Limone an. Capitano Renzi war nicht zugegen, er würde erst in einer Stunde auf der Dienststelle eintreffen, aber die italienische Kollegin versprach ihm auszurichten, dass er umgehend zurückrufen sollte.

Sie warteten beinahe zwei Stunden, ehe sich Renzi meldete. Es habe bei einer Unfallaufnahme Komplikationen gegeben, entschuldigte er sich überschwänglich. Als Emilia ihm erklärte, worum es bei den Nachforschungen in Verona ging, erklärte er sich sofort bereit, die Ermittlungen auch ohne offizielles Ersuchen zu unterstützen. Außerdem habe er ausgezeichnete Kontakte nach Verona. Einer seiner Neffen arbeite dort bei der Kriminalpolizei in der Rauschgiftabteilung. Er werde ihn sofort informieren, könne aber nicht versprechen, ob es heute noch klappt, mit dem Reisebüro in Kontakt zu treten, schließlich sei es ja kurz vor Feierabend. Emilia bedankte sich herzlich und versprach auf seinen Rückruf zu warten.

»Ich rede mit Thorke, schließlich sollst du die Stunden auch kriegen, die du auf der Dienststelle in deiner Freizeit zubringst«, versprach Trevisan, nachdem Emilia den Hörer aufgelegt hatte.

Eine halbe Stunde verging, ehe sich Renzi meldete. Leider war am heutigen Tag nichts mehr zu machen.

Die Firma war geschlossen, und sein Neffe hatte bereits Feierabend. Renzi versprach allerdings, dass er sich am nächsten Morgen der Sache annehmen würde, bis zum Mittag würde er sich melden.

»Mehr können wir heute nicht tun, machen wir Feierabend«, sagte Trevisan in die Runde. »Wir treffen uns morgen um 8 Uhr.«

Trevisan wartete, bis sich der Soko-Raum geleert hatte, ehe er das Licht ausknipste und sich in sein Büro zurückzog.

»Bis morgen«, rief ihm Lisa zu, als sie die Etage verließ. Trevisan winkte ihr zu. Inzwischen war es kurz nach 21 Uhr am Abend. Wieder ging ein langer Tag im Büro zu Ende. Trevisan hoffte, dass diese unselige Ermittlung endlich ihr Ende finden würde, natürlich mit gutem Ausgang, denn er hatte nicht vor, Ollmert und seine Komplizen mit all dem Geld entkommen zu lassen. Er hoffte fest darauf, dass sich der gesamte Aufwand am Ende lohnte. Dennoch war ihm bewusst, dass Ollmert, Bodlak und Anna Flores do Salvio nicht die einzigen Gesuchten waren, die es schafften, der Justiz zu entkommen. Der Polizeicomputer war voll mit solchen Fällen. Aber noch war es nicht so weit, Freitag war der entscheidende Tag.

Trevisan griff nach seiner Sommerjacke und zog sie über. Noch bevor er zur Tür ging, klingelte das Telefon. Einen kurzen Moment überlegte er, ob er das Klingeln ignorieren sollte, doch er verwarf den Gedanken und nahm den Hörer ab.

»Trevisan, Kripo Wilhelmshaven«, sagte er.

»Schneider, ›Nordostbank‹«, meldete sich der Teilnehmer am anderen Ende der Leitung zu Wort. »Verzeihen Sie, Herr Trevisan. Ich habe versucht, Sie zu Hause zu erreichen, aber dort sagte man mir, Sie wären im Büro.«

Trevisan biss sich auf die Lippen. Er hasste es, wenn die Arbeit in sein Haus getragen wurde.

»Richtig«, sagte er und schluckte seinen Ärger hinunter.

»Gibt es etwas Neues zu berichten?«

Trevisan verneinte.

»Nun, möglicherweise interessiert es Sie, wie weit unser Vorhaben gediehen ist.«

»Ich bin ganz Ohr.«

»Wir haben die Eingabe bei der europäischen Finanzaufsicht in Frankfurt vorgelegt und unsere Argumente vorgetragen. Dank Ihrer Hilfe und der Bestätigung, dass das Depot unter einem falschen Namen, noch dazu mit unterschlagenem Geld, angelegt wurde, ist das Amt unserer Auffassung gefolgt. Ich habe es bislang nur mündlich, aber der Pfändungsbescheid wird morgen im Laufe des Tages erlassen und dem Institut zugestellt, das den Fonds verwaltet.«

»Und das heißt?«, fragte Trevisan.

»Das Konto wird eingefroren und die Werte gesichert. Wir haben dann drei Wochen Zeit, unsere Ansprüche anzumelden.«

»Erfahren Ollmert oder Kühnert davon?«

»Sie werden informiert, denn auch für sie gilt diese Frist.«

Trevisan fuhr sich über das Kinn. »Wie werden sie informiert?«

»Der Beschluss erfolgt schriftlich an die hinterlegte Adresse.«

»Das heißt, an die Adresse in Cuxhaven«, hakte Trevisan nach.

»Richtig, eine andere Erreichbarkeit liegt dem Institut ja nicht vor. Ich hielt es für notwendig, Sie darüber zu informieren.«

Trevisan nickte. »Danke für die Information«, sagte er, ehe er das Gespräch beendete.

War das Geld nun wirklich sicher? Oder wurde dadurch am Ende die Festnahme der Gesuchten vereitelt? Ob sie bereits wussten, dass ihre Pläne durchschaut worden waren? Ob sie vielleicht sogar damit rechneten?

Trevisan erhob sich und schob die Gedanken beiseite. Er verließ die Dienststelle und fuhr nach Hause. Lea arbeitete im Atelier, Paco lag vor der Tür und genoss die abendliche Kühle, er richtete sich nur kurz auf, als Trevisan sich bei ihm niederkniete und ihm über den Kopf streichelte. Noch nicht einmal der Hund schien sich über seine Anwesenheit zu freuen. Er öffnete die Tür und betrat das Atelier.

»Da bist du ja«, grüßte Lea sarkastisch. »Ich dachte schon, du hast dein Bett ins Büro verlegt.«

»Tut mir leid, aber ich war bis jetzt beschäftigt.«

»Tja, du hast Ayk verpasst. Paula war den ganzen Mittag hier. Sie ist erst um 19 Uhr nach Hause gefahren.«

»Schade«, sagte Trevisan und ging zu Lea, um sie zu umarmen.

»Ich hoffe wirklich, dass ihr diesen zwielichtigen Bürgermeister endlich schnappt, damit dieses Hin und Her ein Ende hat.«

»Das hoffe ich auch«, entgegnete Trevisan. »Am Freitag wird es sich entscheiden. So oder so. Entweder kriegen wir die Kerle oder sie verschwinden von der Bildfläche.«

»Gut, du solltest dich nämlich langsam um deinen Enkel kümmern.«

»Wenn der Fall abgeschlossen ist, bleibe ich zu Hause und feiere meine Überstunden ab.«

»Das hoffe ich, Paula wirkt nämlich nicht besonders glücklich, wenn ihr Vater die meiste Zeit im Büro verbringt und von seinem Enkel keine Notiz nimmt.«

»So ist es nicht, das weißt du.«

»Erkläre es ihr, nicht mir«, entgegnete Lea.

An diesem Abend ging Trevisan mit einem schlechten Gewissen ins Bett, entsprechend unruhig war sein Schlaf. Als der Wecker klingelte, hatte er kaum mehr als zwei Stunden am Stück geschlafen.

31

Kriminalpolizei Wilhelmshaven, Mozartstraße

Die unruhige Nacht forderte ihren Tribut. Nach dem Klingeln des Weckers war Trevisan weggedöst, und als er erwachte, war er über eine halbe Stunde zu spät dran. Nach einer schnellen Katzenwäsche und einem heißen Kaffee aus dem Vollautomaten fuhr er ins Büro. Es war kurz vor 9 Uhr, als er aus seinem Wagen stieg. Eine Stunde zu spät. Eilends nutzte er die Treppe in den zweiten Stock. Als er den Soko-Raum betrat, hatten sich bereits alle in einer Ecke um den Tisch versammelt. Ein paar saßen, andere standen um die aufgeschlagene Tageszeitung herum, sogar Thorke Oselich war unter ihnen.

»Du kommst spät, Martin«, begrüßte sie ihn, als er hastig seine Jacke abstreifte und über einen Stuhl hing.

»Entschuldigung, hatte keine gute Nacht, was schaut ihr da an?«

Thorke winkte ihn heran und machte Platz. Auf dem Tisch lag das »Wilhelmshavener Tageblatt«. Trevisan beugte sich nieder und griff nach seiner Lesebrille.

»Bürgermeister von Diekenhörn
betrügt seine Gemeinde«

So lautete die Schlagzeile auf der zweiten Seite der heutigen Ausgabe. Bürgermeister täuscht Verschwinden vor und begeht einen Millionenbetrug. Der Schaden liegt bei über fünf Millionen, und die Polizei ist ratlos, lauteten die weiteren Zeilen. Schulze hatte den Artikel verfasst. Seit einer Woche hatte die Presse den Fall des vermissten Bürgermeisters von Diekenhörn aus den Augen verloren, und nun das. Trevisan schüttelte den Kopf. Woher hatte Schulze diese Weisheiten? Er las den gesamten Artikel. Auch von Kühnert und von einer geheimnisvollen Frau namens Anna war in dem Artikel die Rede. Schulze hatte wohl einen guten Informanten angezapft, der über viel internes Wissen verfügte. Und dieser Artikel kam natürlich zur Unzeit. Zum Glück war darin nicht die Rede davon, dass die Polizei wusste, dass sich Ollmert und seine Komplizen mutmaßlich auf einer Jacht verbargen und ein silberfarbener Mercedes im Spiel war.

»Wenn Ollmert und seine Bande bisher der Meinung waren, wir würden ihn noch immer für vermisst halten, dann weiß er jetzt ganz genau, dass wir aus anderem Grund nach ihm suchen«, seufzte Monika Sander, nachdem sich Trevisan aufgerichtet und die Lesebrille abgesetzt hatte.

»Martin, hast du eine Ahnung, woher die Informationen stammen?«, fragte Thorke Oselich.

Trevisan schüttelte den Kopf. »Das muss von jemandem aus dem Bürgerverein lanciert worden sein, und ich glaube nicht, dass es Doktor Schneider und Thees

Geritt waren. Die haben sicherlich kein Interesse daran, dass Ollmert endgültig untertaucht.«

»Wenn unsere Flüchtigen das lesen, dann kriegen wir sie nie«, schob Eike nach. »Die können dieses Depot auch in einer ›RBS‹-Filiale in England bestätigen. Ob wir die Engländer dazu bringen, für uns nach den Flüchtigen zu fahnden, ist fraglich, bei der derzeitigen politischen Lage.«

»Ein internationaler Haftbefehl wegen Mordversuchs gilt auch in Großbritannien«, wandte Lentje ein. »Schließlich gehören sie noch zur EU.«

»Das ist richtig«, bestätigte Trevisan. »Trotzdem glaube ich nicht, dass wir auf die Engländer bauen sollten.«

»Gut, wie machen wir jetzt weiter?«, fragte Thorke Oselich.

»Wie schon«, entgegnete Trevisan. »Es ändert sich nichts, wir machen einfach weiter. Bis Freitag haben wir Zeit. Haben sich die Hamburger wegen der Fahndung nach dem Boot gemeldet?«

Monika Sander schüttelte den Kopf.

»Hat sich überhaupt jemand gemeldet?«

»Nein, bislang keine neuen Erkenntnisse.«

»Und Renzi?«

»Auch nicht«, antwortete Lisa.

Trevisan kratzte sich am Kinn. »Was können wir sonst tun?«

»Ich werde jedenfalls den Staatsanwalt über die neue Entwicklung informieren, wenn er nicht selbst den Artikel gelesen hat«, sagte Thorke und wandte sich zur Tür.

»Sag ihm, wir bleiben am Ball, aber wir brauchen die Engländer mit im Boot, vielleicht kann er über Interpol Druck machen.«

»Ich versuche es«, sagte Thorke, ehe sie den Soko-Raum verließ.

»Gab es sonst noch was?«, fragte Trevisan.

Monika wies auf die Zeitung. »Ich denke, das ist genug.«

*

»ABN-Amro«, Grote Markt, Groningen

Als Doktor Schneider mit seiner Frau am Frühstückstisch saß und sich Kaffee eingeschenkt hatte, schlug er die Morgenzeitung auf und fiel aus allen Wolken.

»*Bürgermeister von Diekenhörn betrügt seine Gemeinde*«, lautete die Schlagzeile auf der zweiten Seite des »Wilhelmshavener Tageblatts«.

»Was hast du, Schatz?«, fragte seine Frau, nachdem sie ihren Mann kreidebleich am Tisch sitzen sah.

»Es ist aus, es ist alles aus«, stammelte Doktor Schneider und wies auf die Zeitung. »Irgendein Idiot hat mit der Zeitung gesprochen. Ich muss unbedingt ins Büro.«

»Aber das Frühstück …«, sagte seine Frau, doch Doktor Schneider hatte sich längst erhoben und eilte zur Tür. Bevor er sie erreichte, klingelte es. Er warf einen Blick auf seine Armbanduhr, es war kurz vor 8 Uhr. »Wer ist das denn jetzt?«, fluchte er.

»Soll ich …«

Die Worte seiner Frau hörte er nicht mehr, als er zur Tür eilte und öffnete, ohne über die Sprechanlage anzufragen, wer draußen stand. Es war Thees Geritt. »Hast du die Zeitung gelesen?«, fragte Geritt.

»Gerade eben«, bestätigte Doktor Schneider und trat einen Schritt zur Seite, um Geritt einzulassen.

Er führte ihn ins Wohnzimmer. »Es war wohl keine gute Idee, in der Versammlung gestern die Details zu nennen«, bemerkte Geritt, als er sich auf die Couch setzte.

»Wer könnte das gewesen sein?«, fragte Doktor Schneider.

Geritt zuckte mit der Schulter.

»Bestimmt die Haferkamp, der traue ich alles zu«, vermutete Doktor Schneider.

»Ist das Geld noch sicher?«

»Die kommen vor Freitag nicht ran. Wenn der Pfändungsbescheid rechtzeitig vorliegt, ist das Depot gesperrt.«

»Was machen wir jetzt?«

»Wir rufen Trevisan an«, entgegnete Doktor Schneider und holte sein Handy aus der Hosentasche. Es klingelte eine Weile, doch Trevisan meldete sich nicht.

»Und jetzt?«

»Ich rufe meinen Bekannten in Hamburg an, wir müssen das Depot im Auge behalten.«

Schneiders Bekannter, der ebenfalls bei der »Nordostbank« in Hamburg arbeitete, hatte ausgezeichnete

Kontakte zur »RBS«. Er meldete sich, nachdem das Telefon mehrmals geklingelt hatte. Doktor Schneider schilderte ihm das Problem und bat ihn um Hilfe.

»Du weißt, dass das nicht ganz legal ist«, wandte der Bekannte ein.

»Ich weiß, aber wenn wir nicht handeln, ist das Geld weg. Die wissen jetzt, dass sie gesucht werden.«

»Ich rufe dich zurück, gib mir eine halbe Stunde.«

Doktor Schneider legte auf. Schneiders Ehefrau betrat das Wohnzimmer. »Störe ich?«, fragte sie.

Doktor Schneider zuckte mit der Schulter.

»Einen Kaffee?«, fragte sie an Thees Geritt gewandt, während ihr Mann an der Terrassentür stand und mit nachdenklichem Blick nach draußen starrte.

Geritt nickte und bedankte sich. Die Frau verschwand und tauchte kurz darauf mit einer Tasse Kaffee auf. Sie spürte die Spannung, die in der Luft lag, und verließ das Wohnzimmer, nachdem sie die Tasse vor Geritt auf den Tisch gestellt hatte.

»Ich hoffe nur, wir können die Transaktion rechtzeitig verhindern«, seufzte Doktor Schneider. »Wenn das Geld erst einmal komplett in den Fonds transferiert ist, kriegen wir es nie mehr zurück.«

»Das wäre das Ende des Projekts«, stimmte Geritt zu.

»Wenn es überhaupt ein Projekt gibt, jetzt, nachdem wir wissen, wie die Bodenbeschaffenheit in den Salzwiesen wirklich aussieht. Mein Vorgesetzter macht mir die Hölle heiß. Ich glaube kaum, dass sich unsere Bank weiter daran beteiligen wird.«

»Das kannst du doch nicht machen«, widersprach Geritt. »Das hieße ja, wir haben mit unseren Beteiligungen nichts weiter als eine Matschwiese gekauft.«

Doktor Schneider schwieg. Die Wartezeit zog sich schier endlos hin. Er lief wie ein aufgescheuchter Tiger im Wohnzimmer hin und her. Mit dem Hausapparat versuchte er, Trevisan zu erreichen, doch auf seiner Nummer meldete sich niemand.

Als das Handy vibrierte, waren seine Finger feucht vor Schweiß. Beinahe fiel ihm der Apparat aus der Hand, als er über das Display fuhr, um das Gespräch anzunehmen.

Er meldete sich mit einem kurzen Ja, anschließend hörte er nur zu. Das Gespräch dauerte kaum länger als fünf Minuten, und als er auflegte, musste er sich erst einmal setzen. Er atmete tief durch.

»Was ist?«, fragte Geritt gespannt.

»Das Depot wurde aufgelöst«, sagte Doktor Schneider konsterniert.

»Und wo ist das Geld jetzt?«

»Es ist weg!«

»Wie kann das sein?«, fragte Geritt nervös. »Wir haben doch die Pfändung veranlasst?«

»Bist du mit deinem Wagen da?«

»Ja.«

Doktor Schneider erhob sich. »Dann komm, wir müssen nach Groningen, so schnell es geht.«

32

Kriminalpolizei Wilhelmshaven, Mozartstraße

Trevisan stand vor der Landkarte des Küstengebiets und scannte mit den Augen die Umgebung ab. Hier hatte er in den letzten Tagen öfter gestanden und den Küstenstreifen abgesucht, fast so, als könne er die gesuchte Motorjacht auf dem zweidimensionalen Plan erkennen. Es gab an der Küste genügend kleine Häfen, Flüsse oder Kanäle, in denen die Jacht festgemacht haben konnte. Manche Wasseradern lagen so versteckt, dass man sie erst auf den zweiten Blick erkennen konnte, und überall gab es Liegeplätze. Die Jacht war zwar größer als ein Motorboot oder ein Segler, aber sie war bei Weitem kein Ozeanriese und würde mit ihrem geringen Tiefgang an vielen Stellen vor Anker gehen können. Die Inseln noch nicht einmal mitgerechnet. Trevisan entdeckte kurz hinter der deutsch-holländischen Küstengrenze einen weiteren Kanal, der ins Landesinnere führte.

»Verdammt, wo habt ihr euch versteckt?«, fluchte er. Er hatte ein ganz schlechtes Gefühl bei dieser Sache. Die Fahndung stand, mehr konnte er nicht tun. Doch hasste er es, nicht aktiv eingreifen zu können und darauf vertrauen zu müssen, dass die Kolleginnen und Kollegen auf der Straße ihre Augen aufhielten. Seit einigen Tagen hatte er, trotz des Optimismus, den er nach außen hin ausstrahlte, das Gefühl, dass es diesmal keine Festnahme geben würde, dass ihm die Täter entkommen würden und er am Ende trotz der vielen investierten Arbeitsstunden mit leeren Händen dastehen würde. Zumindest schien das Geld sicher zu sein. Jetzt machte ihm auch noch Schulze vom »Tageblatt« mit dem Artikel einen dicken Strich durch die Rechnung. Wenn er an Ollmerts Stelle wäre und den Artikel gelesen hätte, dann wüsste er, was die Stunde geschlagen hatte; Zeit zum Verschwinden, wenn sie es nicht längst getan hatten. Es gab seit letzter Woche keinen Hinweis mehr darauf, dass sie sich auf dem Festland aufhielten.

Trevisans Team hatte sich in die Büros zurückgezogen. Eike kümmerte sich mit Krog und Lentje um den Fall Wegener, und Monika und Lisa schrieben den Ermittlungsbericht zusammen, der nebst allem beweiserheblichen Material inzwischen mehr als drei dicke Ordner umfasste. Würde er diesmal einen Bericht an die Staatsanwaltschaft abgeben müssen, ohne die Täter mitzuliefern?

Es war Lisa, die ihn aus seinen düsteren Gedanken riss, als sie den Soko-Raum betrat und lauthals verkündete, dass sich Renzi aus Limone gemeldet hatte.

»Es sind drei Tickets für Geschäftsreisende auf Kühnerts Firma gebucht und bezahlt worden«, berichtete sie.

Trevisan runzelte die Stirn.

»Abflug ist am kommenden Donnerstag, Check-in 6.25 Uhr, mit ›Italojet‹, Flugnummer IJ 3342«, fuhr Lisa fort.

Also doch Italien, dachte Trevisan.

»Der Flug geht von Verona nach Rom und dort um 9.54 Uhr weiter nach Punta Cana in die Dominikanische Republik. Buissnes-Class, einfache Strecke.«

»Ist das sicher?«, entgegnete Trevisan, doch die Frage war mehr an sich selbst gewandt, denn das hatte er nicht erwartet.

»So hat Renzi uns berichtet«, bestätigte Lisa.

»Weshalb fliegen die von Italien aus und wieso Donnerstag? Sie müssen am Freitag das Depot bestätigen.«

Trevisan kratzte sich an der Stirn, irgendetwas stimmte nicht. Waren diese Flugtickets eine Finte, ein erneuter Trick, um Trevisan in die Irre zu leiten?

»Wir müssen uns zusammensetzen und die Sache besprechen. Holst du die anderen?«, entschied Trevisan.

Lisa zeigte auf die Uhr, die über der Türe hing. »Da müssen wir bis nach der Mittagspause warten, Monika und Eike sind in die Stadt gegangen, und Lentje ist mit Krog unterwegs.«

Trevisan seufzte. »Okay, wir treffen uns um 13 Uhr hier im Raum.«

»Dann mache ich auch Pause«, entgegnete Lisa.

Trevisan nickte und wandte sich der Karte zu. Weshalb diese Ticketbuchung und der mögliche Aufbruch am Donnerstag von Verona aus? Was hatte er übersehen?

Mitten in sein Grübeln klingelte das Telefon. Der Kollege der Pforte war am Apparat.

»Moin, Martin, hier sind zwei Herren, die unbedingt zu dir wollen, sie sagen, es ist wichtig.«

»Hast du auch Namen?«, fragte Trevisan.

»Die waren schon mal hier, vor Tagen. Schneider heißt der eine.«

»Ich komme.«

Trevisan holte die beiden Besucher an der Pforte ab. Beide waren sie überaus nervös und angespannt. »Was ist denn passiert?«, fragte Trevisan, als er sie zu seinem Büro führte.

Doktor Schneider rang um Fassung. »Das Geld ist weg«, sagte er kurz angebunden.

»Wie, das Geld ist weg?«

»Das Depot wurde storniert«, entgegnete Geritt.

Trevisan führte die beiden in sein Büro und bot ihnen Platz an.

»Ich dachte, die Pfändung wäre erfolgt?«, fuhr Trevisan fort, nachdem er sich gesetzt hatte.

Doktor Schneider öffnete seine Aktentasche und zog ein paar Papiere hervor, die er Trevisan reichte.

»Die Stornierung erfolgte online über die ›ABN Avro Bank‹ in Groningen«, erklärte Doktor Schneider. »Es muss bereits am frühen Morgen gewesen sein. Wir kommen gerade aus Groningen zurück.«

»Was ist mit der Pfändung?«, fragte Trevisan.

»Die erfolgte zu spät«, erwiderte der Anwalt. »Der Bescheid wirkt nicht auf das Geld, sondern auf das Depot, und das gibt es nun nicht mehr.«

»Das ist möglich?«

»Mit der Auflösung des Depots ging das Geld zurück auf das Konto bei der ›RBS‹ und wurde kurz darauf weiterinvestiert«, fuhr Doktor Schneider fort und wies auf die Unterlagen. »Eigentlich dürften wir diese Unterlagen gar nicht haben, die unterliegen dem Datenschutz, aber ich habe einige Kontakte genutzt. Sie haben das Geld frisch angelegt. Mit einem Teil haben sie Gold und Rohstoffe in Übersee gekauft, und ein großer Teil, zwei Millionen, wurde über den Finanzvermittler ›Etoro‹ aus Spanien in Bitcoins angelegt. Verstehen Sie, Bitcoins, das ist eine Kryptowährung, auf die keine Bank der Welt Einfluss hat. Das Geld ist verloren, dieser verdammte Zeitungsartikel. Sie haben ihn doch sicherlich gelesen?«

»Ja, das habe ich«, bestätigte Trevisan, »aber ich habe keine Ahnung, woher der Journalist die Informationen hatte.«

»Das war unser Fehler«, mischte sich Geritt ein. »Wir hatten eine außerordentliche Mitgliederversammlung des Vereins. Irgendjemand muss mit der Presse gesprochen haben.«

»Das Geld ist verschwunden, und ich sehe keine Chance, es zu retten, es sei denn, Sie können diese Betrüger festnehmen«, fuhr Doktor Schneider fort. »Diese Konten sind alle online eingerichtet und werden über Passwörter und Zugangscodes bedient. Ohne diese Daten kommen wir nicht mehr an das Geld heran.«

»Bei einer Bank in Groningen, sagen Sie?«, fragte Trevisan nach.

»Richtig, der ›ABN Avro‹«, bestätigte der Anwalt.

»Ich dachte, so wie Sie mir sagten, wären weitere Schritte nur persönlich und über eine ›RBS‹-Filiale unter Vorlage eines Ausweises möglich?«

»Für das Depot«, bestätigte Doktor Schneider. »Aber das wurde ja storniert, und damit fiel das Geld auf das normale Investmentkonto bei der ›RBS‹ zurück. Die ›ABN Avro‹ gehörte früher einmal zur ›RBS‹, und sie arbeiten noch immer im Anlagebereich eng zusammen. Das hatte ich nicht im Hinterkopf.«

Trevisan griff nach den Papieren und überflog sie. Ehrlich gesagt, verstand er nur die Hälfte des mit bankinternen Fremdworten durchsetzten Textes.

»Wenn die Transaktion online erfolgte, dann können sie das Geschäft von überall aus gemacht haben«, folgerte Trevisan.

Doktor Schneider nickte.

»Dann frage ich mich, weshalb sie eigentlich diesen umständlichen Umweg über das Depot genommen haben und das Geld nicht direkt anlegten, so wie jetzt«, sinnierte Trevisan.

»Sie wussten, dass sie sich mit einer Bank anlegten und schätzten unseren Einfluss und unsere Möglichkeiten weitaus größer ein, als sie in Wirklichkeit sind. Auf dem Depot war das Geld erst einmal sicher, zumindest sicherer als auf einem normalen Konto. Und außerdem, wenn sie es dort belassen und frei geschaltet hätten, wäre lediglich eine Gebühr von 1.000 Euro fällig gewesen. Jetzt mussten sie über Finanzvermittlungen gehen, die ordentliche Gebühren für Anlagen außerhalb der EU verlangen. Ich schätze, die Summe liegt bei diesem Anlagevolumen weit über einer halben Million. Das Geld wollten sie sich wohl sparen.«

Trevisan kratzte sich an der Stirn. Noch immer starrte er auf die Dokumente.

»Kann ich die behalten?«, fragte er.

»Das können Sie, aber wie gesagt, normalerweise dürfte ich sie gar nicht haben, der Datenschutz ist hoch angesiedelt, fast höher als die Interessen der Betrogenen, möchte man meinen.«

»Okay, ich weiß Bescheid. Ich muss mit einem Fachmann vom LKA darüber sprechen.«

Thees Geritt und Doktor Schneider erhoben sich. »Fangen Sie die Kerle, damit überhaupt noch etwas zu retten ist«, sagte Geritt und reichte Trevisan die Hand. Trevisan brachte die beiden Besucher nach unten. Als er in sein Büro zurückkam, wartete Eike auf ihn. Er lächelte breit. »Ich glaube, wir haben endlich eine Spur von ihnen«, sagte er.

»Eine Spur?«

»Richtig, ich bekam gerade Nachricht von der Bank, die Kühnerts Geschäftskonto betreut«, erklärte Eike erfreut. »Kühnert hat versucht, vom Geschäftskonto Geld abzuheben, was natürlich scheiterte, weil das Konto eingefroren ist. Ihre Anfrage wurde abgewiesen.«

Trevisan verzog seine Mundwinkel. »Wir kommen zu spät, ich habe gerade erfahren, dass das Geld weg ist.«

Eike runzelte die Stirn. »Von welchem Geld redest du?«

»Die 5,6 Millionen.«

Eike winkte ab. »Und ich spreche über das Geschäftskonto bei der ›Nordostbank‹. Dort haben sie sich heute gegen 10.12 Uhr mit einem Tablet in den Online-Service der Bank eingeloggt. Ein Tablet mit einer SIM-Karte. Der Login erfolgte über das Handynetz ›Ben‹, das ist ein holländischer Netzbetreiber. Die Bank hat uns die Logdateien im Anhang der Mails mitgeschickt.«

»Jetzt lass dir doch nicht alles aus der Nase ziehen«, entgegnete Trevisan ungeduldig.

»Der Login erfolgte irgendwo in der Gegend um Harlingen, das liegt in der niederländischen Provinz Friesland, direkt an der Küste. Dort gibt es viele Häfen und Kanäle.«

»Ich weiß, wo Harlingen liegt«, entgegnete Trevisan. »Ruf die anderen zusammen, Besprechung in zehn Minuten. Ich muss kurz telefonieren.«

Eike nickte und wandte sich um.

»Gute Arbeit«, rief ihm Trevisan nach, ehe er in seinem Büro verschwand und sich hinter den Schreibtisch setzte. Er musste unbedingt mit Kai Ludwig über die neue Entwicklung sprechen. Für ihn waren diese Bankunterlagen wie böhmische Dörfer. Er brauchte jemanden, der sich damit auskannte.

*

Hotel »Faldernpoort«, Emden

Sie hatten sich zusammengesetzt und das weitere Vorgehen besprochen. Auch Thorke Oselich war anwesend gewesen. Trevisan hatte von der Auflösung des Depotkontos und den neuen Investitionen der Betrüger berichtet. Zusammen mit den Erkenntnissen aus Italien war klar, dass der Freitag als letzte Möglichkeit, den Flüchtigen habhaft zu werden, nun endgültig vom Tisch war. Im Gegenteil, Eile war geboten, denn allzu lange würden sie wohl nicht mehr auf dem Festland bleiben. Mit den Logdateien führte die erste konkrete Spur nach Harlingen im Bezirk Noord-Nederland. Irgendwo dort hielten sie sich vermutlich versteckt.

Thorke Oselich erklärte sich bereit, den Kontakt mit den Holländern herzustellen. Da Monika ausgezeichnet Englisch sprach, was für die Koordinierung der Fahndung förderlich war, sollte sie die direkte Zusammenarbeit mit den Kollegen aus dem Polizeibezirk Noord-Nederland übernehmen. Die zuständige Polizeistation befand sich in Leeuwarden.

Unterdessen hatte sich Trevisan zurückgezogen, er brauchte Klarheit. Zum Glück musste er diesmal nicht bis Hannover fahren, um mit seinem Kollegen Kai Ludwig vom LKA zu sprechen. Er logierte zurzeit in Emden bei einer Tagung von Europol, bei der sich die Spezialisten der europäischen Polizeidienststellen, des Zolls und der Bankenaufsicht trafen.

Nach knapp eineinhalb Stunden Fahrzeit auf der B210 hinüber nach Emden nahm Trevisan am Tisch seines Kollegen im kleinen angeschlossenen Café des Hotels Platz und bestellte einen Cappuccino. Er erzählte ihm von der neuen Entwicklung des Falles, von den Flugtickets, dem Versuch, auf das gesperrte Geschäftskonto zuzugreifen und von der Auflösung des Depotkontos. Kai Ludwig überflog unterdessen die Dokumente, die Trevisan von Doktor Schneider erhalten hatte.

»Dabei dachte ich, es sei sehr schwierig, Gelder ins Ausland zu transferieren«, grummelte Trevisan. »Wenn ich mit mehr als 10.000 Euro Bargeld über die Grenze fahre und werde vom Zoll erwischt, dann bin ich alles los, aber diese Gauner überweisen Millionenbeträge durch die Welt ohne, dass es einen Zugriff darauf gibt.«

»Du täuschst dich«, entgegnete Kai Ludwig mit einem Schmunzeln. »Natürlich ist es einfach, Geld ins Ausland zu überweisen, oder wie glaubst du, kaufen sich unsere Firmen in ausländische Firmen ein? Grundlegend muss man zwischen legalem und illegalem, also versteuertem Geld und Schwarzgeld, unterscheiden. Selbst Barmittel über 10.000 Euro darfst du über die Grenze mitnehmen, wenn sie ordentlich angemeldet wurden. Schriftlich natürlich, damit man jederzeit nachvollziehen kann, woher das Geld stammt.«

»In der EU, aber wie ist das nach Übersee?«, entgegnete Trevisan.

»Drittland und EU sind natürlich zu unterscheiden, aber selbst wenn du, sagen wir, nach Amerika fliegst, um dir dort einen Cadillac für 30.000 Euro zu kaufen, kannst du das tun. Das Geld muss nur vorher ordentlich bei unserem Zoll und in den USA schriftlich angemeldet worden sein. Wenn eindeutig nachvollziehbar ist, dass das Geld von dir stammt, ordentlich versteuert wurde und du dir damit eine Freude gönnen willst, dann steht dem überhaupt nichts im Weg.«

»Das ist alles verdammt kompliziert.«

»Daran ist überhaupt nichts kompliziert«, widersprach Ludwig. »Du musst nur zwischen EU und Drittland und legalem und illegalem Geld unterscheiden. Schwarzgeld ist immer verboten und Steuergewinne zu hinterziehen ebenfalls, aber Investitionen sind jederzeit möglich. Meist erfolgen sie über Banken oder über Finanzdienste, wenn es um Rohstoffe geht. So wie in eurem Fall.«

»Das Geld ist doch eigentlich illegal, es stammt aus einem Betrug«, wandte Trevisan ein.

Kai Ludwig zuckte mit der Schulter. »Das weißt du, das weiß ich, aber die Banken wissen es nicht, und den Zoll interessiert es zunächst auch nicht.«

»Trotz Pfändungsbescheid?«

»Das lag ausschließlich am Zeitfaktor«, entgegnete Kai Ludwig. »Du kennst doch unsere Behörden, selbst ein Faultier gilt im Vergleich zu unserer europäischen Bürokratie als Rennpferd. Die Betrüger waren einfach schneller.«

»Das heißt, das Geld ist unwiderruflich futsch?«

»Das kommt darauf an«, entgegnete der LKA-Beamte und nippte an seinem Kaffee.

»Worauf kommt es an?«

»Sagen wir so«, antwortete Trevisans Kollege. »Ich hatte von Anfang an Zweifel an diesem Depotgeschäft. Sie hätten sich nur unnötig der Gefahr der Entdeckung ausgesetzt. Überleg doch mal selbst. Sie hätten persönlich bei der Filiale erscheinen müssen. Das ist ein hohes

Risiko, wenn man untergetaucht ist und die ganze Welt nach einem fahndet.«

»Weshalb haben sie es dann überhaupt gemacht?«

»Weil es eine Zeit lang vor dem Zugriff anderer sicher war, denn der Fonds wird von Übersee aus verwaltet. Und zwar tatsächlich von einer real existierenden Frau Heath. Die Amis sind da nicht immer zu einer Zusammenarbeit bereit. Das wussten deine Täter wohl. Die ›Nordostbank‹ hat einen hervorragenden Draht zur Bankenaufsicht gehabt, um diesen internationalen Pfändungsbescheid zu erhalten, das ist mehr als man erwarten kann. Leider kam er zu spät an. Und jetzt ist ein ausländischer Finanzdienstleister im Boot. Das wird nun für die Behörde noch schwieriger, denn der Dienstleister ist mit einer Provision an dem Erfolg des Deals beteiligt. Andererseits ist es für den Investor einfacher. Er erhält einen Onlinezugang.«

»Aber wie will der Dienstleister wissen, dass er eine real existierende Person vor sich hat?«

»Das läuft heute über Post-ID, ganz unbürokratisch. Ich vermute sogar, dass der Zeitungsartikel keinen Einfluss auf die Vorgehensweise deiner Betrüger hatte. Das war von Anfang an ihr Plan.«

»Jetzt hocken sie irgendwo in Holland und bereiten ihren Abgang vor.«

»So ist es«, stimmte Ludwig zu. »Interessant ist allerdings, dass sie versuchten, Geld von Kühnerts gesperrtem Konto abzubuchen, das heißt wohl, dass ihnen die Barmittel ausgehen. Ich denke auch nicht, dass sie euch in Italien ins Netz gehen, die haben etwas anderes vor. Ziel der bisherigen Aktionen war es, Zeit zu gewinnen und ihre Verfolger zu täuschen. Außerdem wissen sie jetzt, dass ihr Zugriff auf ihr Konto hattet.«

»Im Prinzip wäre das alles gar nicht aufgefallen, wenn nicht die Bauarbeiten in den Salzwiesen eingestellt worden wären und Geritt nachgehakt hätte.«

Kai Ludwig nickte. »Das war zweifellos ihr größter Fehler, den sie gemacht haben.«

»Gibt es noch eine Möglichkeit, das Geld zu retten?«

Ludwig griff zu seiner Tasse und nahm einen kräftigen Schluck. Eine Bedienung lief vorbei und fragte, ob alles in Ordnung sei. Trevisan und Ludwig nickten, und die junge Frau ging ihres Weges.

»Eines ist wohl klar«, sagte der LKA-Beamte. »Wenn sie entkommen, dann ist alles erledigt, dann ist auch das Geld futsch. Die tauchen unter und leben eine Zeit lang in Saus und Braus. Manchmal tauchen sie auf, nach Jahren, wenn das Dolce Vita vorbei ist und sie des Gestanks der thailändischen oder dominikanischen Ausnüchterungszellen überdrüssig sind. Das Geld kann man auf alle Fälle in den Wind schreiben.«

»Also futsch«, antwortete Trevisan resigniert.

»Die einzige Chance, es noch zu kriegen, ist, wenn ihr an die Kontendaten und die Kennwörter herankommt«, fuhr Ludwig fort. »Wenn ihr sie erwischt und sie in der Zelle sitzen, dann macht das oft gefügig. Vor allem solchen Tätern, die sich im Knast nicht so gut auskennen. Wahrscheinlich haben alle drei Zugriff auf das Konto.

Computer, Laptops, Speicherchips, alles ist von Interesse. Manche bauen sich sogar leicht durchschaubare Eselsbrücken, damit sie die Zugangsdaten nicht vergessen. Vielleicht habt ihr ja Glück.«

»Angenommen, wir finden die Codes, wie sieht das dann mit …«

»Die Kohle gehört demjenigen, der Zugang zum Konto hat«, fiel ihm Ludwig ins Wort. »Was ist, trinken wir noch ein Bier zusammen?«

Trevisan schüttelte den Kopf. »Ich bin im Dienst und habe nicht vor, diese Bande entkommen zu lassen. Monika hat bestimmt mit den Holländern gesprochen, wir kriegen sie!«

Kai Ludwig lächelte und hob seine Kaffeetasse in die Höhe. »Auf einen guten Fang«, sagte er und prostete Trevisan zu. Sein Cappuccino war inzwischen kalt geworden und der Milchschaum eingefallen.

NOORD-NEDERLAND

33

Politje Bureau, Holstmeerweg, Leeuwarden, Noord-Nederland

Sie hieß Lieke van Lunteren und stand im Range einer Kommissarin, was in der Hierarchie der Nationale Politje vergleichbar mit einer Polizeidirektorin war, und wirkte sehr taff. Sie trug Jeans, weiße Turnschuhe und ein hellrotes T-Shirt. Ihre blond gelockten Haare, die beinahe bis zum Po reichten, fielen ihr leicht in die Stirn. Trevisan hätte zuerst nicht geglaubt, dass diese blonde, gut aussehende junge Frau mit den Lachgrübchen und den Sommersprossen im Gesicht schon Mitte 30 war und einen großen Polizeibezirk leitete.

Nach seinem Besuch in Emden hatte er von Monika die Nachricht erhalten, dass sie sich bereits zusammen mit Lisa nach Leeuwarden aufgemacht hatte und sich dort mit der Einsatzleiterin der holländischen Kollegen traf. Trevisan war durchgefahren und traf nach zweistündiger Fahrzeit auf der Dienststelle im Bezirk Noord-Nederland ein. An der Grenze hatte er ganz vergessen, dass er seine Dienstwaffe bei sich trug.

Monika hatte die Daten sowie die Fotos der Gesuchten nebst Beschreibung der Motorjacht an die holländischen Kollegen weitergegeben. Die Technik war in Holland ein ganzes Stück weiter als bei der niedersächsischen Polizei, denn inzwischen waren die Fotos in jedem Streifenwagen auf den Diensthandys angekommen.

Trevisan trat leise in das Besprechungszimmer im zweiten Stock ein, wohin ihn eine junge uniformierte Kollegin geführt hatte.

Monika stand an der Stirnseite und referierte auf Englisch vor knapp 20 niederländischen Kolleginnen und Kollegen. Sie schaute kurz auf, als Trevisan eintrat und sich einen Platz suchte, bevor sie mit ihrem Briefing fortfuhr. Als sie ans Ende kam, erhob sich Lieke van Lunteren und kam auf Trevisan zu. Sie reichte ihm die Hand.

»Sie sind sich absolut sicher, dass die Männer und die Frau in unserer Gegend sind?«, fragte sie auf Deutsch.

Trevisan nickte. »Unbedingt, und wenn wir sie hier nicht kriegen, dann war alles umsonst«, sagte er mit bitterer Miene.

»Wenn sie in unserer Gegend sind, dann finden wir sie.«

Zuversicht lag in der Stimme der holländischen Kommissarin. Sie nahm Trevisan mit an den Tisch und bot ihm neben sich Platz an. Trevisan nickte dankbar.

»Wir haben zwei Schiffe im Einsatz, und über den Hafenmeister wurden die offiziellen Anlegestellen überprüft. Eine Jacht namens ›Windrose‹ aus Deutschland hat dort nicht festgemacht, jedoch gibt es sehr viele private und wilde Anlegestellen. Die Kanäle sind dort weit verzweigt. Ich fürchte, wir werden sie alle absuchen müssen.«

»Ich verstehe«, entgegnete Trevisan.

Die Kommissarin wandte sich ihren Mitarbeiterinnen und Mitarbeitern zu. Auf Holländisch sagte sie: »Das Briefing ist zu Ende. Sie wissen jetzt, worauf es ankommt. Versuchen wir, dieses Boot zu finden!«

Die Anwesenden erhoben sich und verließen den Saal. Nur Monika, Lisa und Trevisan blieben mit der Kommissarin und einem jungen Kollegen zurück.

»Wir haben zivile und auch uniformierte Fahndungsstreifen im Einsatz. An den Ausfallstraßen sind Wagen postiert. Auf der A7 nach Alkmaar ist seit mehreren Monaten eine automatisierte Fahndungsanlage installiert, das gesuchte Kennzeichen ist in die Fahndung eingegeben.«

Lieke van Lunteren setzte sich hinter den Laptop und aktivierte eine Karte, die mit dem Beamer an die weiße Tafel geworfen wurde. Sie wies mit dem Laserpointer auf die Karte und fuhr einen Kanal entlang, der mitten durch die Stadt lief.

»Interessant ist vor allem der Van Harinxmakanaal«, sagte sie. »Auf dem ist Schiffsverkehr möglich, man kommt sogar bis Groningen und weiter, wenn man das Boot einigermaßen beherrscht.«

»Bürgermeister Ollmert soll ein guter Segler sein.«

»Dann wäre das möglich. Eines unserer Boote befährt den Kanal bis Delfzijl. Das ist eine große Strecke, und überall gibt es Anlegemöglichkeiten. Sie sagten, die verbergen sich seit längerer Zeit auf dem Boot?«

Monika nickte. »Wir gehen von drei Wochen aus.«

»Sie werden Anleger mit Personenverkehr meiden und wohl eher in den ruhigeren Regionen dümpeln.«

»Darauf würde ich nicht wetten«, mischte sich Trevisan ein. »Wir müssen davon ausgehen, dass sie heute oder morgen verschwinden.«

»Wann haben sie sich im Internet eingeloggt?«, fragte die Kommissarin.

»10.12 Uhr«, antwortete Monika.

»Ich benötige die Logdateien. Unsere Sender haben meist einen Radius von zehn Kilometern stadtnah und das Doppelte auf dem flachen Land, das würde ich gerne überprüfen lassen, wir haben unsere Erfahrungen.«

Monika kramte in der Akte und zog den Ausdruck mit sämtlichen Logdateien aus dem Ordner. Sie reichte das Papier an die Kommissarin weiter. Lieke van Lunteren warf einen kurzen Blick darauf, ehe sie es an ihren jungen Kollegen weiterreichte.

»Noch eine Frage«, sagte die Kommissarin, nachdem der junge Mann den Raum verlassen hatte. »Sind die Leute bewaffnet und gefährlich?«

Trevisan zuckte mit der Schulter. »Über eine Bewaffnung wissen wir nichts, aber Kühnert steht im Verdacht, einen Menschen mit dem Wagen angefahren zu haben. Dabei war es ihm wohl egal, ob der Mann stirbt.«

»Ich versetze auf alle Fälle unser Einsatzkommando in Alarmbereitschaft, wir wollen nichts riskieren.«

*

Schingen, an der A31, Bezirk Noord-Nederland

Schingen war ein kleines verschlafenes Nest unweit der Autobahn A31 und knapp 20 Kilometer von Harlingen entfernt. Der Peugeot 307 mit der typischen blau-weiß-roten Lackierung der Nationalen Polizei war lediglich mit einem Beamten besetzt, der kein Polizist, sondern ein Wijkagent war, quasi ein Mitarbeiter des Ordnungsamts, der im benachbarten Dronryp seinen Dienst versah. Hendrik Hoogstrat war sein Name, und er war bereits seit über zehn Jahren als Wijkagent tätig. Auch er war über die Fahndung informiert und hatte sich aufgemacht, den Kanal abzusuchen, der durch seinen Bezirk von Harlingen nach Delfzijl führte. Die Bootsanleger am Harnzer Trekfeart hatte er überprüft, das Boot hatte er dort nicht entdeckt. Schließlich war er von Dronryp nach Zweins und anschließend hinauf nach Schingen gefahren. Dort gab es zwar keine Boote, aber auch nach einem silbernen Mercedes mit deutschem Kennzeichen wurde gefahndet. Hoogstrat war unbewaffnet. Bei einer Täterfestnahme würde er Unterstützung durch die Polizisten aus Dronryp benötigen.

Als er Schingen verließ und in Richtung Slappeterp auf der engen Landstraße fuhr, hielt er an einem Gehöft direkt an der Straße. Er zog sein Vesper aus der Tasche. So schnell würde es mit dem Feierabend nichts werden, denn die Polizei und die Wijkagenten waren in Alarmbereitschaft versetzt worden, und das bedeutete Überstunden bis tief in die Nacht. Als er seinen Peugeot in eine enge Einfahrt zwischen zwei hohen Büschen steuerte, griff er zufrieden nach seiner Vesperdose. Ab und zu drangen ein paar belanglose Meldungen aus dem Funkgerät, doch bislang waren weder das Boot noch der Pkw und auch die flüchtigen Personen nirgends festgestellt worden. Hungrig biss er in sein Toastbrot. Die Sonne ging langsam unter, und durch das Fenster drang erfrischende kühle Luft ins Wageninnere. Ein weiterer heißer und sonniger Tag neigte sich dem Ende zu, und wieder einmal war der Regen ausgeblieben. Es war viel zu trocken, selbst in einem mit Kanälen und Prielen durchzogenen Land wie Holland hätte es längst wieder einmal regnen dürfen. Er griff zu seiner Wasserflasche, schraubte den Verschluss auf und trank einen kräftigen Schluck, ehe er sich seinem Brot widmete. Aus dem Radio dudelte leise Musik. Der Sender RTV spielte Hitmusik aus den Charts, und die Moderatorin verriet, dass Ed Sheeran ihr derzeitiger Lieblingssänger war. Zur Bestätigung ihrer Aussage legte sie »I Don't Care« auf. Leise trommelte Hoogstrat den Rhythmus mit den Füßen mit. Nachdem er das Brot gegessen hatte, griff er erneut zur Wasserflasche. Bevor er zum Trinken ansetzte, näherten sich Scheinwerfer aus Richtung der A31. Hoogstrat richtete sich auf. Er hatte das Licht am Wagen ausgeschaltet und war durch die hohen Büsche an der Zufahrt verdeckt. Die Scheinwerfer waren über einen Kilometer entfernt. Er lehnte sich zurück und wartete geduldig. Diesmal schlug er mit den Daumen den Takt des Songs auf das Lenkrad.

Der Wagen kam langsam näher. Besonders eilig schien es der Fahrer nicht zu haben. Hoogstrat hatte in seinen zehn Jahren, die er seinen Dienst versah, die meisten Leute kennengelernt, die sich auf den Straßen fortbewegten. Er wartete gespannt, die Distanz verringerte sich. Hoogstrat erkannte im Dämmerlicht, dass es sich um eine silberfarbene Limousine handelte. Er hätte das Fernglas mitnehmen sollen, das in seinem Büro auf dem Fensterbrett stand. Ed Sheeran hatte seinen Song beendet, und die Werbung lief, es war kurz vor 22 Uhr am Abend. Hoogstrat erkannte den breiten Kühlergrill des Wagens. Mitten darin prangte ein Mercedesstern. Unaufhaltsam kam der Wagen näher. Stück um Stück, und die Sicht wurde klarer.

Als er das Kennzeichen erkannte, griff er rasch nach dem Funkhörer. Nach diesem Wagen wurde gefahndet. Adrenalin schoss durch seinen Körper. Der Mercedes hielt. Hoogstrat verständigte die Dienststelle. Bevor er seine Durchsage beendet hatte, gab der silberne Mercedes Gas und schoss an ihm vorbei. Hastig ergänzte er die Meldung und startete den Peugeot. Er hoffte, dass seine Kollegen schnell genug waren. Die Insassen des Mercedes wurden wegen versuchten Mordes gesucht. Ihm war mulmig zumute. Er fuhr los und folgte dem Mercedes. Nebenbei drückte er den Alarmknopf an seinem Funkhörer, damit schaltete er das Gerät auf Dauerbetrieb. Der silberne Mercedes fuhr inzwischen auf dem engen Weg über 100 Kilometer schnell. Hoogstrat schaltete das Signallicht und die Sirene ein. Bei dieser Geschwindigkeit war es besser, die anderen Autofahrer zu warnen, bevor ein Unfall passierte.

»Wir sind abgebogen, Richtung Peins, der fährt mindestens 160, ich fahre hinter ihm«, rief er in das kleine Mikrofon. Vor Peins bog der Wagen in Richtung Ried ab, Hoogstrat folgte, so gut er konnte. Das Jagdfieber war erwacht. Zum Glück waren die Straßen bislang leer geblieben.

34

Politje Bureau, Holstmeerweg, Leeuwarden, Noord-Nederland

Der Funkmast trug laut Logdateien die Kennung MR665HA23 und stand im Stadtteil Almenum an der Waadseewei, der Nationalstraße 31. Der Radius dieses Senders betrug knapp acht Kilometer.

»Da haben wir ihn«, sagte die Kommissarin und wies mit dem Laserpointer auf die Karte.

»Wir haben auch die Mac-Adresse ausgelesen. Es müsste sich, unserer Techniker nach, um ein Lenovo-

Tablett mit SIM-Karte handeln. Es ist eine Prepaidkarte von KPN. Wir sind dran, um herauszufinden, auf wen die Karte registriert ist.«

Trevisan blickte auf die Landkarte. »Das ist ein sehr großer Bereich mit vielen kleinen Liegeplätzen. Können wir den Umkreis näher eingrenzen?«

Die Kommissarin schüttelte den Kopf. »Das Gerät ist derzeit nicht online, sonst wäre eine Kreuzpeilung möglich gewesen. Jetzt bleibt uns nichts anderes übrig, als den gesamten Bereich abzusuchen. Wir haben vier Boote im Einsatz.«

»Das dauert bestimmt die ganze Nacht«, seufzte Trevisan.

»Wenn Sie sich ein wenig ausruhen wollen«, entgegnete die Kommissarin und wies mit dem Daumen in die Höhe. »Wir haben ein paar Ruheräume oben.«

Trevisan schüttelte den Kopf. »Nein, das nicht, aber ich müsste einmal dringend privat telefonieren.«

»Nur zu. Benutzen Sie den Hintereingang.«

Trevisan verließ den Einsatzraum, ging die Treppe hinunter und verließ das Gebäude durch die Glastür in den Innenhof. Dort parkten mehrere Streifenwagen. Er suchte eine stille Ecke und zog sein Handy hervor. Die Laternen in dem großflächigen Areal flammten auf. Der Tag lag in seinen letzten Zügen. Er wählte Leas Nummer. Es dauerte eine Weile, bis sie sich meldete.

»Du, Lea, es tut mir leid«, begann er, nachdem sie sich gemeldet hatte. »Ich bin in Holland und weiß nicht, wann ich zurückkomme.«

»Dachte ich mir, ich war mit Paco schon draußen.«

»Wir sind ganz dicht an ihnen dran«, berichtete Trevisan. »Sie haben sich irgendwo auf einem Boot verkrochen. Wenn wir Glück haben, kriegen wir sie in dieser Nacht.«

Lea seufzte. »Das wird auch Zeit, ich habe mir schon überlegt, ob ich dich nicht bei deinen Kollegen als vermisst melden soll, so wenig wie du in letzter Zeit hier warst.«

»Wir hatten darüber gesprochen«, mahnte Trevisan, der wusste, worauf diese Unterhaltung hinauslaufen würde.

»Ja, das haben wir«, bestätigte Lea. »Es fühlt sich in der Realität anders an, als wenn man nur darüber redet. Deine Tochter braucht dich, dein Enkelsohn braucht dich, und ich brauche dich auch. Es tut weh, wenn man die wenige Zeit, die man auf Erden zusammen hat, mit der Arbeit teilen muss. Sieh zu, dass diese Sache endlich ein Ende findet, sonst weiß ich nicht, ob ich dich überhaupt noch erkenne, wenn du nach Hause kommst.«

»Ich tue, was ich kann«, entgegnete Trevisan. »Und ich liebe dich.«

Ein kurzer Moment herrschte Schweigen, schließlich vernahm er Leas Seufzer. »Wenn ich das nicht täte, dann wäre es mir egal, ob du hier oder woanders bist, also bring es zu Ende und komm bald nach Hause.«

Ein Knacken verriet ihm, dass Lea den Anruf beendet hatte. Er trat aus der Ecke hervor und wäre beinahe mit einem niederländischen Kollegen zusammengestoßen, der, gefolgt von einer Kollegin, aus dem Gebäude rannte und zu einem der Streifenwagen hastete. Nachdenklich blickte ihm Trevisan nach. Dies war das Polizeirevier der Stadt, und sicherlich gab es genügend Alltagsgeschäft für die Polizisten zu bewältigen. Als weitere Kolleginnen und Kollegen aus dem Gebäude und zu den Streifenwagen rannten, in die Wagen stiegen und mit eingeschaltetem Blaulicht durch das geöffnete Hoftor rasten, runzelte Trevisan die Stirn. Monika kam auf ihn zu. Sie schien in Eile.

»Wo warst du nur? Wir haben dich überall gesucht.«

Trevisan zuckte mit der Schulter. »Ich sagte doch, ich muss telefonieren. Was ist los?«

»Wir haben sie, komm mit!«

*

Boer, Dongjumer Weg, Bezirk Noord-Nederland

Der Mercedes hatte beschleunigt und fuhr beinahe 180. Peins lag hinter ihnen, der nächste Ort hieß Boer. Hoogstrat gab seine Position durch und erhielt die Nachricht, dass Unterstützung aus Richtung Leeuwarden unterwegs war, allerdings würde es einige Minuten dauern, bis die Verstärkung eintraf. Hoogstrat hatte nicht vor, die Verfolgung aufzugeben, auch wenn ihm angesichts der hohen Geschwindigkeit nicht ganz wohl in seiner Haut war. Lichter kamen ihnen entgegen, der Mercedes fuhr mitten auf der Straße. Die Lichter näherten sich, die Umrisse eines Lastwagens zeichneten sich ab. Hoogstrat hielt den Atem an. Der Mercedes fuhr knapp 100 Meter vor ihm und hielt stur seine Position. Hoogstrat bremste ab und atmete tief ein. Erst im letzten Moment zog der Mercedes auf seine Seite herüber, und der Lastwagen fuhr an ihm vorbei. Hoogstrat beschleunigte wieder. Mit beinahe 200 Kilometern raste er über den Dongjumer Weg. Als er den Lkw passierte, schlingerte der Wagen vom Luftzug des Lasters. Er umklammerte das Steuerrad, sein Blick war starr nach vorne gerichtet. Inzwischen hatte sich die Dunkelheit über das Land gelegt, und in der Ferne waren die Lichter von Boer zu erkennen. Plötzlich flammten die Bremsleuchten am Mercedes vor ihm auf. Der Mercedes bremste ab, die Luft dahinter flimmerte vom aufgewirbelten Staub. Hoogstrat nahm den Fuß vom Gas. Der Mercedes bog nach rechts ab und fuhr einen Feldweg entlang, bevor er hinter einem einsamen Gehöft verschwand. Hoogstrat bog ebenfalls in den staubigen Weg ein. Kurzzeitig brach das Heck seines Peugeots aus. Reflexartig fing er den Wagen ab und lenkte gegen, bis er wieder in der Spur war. Die Distanz zu den Rückleuchten des Mercedes hatte sich vergrößert. Hoogstrat beschleunigte. Erneut gab er eine Positionsmeldung ab. Die Zentrale bestätigte und teilte ihm mit, dass die Verstärkung unterwegs war.

Ein weiteres Gehöft flog an Hoogstrat vorbei. Als er den Blick nach vorne richtete, stutzte er. Die Rücklichter des Mercedes waren nicht mehr zu sehen. Wie konnte das sein? Hier gab es weit und breit keinen anderen Weg, auf den er abgebogen sein könnte. Hoogstrat verlangsamte, ein Fluch kam über seine Lippen. Hatte er den Mercedes verloren?

Er hielt an, spähte nach allen Seiten. Wo war der silberne Mercedes nur abgeblieben? Als er in den Rückspiegel schaute, flammten kurz die Bremsleuchten eines Wagens hinter ihm auf. Der Mercedesfahrer hatte ihn genarrt, wahrscheinlich war er auf das Gehöft abgebogen, hatte die Lichter ausgeschaltet und gewartet, bis der Verfolger vorbeigefahren war. Eilends wendete Hoogstrat den Wagen und nahm erneut die Verfolgung auf. Kurz vor der Landsstraße schaltete der Mercedesfahrer das Licht wieder ein. Hoogstrat war wieder dran, viel hatte der Mercedesfahrer durch sein Manöver nicht gewonnen. Hoogstrat meldete, dass der Mercedes auf die Landstraße in Richtung Ried eingebogen war und erneut stark beschleunigte. Als Hoogstrat auf die Landstraße einbog, schleuderte sein Peugeot, das Heck brach aus. Hoogstrats Hände waren feucht, als er am Lenkrad drehte. Er brauchte all sein Können, um nicht von der Straße abzukommen. Nach einer halben Umdrehung stand der Peugeot still. Rauch und Qualm stiegen in die Höhe, es roch nach verbranntem Gummi. Zum Glück war der Motor nicht abgestorben. Er ließ die Kupplung kommen und beschleunigte. Die Lichter des Mercedes waren inzwischen weit entfernt, der Wagen fuhr kurz vor Ried. Im Rückspiegel erkannte Hoogstrat die zuckenden Blaulichter eines weiteren Streifenwagens.

Die Kollegen aus Leeuwarden waren nicht mehr weit entfernt. Erneut gab er Gas. Mit beinahe 200 Kilometern schoss er auf die Ortschaft zu. Er sah gerade noch, dass die Rücklichter des Mercedes mitten im Ort nach rechts verschwanden. Der Wagen bog in Richtung Firdgum ab. Hoogstrat meldete seine Beobachtung an die Zentrale weiter. Als er mit über 100 Stundenkilometern in die Ortschaft fuhr, nahm er gerade noch eine alte Frau mit Hund am Straßenrand wahr, die dort stand und mit den Armen wild herumfuchtelte. Vermutlich war sie nur wenig erfreut über die Raser, die durch den Ort fuhren. Inmitten der Ortschaft bog Hoogstrat nach rechts Richtung Firdgum ab. Plötzlich trat er auf die Bremse, mit schreckensgeweiteten Augen schaute er durch die Windschutzscheibe und hielt den Atem an. Quer vor ihm, mitten auf der Straße stand der Mercedes. Hoogstrat versuchte auszuweichen, doch es war zu spät. Mit voller Wucht krachte er in die Seite des Mercedes. Hoogstrat wurde nach vorne geschleudert, ehe ihn der Gurt zurück in den Sitz riss. Das Knirschen und Splittern klang fürchterlich, ein lauter Knall folgte. Der Peugeot blieb abrupt stehen. Hoogstrat atmete tief durch. Er löste den Gurt. Mit zitternden Händen öffnete er die Fahrertür. Seine Knie waren weich, doch Schmerzen empfand er nicht, er war unverletzt. Unsicher stieg er aus. Noch immer unter dem Eindruck der Verfolgungsjagd und des Unfalls stehend, hielt er sich am Wagen fest. Das laute Brummen eines Motors war zu hören. Der Streifenwagen der Kollegen aus Leeuwarden tauchte auf. Beinahe wären sie an der Einmündung vorbeigefahren. Mit jammernden Reifen kam der Wagen der Kollegen zum Stehen. Die Kollegen stiegen aus und rannten auf Hoogstrat zu.

»Bist du verletzt?«, fragten sie ihn, doch Hoogstrat winkte ab und wies auf den Mercedes.

»Ich weiß nicht, ob da jemand drinnen sitzt«, entgegnete er.

Die Polizisten zogen ihre Waffen und gingen auf den Mercedes zu. Langsam kehrte das Leben in seinen Körper zurück. Noch raste sein Puls und sein Blut rauschte in den Ohren. Mit unsicheren Schritten näherte er sich dem Mercedes, der quer und verbeult auf der Straße stand.

»Da ist niemand mehr«, rief ihm ein Kollege zu.

»Weiß die Zentrale Bescheid?«

Ein bärtiger Kollege aus Leeuwarden trat an seine Seite. »Die sind wohl um die Kurve geschleudert und haben sich den Reifen am Randstein aufgerissen«, berichtete er.

»Die verstecken sich hier irgendwo«, stammelte Hoogstrat.

»Verstärkung ist auf dem Weg, die Zentrale ist informiert.«

Zehn Minuten später wimmelte es im Ort vor Streifenwagen und Polizisten. Eine halbe Stunde später trafen die Hundeführer ein. Doch die Nachschau im Umfeld blieb erfolglos. Die Insassen des Mercedes schienen wie vom Erdboden verschluckt.

»Hast du gesehen, wer da drinnen saß?«, wurde Hoogstrat von einer Kriminalbeamtin gefragt.

»Nein, ich war zu weit entfernt.«

»Eine Person oder zwei, vielleicht drei?«

Hoogstrat zuckte mit der Schulter.

Ein uniformierter Kollege eilte herbei. »Wir haben den Wagen durchsucht. Nirgends ein Laptop oder Tablett, noch nicht einmal ein Handy.«

»Gut, nehmen Sie den Kollegen zur Vernehmung mit auf die Dienststelle nach Leeuwarden.«

Der uniformierte Kollege nickte. »Der Hubschrauber ist auf dem Weg.«

35

Norderkraacht, Harlingen, Noord-Nederland

»P 84 Marten Harteboer« hieß der leichte Patrouillenkreuzer der niederländischen Polizei, der in kleiner Fahrt in der Norderkraacht unweit des alten Gefechtsstandes im ruhigen Wasser dümpelte. Bei der Schleuse an der alten Ringmauer hatte das Boot Monika und Lisa an

Bord genommen. Zusammen mit drei weiteren Booten suchten sie die verwinkelten Grachten und Kanäle nach der »Windrose« ab. Der leistungsstarke Suchscheinwerfer erhellte die Umgebung, doch es schien wie verhext, diese Stadt bestand zum Großteil aus Wasserstraßen, die sich vom Norden bis in den Süden und vom Osten bis in den Westen erstreckten. Die Fahndung nach dem Boot glich der Suche nach einer Stecknadel im Heuhaufen. Neben der Norderkraacht, dem Zuiderhaven, dem Noorderhaven, der Davidsdokje und der Rozengracht gab es den Van Harnixmakanaal, der bis nach Leeuwarden und über den Prinzessin Margrietskanal noch weiter bis an die Ostküste führte. Ohne weitere Hinweise würde die Suche die ganze Nacht und länger dauern. Der Radius rund um den Funkmast war einfach zu groß.

Inzwischen wussten Monika und Lisa, dass Kühnerts Wagen unweit von Dronryp festgestellt und nach einer Verfolgungsjagd bei Peins verunglückt worden war. Die Insassen waren flüchtig, und der Beamte, der bei der Verfolgung ebenfalls einen Unfall hatte, konnte nicht sagen, wie viele Personen im silbernen Mercedes gesessen hatten. Alle Optionen waren offen, und die »Windrose« war eine davon, sie musste gefunden werden.

Die »Marten Harteboer«, benannt nach einem Polizeioffizier, der im Einsatz getötet worden war, passierte die Christuskirche und schipperte am Alten Torfkai vorbei. Überall entlang des Ufers hatten Boote festgemacht. Segelboote, kleinere Motorboote, aber auch größere Jachten, kleine Frachter und Kohlenschiffe.

»So finden wir den Kahn nie«, murmelte Monika, als einer der niederländischen Polizisten mit dem starken Suchscheinwerfer das Ufer absuchte.

»Hier gibt es mehr Boote als Autos«, stimmte Lisa zu, die steuerbords am Bug des Kreuzers an der Reling stand und mit ihrem Blick dem Strahl des Scheinwerfers folgte.

»Die können längst abgelegt haben und den Kanal bis nach Delfzijl entlanggeschippert sein.«

Lisa runzelte die Stirn. »Weshalb waren sie dann mit dem Wagen unterwegs?«

Monika zuckte mit der Schulter. »Ehrlich gesagt ist mir das auch ein Rätsel.«

»Ich hoffe, wir finden sie.«

Ein Polizist in Uniform näherte sich. Er trug goldene Ärmelabzeichen und war der Kommandant an Bord. »Wir haben Nachricht von den Kollegen an der Schleuse«, sagte er auf Deutsch mit deutlichem Akzent. »Sie haben das Passageverzeichnis der letzten beiden Wochen überprüft. Vor sieben Tagen lief eine Motorjacht ein, auf die unsere Beschreibung passt. Ein Einheimischer, ›Emma‹ hieß das Boot, es hatte eine niederländische Kennung. Der eingetragene Eigner gibt an, dass er das Boot über einen Makler nach Deutschland verkauft hat. Er hatte einen gültigen Kaufvertrag.«

»›Emma‹, richtig?«, fragte Monika.

Der Kommandant nickte. »Bezahlt wurde die Passagegebühr in bar.«

»So hieß die Jacht ursprünglich, bevor man sie in

›Windrose‹ umbenannte«, entgegnete Monika. »Sind alle Streifen informiert?«

Der Kommandant nickte erneut und wandte sich um. Sie passierten die Rozengracht und warteten vor einer Schleuse. Als die Tore geöffnet wurden, gab der Schiffsführer Gas, und der Kreuzer schipperte an der Erzengel-Michaels-Kirche vorbei in den Jachthafen ein.

»Dieses ewige Wechselspiel geht mir auf den Geist«, seufzte Lisa.

»Es gehört wohl zu ihrem Plan, Verwirrung zu stiften.«

*

Peins, Riedsterweg, Noord-Nederland

Trevisan stand neben Kommissarin Lieke van Lunteren und blickte nachdenklich auf den verbeulten Mercedes, der quer zur Fahrtrichtung im Riedsterweg stand. Inzwischen war die Spurensicherung eingetroffen. Mehrere Streifenwagen standen mit zuckenden Blaulichtern im Ort und riegelten die Unfallstelle ab. Eine Lichtgiraffe mit strahlend hellen Scheinwerfern sorgte für ausreichende Sicht.

Die Fahndung nach den Flüchtigen lief auf Hochtouren.

Nachdenklich näherte sich Trevisan dem verbeulten Mercedes und kniete sich am Vorderrad nieder. »›Dunlop Sport Classic, 225/45 R 18‹«, murmelte er, zückte sein Handy und machte davon ein Foto.

»Alles in Ordnung?«, fragte Lieke van Lunteren.

Trevisan zuckte mit der Schulter. »Nur so ein Gedanke«, entgegnete er und steckte das Handy wieder ein.

Lieke van Lunteren hielt eine Plastiktüte in der Hand, in der ein weißes Kuvert steckte. Die Spurensicherung hatte den Wagen genau unter die Lupe genommen und das Kuvert unter der Fußmatte auf der Beifahrerseite gefunden. Im Kuvert befanden sich 3.325 Euro in bar.

»Die Taxizentrale weiß nichts über eine Fuhre, und Busse fahren um diese Zeit nicht, sie müssen zu Fuß geflüchtet sein.«

Trevisan griff nach der Plastiktüte. »Der Verlust des Geldes wird sie schmerzen, sie haben keinen Zugriff auf das Bargeldkonto mehr.«

Das Brummen eines Helikopters war zu vernehmen, das zunehmend lauter wurde. Trevisan schaute in den dunklen Himmel und sah in der Ferne das Blinken am Horizont. Ein heller Strahl durchdrang die Nacht und griff nach dem Boden. Inzwischen waren auch die Hundeführer eingetroffen. Mit ihren feinen Nasen hatten die beiden belgischen Schäferhunde eine Spur aufgenommen, die nach Norden führte, aber kurz nach dem Ort endete. In diese Richtung flog der Helikopter.

Ein großes Gehöft lag entlang des Weges, der von Peins in Richtung Ried führte. Mehrere Polizisten hatten das Objekt umstellt.

Lieke van Lunterens Funkgerät quakte, und sie fasste sich an den Ohrstöpsel. Trevisan blickte sie fragend an.

»Die Kollegen beginnen mit der Durchsuchung«, erklärte die Kommissarin.

Eine Kollegin von der Spurensicherung näherte sich. In der Hand hielt sie ein weiteres Plastiktütchen, darin befand sich ein silbern glänzender Ohrring.

»Das haben wir zwischen den Vordersitzen gefunden«, meldete sie auf Englisch und reichte es der Kommissarin.

Lieke van Lunteren schaute sich das Fundstück an. Ein blauer Stein saß oben auf der silbernen Spirale. »Der gehört zweifellos zu einer Frau«, sagte sie und reichte das Tütchen an Trevisan weiter.

Trevisan warf einen Blick darauf und nickte.

»Sonst noch was?«

Die Kollegin von der Spurensicherung nahm das Tütchen an sich. »Daan meint, es haben mindestens zwei Personen im Wagen gesessen.«

»Wie kommt er darauf?«, fragte die Kommissarin.

»Da sind frische Spuren an beiden Gurten, rechts und links«, erklärte die Kollegin von der Spurensicherung. »Das kam vermutlich zustande, als der Wagen schleuderte und die Personen in den Gurt gedrückt wurden. Die Gurte im Fond sind unbenutzt.«

»Wenn es nur zwei waren, können es nur Bodlak und Do Salvio gewesen sein«, mutmaßte Trevisan, der die Erklärung der Kollegin auf Englisch halbwegs verstanden hatte. »Aber wo ist Ollmert?«

»Wieso ausgerechnet die beiden?«, fragte Lieke van Lunteren.

Trevisan zuckte mit der Schulter. »Weil ich unserem Bürgermeister eine solche Verfolgungsjagd nicht zutraue. Kühnert oder besser gesagt Bodlak ist polizeibekannt und kein unbeschriebenes Blatt. Auch Anna Flores do Salvio hat genügend Erfahrung mit der Polizei.«

»Dann haben sie sich getrennt?«

Trevisan nickte. »Das sieht wohl so aus.«

»Warum?«

»Das würde ich auch gerne wissen«, entgegnete er. »Vielleicht, um nicht aufzufallen.«

36

Politje Bureau, Holstmeerweg, Leeuwarden, Noord-Nederland

Sie hatten sich eine Pause gegönnt. Trevisan hatte sich gegen 4 Uhr in der Früh aus der Suche ausgeklinkt, und Monika und Lisa waren eine halbe Stunde später auf der Dienststelle in Leeuwarden eingetroffen. Anschließend hatten sie sich in die Ruheräume im Dachgeschoss zurückgezogen. Es war kurz nach 9 Uhr in der Frühe, als Trevisan erwachte. Er fühlte sich wie gerädert, das letzte Mal, als er auf einfachen Feldbetten geschlafen hatte, war er noch in der Ausbildung gewesen.

Zu seiner Überraschung lagen neben einem Handtuch und Duschgel eine eingepackte Zahnbürste und eine kleine Tube Zahnpasta bereit. Nur mit seiner gestrigen Kleidung musste er vorliebnehmen.

Natürlich wurde weiter nach den Flüchtigen gefahndet, und auch die Suche nach der »Windrose« oder »Emma«, wie die Jacht scheinbar wieder hieß, wurde fortgesetzt, doch leider ohne Ergebnis.

Nach der Morgentoilette verließ Trevisan den Ruheraum und ging über das Treppenhaus hinunter in den zweiten Stock, wo sich die Einsatzzentrale befand. Noch bevor er den Raum erreicht hatte, kam ihm ein junger Polizist entgegen und nahm ihn mit in den Besprechungsraum, der am Ende des Flures lag. Dort warteten bereits Lisa und Monika nebst Lieke van Lunteren, die wohl nur wenig geschlafen hatte, so müde wie sie aussah.

»Gut geschlafen?«, fragte sie auf Deutsch, als Trevisan den Raum betrat.

»Es geht.«

»Zumindest haben Sie nichts versäumt«, berichtete Lieke van Lunteren. »Wir haben einen zweiten Helikopter vom Küstenschutz im Einsatz. Bislang gibt es weder eine Spur von den Flüchtigen noch einen Hinweis auf die Motorjacht. Wir suchen weiter.«

Trevisan nickte und winkte Lisa und Monika zu.

»Wir haben inzwischen die Öffentlichkeit informiert«, fuhr Lieke van Lunteren fort. »Radio und Fernsehen, sie bringen die Fahndungsmeldung inklusive der Fotos, die wir von ihnen haben. Wenn sie jemand da draußen gesehen hat, dann werden sich die Leute melden. Hier in Friesland vertraut man der Polizei.«

»Ich hoffe es, aber ich habe ein ungutes Gefühl bei der Sache«, entgegnete Trevisan und setzte sich zu Lisa und Monika an den Tisch. Dort standen weiße Brötchen und Butter.

»Greifen Sie zu«, ermunterte Lieke ihren deutschen Gast. »Einen Kaffee?«

»Da sage ich nicht Nein«, entgegnete Trevisan.

»Milch und Zucker?«

»Schwarz.«

Lieke griff zum Telefon und orderte einen Kaffee.

»Es gibt noch etwas, das unsere Spurensicherung im Wagen festgestellt hat«, fuhr Lieke van Lunteren fort. »Besser gesagt, im Kofferraum.«

Trevisan warf ihr einen fragenden Blick zu.

»Blutantragungen«, sagte sie. »Minimale Spritzer. Fast unsichtbar. Wir haben mit Luminol gearbeitet.«

»Blut?«, wiederholte Trevisan fragend.

»Es ist bereits auf dem Weg ins Labor«, bestätigte die Kommissarin.

Trevisan schüttelte den Kopf. »Das ist wie verhext. Wir kommen keinen Schritt voran. Wenn wir eine Spur haben, löst sich plötzlich alles in Wohlgefallen auf.«

»Wir haben ihr Geld«, versuchte Lieke Trevisan aufzumuntern.

»Ich weiß. Allerdings könnten sie ihre Flucht bereits vorbereitet haben. Jetzt hält sie nichts mehr hier, sie wissen wohl, dass wir ihnen dicht auf den Fersen sind.«

»Vielleicht doch Verona?«, warf Lisa ein.

Trevisan stützte seinen Kopf auf die Hände. »Möglich, es könnte aber auch eine Finte sein.«

Monika Sander knabberte nachdenklich an ihrem Butterbrötchen. »Sie versuchen es über eine EU-Grenze, das ist sicherer. In ein Land, das ihnen mehr Möglichkeiten zur Flucht bietet.«

»Das sehe ich ähnlich«, stimmte Trevisan zu. »Vielleicht sind sie schon längst dort, wo sie hinwollten.«

Die Kommissarin winkte ab. »Na, sehen wir mal nicht so schwarz. Solange wir keine anderen Erkenntnisse haben, suchen wir weiter.«

Das Telefon klingelte. Lieke hob den Hörer ab. Das Gespräch dauerte nicht lange. Als sie aufblickte, schaute sie in erwartungsvolle Mienen.

Sie lächelte. »Das war die Spurensicherung. Wir haben zumindest die Sicherheit, dass dieser Jan Bodlak den Wagen lenkte. Sie haben einen Fingerabdruck von ihm am Lenkrad gefunden.«

*

Harlingen, Achlumer Vaart, Noord-Nederland

Die heiße Vormittagssonne brannte aus einem wolkenlosen Himmel auf die Erde nieder, und aus dem grünlich schimmernden Wasser erhob sich ein modriger fauler Geruch. Das kleine Motorboot der Polizei mit der Kennung »P4« vom Hersteller »TP Marine Boot« schipperte unweit der Kläranlage in der Achlumer Vaart, einem kleinen Seitenarm des Kanals. Es war mit zwei Mann besetzt, die mit aufmerksamem Blick die Ufer absuchten. Überall lagen Schiffe vor Anker, manchmal sogar zwei nebeneinander. Schlepper, Küstenfrachter und große und kleine Jachten lagen neben Motorbooten und kleineren Seglern. Hier und da hatte ein Ruderboot festgemacht. Das brackige Wasser und die Kläranlage am östlichen Ende der Stadt durchsetzten die erhitzte Luft mit ihrem Gestank. Auf dem Kanalweg, der sich entlang des Ufers erstreckte, waren Radfahrer unterwegs. Als das Boot eine Brücke passierte und der kleine Seitenarm Richtung Osten führte, kamen sie an einer kleinen Bootswerft nebst drei Schiffsbecken vorbei, in denen ein paar alte und verrostete Jachten dümpelten, die wohl in nächster Zeit abgewrackt wurden. Der Bootsführer drosselte die Fahrt. Sein Kollege nahm das Fernglas zur Hand, um die Becken nach der »Emma« abzusuchen.

»Ich kriege langsam Hunger«, sagte der Steuermann.

»Lass uns die Vaart hinter uns bringen, dann machen wir eine Pause«, entschied sein Kollege und nahm das Fernglas vor die Augen.

»Fahr mal näher ran!«

Der Steuermann lenkte nach steuerbord und gab ein klein wenig Gas. Das Boot reagierte sofort und trieb auf das erste der drei Schiffsbecken zu. Das Dröhnen des Motors bei Gegenschub ließ keine weitere Unterhaltung mehr zu. Erst als das Boot langsam im stillen Gewässer trieb, ebbte der Lärm ab.

»Siehst du was?«

Der Kollege nahm das Fernglas herunter und schüttelte den Kopf. Erneut gab der Steuermann Gas und peilte das zweite Becken an, wo ein großer Fischkutter vor Anker lag, bei dem bereits Mast und Aufbauten fehlten. Erneut gab er Gegenschub, und das Boot glitt wie in Zeitlupe dahin.

»Da, dort hinten!«

Der Steuermann ließ das Steuerrad los und griff nach dem Fernglas, das ihm sein Kollege reichte.

»Die ›Emma‹«, sagte er siegessicher. »Das ist sie.«

Die blau gestrichene Motorjacht hatte direkt neben dem abgehalfterten Kutter festgemacht und war nur schwer auszumachen, wenn man am Becken vorbeifuhr.

»Ja, das ist sie«, bestätigte der Kollege und griff zum Funkgerät.

Nachdem er die Meldung abgesetzt hatte, erhielt er den Befehl, die Vaart zu verlassen und im Kanal Position zu beziehen. Dort sollten die beiden Polizisten auf weitere Instruktionen warten. Sie bestätigten die Meldung und fuhren mit mäßiger Geschwindigkeit zurück in den Kanal. An der Brücke gegenüber bezogen sie Position.

»Das ist die ›HSB-Jachtwerft‹, die ist letztes Jahr dichtgemacht worden«, sagte der Steuermann.

»Ein gutes Versteck. Unter all den alten Jachten und Kähnen fällt man nicht auf. Wir sollen auf weitere Instruktionen warten und den Kanal im Auge behalten.«

Der Steuermann lächelte verschmitzt. »Genau das habe ich vor.«

37

Achlumer Vaart, Harlingen, Noord-Nederland

Sie hatten das Gelände umstellt. Observationskräfte hatten Stellung bezogen und beobachteten das Boot, das zum Großteil von einer Persenning abgedeckt war. Die Kollegen auf dem Polizeiboot hatten Glück gehabt, dass sie das Boot in dem Schiffsbecken der stillgelegten Werft überhaupt entdeckt hatten, denn die zusammengeschnürte Persenning hatte sich gelockert und einen Teil des Rumpfes freigegeben. Ansonsten war dieser vermeintliche Schiffsfriedhof das ideale Versteck. Inzwischen hatte es zu stürmen begonnen, dunkle Wolken zogen landeinwärts über die Stadt und luden ihre nasse Fracht über den Straßen und Kanälen ab. Die

Observationskräfte in Zivil hatten sich weitläufig in der Region verteilt und hielten Blickkontakt. Seit über zwei Stunden hatte sich nichts getan. Die »Emma« schaukelte im Rhythmus der seichten Wellen, doch keinerlei Bewegung war an Bord zu erkennen.

Lieke van Lunteren wollte kein Risiko eingehen und hatte eine Einsatzgruppe aus Haarlem angefordert.

Die Kommissarin, Lisa, Monika und Trevisan befanden sich auf dem Patrouillenkreuzer »Marten Harteboer«, der in weiter Entfernung am Verbindungskanal festgemacht hatte und als mobile Leitstelle für den Einsatz diente. Die Einsatzgruppe aus Harleem, schwer bewaffnet und mit Schutzwesten und Protektoren ausgerüstet, war vor einer halben Stunde in Harlingen eingetroffen und bereitete sich abseits der Kläranlage auf den Einsatz vor. Eine Polizeidrohne war im Einsatz und lieferte Luftbilder von dem Boot und der gesamten alten und leer stehenden Werft.

Der Leitstand mit den Monitoren befand sich unter dem Vordeck. Trevisan war angesichts des leichten Seegangs nicht ganz wohl in seiner Haut, dennoch riss er sich zusammen und starrte auf das Luftbild, das von der Drohne in den Leib der »Marten Harteboer« übertragen wurde.

»Ich würde sagen, dass wir zugreifen«, schlug Lieke van Lunteren vor. »Es macht keinen Sinn zu warten.«

Trevisan warf Monika einen fragenden Blick zu, und als diese unmerklich nickte, atmete er tief ein. »Also gut, rücken wir vor.«

»Die Einsatzgruppe ist in drei Minuten einsatzklar«, meldete der Beamte, der hinter dem Leitstand saß und den Kopfhörer von den Ohren nahm.

»Dann erfolgt jetzt der Zugriff«, entschied Lieke van Lunteren entschlossen.

Der junge Beamte nickte und gab den Einsatzbefehl über Funk durch.

Sieben Minuten später fuhren zwei dunkle Busse auf das Gelände der stillgelegten Schiffswerft. Die Einsatzbeamten in schwarzer Kampfmontur stiegen aus und arbeiteten sich auf das Gelände vor. Die hochauflösende Kamera der Drohne übertrug die Bilder live auf den Monitor in der Leitstelle. Sechs Beamte umrundeten die große Halle auf der rechten Seite, sechs weitere Beamte gingen, sich gegenseitig sichernd, mit der Maschinenpistole im Anschlag auf der anderen Seite vor. Die Deckung ausnutzend, näherten sie sich der Motorjacht.

Der Beamte am Leitstand hatte inzwischen den Funkverkehr auf den Lautsprecher aufgeschaltet. »Wir stürmen!«, meldete der Einsatzleiter vor Ort, und schon hetzten vier Beamte auf das Boot zu. Eine einfache Holzbohle führte von der Kaimauer auf das Boot. Einzeln überquerten die dunkel gekleideten Einsatzbeamten das schmale Brett, um dann auf dem Boot Deckung zu suchen. Ihre Kollegen folgten, nachdem einer der Beamten das Zeichen mit der Hand gegeben hatte.

»Wir sind an Bord, hier ist alles ruhig«, drang aus dem Lautsprecher.

Die Beamten verharrten kurz, dann lösten sich einige aus ihrer Deckung und rückten an Bord vor. Vier suchten den hinteren Niedergang auf, drei bewegten sich auf den Bug zu, während zwei weitere unter der Persenning verschwanden, die über den überdachten Fahrstand ausgebreitet war. Die drei restlichen Beamten verblieben, die Maschinenpistole im Anschlag, hinter ihren Deckungen.

»Jetzt ist unsere Liveübertragung leider am Ende«, seufzte Lieke van Lunteren.

Trevisan warf einen ungeduldigen Blick auf die Digitaluhr. Gespannt blickten sie weiter auf den Monitor, doch die Szenerie erschien wie eingefroren. Trevisan wippte unruhig hin und her, auch der Funkverkehr war abgeschnitten. Es dauerte 17 Minuten und 40 Sekunden, ehe die verschwundenen Einsatzkräfte auftauchten. Die Maschinenpistolen hatten sie inzwischen geschultert, auch die Männer aus der Deckung traten hervor.

Ein Rauschen drang aus dem Lautsprecher. »Alles abgesucht, keine Personen an Bord«, meldete der Einsatzleiter. Der Beamte am Leitstand quittierte.

»Dann schauen wir es uns mal an«, sagte Lieke van Lunteren und verließ den Leitstand über die steile Stiege. Trevisan, Monika und Lisa folgten. Trevisan war froh, wieder an der frischen Luft zu sein, und atmete kräftig durch.

Zehn Minuten später ging Trevisan zusammen mit Lieke über die schmale Holzbohle an Bord der Motorjacht. Ein junger Kriminalbeamter mit kurzen blonden Haaren erwartete sie.

»Das müssen Sie sich ansehen!«, sagte der junge Kollege und geleitete Lieke und Trevisan unter Deck. Eine steile Stiege führte nach unten in die Messe. Der Kriminalbeamte ging voraus und blieb direkt nach der Stiege stehen. Trevisan verharrte und blickte sich um. Auf dem Boden lag zersplittertes Geschirr, ein Polster, das zu einer Eckbank am Tisch gehörte, lag neben dem Tisch, und eine Blutspur verlief quer durch den Raum.

»Was ist denn hier passiert?«, fragte Trevisan.

Der Kriminalbeamte räusperte sich. »Sieht nach einem Kampf aus, würde ich sagen«, antwortete er auf Deutsch mit starkem Akzent.

»Ich will, dass sich die Spurensicherung das ansieht«, ordnete Lieke van Lunteren an.

Der junge Kriminalbeamte nickte und verließ die Kajüte.

»Das sieht nicht gut aus«, seufzte Trevisan.

Lieke nickte. »Vielleicht erklärt das die Blutspuren im Kofferraum des Mercedes.«

*

Polizeikommissariat Emden, Bahnhofsplatz

Polizeioberkommissar Görges gähnte. Er sehnte den Feierabend herbei, denn er war hundemüde. Noch dazu Frühdienst, der undankbarste Dienst des gesamten Schichtumlaufs. In der Nachtschicht konnte man sich wenigstens mal ausruhen, aber hier an der Pforte, wo ein Besucher nach dem anderen vorstellig wurde, gab es keine Pause.

Als es klingelte und er den Türöffner betätigte, betrat ein kleiner, untersetzter Mann mit dunklen, lockigen Haaren, buschigen Augenbrauen und schwarzem Vollbart die Dienststelle und trat vor die Panzerglasscheibe. Er trug eine kurze Sporthose, ein rotes, verschmutztes T-Shirt spannte sich über seinen üppigen Bauch.

»Hallo, ich bin Ali Yilderim, ich fahre Lkw und muss eine Meldung machen«, sagte der Besucher.

»Worum geht es?«, fragte Görges.

»Ich habe die zwei Leute mitgenommen, nach denen Sie suchen.«

Görges runzelte die Stirn. »Welche Leute?«

»Den Mann und die Frau«, stellte Yilderim klar. »Die im Radio kommen, ich habe es gerade erst gehört.«

Görges schaltete das Mikrofon ab und warf seinem Kollegen, der abseits am Funktisch saß, einen fragenden Blick zu. »Weißt du was von einer Fahndung nach einem Pärchen?«, fragte er.

Der Kollege blickte auf.

»Soll im Radio kommen«, fügte Görges hinzu.

Der Kollege tippte auf den Tasten des Einsatzleitcomputers herum, ehe er sich zu Wort meldete. »Vom Radio weiß ich nichts, aber da läuft eine Grenzfahndung der Holländer nach einem Mann und einer Frau um die 40, vielleicht meint er die.«

Görges nickte und aktivierte das Mikro. »Kommen Sie aus Holland?«

Yilderim nickte. »Bin heute früh über die Grenze gefahren. Fahre für die Spedition ›Vadders‹, auf der Strecke Amsterdam – Wilhelmshaven. Ich stand heute früh gegen 7 Uhr auf einem Parkplatz an der A31 bei Dronrijp und machte Pause, da sprachen die mich an. Die sagten, sie hätten einen Unfall gehabt und müssten dringend nach Deutschland, da habe ich sie mitgenommen. Der Mann sah ganz schön verbeult aus im Gesicht.«

»Wie meinen Sie das?«

»Ich meine, das sah man ihm an, dass er einen Unfall hatte. Die Lippe geschwollen, das Auge blau und ein roter Striemen quer über die Stirn. Den hat es ganz schön erwischt.«

»Und wo ist das Pärchen jetzt?«

»Ausgestiegen, gleich nach der Grenze, bei Bunde.«

»Das ist eine Fahndung der Holländer, aber da sind auch wir beteiligt, die werden bei uns gesucht«, rief der Funker Görges zu.

Görges nickte. »Wann war das?«, fragte er den Lkw-Fahrer.

Der Mann zuckte mit der Schulter. »So gegen 10 Uhr, ungefähr.«

Görges blickte auf seine Armbanduhr. Es war kurz vor 14 Uhr am Mittag. »Da kommen Sie erst jetzt?«

Yilderim zog entschuldigend die Schultern hoch. »Habe eben erst im Radio davon erfahren. Radio 10, das ist ein Sender aus Holland, der bringt die Meldung, den empfange ich erst kurz hinter Aurich. Die deutschen Sender bringen davon nichts.«

Der Beamte hinter der Scheibe wies den Trucker an, Platz zu nehmen und auf einen Kollegen zu warten, der die Aussage aufnehmen würde. Eine Polizistin kümmerte sich darum. Als sie Yilderim Bilder der Flüchtigen vorlegte, warf er einen langen und forschenden Blick darauf. Ollmerts Bild legte er sofort zur Seite. »Der war nicht dabei.«

Das Bild der Frau legte er vor sich ab. »Die war das auf alle Fälle.«

Die Polizistin wies auf das Foto Kühnerts. »Und der?«

Yilderim zuckte mit der Schulter. »Der war im Gesicht verletzt, aber das könnte er gewesen sein.«

38

Achlumer Vaart, Harlingen, Noord-Nederland

Inzwischen war ein starkes Aufgebot an Polizeikräften eingetroffen. Polizeitaucher, Taucher der Seenotrettung, Leichenspürhunde und ein Boot des Küstenschutzes mit einem speziellen Sonargerät zur Unterwassersuche befanden sich am Einsatzort.

Für die Taucher war es nicht einfach, in dem trüben und schlammigen Becken voller abgewrackter Schiffsleiber zu tauchen. Sie mussten vorsichtig sein, um nicht zwischen die Rümpfe der alten Kähne zu geraten. Außerdem war das Becken verschlammt, sodass sich die Sichtweite unter Wasser in Grenzen hielt. In der Achlumer Vaart waren die Ruderboote mit den Leichenspürhunden unterwegs.

Mehrere Polizisten samt Trevisan, Monika und Lisa hatten erneut begonnen, das Schiff gründlich zu durchsuchen, nur der Aufenthaltsraum blieb ausgespart, denn dort war die Spurensicherung zugange. Fraglos hatten an Bord der Jacht eine ganze Weile mehrere Personen gehaust. Zwei Kajüten waren benutzt worden, und in der kleinen Dusche am Ende des Ganges lag neben den üblichen Toilettenutensilien eine angefangene Packung mit Damenbinden. Außerdem waren in einer kleinen Kammer neben der Messe, wie der große Aufenthaltsraum genannt wurde, in dem offenbar ein heftiger Kampf stattgefunden hatte, allerlei Konserven sowie eingepackte Toastbrote gebunkert. Überdies befanden sich zwei, mit Kleidung gefüllte Koffer in dieser Abstellkammer, die genau den Koffern entsprachen, die aus Ollmerts Haus fehlten. Nur Ollmerts Papiere fehlten nach wie vor.

Besonders nach elektronischen Medien hielten die Durchsuchungskräfte gemäß Trevisans Anweisung Ausschau, dazu gehörten mögliche USB-Sticks, die beinahe in jede Ritze dieses Schiffes passten. Die Beamtinnen und Beamten gingen mit äußerster Sorgfalt vor. Besonders die Kajüten boten unzählige Versteckmöglichkeiten, doch bislang hatte man noch nichts entdeckt. Der Umstand, dass ein Teil der zusammengeschnürten Persenning fehlte und wahrscheinlich deshalb die Abdeckung verrutscht war, sodass die »Emma« vom Kanal auszumachen war, ergab zusammen mit der Szenerie in der Messe der Motorjacht und der Blutlache an Bord Anlass für Trevisan, das Schlimmste anzunehmen.

»Mit dem Blut im Kofferraum sieht das nicht gut für den Bürgermeister aus«, bemerkte Lieke van Lunteren, als sich Trevisan über die Reling beugte und einen Taucher beobachtete, der sich über eine Leiter an Bord eines Bootes begab.

»Ich weiß.«

»Der Leichnam könnte überall liegen, hier im Kanal oder bei Dronryp, dort, wo man den Wagen das erste Mal gesehen hat.«

Trevisan nickte. »Wir haben schon einmal ein Boot gefunden, an dem sich jede Menge Blut befand. Am Ende war es nur ein Trick.«

Lieke van Lunteren zeigte den Kanal hinunter. »Wir fahren mit dem Sonar bis Franeker. Ab dort wird es schwierig, die Kanäle sind voller Schlamm, eine Leiche kann leicht darin einsinken, dann finden wir keine eindeutigen Konturen mehr mit dem Sonar.«

Trevisan warf einen Blick auf seine Armbanduhr, es war kurz nach 13 Uhr am Mittag. Monika und Lisa erklommen die Stiege am Niedergang und gesellten sich an Trevisans Seite. »Wir sind mit der ersten Kajüte durch, leider haben wir nichts gefunden«, berichtete Lisa.

»Sind die anderen fertig?«

Monika schüttelte den Kopf. »Das dauert noch.«

Trevisan schlug mit der flachen Hand auf die Reling. »Verdammt, ich habe das Gefühl, sie führen uns schon wieder an der Nase herum. Bestimmt sind sie längst über alle Berge. Das Geld ist längst dort, wo sie es haben wollten.«

»Doch Verona?«

Trevisan zuckte mit der Schulter. »Sie haben keinen Wagen mehr. Gibt es neue Nachrichten aus Dronryp?«

Lieke van Lunteren schüttelte den Kopf. »Bislang hat sich niemand gemeldet, der Anhalter mitgenommen hat.«

»Sie sind wie Geister«, seufzte Trevisan.

Monikas Handy klingelte. Sie griff in ihre Jackentasche und nahm das Gespräch an. Eike war am Apparat.

»Es gibt Neuigkeiten«, sagte er ohne Umschweife. »Bei den Kollegen in Emden tauchte ein Lkw-Fahrer auf. Er hat am heutigen Morgen zwei Anhalter aus Holland mit über die Grenze genommen. Kurz nach der Grenze bei Bunde sind sie ausgestiegen. Er hat die Frau anhand der Bilder aus der Fahndungsdatei identifiziert. Es ist Anna Flores do Salvio, der Mann könnte Bodlak gewesen sein, der war offenbar im Gesicht verletzt.«

*

Kriminalpolizei Wilhelmshaven, Mozartstraße

Sie hatten ihre Zelte in Harlingen abgebrochen und waren zurück nach Deutschland gefahren. Lieke van Lunteren hatte versprochen, Trevisan umgehend zu informieren, falls sie eine Leiche in dem Kanal finden sollten. Eike hatte inzwischen über die Verkehrsgesellschaft in Erfahrung gebracht, dass von Bunde aus am frühen Vormittag mehrere Personen den Bus nach Norden bestiegen hatten. Ob tatsächlich ein Pärchen darunter war, auf das die Beschreibung passte, daran konnte sich der Busfahrer nicht erinnern. Die Streifen, die unmittelbar nach der Anzeige des Lkw-Fahrers die Gegend um die A7 abgesucht hatten, stellten keine verdächtigen Personen fest. Waren sie schon wieder zu spät gekommen? Mehr als sieben Stunden waren inzwischen vergangen.

Als Trevisan das Dienstgebäude in Wilhelmshaven betrat und über den Flur lief, kam ihm Thorke Oselich entgegen und bat ihn zu sich in ihr Büro.

»Wie sieht es aus, Martin?«, fragte sie, nachdem sie ihm Platz angeboten hatte. »Haben wir überhaupt eine Chance, die Bande zu erwischen?«

Trevisan zuckte mit der Schulter. »Nach all dem, was wir auf der Jacht gesehen haben, glaube ich, dass Ollmert tatsächlich irgendwo im Wasser liegt. Es muss zu einem Streit zwischen ihm und Bodlak gekommen sein. Bodlak ist ebenfalls im Gesicht verletzt.«

»Du meinst, Ollmert ist tot?«

Trevisan nickte. »Da bin ich mir ziemlich sicher. Im Kofferraum des Wagens befanden sich Blutanhaftungen. Ich glaube, sie haben ihn in eine Persenning verpackt, in den Kofferraum gelegt und irgendwo zwischen Harlingen und Dronryp in den Kanal geworfen. Ich glaube nicht, dass wir seine Leiche so schnell finden.«

»Ist es Ollmerts Blut?«

»Die Analyse läuft noch. Lieke informiert uns, wenn das Ergebnis vorliegt.«

Thorke Oselich blickte an die Decke. »Dann bleibt uns nur noch Verona.«

Trevisan atmete tief ein. »Ich glaube, dass wir dort umsonst auf sie warten. Verona ist nur ein Ablenkungsmanöver.«

Thorke Oselich richtete sich auf. »Das wird Doktor Schneider überhaupt nicht gefallen, er rechnet immer noch damit, dass wir zumindest das Geld retten können.«

Trevisan zuckte mit der Schulter. »Ich wüsste nicht, wie uns das gelingen sollte.«

»Verdammt, Martin, das sind schlechte Nachrichten. Man wird mit unserer Arbeit nicht zufrieden sein.«

Trevisan wies nach draußen. »Wir waren in den letzten drei Wochen beinahe ununterbrochen im Dienst. Nur zum Schlafen waren wir zu Hause, haben Überstunden geschruppt und uns die Nächte um die Ohren geschlagen. Monika, Lisa und ich haben in den letzten 24 Stunden nicht länger als drei Stunden geschlafen. Erzähl uns bitte nichts von schlechter Arbeit. Wir haben getan, was wir konnten.«

Thorke Oselich hob beschwichtigend die Hände. »Beruhig dich, Martin. Ich weiß, was ihr getan habt, und ich weiß auch, dass es nicht leicht war. Aber du weißt, was die Presse schreiben wird. In den nächsten Tagen brauchen wir alle ein dickes Fell.«

Trevisan kratzte sich am Kinn. Er seufzte.

»Du solltest dich erst einmal ausruhen, geht alle nach Hause und schlaft euch aus. Entweder vermelden unsere italienischen Kollegen morgen zwei Festnahmen oder wir haben eben Pech gehabt. Mehr können wir nicht mehr tun.«

Trevisan nickte. »Du weißt, wie sehr ich es hasse, wenn ich die Dinge nicht zum Abschluss bringe.«

»Vertrauen wir auf unsere Fahndung«, entgegnete Thorke Oselich. »Wir sehen uns morgen früh.«

39

Peerenhof bei Horumersiel

Trevisan war erschöpft, als er seinen Wagen neben Leas Golf auf dem Peerenhof parkte und ausstieg. Er fühlte sich abgespannt und war über den Verlauf des Tages bitter enttäuscht. Die Sonne stand tief im Westen und die abendlichen Strahlen tauchten die Welt in einen goldenen Glanz, doch er hatte keine Augen dafür. Er ging zum Haus, doch dann sah er Licht in Leas Atelier. Er wandte sich um und ging zur Hintertür. Er klopfte, bevor er eintrat, schließlich wollte er Lea nicht zu Tode erschrecken. Paco, der Irische Setter, nahm als Erster Notiz von ihm. Er sprang von seinem Platz auf und hetzte auf Trevisan zu. Mit freudig wedelndem Schwanz umkreiste er ihn. Trevisan beugte sich herab und streichelte ihn. Lea war damit beschäftigt, den goldenen Mantel einer Heiligenfigur zu bemalen, und blickte nur kurz auf.

»Ah, da ist ja der verlorene Sohn«, unkte sie. »Siehst müde und griesgrämig aus.«

Trevisan überging die wenig charmante Begrüßung, trat auf sie zu und hauchte ihr einen Kuss auf die Wange.

»Dazu stinkst du auch noch«, bemerkte sie und nahm ihren Kopf zur Seite.

»Zwei Tage dieselben Klamotten, da bleibt das nicht aus. Wenig Schlaf und am Ende alles umsonst. Unsere Täter sind geflüchtet, wahrscheinlich sind sie längst über alle Berge, und der Bürgermeister von Diekenhörn liegt irgendwo tot in einem Kanal.«

»Keinen Jagderfolg gehabt?«, bemerkte sie spitz.

Trevisan verzog seine Miene. »Die Täter und das Geld sind weg, und Ollmert treibt wohl tot in einem Kanal, das hat nichts mit Jagderfolg zu tun.«

Lea winkte ab. »Nicht jeder Jäger kehrt von seinem

Jagdzug mit Beute zurück. Ich denke, du gehst zuerst unter die Dusche und kümmerst dich anschließend um Paco. Geh raus mit ihm, er freut sich darüber, und du kannst deinen Kopf freikriegen. Ich bin beschäftigt, dann können wir reden.«

Trevisan nickte. »Gibt es Neuigkeiten von Paula und dem kleinen Ayk?«

Lea machte große Augen. »Oh, dass sich der Herr daran erinnert, dass er Opa geworden ist. Du hast die beiden um zwei Stunden verpasst. Und jetzt geh unter die Dusche!«

Trevisan wandte sich um. »Ich kann nichts für meinen Job«, murmelte er.

»Doch, dafür kannst du was«, entgegnete Lea vehement. »Du könntest wie deine gleichaltrigen Kollegen in irgendeinem Büro hocken, auf Batterien oder Taschenlampen aufpassen und um 16 Uhr nach Hause gehen. Du würdest das gleiche Geld kriegen und hättest einen geregelten Arbeitstag. Du hast selbst gesagt, dass du kürzer treten willst.«

Trevisan verkniff sich eine Antwort und verließ das Atelier. Paco folgte ihm. Zuerst nahm Trevisan eine heiße Dusche, ehe er sich mit Kaltwasser erfrischte. Nachdem er neue Kleidung angezogen hatte und Paco freudig mit der Leine im Maul vor ihm stand, besserte sich seine Laune. Er öffnete die Tür. »Auf geht's, Paco!«

Trevisan umrundete den Hof und ging über den Feldweg in die Wiardergrodenleide, dort auf dem Feldweg, umrahmt von Feldern, zog er den Tennisball aus seiner

Hosentasche und warf ihn so weit er konnte. Paco raste hinter dem Ball her und fing ihn nach der zweiten Landung geschickt auf, ehe er ihn zurückbrachte. Erneut schleuderte Trevisan den Ball, so weit er konnte, durch die Luft, und der Hund hetzte hinterher. Dreimal wiederholte er das Spiel, ehe sie am Wiarder Altendeich nach rechts zum Kaiserhof abbogen. Dort begegnete ihm eine Nachbarin mit ihrer Foxterrierdame. Paco kannte die Hündin aus der Nachbarschaft, und das Interesse erlahmte schnell. Nach kurzem Small Talk setzte Trevisan den Weg fort. Als er auf Höhe des Ferienhauses »Lug ins Land« war, klingelte das Handy. Trevisan zog es hastig hervor, beinahe wäre es ihm aus der Hand gerutscht. Er nahm das Gespräch entgegen, Monika war am Apparat.

»Gibt es Neuigkeiten?«, fragte Trevisan und blieb stehen. Paco nahm Platz, als er ihm das entsprechende Zeichen gab.

»Das will ich wohl meinen, wo bist du gerade?«, entgegnete seine Kollegin.

»Mit dem Hund unterwegs, am Kaiserhof. Was ist passiert?«

»Kannst du dich an Hanno Gabler erinnern?«, fragte Monika.

Trevisan überlegte. Der Name kam ihm zwar bekannt vor, doch wusste er augenblicklich nicht, wo er ihn einordnen sollte.

»Firma ›RMH‹, Bremerhaven, du erinnerst dich?«

Der Groschen fiel. »Ja, klar, ich war mit Lentje bei ihm.«

»Er wurde vor einer Stunde von der ›AAA Autovermietung‹ angerufen. Eine Frau hat auf seine Firma ein Auto angemietet, und die Autovermietung wollte sich versichern, dass die Sache in Ordnung geht, nachdem sich beim letzten Mal herausgestellt hatte, dass er gar nicht der Mieter war.«

Trevisan wurde hellhörig. »Habt ihr den Wagen schon in der Fahndung?«

»Der Wagen wird erst abgeholt. Heute Nacht, in Norden. Gabler hat gut reagiert, er hat zuerst Lentje angerufen und dann die Anmietung bestätigt. Der Schlüssel für den Wagen liegt ab 21 Uhr im Tresor zur Abholung bereit. Ich habe sofort in Norden angerufen, eine Zivilstreife ist vor Ort und Lentje mit Eike auf dem Weg. Ich hole dich ab, bin in 20 Minuten bei dir.«

Trevisan warf einen Blick auf die Armbanduhr. Es war kurz vor 21 Uhr am Abend.

»Alles klar, ich warte auf dich«, sagte Trevisan, ehe das Gespräch beendet wurde. Auf dem Rückweg beeilte er sich.

*

»AAA-Autovermietung«, Norden, Ostfriesland

Das Gelände der »AAA-Autovermietung« lag im Gewerbegebiet Leegemoor vor der Stadt zwischen einer Druckerei und einem Landmaschinenhändler. Es war ein einfaches Flachdachgebäude. Auf dem Gelände standen neben mehreren Pkw und Kleintransportern ein paar Wohnwagen. Der Wagen, um den es ging, stand direkt vor der Waschhalle. Es war ein blauer VW-Passat mit Hamburger Kennzeichen, da sich die Zentrale der Autovermietung in Hamburg befand.

Die Mitarbeiter der Firma waren längst nach Hause gegangen. Es war bereits kurz vor 22 Uhr. Trevisan und Monika hatten über eine Stunde gebraucht, bis sie eintrafen. Inzwischen waren sechs Zivilstreifen rund um das Firmengelände und die beiden großen Ausfallstraßen zum Industriegebiet postiert, doch bislang hatte sich nichts getan. Als die Dämmerung langsam in Dunkelheit überging, flammten mehrere Laternen auf und tauchten das Firmengelände in gedämpftes Licht. Der Passat war gut zu erkennen. Eike und Lentje hatten gegenüber auf dem Gelände einer Autofirma Position bezogen und einen ausgezeichneten Blick auf den Wagen. Die Kollegen aus Norden standen auf dem Gelände der Landmaschinenhandlung. Von dort konnte das Gelände der Autovermietung ebenfalls gut eingesehen werden. Eine weitere Streife aus Norden hatte sich auf dem Areal einer Metallbaufirma verdeckt aufgestellt. Trevisan und Monika saßen in einem zivilen Audi, unweit entfernt auf dem Gelände einer Spedition und starrten auf das kleine Funkgerät. Das kleine Gerät schwieg beharrlich.

»Ich hoffe, dass dies kein weiteres Ablenkungsmanöver dieser Bande ist«, bemerkte Trevisan. »Ich habe langsam die Nase voll.«

»Wahrscheinlich warten die, bis es richtig dunkel ist«, entgegnete Monika.

Eine weitere halbe Stunde zog ins Land. Inzwischen war es dunkel geworden. Das Licht der Straßenlaternen reichte aus. Sollte jemand das Gelände der Autovermietung betreten, so würde es weder Lentje und Eike noch den Kollegen aus Norden entgehen.

»Ein Radfahrer«, meldete die Streife, die auf dem Gelände der Metallbaufirma stand. »Kommt aus der Wäscherei und fährt in Richtung Wurzeldeich. Dürfte sich um einen Mitarbeiter handeln.«

Trevisan griff zum Funkgerät. »Kein Zugriff, lasst ihn fahren.«

»Klar!«, erhielt er zur Antwort.

Trevisan lehnte sich im Sitz zurück.

»Ich hoffe, dass wir nicht zu lange warten müssen«, sagte Monika. »Eine weitere Nacht ohne Schlaf halte ich nicht aus.«

Trevisan nickte nur. Ihm waren die Augen bereits kurz zugefallen. Es war kurz vor 23 Uhr, als sich erneut eine Streife meldete. »Taxi ins Industriegebiet, Besetzung unklar.«

Die Meldung kam von der Streife, die an der Wurzeldeicher Straße stand.

»Wir sehen es!«, bestätigten die Kollegen an der Metallbaufirma. »Es hält an.«

Trevisan richtete sich auf und wischte sich die Müdigkeit aus dem Gesicht. »Diesmal müssen wir sie kriegen«, knurrte er verbissen.

»Zwei Personen steigen aus. Vermutlich Mann und Frau.«

Trevisan griff zum Funkgerät. »Warten und beobachten«, sagte er.

»Der Mann bleibt stehen, die Frau geht Richtung Süden, sie kommt auf euch zu.«

»Haben sie im Sichtfeld«, bestätigte eine weitere Streife.

Trevisan drückte die Sprechtaste. »Abwarten und sehen, was passiert. Aber verliert den Mann nicht aus den Augen.«

»Wir sehen sie auch«, meldete sich Lentje zu Wort.

»Der Mann steht noch immer vor ›Dopke‹ und schaut sich um«, gaben die Norder Kollegen durch.

»›Dopke‹, was ist das?«, fragte Trevisan zu Monika gewandt.

»Die große Firma am Beginn der Straße«, erklärte Monika.

Trevisan griff zum Funkgerät. »Lentje, könnt ihr sie erkennen?«

»Negativ, sie ist zu weit weg.«

»Wir hätten ein Fernglas mitnehmen sollen«, fluchte Trevisan.

Monika nickte.

Erneut quäkte Lentjes Stimme aus dem kleinen Lautsprecher. »Sie ist zum Eingang gegangen und steht vor dem Nachttresor. Jetzt hat sie etwas aus dem Kasten herausgeholt. Sie geht zurück, Achtung!«

»Kannst du sie identifizieren?«, fragte Trevisan.

»Ich habe zwar ein Fernglas, aber sie ist zu weit weg

und hat eine Kappe auf. Darunter ist langes Haar. Jetzt – sie geht auf den Passat zu.«

Erneut brach das Gespräch kurz ab. Die Streife aus Norden meldete sich. »Der Mann geht auch Richtung Süden.«

»Sie hat den Wagen aufgeschlossen«, meldete Lentje. »Sie steigt ein.«

Trevisan drückte die Sprechtaste. »Wartet ab, bis der Mann da ist.«

»Sie hat den Motor gestartet und rollt vom Hof.«

»Der Mann ist gleich da«, meldeten die Kollegen aus Norden.

Der Passat rollte vom Hof und bog nach links in die Straße ein. Dann hielt der Wagen an.

»Der Mann steigt zu, Beifahrerseite«, meldete die Norderner Streife.

»Zugriff!«, brüllte Trevisan in das Mikrofon.

Monika ließ den Wagen an.

»Der Passat fährt auf der Stellmacher Straße Richtung Wurzeldeich«, meldete Lentje. »Wir sind dahinter.«

»Straße sperren!«, wies Trevisan die Kollegen an, die in Höhe des Wurzeldeichs Stellung bezogen hatten.

»Wir ziehen nach«, gab die Streife aus Norden durch.

»Die haben uns bemerkt«, meldete Lentje.

Der blaue Passat beschleunigte und fuhr mit hoher Geschwindigkeit durch das Industriegebiet. Eike und Lentje befanden sich genau dahinter, dann folgte der Mercedes der Kollegen aus Norden. Dahinter mit einigem Abstand fuhren Monika und Trevisan. Am Ende der Stellmacherstraße, noch vor der Einmündung zum Wurzeldeich tauchte der Touran der weiteren Nordener Kollegen mit Blaulicht quer auf der Fahrbahn auf. Plötzlich brach das Heck des Passats aus. Qualm und Rauch stiegen in die Höhe, bevor der Wagen nach links ausbrach und in einem kleinen Wäldchen links neben der Fahrbahn verschwand.

»Verdammt!«, fluchte Trevisan, als er die Bremslichter der beiden Wagen vor sich aufflammen sah.

»Die sind gegen einen Baum gefahren«, meldete Lentje völlig außer Atem. Monika bremste ab und hielt hinter dem Mercedes der Norderner Kollegen an.

»Wir brauchen einen Rettungswagen, zwei Schwerverletzte«, drang ein erneuter Funkspruch von Lentje aus dem Lautsprecher.

Nachdem Monika den Audi gestoppt hatte, sprang Trevisan aus dem Wagen und eilte zu dem verunfallten Passat. Lentje und die weiteren Kollegen bemühten sich, die Verletzten aus dem Wagen zu befreien. Bei der Frau, die bewusstlos auf dem Fahrersitz kauerte, gelang es nach ein paar vergeblichen Versuchen, doch der Beifahrer war eingeklemmt und hing regungslos auf seinem Sitz. Ein Baum hatte sich tief ins Wageninnere geschoben, als der Wagen mit der Beifahrerseite gegen ihn geschleudert war.

»Leben sie noch?«, fragte Trevisan.

Eike richtete sich auf und wies in den Wagen. »Die Frau schon, bei ihm bin ich mir nicht so sicher.«

Zehn Minuten nach Eingang der Meldung traf der erste Rettungswagen am Unfallort ein, kurz darauf die Feuerwehr und der Notarzt. Bald wimmelte es an der

Unfallstelle vor Rettungskräften. Trevisan stand neben dem Audi und beobachtete die Szenerie. Monika gesellte sich an seine Seite. »Das sind die beiden, definitiv.«

»Wie sieht es aus?«

»Die Frau kommt in die Klinik nach Norden«, berichtete Monika. »Sie ist mittelschwer verletzt und bei Bewusstsein. Zwei Kollegen aus Norden fahren mit. Für Bodlak ist ein Hubschrauber im Anflug, er kommt nach Wilhelmshaven. Es sieht nicht gut für ihn aus.«

»Wir müssen den Wagen durchsuchen, wenn die Rettungskräfte fertig sind.«

»Das dauert noch, bis sie ihn rauskriegen.«

Es dauerte tatsächlich über eine halbe Stunde, bis der Beifahrer aus dem Wagen geborgen war. Mit dem Hubschrauber wurde er ins Klinikum nach Wilhelmshaven geflogen, doch der Arzt machte Trevisan nur wenig Hoffnung.

Als der Passat Stunden nach dem Unfall auf den Abschleppwagen gezogen wurde, war er bereits von den Kollegen der Fahndung vergeblich durchsucht worden. Weder einen Laptop noch einen Speicherchip und auch sonst keinen anderen Datenträger hatten sie im Wagen gefunden. Selbst in der Kleidung und bei den beiden Verletzten nicht. Allerdings fanden sie zwei Schiffspassagen für ein Kreuzfahrtschiff, das morgen gegen 8 Uhr im Hamburger Hafen zu einer Rundreise in die Karibik aufbrechen sollte. Weder Bodlak noch Anna Flores do Salvio würden sich morgen an Bord befinden, so viel war sicher. Doch wo war Ollmert?

40

Abschleppdienst »Jaag«, Norden, Süderneuland

Bodlak lag mit lebensgefährlichen Verletzungen auf der Intensivstation im Wilhelmshavener Klinikum. Die Ärzte waren sich nicht sicher, ob er die Nacht überleben würde. Er befand sich im Koma und wurde künstlich beatmet. Seine Schädelfraktur führte dazu, dass sein Gehirn anschwoll. Selbst wenn er überleben sollte, so würde er wohl mit an Sicherheit grenzender Wahrscheinlichkeit ein Pflegefall bleiben.

Ganz anders verhielt es sich mit Anna Flores do Salvio. Sie hatte einen gebrochenen Arm und eine Rippenprellung bei dem Unfall davongetragen und war wieder erwacht. Sie lag in der »Ubbo-Emmius-Klinik« unter der Bewachung zweier Kollegen aus Norden und würde, so es ihr Zustand zuließ, am morgigen Tag in das Gefängniskrankenhaus nach Lingen verlegt werden. Trotz der Durchsuchung des Unfallwagens an der Unfallstelle hatte Trevisan darauf bestanden, dass sich Krog den Wagen gründlich vornahm. Ein Speicherchip konnte schließlich überall im Wagen versteckt sein.

Trevisan und seine Crew waren erst gegen 5 Uhr in der Früh in Wilhelmshaven angekommen. Trevisan musste erst einmal gründlich ausschlafen.

Krog war gleich am frühen Morgen mit seinem Team

aufgebrochen und zum Abschleppdienst nach Norden gefahren, wo der Wagen sicher und unter Verschluss in einer Halle stand. Die Beifahrerseite war voller Blut, sodass sich Krog und seine beiden Mitarbeiter Schutzanzüge anlegten.

»Gründlich«, sagte er, als sie sich an die Durchsuchung machten. »Ihr wisst, was wir suchen, und das kann überall in einer Ritze stecken. Und vergesst nicht, es könnte ein Schlüssel oder ein Chip für ein Schließfach sein.«

Tatsächlich gingen die Spurensicherungsspezialisten äußerst akribisch vor. Sie bauten sogar die Vordersitze aus, um auszuschließen, dass der Stick oder eine Speicherkarte unter den Teppich gerutscht war, doch ihre Suche blieb ergebnislos.

»Dann nehmen wir uns die Unfallstelle vor«, beschloss Krog. Bei dem heftigen Aufprall des Wagens konnte der Speicherchip durchaus aus dem Wagen geschleudert worden sein und irgendwo im Bereich der Unfallstelle herumliegen.

An der Unfallstelle betrachtete er zuerst die Spuren, die das nächtliche Unfallgeschehen auf der Fahrbahn und in dem kleinen Wäldchen hinterlassen hatte. Der Baum, gegen den der Passat mit der Beifahrerseite geprallt war, hatte einen Durchmesser von knapp 30 Zentimetern. Genug, um massive Schäden am Passat zu hinterlassen. Noch lagen einige Splitter am Boden herum. Die Suche gestaltete sich schwierig. Selbst mit dem Metallsuchgerät blieben die Bemühungen vergebens.

»Ich kenne Trevisan, der mag es gründlich«, sagte Krog. »Wir nehmen uns den Straßenrand vor. Könnte ja sein, dass jemand den Stick aus dem Wagen geworfen hat.«

Doch auch diese Unternehmung war nicht von Erfolg gekrönt.

»Das wird Trevisan nicht gefallen«, sagte er, als er in den VW-Bus stieg und den Motor startete.

»Wir haben den Wagen durchsucht, sind den Straßenrand abgegangen, sogar die Kleider der Verdächtigen haben wir in alle Einzelteile zerlegt«, entgegnete Krogs Kollege. »Es gibt keinen Stick, das wird er eben einsehen müssen.«

»Ja, das wird er wohl«, seufzte Krog.

Als sie in Wilhelmshaven eintrafen, war es kurz nach 13 Uhr am Mittag. Trevisan war noch immer nicht auf der Dienststelle eingetroffen.

*

Kriminalpolizei Wilhelmshaven, Mozartstraße

Er kam gegen 14 Uhr am frühen Nachmittag. Monika und Lentje saßen im Soko-Raum und unterhielten sich. Als Trevisan eintrat, blickten sie auf.

»Na, gut geschlafen?«, fragte Monika.

Trevisan nickte. »Gibt es was, das ich wissen sollte?«

Lentje nickte. »Zuerst einmal Kunde aus Italien. Die Tickets wurden natürlich nicht gelöst.«

»Was zu erwarten war«, entgegnete Trevisan.

»Die Tickets für die Kreuzfahrt wurden vor drei Wochen gebucht und bar bezahlt. Du hattest vermutlich recht, Verona war ein Ablenkungsmanöver. Die ›MS Oceanqueen‹ ist pünktlich ausgelaufen. Es gab eine dritte Reservierung auf den Namen Bernado, für die gleiche Kabine, in der Anna Flores unterkommen sollte. Die Kabinen blieben leer. Sie nannte sich übrigens Anna Bernado do Pereiras.«

Trevisan blies die Luft durch die Nase und lächelte. »Ollmert braucht kein Ticket mehr, der ist längst den Fischen ganz nah. Sonst noch was?«

Monika meldete sich zu Wort. »Krog hat den Wagen durchsucht, negativ, nichts gefunden.«

Trevisan biss sich auf die Lippen. »Verdammt, hat er auch an der Unfallstelle …«

»Ich soll dir ausrichten, sie waren an der Unfallstelle und haben auch den Straßenrand abgesucht. Im Wagen haben sie sämtliche Sitze ausgebaut. Sie waren gründlich.«

Trevisan schüttelte den Kopf. »Das gibt es doch gar nicht, irgendwo muss es doch einen Laptop oder einen Speicherchip geben. Sie müssen doch irgendwie an ihre Konten herangekommen sein.«

Monika zuckte mit der Schulter. »Vielleicht in einem Schließfach. Oder irgendwo versteckt. Sie hätten genügend Zeit gehabt, um ihr Schiff nicht zu verpassen. An Bargeld haben wir bei den beiden etwa 150 Euro gefunden.«

»Und Papiere oder Ausweise?«

»Durchschnittliche Fälschungen«, entgegnete Lentje. »Argentinische Reisepässe, er nannte sich Raul Salconi aus Buenos Aires. Eine Totalfälschung, meinen unsere Spezialisten.«

»Übrigens, Thorke gratuliert uns. Es ist zwar tragisch, wie die Sache endete, aber zumindest ist der Fall aufgeklärt. Der Polizeipräsident ist ebenfalls zufrieden. Wir geben am Montag eine Pressekonferenz, derzeit herrscht Nachrichtensperre.«

»Und Lieke hat sich gemeldet«, fuhr Lentje fort. »Sie haben die Suche nach Ollmerts Leiche abgebrochen. Das Blut im Kofferraum stammt definitiv von ihm. Sie haben ein Notizbuch gefunden, das zweifellos Ollmert gehört. Da stehen wohl die Adressen der gesamten weiblichen Bevölkerung von Diekenhörn darin. Sie schickt es uns zu. Das Blut an Bord des Schiffes stammt von ihm und Bodlak.«

Monika räusperte sich. »Und zu guter Letzt will Doktor Schneider mit dir sprechen. Er hat von der Festnahme erfahren.«

»Trotz Nachrichtensperre?«

»Er scheint seine Quellen zu haben.«

Trevisan zog sich einen Stuhl heran und ließ sich mit einem Seufzer nieder. »Dann habe ich wohl die Ehre, ihm mitzuteilen, dass sein ganzes schönes Geld futsch ist und wohl bis zum Ende aller Tage in irgendeiner Bank verrottet, ohne dass wir es zurückholen können.«

»Vielleicht fällt ihm ja noch was ein«, entgegnete Lentje. »Er scheint erfinderisch zu sein.«

Trevisan nickte. »Gut, schreiben wir unseren Bericht und schließen den Fall ab. Wo sind übrigens Eike und Lisa?«

»Bei einem Suizid in Rüstersiel.«

Trevisan erhob sich. Er hatte kaum hinter seinem Schreibtisch Platz genommen, als Doktor Schneider auftauchte. Er ging nach unten und holte ihn ab.

»Wie ich hörte, haben Sie Kühnert und seine Komplizin festgenommen?«, fragte Schneider ungeduldig auf dem Flur.

»Gehen wir nach oben, ich erkläre es Ihnen.«

Im Vernehmungsraum bot er seinem Besucher Platz an, schließlich ließ er sich auf der gegenüberliegenden Seite des Tisches nieder. »Tja, Sie haben richtig gehört. Allerdings kann ich Ihnen nur wenig Hoffnung machen. Einen Computer oder sonstigen Datenträger haben wir leider nicht gefunden.«

»Was ist mit Ollmert?«

Trevisan zuckte mit der Schulter. »Es liegt der Verdacht nahe, dass er getötet und irgendwo in der Nähe von Harlingen in einem Gewässer versenkt wurde. Bislang haben wir keine Spur von ihm.«

»Sie müssen Kühnert zum Sprechen bringen«, flehte Doktor Schneider inständig.

»Er wurde gestern bei der Festnahme schwerstverletzt, wir wissen nicht, ob er überlebt.«

»Und die Frau?«

»Wir sprechen natürlich mit ihr, aber ich weiß nicht, wie weit sie in die Geschäfte eingeweiht war. Es kann durchaus sein, dass sie keine Details über die Transaktionen kennt.«

Doktor Schneider fiel die Kinnlade herab, die Enttäuschung stand ihm deutlich ins Gesicht geschrieben. »Das … das … wenn ich … wenn ich mit ihr reden dürfte?«

Trevisan winkte ab. »Nicht, solange die Ermittlungen laufen. Später, wenn sie es will, dann habe ich nichts dagegen. Sie wird auf alle Fälle in Haft bleiben.«

»Dann ist es vielleicht zu spät«, seufzte er. »Die ›Nordostbank‹ sieht es nicht gerne, wenn ihre Mitarbeiter hohe Verluste einfahren. Ich fürchte, ich werde mich nach einem anderen Job umsehen müssen.«

Trevisan atmete tief ein. »Das tut mir wirklich leid.«

Es klopfte an der Tür. »Ja«, rief Trevisan.

Lentje öffnete die Tür. »Ich muss dringend mit dir reden.«

Trevisan wandte sich Doktor Schneider zu. »Bedauere, dass ich derzeit keine besseren Nachrichten für Sie habe. Ich melde mich bei Ihnen, sollte sich etwas ergeben.«

Doktor Schneider erhob sich. Wie ein geprügelter Hund schlich er aus dem Zimmer.

»Was ist denn mit dem los?«, fragte Lentje.

»So sieht man aus, wenn man gerade fünf Millionen im Sumpf des Finanzdschungels versenkt hat. Was ist los?«

»Bodlak ist tot«, sagte sie. »Er ist vor 20 Minuten im Klinikum verstorben.«

Trevisan fuhr sich über die Stirn. »So ein Mist. Sonst noch was?«

»Anna Flores do Salvio ist vernehmungsfähig. Sie wird morgen gegen Mittag nach Lingen verlegt.«

»Dann sollten wir schnellstmöglich mit ihr reden«, entgegnete Trevisan.

»Heute noch?«, fragte Lentje.

Trevisan schüttelte den Kopf. »Heute kommt Ayk zu Besuch. Morgen, wir treffen uns um 8 Uhr auf der Dienststelle.«

»Ich bin um 8 Uhr da«, bestätigte Lentje.

41

»Ubbo-Emmius-Klinik«, Norden, Ostfriesland

Sie lag in der Unfallchirurgischen Abteilung der »Ubbo-Emmius-Klinik« in Norden. Eigentlich war das Zimmer für zwei Patienten vorgesehen, doch sie lag allein und stand unter ständiger Bewachung. Eine Kollegin des Polizeireviers in Norden saß am kleinen Ecktisch am Fenster und las ein Magazin, als Trevisan, gefolgt von Lentje, das Zimmer am Ende des Flures betrat.

Die junge Kollegin vom Polizeirevier schaute kurz auf, legte ihr Magazin aus der Hand und erhob sich.

»Ich warte draußen«, sagte sie.

Trevisan nickte.

Er wartete, bis die junge Polizistin den hellgelb getünchten Raum verlassen hatte. Anna Flores do Salvio lag in einem Krankenbett und beobachtete Trevisan, der sich einen Stuhl ans Bett stellte. Ihr rechter Arm war in einer Schiene mit einem Fixateur extern fixiert, und ihre tiefschwarzen, gelockten Haare fielen ihr wirr in die Stirn. Anna Flores do Salvio war zweifelsfrei eine Schönheit, auch wenn ihr ansonsten dunkler Teint einer ungesunden Blässe gewichen war.

Lentje schob sich auf der gegenüberliegenden Fensterseite einen Stuhl zurecht und setzte sich. Trevisan zog ein Diktiergerät aus seiner Jacke und platzierte es auf dem Nachttisch neben einer Tasse Tee und einem Blister voller bunter Tabletten.

»Ich bin Martin Trevisan von der Kripo Wilhelmshaven«, eröffnete Trevisan die Befragung. »Das ist meine Kollegin Lentje Kaplani. Frau Flores, Sie sind verhaftet, das wissen Sie?«

Die Frau nickte schwach.

»Ich muss Sie leider belehren. Wir nehmen das Gespräch auf, das ist wohl in Ordnung. Ihnen wird illegaler Aufenthalt, schwerer Betrug und …«

»Ich weiß, ich bin nicht legal hier und werde nach Brasilien abgeschoben«, fiel sie Trevisan ins Wort. Ein leichter Akzent lag in ihrer Stimme.

»Das ist noch lange nicht alles«, bemerkte Trevisan.

»Ich habe niemanden betrogen, das ist eine Lüge. Wer behauptet das, Jan vielleicht?«, entgegnete sie energisch. »Er lügt, das müssen Sie mir glauben. Ich habe nichts mit der Sache zu tun.«

»Mit welcher Sache?«, wandte Lentje ein.

Sie wandte Lentje den Blick zu. »Mit Betrug. Das waren Jan und Enno.«

»Jan Bodlak und Enno Ollmert?«, fragte Trevisan. »Aber Sie haben sich doch an Ollmert herangemacht. Und ich soll jetzt glauben, dass Sie nichts mit der Sache zu tun haben? Wurden Sie von Bodlak auf den Bürgermeister angesetzt?«

Sie hob den gesunden Arm und spreizte die Finger zum Schwur. »Nein, so war das nicht. Zu Anfang vielleicht, Jan hat mir 10.000 Euro versprochen, wenn ich mich an Enno heranmache.«

»Wo haben Sie ihn kennengelernt?«

Die Frau wiegte den Kopf hin und her. »Es war vor über einem Jahr. Er verkehrte im Saunaklub ›Paradise‹ in Bremerhaven. Jan war auch oft dort, und sie trafen sich zufällig. Jan sagte zu mir, er habe einen Bürgermeister kennengelernt, der einen Windpark bauen will. Ich sollte ihm schöne Augen machen, Jan wollte ihn über den Tisch ziehen. Er gab sich als Ingenieur aus und nannte sich ihm gegenüber Kühnert. Er dachte, da fällt etwas für ihn ab. Ich sollte nur dafür sorgen, dass der Kontakt erhalten bleibt und er gerne in den Klub kommt. Das habe ich getan und mich dabei in Enno verliebt.«

Trevisan kratzte sich am Kinn. »Wie ging es dann weiter?«

Die Frau atmete tief ein. »Der Kontakt wurde intensiver. Irgendwann erzählte Enno, dass es Schwierigkeiten mit dem Windpark gibt.«

»Was für Probleme?«, fragte Lentje.

Anna Flores verzog ihre Mundwinkel. »Genau habe ich es nicht verstanden, aber da gab es Probleme mit dem Gelände. Irgendetwas wegen des Grundwassers. Ich kenne mich da nicht aus, das hat mich auch nicht interessiert, aber auf einmal wusste Enno, dass Jan gar nicht Kühnert ist.«

»Was geschah dann?«

»Was und dann? Enno hatte keinen Bock mehr auf den ganzen Mist. Da gab es ein paar, die ihm ordentlich auf die Nerven gingen, noch dazu einen Banker, der ihm ständig nachlief wie ein kleiner Hund. Die Wahlen standen bevor, und er wusste, dass er keine Chance mehr hatte, wieder Bürgermeister zu werden. Dann kamen Jan und Enno auf die Idee, das Geschäft alleine durchzuziehen. Enno und ich wollten heiraten, weg aus diesem kalten und tristen Land, irgendwohin, wo den ganzen Tag die Sonne scheint. Wir brauchten Zeit, weil das Geld erst freigegeben werden musste. Da gab es Verträge, hat Enno gesagt.«

Trevisan warf einen Blick auf das kleine Aufnahmegerät, es war noch genügend Aufnahmekapazität vorhanden. »Ist er deswegen so plötzlich abgetaucht?«

Sie nickte schwach. »Das war Jans Idee. Er meinte, sie müssten Zeit gewinnen. Deswegen täuschte Enno einen Bootsunfall vor. Mit dem ganzen Blut und so. Er weiß, wie man sich selbst Blut abnimmt, und hatte auch so einen Beutel zu Hause. Er hatte so eine Krankheit, wo eigenes Blut helfen kann. Er hat es mir erklärt, aber ich habe es nicht verstanden.«

»Haben die beiden deswegen die Motorjacht in Holland ersteigert?«

»Er brauchte ein sicheres Versteck, drei Wochen lang, bis das Geld kommen würde. Auf einem Boot kann man sich gut verstecken. Enno konnte das Boot steuern. Damit kann man überallhin schippern, und kontrolliert wird man fast nie.«

»Woher stammte das Geld für das Boot und all das andere?«

»Das andere?«

»Die Flugtickets in Verona, die Schiffspassage und so weiter?«

»Das war Jans Idee, er sagte, falls die Polizei etwas herausfindet, müssen wir uns mehrere Optionen offenhalten. Jan hatte da ein Geschäftskonto, da war Geld darauf. Aber nur etwas mehr als 100.000. Davon musste er die Bauarbeiter und all das andere bezahlen. Er sagte, das muss so sein, sonst kriegen wir das große Geld nicht. Aber ich verstehe nichts von solchen Dingen.«

Trevisan nickte. »Das Geld auf dem Konto reichte wohl nicht, die Arbeiten wurden eingestellt.«

»Deswegen war Enno stinksauer. Es gab einen heftigen Streit zwischen ihm und Jan. Sie hätten sich beinahe geschlagen.«

Trevisan griff nach dem Aufnahmegerät und wechselte den Speicherchip. »Wie geht es jetzt weiter mit mir?«, fragte die Frau.

Trevisan aktivierte das kleine Gerät erneut. »Dazu kommen wir später«, entgegnete er. »Erzählen Sie mir von Wegener und Cuxhaven!«

»Wegener, wer ist das?«, fragte sie und runzelte die Stirn.

»Ein Geologe aus Cuxhaven«, erklärte Trevisan. »Der sollte ein neues Gutachten für den Windpark erstellen.«

Sie überlegte einen Augenblick. »Ach, der«, seufzte sie. »Ja, da war einer, der schnüffelte auf den Wiesen herum. Enno bekam schon die volle Panik, aber Jan hat sich darum gekümmert.«

»Jan alleine oder zusammen mit Ollmert?«, fragte Trevisan.

»Jan alleine, Enno musste ja noch immer den Bürgermeister spielen.«

»Und da hat Jan Bodlak den Mann einfach überfahren?«, hielt ihr Lentje vor.

Sie schüttelte den Kopf. »Davon weiß ich nichts«, sagte sie.

»Sie haben ihn doch selbst abgeholt, mit dem Mercedes. Damals in diesem Waldstück bei Sievern«, fügte Trevisan hinzu. »Wir haben dort Spuren gefunden.«

»Spuren?«, fragte sie mit einem Stirnrunzeln.

»Reifenspuren, die eindeutig vom Mercedes stammen.«

Sie überlegte einen Augenblick, schließlich schloss sie die Augen. »Ich habe ihn einmal im Wald abgeholt, aber ich wusste doch nicht, was er dort gemacht hat. Er rief mich an und sagte, ich solle ihn holen. Aber fragen Sie ihn doch selbst.«

»Ein roter Wagen stand dort, wo Sie ihn abholten, richtig?«

Einen Augenblick lang herrschte Schweigen. Schließlich seufzte sie. »Ja, da stand ein rotes Auto, mehr weiß ich nicht. Ich bin da hingefahren, Jan ist eingestiegen, und ich bin wieder weggefahren, das war alles.«

Trevisan atmete tief ein. »Gut, dann verraten Sie mir noch, wo Sie und Bodlak den Bürgermeister in den Kanal geworfen haben.«

Sie blickte Trevisan mit großen Augen an. »Wovon sprechen Sie?«

»Wir haben die Jacht in Harlingen gefunden und das Blut an Bord gesehen. Es gab Blutspuren im Kofferraum des Mercedes. Es stammt eindeutig von Ollmert.«

»Blödsinn«, zischte sie.

»Es sieht nicht gut für Sie aus«, wandte Lentje ein. »Beihilfe zum Mord wird hart bestraft.«

»Mord, was soll das heißen!«, schrie sie. »Das ist doch kompletter Blödsinn!«

»Was ist an Bord der ›Emma‹ passiert?«, fragte Trevisan.

»Was schon, weshalb fragen Sie nicht Jan?«

»Weil wir Sie fragen«, hielt Lentje dagegen.

»Gestritten haben sie sich. Gestritten und geschlagen, ich dachte schon, die schlagen sich tot.«

»Warum?«

»Weil … wir wussten, dass nach uns gesucht wurde. Enno meinte, dass Jan alles verbockt hat.«

»Wie kam Ollmerts Blut in den Kofferraum?«

»Ich weiß nicht, wie das dahin kam, vielleicht, als wir das Rücklicht reparierten, damit wir nicht angehalten werden. Da hat er sich geschnitten. Ich habe keine Ahnung.«

»Wie ging es nach dem Streit weiter?«

»Wir haben eingekauft, für den nächsten Tag, da wollten wir aufbrechen. Als wir zurückkamen, war Enno plötzlich weg, einfach so, einfach fort, ohne eine Nachricht zu hinterlassen.«

Lentje lächelte. »Ohne Sie, ich dachte, Sie wollten heiraten?«

Anna Flores do Salvio rollte mit den Augen. Die Farbe kehrte in ihr Gesicht zurück. »Ich habe von dieser Fragerei die Nase voll. Wo ist Jan?«, zischte sie.

Trevisan schüttelte den Kopf. »Er hat den Unfall nicht überlebt.«

Sie blickte an die Decke. Ein feuchter Schimmer trübte ihren Blick.

»Ich glaube Ihnen nicht. Ich glaube, Bodlak hat Enno Ollmert im Streit erschlagen. Sie halfen ihm dabei, die Leiche zu beseitigen. Also sagen Sie schon, wo haben Sie Ollmert in den Kanal geworfen?«

Die Frau schwieg.

»Es ist besser für Sie, wenn Sie mit uns sprechen, auf Beihilfe zum Mord stehen ein paar Jahre Haft«, fügte Lentje hinzu.

»Ich sage gar nichts mehr«, schrie sie wütend. »Ich will jetzt wissen, wie lange ich noch …«

»Sie werden heute in ein Gefängniskrankenhaus verlegt«, entgegnete Trevisan mit ruhiger Stimme. »Ich sagte schon, es liegt ein Haftbefehl vor. Wir gehen davon aus, dass Sie am Betrug und am Mordversuch an dem Geologen Wegener beteiligt waren. Und wir glauben, dass Sie mithalfen, Enno Ollmerts Leiche zu beseitigen. Nicht zu vergessen, dass Sie auch die Verantwortung für den Tod von Jan Bodlak tragen. Brasilien werden Sie nicht so schnell wiedersehen, und ich bin mir sicher, Sie werden genug Zeit haben, sich darüber klar zu werden, wie unser nächstes Gespräch verlaufen soll.«

Ihr Gesichtsausdruck sprach Bände. Sie schüttelte den Kopf. »Ich rede gar nicht mehr mit Ihnen. Ich will einen Anwalt, der steht mir zu.«

Trevisan erhob sich. »Wir sorgen für einen Pflichtverteidiger. Oder haben Sie Geld, um einen Anwalt zu bezahlen?«

Sie wandte den Kopf in Richtung Fenster und schwieg. Trevisan erhob sich. »Dann bis zum nächsten Mal.«

Als Trevisan kurze Zeit später auf dem Beifahrersitz des Dienstfahrzeugs Platz nahm, wandte er Lentje den Kopf zu. »Was glaubst du?«, fragte er.

Lentje zuckte mit der Schulter und startete den Motor. »Ich glaube, sie lügt.«

*

Kriminalpolizei Wilhelmshaven, Mozartstraße

Bei ihrer Ankunft auf der Dienststelle in Wilhelmshaven wurden sie von Thorke Oselich erwartet. Thorke war angerufen worden, weil die Presse unbedingt eine Stellungnahme von der Polizei eingefordert hatte. Schließlich waren das Verschwinden und die mögliche Ermordung eines Bürgermeisters, der zudem an einem Millionenbetrug beteiligt gewesen war, ein gefundenes Fressen für die Schlagzeilen der örtlichen und überörtlichen Gazetten. Darüber hinaus hatte sogar das RTL-Magazin nach einem Originalton der zuständigen Polizeichefin angefragt. Inzwischen waren die Pressevertreter unverrichteter Dinge abgezogen. Thorke hatte mit der Pressestelle der Direktion vereinbart, zuerst mit dem Sachbearbeiter Rücksprache zu halten. Doch lange würden sie die Journalisten nicht zurückhalten können. Eine zeitnahe Pressekonferenz war unvermeidlich. Thorke brauchte Informationen aus erster Hand. Trevisan nahm sie mit in den Soko-Raum zurück und spielte ihr die Aufzeichnung der Vernehmung von Anna Flores do Salvio vor. Hin und wieder warf ihm Thorke Oselich einen fragenden Blick zu. Nach etwa einer Stunde endete die Aufnahme. Thorke Oselich schüttelte ungläubig den Kopf. »Sie bleibt sehr oberflächlich in ihrer Schilderung. Man könnte fast meinen, sie war an allem nicht wirklich beteiligt.«

»Ich glaube, sie lügt«, entgegnete Lentje. »Das ist alles Theater.«

»Zumindest spricht sie über einige Details der Tathandlungen. Und wir haben dazu entsprechende Indizien gesichert, das wird zumindest für die Untersuchungshaft reichen«, bemerkte Trevisan. »Außerdem haben wir den Unfall und den toten Bodlak.«

»Fahrlässige Tötung«, entgegnete Thorke. »Welche Strafe steht darauf?«

»Geldstrafe oder bis zu fünf Jahre Haft«, sagte Lentje. »Die meisten tödlichen Unfälle werden mit Geldstrafen geahndet.«

Thorke Oselich atmete tief ein. »Wie sieht es mit dem verschwundenen Geld aus?«

Trevisan zuckte mit der Schulter. »Wir haben keinen Computer oder Speicherchip im Wagen gefunden. Das sieht schlecht aus. Flores schweigt. Ich hoffe, dass sie ein paar Tage Haft zur Vernunft bringen werden. Sie will einen Anwalt. Die Kollegen aus Norden erledigen das.«

»Wenn ihr Anwalt etwas taugt, dann rät er ihr, sich noch einmal mit uns zu unterhalten«, bemerkte Lentje.

Thorke Oselich nickte. »Okay, das ist zwar nicht viel, aber das muss für die Presse reichen.«

Noch bevor sich die Direktorin erhoben hatte, klingelte das Telefon. Der Kollege von der Vermittlung meldete sich. »Da ist eine Kommissarin aus Holland in der Leitung, die unbedingt mit dir sprechen will.«

»Stell sie durch!«, entgegnete Trevisan.

Es knackte in der Leitung. Trevisan meldete sich.

»Hallo, hier ist Lieke«, drang die Stimme von Lieke van Lunteren aus dem kleinen Lautsprecher.

»Gibt es Neuigkeiten?«

»Das will ich meinen«, entgegnete die Kommissarin. »Moment, ich stelle den Lautsprecher an.«

Trevisan drückte auf den entsprechenden Knopf.

»Der Lautsprecher ist an, meine Chefin hört zu«, vermeldete Trevisan. »Habt ihr die Leiche gefunden?«

»Nein, keine Leiche«, entgegnete Lieke. »Dafür haben wir mit dem Insolvenzverwalter gesprochen, der das alte Werftgelände verwaltet. Was soll ich sagen, er hat festgestellt, dass ein Boot fehlt.«

»Hängt das mit unserem Fall zusammen?«, fragte Thorke.

»Davon können wir ausgehen. Es lag nämlich letzte Woche noch an der Stelle, an der jetzt die ›Emma‹ liegt. Es ist ein Motorsegler, der vollkommen intakt ist. Er gehört dem Insolvenzverwalter selbst.«

Trevisan war sprachlos.

»Es muss im Laufe dieser Woche verschwunden sein. Es war mit einer Persenning abgedeckt.«

Trevisan warf Lentje einen fragenden Blick zu.

»Ist es möglich, dass Ollmert …«

»Er wäre dazu in der Lage«, sagte Trevisan und beugte sich zum Telefon herab. »Was habt ihr unternommen?«

»Das Boot heißt ›Forel‹, wir haben eine Fahndung herausgegeben. Ich dachte, du solltest das wissen. Ich muss los. Ich gebe dir Bescheid, wenn es Neuigkeiten gibt.«

Trevisan bedankte sich und legte den Hörer auf. »Vielleicht hat Anna Flores doch nicht gelogen.«

»Ollmert hat einen Bootsführerschein und ist ein erfahrener Segler«, bemerkte Thorke Oselich.

Lentje schüttelte ungläubig den Kopf. »Das kann doch nicht sein, dass er uns schon wieder hinters Licht geführt hat.«

Trevisan kratzte sich am Kinn. »Sie sagte, er ist einfach so verschwunden. Vielleicht hat er den Laptop dabei.«

»Er kann inzwischen überall sein«, seufzte Lentje.

»Noch steht die Fahndung. Und den Ozean wird er mit einem Motorsegler nicht überqueren. Er muss irgendwann anlegen. Vielleicht ist das Glück diesmal auf unserer Seite.«

42

Eine Woche später
Justizvollzugsanstalt Bremen, Am Fuchsberg

Diesmal hatte Trevisan tatsächlich Glück. Der Anruf der Dienststelle erreichte ihn am späten Sonntagnachmittag. Er war mit Lea, seiner Tochter Paula und dem kleinen Ayk nach Schillighörn gefahren. Im »Waterkant« hatten sie Mittag gegessen, anschließend waren sie an den Strand gefahren und hatten den frischen Wind genossen. Peer war mit seiner Forschungscrew auf Hoher See, um das Strömungsverhalten der Nordsee zu erforschen. Ein Auftrag der Uni Kiel, der sich nicht hatte verschieben lassen.

Nach dem Tee mit Kuchen im »Upstalsboom« gingen sie in den Dünen spazieren. Paco jagte dem Tennisball hinterher. Trevisan genoss diesen Tag mit der Familie am Meer. Als das Handy klingelte, warf ihm Lea einen bösen Blick zu. Trevisan warf einen Blick auf das Display, der Anruf kam von der Dienststelle.

»Du hast heute frei«, sagte Lea vorwurfsvoll.

Trevisan blickte zögerlich auf das Handy.

»Nun geh schon ran«, sagte sie. Trevisan nahm das Gespräch an. Monika Sander war am Apparat.

»Hallo, Martin, ich wollte dich nicht stören, aber ich denke, das interessiert dich. Enno Ollmert wurde festgenommen.«

»Ollmert, ist das sicher?«

»Ja, ganz sicher. Die Fingerabdrücke stimmen mit denen unserer Fahndung überein, und er hat inzwischen auch zugegeben, dass er Enno Ollmert aus Diekenhörn ist.«

Trevisan runzelte die Stirn. »Wo hat man ihn festgenommen?«, fragte er.

»Am Flughafen Gatwick bei London. Er wollte mit einem Flug der ›Virgin Atlantic‹ nach Kuba und von dort aus weiter nach São Paulo fliegen.«

»Welch ein Zufall«, knurrte Trevisan. »Wie kam es dazu?«

»Er fiel einer englischen Grenzpolizistin bei der Ausreisekontrolle auf«, erklärte Monika. »Sein Gesicht war ähnlich verbeult wie das seines Kontrahenten Bodlak. Sie hat den australischen Pass, mit dem er sich auswies, genau überprüft und festgestellt, dass das Bild ausgetauscht worden war. Mister Moore aus Adelaide wurde festgenommen und kontrolliert. Dabei stellte sich heraus, dass es sich um unseren flüchtigen Bürgermeister von Diekenhörn handelt.«

»Das ist nicht zu fassen«, seufzte Trevisan.

»Er hat inzwischen alles eingeräumt. Er kam mit dem Boot nach England. Es wurde inzwischen bei Southwold in einer Bucht gefunden und sichergestellt.«

»Wo ist er jetzt?«

»Er wurde ins Belmarsh-Gefängnis eingeliefert und wartet dort auf seine Überstellung.«

Trevisan nickte. »Bist du auf der Dienststelle?«

»Der Kollege von der Einsatzleitung hat dich nicht erreicht, dann hat er mich angerufen. Ich habe die notwendigen Unterlagen und den Haftbefehl ans BKA geschickt, der Auslieferungsantrag wird von denen gestellt.«

»Ist noch was zu veranlassen?«, fragte Trevisan.

»Aktuell nicht«, antwortete Monika. »Und nun genieße noch den Tag, für den Abend ist Regen gemeldet.«

Trevisan beendete das Gespräch. Lea und Paula waren mit Ayk bereits weitergelaufen, nur Paco harrte treu und brav in seiner Nähe aus und warf ihm einen schiefen Blick zu. Er steckte das Handy weg.

»Paco, auf!«

Am Kurzentrum traf Trevisan auf den Rest seiner Familie.

»Musst du uns wieder verlassen?«, fragte Lea spitz.

Trevisan lächelte und schüttelte den Kopf. »Nein, alles in Ordnung.«

»Deswegen ruft dich die Dienststelle an?«

»Ich werde bald Enno Ollmert, den Bürgermeister von Diekenhörn, persönlich kennenlernen.«

Lea atmete tief ein. »Was für ein Glück, dann bessert sich vielleicht endlich deine Laune.«

*

Drei Wochen später, an einem Montag, fuhren Trevisan und Monika Sander mit dem Dienstwagen nach Bremen. Enno Ollmert war von den britischen Behörden überstellt und von Bundespolizisten in Empfang genommen worden. Nach Eröffnung des Haftbefehls war er in die Justizvollzugsanstalt nach Bremen eingeliefert worden. Untersuchungshaft war angeordnet. Das Gespräch fand auf Ollmerts Wunsch statt, er wolle reinen Tisch machen, denn ihm drohte eine mehrjährige Haftstrafe wegen Betrugs und Untreue.

Das Gefängnis lag im Stadtteil Oslebshausen am östlichen Ende der Stadt und wurde von einer hohen, mit Stacheldraht bewehrten Ziegelsteinmauer umfasst. Der

Parkplatz lag außerhalb in der Nähe eines ringförmig angeordneten Wohnkomplexes, in dem Gefangene im offenen Vollzug untergebracht waren. Der Weg in das hellgrün getünchte Vernehmungszimmer, in dem Ollmert mit seinem Anwalt bereits auf Trevisan und seine Begleiterin wartete, führte hinter die Mauer.

Trevisan hasste die Zugangsprozedur in das streng gesicherte Areal. Nicht nur seine Waffe musste er abgeben, er musste überdies eine Leibesvisitation über sich ergehen lassen. Dabei, so dachte er, arbeitete er doch ebenso wie die Vollzugsbeamten auf der guten Seite.

Nachdem sich die Sicherheitstüren geöffnet hatten, führte ihn ein Vollzugsbeamter in das Vernehmungszimmer, das am Ende des Flures lag. Der Justizbeamte führte den Schlüssel ins Schloss und sperrte auf, ehe er zur Seite trat.

»Sollten Sie mich brauchen, dann klingeln Sie einfach«, erklärte der Beamte. »Eine Klingel befindet sich unter dem Tisch, eine weitere direkt neben der Tür.«

»Danke«, sagte Trevisan und ließ Monika den Vortritt.

Enno Ollmert saß am Tisch und blickte kurz auf, als Trevisan und Monika Sander den Raum betraten. Er wirkte wie ein verschüchterter Erstklässler an seinem ersten Schultag. Von der Selbstsicherheit und dem weltmännischen Auftreten, das Trevisan anhand der Bilder und Videos von Enno Ollmert in Erinnerung hatte, war nicht viel übrig geblieben. Er wirkte ausgemergelt, um seinen Hals waren Falten sichtbar, und sein einstmals sonnengebräunter Teint war einer ungesunden Blässe gewichen. Die Spuren des Kampfes mit Jan Bodlak standen ihm ins Gesicht geschrieben. Ein inzwischen grünlich gelb schimmerndes Auge auf der rechten Seite, darüber die verschorfte Wunde eines Cuts und die ebenfalls gelbliche Färbung rund um seinen linken Mundwinkel ließen die Heftigkeit der Auseinandersetzung erahnen. Er nickte kurz, bevor er den Kopf senkte.

Ein junger Mann im dunklen Anzug, wohl Mitte 30, mit gepflegtem Kurzhaarschnitt und einer goldenen Brille auf der Nase saß neben ihm. Der Mann erhob sich und reichte zuerst Monika und anschließend Trevisan die Hand.

»Rechtsanwalt Tennhage, ich bin der Verteidiger von Herrn Ollmert«, stellte er sich vor.

»Monika Sander und Martin Trevisan, Kripo Wilhelmshaven«, entgegnete Trevisan. Auch Ollmert erhob sich und schüttelte die Hände, doch sein Händedruck erinnerte Trevisan an einen kraftlosen, kalten Fisch.

Sie nahmen Platz.

»Sie wissen, weshalb wir hier sind und was Ihnen vorgeworfen wird?«

»Herr Ollmert ist belehrt und möchte eine umfassende Aussage machen«, meldete sich der Anwalt zu Wort.

»Dann ist es sicherlich in Ordnung, dass wir das Gespräch aufzeichnen?«, fragte Monika und platzierte das kleine Aufnahmegerät auf dem Tisch.

»Ja, sicher«, entgegnete der Anwalt.

Monika startete die Aufnahme und nannte Datum,

Uhrzeit, Ort der Vernehmung sowie die Namen der Anwesenden.

»Herr Ollmert, Ihnen wird Mordversuch, Untreue, Betrug, Vortäuschen einer Straftat, Diebstahl, Urkundenfälschung und Körperverletzung vorgeworfen, Sie können sich zur Sache äußern, einen Anwalt konsultieren oder auch keine Angaben machen. Haben Sie die Belehrung verstanden?«

Ollmert nickte.

»Sie müssen sprechen, Herr Ollmert«, forderte Monika den Mann auf.

»Ja, ich will reinen Tisch machen«, sagte Ollmert.

»Gut, Herr Ollmert«, mischte sich Trevisan ein. »Schön, Sie mal persönlich kennenzulernen. Wir haben lange nach Ihnen gesucht, aber das wissen Sie sicherlich.«

»Ja, das … ich … es war von Anfang an eine Schnapsidee«, entgegnete er.

Trevisan fuhr sich mit der Zunge über die trockene Lippe. »Also gut, dann erzählen Sie mal, wie es überhaupt zu der Sache gekommen ist, ich meine den Windpark und die Salzwiesen, Jan Bodlak und Anna Flores.«

»Ich sagte doch, es war von Anfang an eine Schnapsidee«, wiederholte Ollmert. »Als der Gemeinde die Salzwiesen übertragen wurden, dachte ich wirklich, das ist eine Chance, nicht nur für mich, sondern für die ganze Gemeinde. Ich wusste, ich hatte keinen guten Stand in der Gemeinde und verlor immer mehr Zustimmung. Ich brauchte ein Projekt, das mich nach vorne bringt, und der Windpark war eine einmalige Chance.«

»Macht man da nicht zuerst eine gründliche Analyse«, wandte Monika ein, »bevor man ein solches Projekt angeht?«

Ollmert nickte. »Eigentlich schon. Ich habe mir das Gelände zusammen mit einem ehemaligen leitenden Mitarbeiter unseres Bauamtes angesehen. Der war Ingenieur und kannte sich aus.«

»Wer war dieser Mitarbeiter?«, fragte Trevisan.

»Henning, Henning Gehrke.«

»Und der bemerkte nicht den hohen Grundwasserstand. Wurde denn keine zweite, gründliche Analyse gemacht?«

Ollmert atmete tief ein. »Dazu kam es leider nicht mehr. Oberflächlich betrachtet war das Gelände geeignet, aber dann wurde Henning krank und ... wie soll ich sagen, in der Zwischenzeit sprach sich das Projekt natürlich herum. Dann kam Schneider von der ›Nordostbank‹ und wollte einsteigen. Henning starb, bevor er weitere Untersuchungen machen konnte. Ich habe aus eigener Tasche einen Ingenieur und Geologen aus Hamburg beauftragt. Der stellte fest, dass diese Wiesen nichts weiter als Sumpf und Morast sind und wir spezielle Streifenfundamente mit Tiefgründung für die Türme benötigen würden. Das machte das Projekt komplett unrentabel. Da konnte ich schon nicht mehr zurück. Das Gutachten ließ ich verschwinden. Geritt, Beeke und dieser Doktor Schneider von der Bank gaben keine Ruhe, ich hatte nicht einmal Zeit zum Durchatmen. Überall hin folgten sie mir, ich musste ... ich musste ... ich brauchte irgendwie Abstand.«

»Sind Sie deswegen nach Bremerhaven, damit Sie Ruhe haben?«, fragte Trevisan.

Ollmert nickte. »Ich gebe zu, ich dachte darüber nach, einfach abzuhauen, in die Kasse zu greifen und zu verschwinden, aber was soll ich sagen, das ist gar nicht so einfach, selbst als Bürgermeister nicht. Ich musste nachdenken.«

»In Bremerhaven?«, wiederholte Trevisan.

»Ja, dort kannte mich niemand, dort bekam ich wieder Luft zum Atmen. Und dann traf ich auf Anna. Ich muss zugeben, sie ist eine ganz besondere Frau. Ich fühlte mich zu ihr hingezogen. Durch sie lernte ich Bodlak kennen. Er wusste von ihr, dass ich einen Windpark plane, und stellte sich mir zuerst als Arndt Kühnert vor, der angeblich schon mehrere solche Projekte geplant hatte. Doch ich wusste, dass er nicht Kühnert ist, ich kannte den richtigen Kühnert, da ich mich im Vorfeld einmal mit ihm getroffen hatte. Zuerst wollte ich ihn auffliegen lassen, aber dann – es war eine Chance.«

»Sie taten sich mit ihm zusammen«, stellte Monika Sander fest.

»Das taten wir und heckten einen Plan aus. Mir war klar, dass ich, wenn der Schwindel auffallen würde, von der Bildfläche verschwinden musste. Doch dazu brauchte ich Geld, viel Geld, Geld für mein ganzes restliches Leben. Glücklicherweise sind die Banken gierig und werfen manchmal alle Vorsicht über Bord, wenn es nach Gewinnen riecht. Also fälschten wir ein Gutachten und planten unser Verschwinden. Das war jedoch nicht ganz einfach. Es gab diesen Verein, den Geritt damals initiierte und damit den Gemeinderat überzeugt hatte, und es gab Fristen für die Zahlungen. Das ist auf Schneiders Mist gewachsen, denn die Bank musste zumindest auf dem Papier die Bankvorschriften für Investitionen des Basel-Zwei-Abkommens erfüllen. In der Kasse des Vereins selbst gab es nur wenig Geld zu holen, also mussten wir abwarten und das Spiel weiterspielen.«

»Dann hörten Sie davon, dass Geritt ein weiteres Gutachten in Auftrag gegeben hatte und der gesamte Plan gefährdet war«, warf Trevisan ein.

Ollmert nickte. »Richtig, ganz zufällig hörte ich davon, als sich Geritt und Schneider darüber unterhielten.«

»Der Gutachter musste mundtot gemacht werden.«

Ollmert hob abwehrend die Hand. »Hören Sie, ich habe damit nichts zu tun, ich ... Kühnert, ich meine Bodlak, wollte sich darum kümmern. Er sagte, das lass nur meine Sorge sein. Wir waren uns einig, dass es langsam eng wurde. Wir mussten handeln, ein Ablenkungsmanöver musste her, etwas, das Aufsehen erregte und den Windpark in den Hintergrund rücken würde.«

»Deswegen dieses medienwirksame Verschwinden«, folgerte Monika. »Den Bootsunfall vorzutäuschen war Ihre Idee?«

»Richtig. Zuerst machte ich Urlaub, und dann täuschte ich den Unfall vor, allerdings so, dass Zweifel bestehen blieben. Ich musste an das Geld herankommen. Gleichzeitig beauftragten wir ein paar Firmen mit ersten Bauarbeiten. Damit wurde vertragsgemäß die erste Rate fällig.«

»Die Sie sich mit Bodlak unter den Nagel gerissen haben.«

Ollmert atmete tief ein. »Ja, aber dann ging alles schief, weil dieser Trottel knauserte und von dem Geld aus der Vereinskasse teure Klamotten und ein vollkommen überflüssiges Boot kaufte. Er meinte, man muss sich stets den Rücken freihalten, und warf die wenigen Tausend Euro für unnötige Flugtickets und Schiffspassagen hinaus, anstatt die beiden Baufirmen anständig zu bezahlen. Die stellten nach kurzer Zeit die Bauarbeiten ein, plötzlich lief alles aus dem Ruder, und wir mussten abhauen.«

Trevisan lächelte. »Da haben Sie recht, Herr Ollmert, diese eingestellten Bauarbeiten machten uns tatsächlich stutzig.«

»Ich wusste es«, zischte Ollmert verbittert.

»Jetzt sitzen Sie hier, Anna Flores do Salvio liegt in Lingen im Gefängniskrankenhaus und Jan Bodlak auf dem Friedhof. Ich würde sagen, die Sache ist gründlich schiefgegangen. Jetzt kommt es auf Sie an, Sie kennen die Anklageschrift. Es wurde ein Laptop sichergestellt, das sich in Ihrem Koffer befand. Wir sind uns sicher, dass wir darauf die Zugangsdaten zu den Konten finden, auf denen sich das Geld für den Windpark befindet.«

Der Anwalt griff nach seinem Aktenkoffer, legte ihn auf den Tisch und öffnete ihn. Er reichte Trevisan ein mehrseitiges Schriftstück.

Er räusperte sich. »Dies ist das schriftliche Geständnis meines Mandanten und enthält alle Konten und die dazugehörigen Zugangsdaten. Wir wollen noch einmal klarstellen, dass mein Mandant mit dem versuchten Tötungsdelikt an dem Geologen Wegener nichts zu tun hat. Er hat weder aktiv dazu beigetragen, noch in irgendeiner anderen Form Beihilfe geleistet. Er ging davon aus, dass Herr Bodlak die Sache auf eine andere Art regelt, zum Beispiel mit der Zahlung eines Bestechungsgeldes oder in ähnlicher Weise. Er befand sich zum Zeitpunkt des Anschlags auf Herrn Wegener in Begleitung von Frau Rose Sielmann aus Wiesenstede. Sie wird Ihnen diese Angaben sicherlich bestätigen.«

Trevisan runzelte die Stirn und wandte sich Ollmert zu. »Rose Sielmann, haben Sie die Frau nicht wegen Stalking angezeigt?«

Ollmert nickte. »Ich habe mich mit ihr getroffen, um mich mit ihr auszusprechen. Schließlich war alles nur ein großes Missverständnis.«

Trevisan fasste in seine Jackentasche und zog ein kleines, grünes Notizbuch hervor, das in einer Plastiktüte steckte. Er legte es auf den Tisch. »Herr Ollmert, dieses Notizbuch enthält diverse Adressen und Telefonnummern, unter anderem die Nummern von mehreren Damen aus der Gemeinde und der Umgebung. Ich kann davon ausgehen, dass es sich um Ihr Notizbuch handelt? Es wurde im Kofferraum des Mercedes gefunden und war unter den Verbandskasten gerutscht.«

Ollmert warf einen kurzen Blick darauf.

»Es sind ausschließlich Ihre Fingerabdrücke und DNA darauf zu finden.«

Ollmert nickte. »Ja, das gehört mir, das ist mein

Notizbuch, ich muss es wohl verloren haben. Wir mussten das Rücklicht am Wagen reparieren. Es stehen nur ein paar Adressen darin.«

»Richtig, Adressen und Telefonnummern, vor allem von weiblichen Bewohnern Ihrer Stadt.«

Der Anwalt wollte danach greifen, doch Trevisan war schneller und steckte es wieder ein.

»Wie kam es eigentlich zu dem heftigen Streit mit Bodlak an Bord der ›Emma‹?«, fragte Trevisan.

Ollmert atmete tief durch. »Es war ... es ... ich bin normal ein friedlicher Mensch, das können Sie mir glauben, aber irgendwann ... Bodlak hat immer wieder die Abmachungen gebrochen. Und dann die vielen Polizeiboote, die auf dem Kanal patrouillierten ...«

»Das brachte das Fass zum Überlaufen«, warf Monika ein.

»Ja, das ... und weil Anna ... ich meine ... ich hatte mich in sie verliebt und sie sich auch in mich, aber Bodlak – das ging zu weit. Ich wollte weg und Anna sollte mich begleiten. Ich weiß nicht, es kam einfach so.«

»Sie wollte bei Bodlak bleiben?«

Betreten blickte Ollmert an die Decke. »Ich hatte alles vorbereitet, heimlich, das Boot klargemacht, das neben unserem im Becken lag, und redete mit ihr darüber. Aber sie meinte, das wäre Blödsinn, wir müssten zusammenbleiben. Da kam es zum Streit. Anna war unterwegs, zu Fuß, damit sie nicht auffällt, um Vorräte einzukaufen. Ein Wort gab das andere, und dann ist er auf mich losgegangen. Ich habe mich nur gewehrt. Dann lag er da und rührte sich nicht mehr. Ich bin auf die Jacht gegangen und habe sie klargemacht. Mehr weiß ich nicht, ich habe alles mitgenommen, meinen Pass, den Laptop und bin davongefahren, da lag Bodlak noch unter Deck.«

»Sie wurden nicht kontrolliert?«

Ollmert schüttelte den Kopf. »Ein Polizeiboot ist an mir vorbeigeschippert, als ich am Haveplein entlang fuhr. Mit mir waren zwei weitere Jachten unterwegs, die raus auf die See fuhren. Es war ja auch ein schöner Tag.«

Trevisan warf Monika einen kurzen Blick zu. Schließlich lächelte er und wies auf das kleine Aufnahmegerät. »Wir wären nun am Ende und hätten keine Fragen mehr. Wollen Sie noch etwas sagen?«

Ollmert wischte sich eine Träne von der Wange. »Ja, ich will betonen, wie leid mir die Sache tut. Ich wusste nicht, was ich tue, und ich bereue zutiefst, dass ich das Geld unterschlagen habe, aber es kam einfach zu viel zusammen, und ich hatte Angst, ich würde untergehen, und nichts würde von mir bleiben, verstehen Sie das?«

Trevisan schaute Ollmert offen ins Gesicht. »Ich glaube, Herr Ollmert, dass Sie uns nicht alles gesagt haben. Sie geben zu, was nicht mehr zu bestreiten ist, und Sie wollen mit Hilfe Ihres Anwalts ein mildes Urteil herausholen. Alles andere schieben Sie Ihren beiden Komplizen in die Schuhe. Das wird Ihnen nicht gelingen.«

Der Anwalt erhob sich. »Das ist eine Frechheit, mein Mandant ist geständig und räumt in vollem Umfang seine Taten ein. Diese Unterstellung verbitte ich mir.«

Trevisan zog erneut das Notizbuch aus seiner Jackentasche. »Dann wird es Sie sicherlich interessieren, dass sich in dem Notizbuch, das zweifellos Ihrem Mandanten gehört, nicht nur die Adresse von Mathias Wegener befindet, sondern auch exakt die Laufstrecke, die Herr Wegener regelmäßig am Samstag gelaufen ist. Übrigens ist auch die Stelle genau verzeichnet und beschrieben, an der Herr Wegener angefahren wurde.«

Der Anwalt atmete tief ein und warf Ollmert einen fragenden Blick zu. Ollmert schaute betreten zu Boden.

Trevisan erhob sich. »Offenbar hat Ihnen Ihr Mandant nicht alles gesagt. Sie hören Weiteres von der Staatsanwaltschaft, sobald die Anklageschrift entsprechend verfasst ist.«

*

Kriminalpolizei Wilhelmshaven, Mozartstraße

Doktor Josef Schneider kam pünktlich auf die Dienststelle. Trevisan erwartete ihn bereits. Als Doktor Schneider seine Jacke ablegte und Platz nahm, warf er Trevisan einen forschenden Blick zu.

Er reichte Trevisan die Hand. »Sie sagten am Telefon, Sie hätten eine gute Nachricht für mich?«

Trevisan lächelte und wies auf den Laptop. »Richtig, die Staatsanwaltschaft hat den Laptop freigegeben, darauf sind die Kontodaten, die Sie benötigen, um die Rücküberweisung in die Wege zu leiten und das Geld zurückzuholen.«

»Schön«, entgegnete Doktor Schneider leblos.

Trevisan griff in den Postkorb und reichte ihm ein Kuvert. »Kontodaten und Kennwörter, Ollmert ist geständig und will den Schaden so gering wie möglich halten.«

Doktor Schneider atmete tief ein. »Danke«, sagte er und griff nach dem Kuvert.

Trevisan neigte den Kopf zur Seite. »Es scheint Sie nicht besonders zu erfreuen.«

»Ach, was soll ich sagen«, seufzte er. »Auf der einen Seite bin ich natürlich froh, auf der anderen Seite kommt dieser Brief leider ein paar Tage zu spät.«

Trevisan runzelte die Stirn. »Wie soll ich das verstehen?«

»Man hat mich versetzt«, erklärte Doktor Schneider. »Ich wechsle zum nächsten Monat in die Zentrale.«

»Ist das nicht sogar eine Beförderung?«

Doktor Schneider schüttelte den Kopf. »Nicht, wenn sie im Personalmanagement arbeiten. Das bedeutet automatisch ein weit geringeres Gehalt als im operativen Finanzdienst.«

»Immerhin sitzen Sie nicht auf der Straße«, bemerkte Trevisan. »Da geht es Ihnen besser als anderen.«

Doktor Schneider nickte und steckte das Kuvert in seine Jackentasche. »Was glauben Sie, wie lange wird Ollmert hinter Gitter bleiben?«

Trevisan zuckte mit der Schulter. »Wir werden sehen. Das letzte Wort hat das Gericht. Dennoch glaube ich, dass er in diesem Jahrzehnt keinen Windpark mehr bauen wird.«

EPILOG

Die Verhandlung gegen Enno Ollmert und Anna Flores do Salvio fand drei Monate später vor dem Landgericht in Aurich statt. Nicht nur Trevisan und seine Mitarbeiter waren als Zeugen geladen. Auch Rose Sielmann sagte vor Gericht aus. Sie gab zu, dass es an dem Tag, als Mathias Wegener überfahren worden war, ein Treffen zwischen ihr und Ollmert in Wiesenstede gegeben hatte, und bestätigte damit das Alibi des ehemaligen Bürgermeisters von Diekenhörn. Allerdings wusste sie noch mehr zu berichten, denn eine Woche zuvor war sie ihm heimlich gefolgt, als er mit dem Dienstwagen der Gemeinde in einen Ort namens Oxstedt gefahren war, dort etwa eine halbe Stunde am Straßenrand gestanden hatte, ehe er zurück nach Diekenhörn gefahren war. Eine Woche zuvor, ebenfalls an einem Samstag, war er in einen weißen Fiat gestiegen, der von einer Frau gelenkt worden war. Auch dieser Weg hatte ihn nach Oxstedt und in die Cuxhavener Küstenheide geführt. Überdies war sich Rose Sielmann sehr sicher, dass die Frau am Steuer des weißen Fiats und die im Gerichtssaal anwesende Anna Flores do Salvio ein und dieselbe Person war. Zusammen mit den Aufzeichnungen in Ollmerts Notizbuch gab dies für die 1. Kammer des Landgerichts ein eindeutiges Bild.

Nach elf Verhandlungstagen sprach der Richter das Urteil. Anna Flores do Salvio wurde wegen Beihilfe zum versuchten Mord, fahrlässiger Tötung, schweren Betrugs und anderer Delikte zu insgesamt acht Jahren und vier Monaten Haft verurteilt. Enno Ollmert schickte das Gericht wegen aktiver Mittäterschaft beim Mordversuch an Mathias Wegener, Untreue und Betruges sowie der weiteren Delikte für zwölf Jahre und neun Monate hinter Gitter.

In der Urteilsverkündung wertete das Gericht das Teilgeständnis sowie die versuchte Wiedergutmachung, das heißt die Offenlegung der Konten und der dazugehörigen Zugangsdaten, als strafmildernd. Der Anwalt verzichtete auf Rechtsmittel.

Von den veruntreuten 5,6 Millionen Euro konnten 4,9 Millionen zurückgebucht werden, der Rest ging im Dschungel der Auslandsgebühren, der Währungsschwankungen und der Internetgebühren verloren. Allerdings wurde das Vorhaben, einen Windpark in den Salzwiesen zu erbauen, gänzlich auf Eis gelegt. Der Verein löste sich auf, und die Gelder, abzüglich der Verluste, wurden zurückgezahlt.

Bei der Wahl des neuen Bürgermeisters von Diekenhörn gewann ein Einheimischer. Thees Geritt zog mit über 60 Prozent im ersten Wahlgang in das Rathaus ein und nahm auf Ollmerts Sessel Platz.

Als Monika nach einem Wochenendausflug am Montag auf die Dienststelle kam, begegnete ihr Trevisan im Flur. Der Sommer neigte sich langsam dem Ende zu.

»Ich bin gestern zufällig an Diekenhörn, besser gesagt an den Salzwiesen vorbeigefahren«, sagte sie.

»Salzwiesen?«, fragte Trevisan, der nicht sofort verstand, was Monika meinte.

»Ja, Diekenhörn, dort, wo der Windpark gebaut werden sollte.«

»Und?«

»Windräder gibt es dort keine, dafür jede Menge Kühe«, sagte sie. »Ich wette, die gehören der Ökobäuerin vom Marschlandhof.«

Trevisan lächelte. »Dann hat sie wohl das bekommen, was sie damals schon wollte.«

ENDE

DANKE

Vielen Dank für die Unterstützung,
Heike und Peter (Leda), euch eine gute Zeit,
und Geli, Christiane und Benno, vielen Dank für
eure Blicke auf die Zeilen.

EINE ANMERKUNG

Wer nun auf der Landkarte nach der Samtgemeinde Diekenhörn sucht, der sollte es zwischen Hage und Dornum tun, dennoch wird man sie dort nicht finden, denn es gibt sie nur in der Fantasie.

Als Autor und Bürger dieses Landes achte ich das Hohe Amt und will keinen real regierenden Bürgermeister in ein schlechtes Licht rücken. Aus diesem Grund ist alles nur erfunden.

Ulrich Hefner, Autor

… viele Grüße aus Diekenhörn.